De leugenboom

HEBRINA BLOK

De leugenboom

the house of books

Omslagontwerp en -beeld Wil Immink
Foto auteur Rob Elsjan
Opmaak binnenwerk ZetSpiegel, Best

ISBN 978 90 443 4008 2
ISBN 978 90 443 4080 8 (e-book)
D/2013/8899/73
NUR 301

www.thehouseofbooks.com

Voor Willem

Proloog

Elke drie weken bezoekt ze hem. Met de auto is het meer dan drie uur rijden. Ze gaat ook wel eens met de trein. Dan moet ze het laatste gedeelte met de bus en is ruim vijf uur onderweg. Toch doet ze dat liever. Al die uren kan ze ongestoord lezen, hoeft ze haar boek niet dicht te slaan omdat er weer van alles tussendoor komt. Ze kan zich helemaal afsluiten voor alles om haar heen, hoeft alleen maar op te letten dat ze op tijd overstapt. In de auto denkt ze te veel na. Hoe dichter ze bij hem komt, hoe meer de beelden uit het verleden zich opdringen: herinneringen, flitsen, gedachten waarmee ze helder probeert te krijgen hoe alles kon gaan zoals het is gegaan.

Een bocht, nog een bocht. Ze recht haar rug, schuift iets heen en weer achter het stuur. Die auto is een pijnbank bij zo'n lange rit. Spiedend zoekt ze een lege plek op de volle parkeerplaats.

Daar, gelukkig. Een laatste zwengel aan het stuur. Ze is er. Bij het uitstappen grijpt ze zich vast aan de bovenkant van het portier, dan aan de daklijst. Pijn vlamt door haar heen terwijl ze moeizaam een paar stappen zet. De zon weerspiegelt in de klep van de kofferbak en doet pijn in haar ogen. Met een klik gaat hij open, en daar liggen keurig op een rij de tassen die mee naar binnen moeten, de korter gemaakte broeken, de koekjes en de chocola. Ze haalt alles eruit en maakt opnieuw een rij, nu op de grond naast haar. Het gewicht van de bagage drukt tegen haar benen. De handtas aan haar schouder dreigt omlaag te glijden. Ze trekt hem wat hoger op, grijpt de klep van de kofferbak en slaat hem dicht. Een harde klap. Ze krimpt in elkaar. Zoveel lawaai alleen door die klep? Ze draait zich om, kijkt naar het gebouw achter haar en gelooft haar ogen niet. In de gele muur zit van onder tot bijna boven een brede scheur. De barst lijkt uit een zwart autotje omhoog te groeien. Takken met felroze hortensia's ontworstelen zich aan de bodemplaat. Een rennende verpleegster, nog een.

'Daar kon je op wachten!'

Ze vertrappen de grote, roze bollen, openen het portier. Gebogen hijsen ze iets omhoog, iemand, de chauffeur, mager, een oud gezicht vol rimpels, een verdwaasde glimlach op de lippen. De ramen van het gele gebouw kijken met open mond toe. Liesbeth huivert. Als die auto nu eens net andersom had gestaan, dan was hij haar kant op geschoten. In gedachten ziet ze het gebeuren, zit ze klem tussen de auto van die oude baas en die van haarzelf, nee, die van haar vader. Zou ze dat overleefd hebben? Misschien – zonder benen, in een rolstoel. Huiverend klikt ze op de knop van de afstandsbediening, pakt de tassen op, evenveel gewicht aan beide kanten. Ze laat de verpleegsters met de oude man voorgaan. Hij hangt tussen hen in, ze slepen hem bijna mee. Ook zo'n eigenwijs mannetje dat alleen aan zichzelf denkt en niet aan wat hij allemaal voor ellende zou kunnen aanrichten, net als haar vader. Wat klinkt dat binnen in haar schamper, verbitterd. Hoe zou het zijn als ze het hardop zei? Rauwe woorden zouden het zijn, vol machteloze wanhoop over de felle strijd met haar vader om hem achter het stuur vandaan te krijgen. Iedereen zou ervan schrikken. Afschuw zou het oproepen dat zij zoiets zei, over haar eigen vader nog wel.

'En nu is het afgelopen. We gaan uw zoon bellen dat hij uw auto hier weghaalt. Het is onverantwoord wat u doet.'

Ze gaan de draaideur door. De oude man antwoordt iets, Liesbeth kan hem niet verstaan. Ze staan even stil, overleggen waar ze heen zullen gaan, waar ze hem voorlopig neer zullen zetten. Uit een gapende wond op zijn voorhoofd lopen twee rode bloedsporen omlaag. Liesbeth doet een paar stappen opzij om twee andere verpleegsters door te laten die gehaast aan komen lopen. Ze nemen de oude man over van hun collega's. Liesbeth loopt verder, duwt met haar schouder een klapdeur een eindje open, worstelt de tassen door de nauwe opening. Dan nog het restaurant door, langs de trolleys met de vuile vaat. Die dingen staan hier altijd in de weg. Daarachter is een gangetje. Vreemde toegang van een afdeling eigenlijk. Met die zware tassen kan ze niet bij de knop waarmee de deuren opengaan. Ze zet ze neer, drukt op de halve bol, strekt even haar armen en pijnlijke vingers voordat ze de hengsels weer omsluiten. Even maar... als ze te lang wacht gaan de deuren vanzelf weer dicht. Ze doet een schietgebedje, als er nu maar niemand achter de deuren staat die er graag uit wil maar er niet uit mag. Wat een gedoe. Niemand begrijpt er iets van. Dit kan ze met niemand delen. Zou het gemakkelijker zijn met een broer of zus, of met meer broers en zussen? De bittere klacht van een vriendin dringt zich op: 'Ik heb twee broers en twee zussen, maar ik moet de zorg voor mijn moeder op me nemen. "Jij woont lekker dichtbij," zeggen ze dan. Ze vinden dat ze te ver weg wonen om iets te kunnen doen, doen er ook geen moeite voor. 't Is helemaal vanzelfsprekend dat ik overal voor zorg en er steeds heen ga, boodschappen voor haar doe, haar kleding verzorg. Waarom ik?'

Liesbeth weet nog wat ze antwoordde: 'Ik heb geen broers of zussen. En ik woon ver weg. Ik moet het wel doen. Als ik niets doe, hoe moet het dan met hem?'

Ze zet de tassen neer, zucht, haalt een keer diep adem en klopt op zijn deur.

Hoofdstuk 1

Hij zit onderuitgezakt in zijn stoel, de benen over elkaar geslagen, en leest de krant. De bladzijden verzetten zich tegen de luchtstroom uit zijn mond, ritselen tegen elkaar maar moeten het opgeven, bieden zijn vingers ruimte om de bladzijde om te slaan. Liesbeth loopt heen en weer van de keuken naar de kamer, van de kamer naar de keuken. In de linnenkast vindt ze een groot tafellaken. Het past net niet. Te klein voor die grote tafel.

'Ik eet altijd in de keuken, hoor. Dat tafel dekken is me te veel werk.'

'Nee, dat is zo ongezellig aan dat zeiltje.'

'Je wrijft het af en je bent klaar.'

'Kan wel zijn, maar dat doen we niet.'

'Dan moet je het zelf maar weten.'

Ze bakt eieren. Wat een ellendige pan. Alles blijft eraan vastplakken. Hij mag wel eens een nieuwe koekenpan kopen. De houten spatel schuurt over de bodem en pakt maar de helft van het gestolde ei op. Geërgerd schuift ze de massa op een bord en brengt het naar de kamer. Heeft ze alles? Borden, bestek, brood, boter, beleg. De kaas nog. En de theepot. Ze zet de deuren open om in een keer door te kunnen lopen; twee zijn het er. Een van de keuken naar de hal en een van de hal naar de woonkamer. Met snelle stappen overbrugt ze de afstand. De thee golft uit de tuit als ze de pot op tafel neerzet. Bah, nu is ook het dikke tafelkleed eronder nat. Als het maar geen kringen geeft. Haar moeder zette het ding altijd in de vensterbank op een onderzetter. Als ze het matje uit de kast pakt, weet ze dat daar ook heel wat golven thee overheen gegaan zijn. Ze pakt de theepot weer op, schenkt de kopjes in en zet hem voor het raam.

'Kom je eten?'

'Heb je het nu al klaar?'

Zorgvuldig vouwt hij de krant op, legt hem op het tafeltje naast zijn stoel en staat op. Handenwrijvend loopt hij naar de gedekte tafel en gaat op zijn vaste plaats zitten. 'Hè, hè. Wat fijn dat ik nu eens niets hoef te doen, dat alles voor me klaargezet wordt.' Hij haalt zijn servet uit de zilveren ring, stopt een punt tussen zijn hals en zijn overhemd.

'Ik heb eieren gebakken,' zegt ze en ze wijst naar het bord met de witgele baksels. Met strakke lippen geeft hij zijn commentaar, ze schrikt van zijn sarcasme. 'Dat zie ik. Ik dacht dat jij zo goed eieren kon bakken!'

'Nu even niet.' Ze schuift de helft van de gebakken eieren op zijn bord. 'Het zal toch wel smaken, hoor. Niet te kieskeurig zijn.'

Zwijgend eten ze. Hij kijkt niet op of om. Weet hij nog dat zijn dochter bij hem aan tafel zit? Ze ziet zichzelf zitten, lang geleden, een klein meisje tussen drie zwijgende starre volwassenen die nauwelijks schenen te weten dat zij er ook nog was, dat ze niet met hun drieën waren. Het grote zwijgen van haar kinderjaren hangt weer om haar heen, dringt net als toen diep naar binnen. Ze voelt weer de klem in haar borst, ziet weer de boze, strakke gezichten. Even is ze weer dat meisje dat zich jarenlang geen raad wist met die drie boze, in zichzelf gekeerde volwassenen. Waarom zegt hij niks? Is hij echt uit zijn humeur om een mislukt gebakken ei? Ze wil de stilte verbreken, doet het dan toch niet. Wat zou ze moeten zeggen tegen deze muur van onbegrip? Ze huilt bijna, net als ze vroeger in de stilte van haar kamertje deed als niemand naar haar luisterde en ze geen antwoord kreeg op haar vragen.

'Ik ben zo blij dat je er bent. Je bent mijn grote dochter. Ik ben toch zo trots op je. Niemand heeft zo'n lieve dochter als ik.'

Hij heeft dus toch een stem. Zijn bord is leeg, zijn ergernis verdwenen.

'Ja, ja, het is goed.'

'Je kon altijd zo goed leren. Dat vond ik heel fijn, hoor. Want je begrijpt wel, de dochter van de bovenmeester moet heel goed kunnen leren.'

'Waarom dan?'

'Wat denk je, wat zouden de mensen er wel niet van zeggen als jij slechte cijfers haalde?' Haar maag trekt samen. De buitenwereld, daar wil zij haar leven niet meer door laten bepalen. Zijn handen grijpen in elkaar terwijl zijn lippen een dankgebed prevelen. Ze kijkt toe. Hij is zijn hele leven bang geweest voor anderen. Haar moeder is er het slachtoffer van geworden. Zijzelf ook. Zijn ogen gaan open, zijn handen uit elkaar. 'Amen.'

Ze wordt verwend en toch ook weer niet. Verwend met aandacht, maar niet met cadeautjes. Cadeautjes krijgt ze alleen als ze jarig is en met Sinterklaas. Braaf is ze, verschrikkelijk braaf. De dochter van een bovenmeester moet een voorbeeldig kind zijn. Op haar mag niemand iets aan te merken hebben. 'Denk erom dat je goed je best doet.' Dat zegt hij heel vaak. Natuurlijk doet ze goed haar best, dat spreekt vanzelf. Als haar vader boos is, is alles donker en krioelen er allemaal mieren binnen in haar. Dan kruipt ze in bed en rolt ze zich helemaal op haar zij. Tot haar moeder bij haar komt en haar wiegend op schoot neemt. 'Kom maar, zo erg is het toch niet?' Maar ze vindt het wel erg en doet intuïtief alles om de boosheid van haar vader te voorkomen. Ze is haar vaders meisje, zijn grote schattebout. Dat zegt hij altijd als ze bij hem op schoot zit, haar armen om zijn hals geslagen. Dan zijn de mieren weg en is alles licht om haar heen. Als haar vader jarig is luistert ze naar de gesprekken van de grote mensen, hoort ze de woorden van oom: 'Jullie weten niet dat jullie een kind hebben. Zij is zo braaf.' Ze begrijpt die woorden niet. Ze is toch het kind van haar vader en moeder? Die weten toch wel dat zij hun kind is? Oom weet toch ook dat zijn zoontje zijn kind is? Ooms woorden blijven hangen, gaan niet weg. Oom is jaloers, bedenkt ze, omdat zij braaf is en zijn zoontje niet. En ze nestelt zich op haar vaders schoot, zoals ze altijd doet na schooltijd. Dan drinken ze koffie, twee kopjes. Bij het eerste kopje eten ze een koekje en bij het tweede kopje een chocolaatje. Liesbeth krijgt limonade. Haar vader leunt achterover in de lage herenstoel. Zijn rechterbeen heeft hij over het linker geslagen. Hij vertelt over school, wat er die dag allemaal gebeurd is. Meestal vertelt hij alleen grappige dingen. Liesbeth luistert. Haar moeder luistert. Het is gezellig, behalve als haar moeder druk is geweest. Dan draagt ze een jasschort en hangen haar haren slap naar beneden. Liesbeth probeert wel eens de lijnen van het patroon te volgen maar raakt altijd in de war. Ze lopen grillig omhoog, weer omlaag en buigen af. De lijnen kronkelen door elkaar heen tot in haar maag. Zo'n schort koopt ze later niet, nooit!

Op een keer zegt haar vader: 'Je moet toch eens een nieuw schort kopen, hoor. Deze is verschoten.'

Haar moeder kijkt omlaag langs de vale kleuren, de rij knopen aan de rand middenvoor. 'Zolang hij niet kapot is kan ik hem dragen.' Het klinkt snibbig, maar ze trekt hem toch uit.

'Ja, dat is beter. Koffiedrinken met een schort aan, dat lijkt toch nergens op.'

Haar moeders mondhoeken hangen in diepe rimpels als ze de kopjes op het dienblad zet om een tweede kop koffie te halen. 'Jij hebt je limonade nog niet op.'

Liesbeth kijkt naar het glas op de tafel en staat op. Met allebei haar handen duwt ze het been van haar vader opzij en nestelt zich bij hem op schoot. Hij protesteert: 'Maar er komt nog een tweede kopje!'

'Nu heb je toch geen koffie!'

Hij knuffelt haar. 'Jij lekkere schat van me.'

'Ik vind dat schort van mama niet mooi.'

'Ik ook niet.'

Ze glijdt van zijn schoot af als ze de deur open hoort gaan. 'Mama heeft haar haar gekamd,' zegt ze blij.

'Ja, toe maar. Drink je limonade nou maar op. Je hebt er nog niets van gedronken.' Gehoorzaam pakt ze het glas met twee handen vast. Ze slikt, klokt het vocht naar binnen, achter elkaar tot het glas leeg is. Met een harde tik komt het glas op de tafel terecht. Haar tong zoekt langs haar lippen naar restanten van zoet. Als ze omkijkt zijn de ogen van haar vader heel dichtbij, ze glimlachen samen met zijn omhooggekrulde mondhoeken.

'Heb je je koffie nu op?'

'Ja, kom maar.'

Het kopje gaat naar het dienblad en hij gaat rechtop zitten. Ze kruipt weer op zijn schoot, leunt tegen zijn borst. Haar armen slaat ze langs haar oren omhoog naar zijn nek en dan voelt ze zijn lippen in haar hals.

'Je wordt al groot.' Hij grijpt een boekje van het tafeltje naast hem. 'Kijk eens wat ik hier heb!'

Ze ziet plaatjes van een jongetje en een meisje en dikke zwarte lijnen. Hij wijst aan: 'Dat is Ot. En dat is Sien. Kijk, hier staat hoe je dat spelt. Dat vette rondje is de oo van Ot en die vette krul is de es van Sien.'

Buiten wordt een hoge kinderstem ingezet: 'Kom je spelen?'

Ze stelt zich voor hoe Sonja daar staat, met haar handen als een koker om haar mond. Weer, luister: 'Kom je spelen?' Haar handen duwen tegen de grote armen die haar vastklemmen. Ze worstelt, wil weg.

'Straks, eerst lezen,' zegt haar vader.

Nou is hij weer boos, weet ze. Het kleine lijfje kronkelt om los te komen. Het lukt niet om zich uit zijn sterke armen los te wurmen. Dan roept ze: 'Ik wil niet. Ik wil niet lezen.'

Haar moeder staat op, zet de kopjes in elkaar. 'Laat het kind toch spelen! Ze is nog maar drie.'

'Ze is laat jarig, in november. Dan kan ze pas het jaar nadat ze zes geworden is naar de lagere school. Mijn dochter is slim en dan is dat een verloren jaar. Ze moet de eerste klas overslaan. Dat kan ze best.'

Hoofdschuddend kijkt de moeder naar het kronkelende kind en de vader die niet wil toegeven. 'Wacht er nog een winter mee. Dan is ze net wat ouder en gaat alles veel gemakkelijker. Dat moet jij toch weten.' Met de kopjes in haar handen blijft ze nog even staan, wacht op zijn antwoord, in haar ogen de hoop dat hij nu eens naar haar zal luisteren. Haar dochters kleine handen blijven proberen de grote armen weg te duwen. Dikke tranen vallen op de mouwen van zijn overhemd tot hij het eindelijk opgeeft en haar laat gaan. 'Ga dan maar.'

Het overvalt Liesbeth dat ze ineens vrij is. Ze struikelt, zo snel wil ze weg van die armen. In haar keel, in haar borst zit een dikke ballon. Buiten schreeuwt ze naar de andere kinderen en doet heftig mee met de spelletjes. Haar ogen blijven tranen. Dan loopt de ballon langzaam leeg. Geleund tegen een lantaarnpaal houdt ze zich afzijdig van de anderen. Ze ziet hen springen, op de stoep en weer eraf. Een dwingende schreeuw: 'Kom nou!' Dan doet ze weer mee.

Een jaar later krijgt ze de zwarte letters weer te zien, groot en vet. De letters horen bij plaatjes, plaatjes met veel oranje erin. De plaatjes worden woorden, het worden verhaaltjes die ze zelf kan lezen, verhaaltjes over Ot en Sien.

'Zie je wel dat ze het kan? Je moet geduld hebben,' hoort ze haar moeder zeggen. Er klinkt triomf in door. Triomf omdat zij nu eens een keer gelijk heeft gehad en niet hij?

'Ja, en nou gaan we ook rekenen.'

Aan het eind van de straat is een speeltuintje. Er staan een paar schommels, een klimrek, een glijbaantje en een zandbak. Liesbeth bouwt samen met de buurkinderen een huis. Ze stoot haar schopje in het zand, schept het op, gooit het hijgend achter haar weer neer. De berg wordt steeds hoger, de put steeds dieper. Het rond de zandbak gemetselde muurtje lijkt als je erin staat veel hoger dan erbuiten. Ze stoot op iets hards, de blauwe stenen van de bodem. Ze schept of haar leven ervan afhangt om de hoek van de zandbak helemaal vrij van zand te maken. Het lijkt net een echt huis. Wout en Sonja slaan met hun schopjes op de zandmuur. Wat een mooi plat vlak wordt dat.

'Hier nog een beetje zand, Liesbeth,' roept Wout.

Als ze zich naar hem omdraait wijst hij waar hij nog wat zand wil. Daar is de zandmuur nog te laag. Iets verderop gooit Sonja de schop van zich af en laat zich op haar knieën vallen. Ze slaat met vlakke hand het zand plat. Bijna klaar, het zand in de hoek is bijna op. Ze bukt zich weer om het laatste zand op te scheppen, staat gebogen. Haar hoofd komt nauwelijks boven de rand van de zandbak uit. Dan hoort ze Wout schreeuwen: 'Pas op!' en voelt ze een harde klap op haar hoofd. Ze valt opzij, kijkt verbouwereerd omhoog en voelt dan iets over haar gezicht glijden. Haar hand gaat omhoog over haar wang, ze kijkt naar haar vingers. Bloed, het is bloed! Ze gilt van schrik en dan voelt ze de pijn. Haar haren zijn nat, nat van het bloed. Huilend staat ze op, het schopje ligt vergeten in de zandbak.

'Hij gooide een steen op je hoofd!' roept Wout en hij wijst naar een jongen die heel hard wegrent. Hij helpt haar over het muurtje de zandbak uit, pakt haar hand vast en dan zit ook hij onder het bloed. Meteen staan er een heleboel kinderen om hen heen.

'Ik weet wie het was. Hij doet altijd zo raar,' zegt er een.

'Hoe heet hij dan?'

'Dat weet ik niet, maar hij gaat soms zomaar iemand schoppen en slaan. Dat komt omdat hij jaloers is.'

Jaloers? Waarom? Liesbeth wil weg, naar huis. Ze begint te lopen, steeds harder, en alle kinderen hollen achter haar aan. Ze rent de brandgang in naast het huis, langs het hekje dat gelukkig openstaat, het tuinpad op.

Haar moeder is in de keuken en ziet haar komen, ziet ook de sloot kinderen achter haar. Ze doet de deur open, trekt haar naar binnen. 'Kind, wat heb je gedaan?'

Wout vertelt: 'Een jongen gooide een steen op haar hoofd toen ze in de zandbak stond. Hij was jaloers.'

Ongelovig kijkt haar moeder van de een naar de ander. 'Ga maar naar huis, Wout. Ik moet Liesbeth helpen.'

Ze zet haar op een stoel voor het aanrecht, buigt het bebloede hoofdje onder de kraan. Het bloed stroomt in de gootsteen, wordt dunner door het water en verdwijnt door de gaatjes. Haar moeders handen spoelen de haren tot het bloeden is opgehouden. Dan zet ze het kind op het aanrecht, wrijft voorzichtig met een doek haar haren droog. Door haar betraande ogen ziet Liesbeth de kinderhoofden om de hoek van het muurtje gluren. Haar moeder heeft het ook gezien. Ze doet de keukendeur open.

'Gaan jullie nu weg! Er is hier niks te zien. Het gaat goed met Liesbeth.'

De hoofden verdwijnen.

'Had je echt niets gedaan waar die jongen boos om kon worden?'

'Nee, mama, echt niet. Ik weet niet eens wie hij is.'

Ze krijgt schone kleren aan. Het vieze truitje ligt op de grond. Zouden die bloedvlekken er wel uitgaan? Ze ziet weer het huis in de zandbak voor zich. Haar kleurpotloden volgen haar hand, trillend eerst, dan resoluut. Voorzichtig voelt ze even aan de wond op haar hoofd. Het doet pijn, maar ze wil niet huilen. Het huis op papier groeit en er komen steeds meer kinderen te wonen, kinderen in vrolijke kleuren. Dat wil ze later ook: een huis met veel kinderen. Haar moeder buigt zich over haar heen, streelt voorzichtig de natte haren.

'Wat een mooie tekening!' zegt ze. Liesbeth kijkt naar haar op, denkt aan de gekleurde kinderen in het gekleurde huis.

'Waarom heb ik geen broertje of zusje, mama?'

Het is even stil terwijl ze rechtop gaat staan. Dan klinken de strakke woorden: 'Dat wil je vader niet.' Een tel later ziet Liesbeth alleen haar moeders rug.

Liesbeth staart in het donker. Alleen langs de rand van het gordijn is een beetje licht te zien. Haar handen liggen op haar buik. Als je je ogen nou dichtdoet, dan kun je misschien wél slapen, houdt ze zichzelf voor. Naast haar woelt Anton naar zijn andere zij en trekt het laken mee. Voorzichtig trekt ze terug, probeert het laken tegelijkertijd ook wat hoger op te trekken. Het bed is te kort. Ze begrijpt niet dat haar vader en moeder daar zo lang in hebben kunnen slapen voordat ze het tot logeerbed bombardeerden. 'Dat is een prima bed, hoor,' krijgt ze te horen als ze het waagt er iets van te zeggen. De bladeren van de struiken bij het slaapkamerraam ruisen hun eigen melodie, als een slaapliedje, en haar ogen vallen dicht.

Dan scheurt de harde bel van de telefoon door de nacht, minstens tien keer harder dan normaal. Ze schiet half omhoog, laat zich dan weer vallen, blijft gespannen luisteren. Haar moeder hoort niets zonder hoorapparaat, haar vader een beetje. Is hij wakker? De slaapkamerdeur kraakt, in de gang klinken holle voetstappen tot bij het kantoortje, een krakende deurkruk, zijn schorre naam. Dan: 'Moet ik komen?' Ze gaat uit bed, wil weten wat er aan de hand is, wacht in de deuropening.

'Het gaat niet goed met mijn vader, met opa. Hij wordt naar het ziekenhuis gebracht.'

'Moet je er dan nu niet heen?'

'Ze zeggen dat dat niet hoeft. Alleen als ik dat wil.'

'Je gaat toch wel?'

'Nee, waarom, ze zeggen dat het niet hoeft.'

Ze haalt haar schouders op, begrijpt hem niet. Als je vader ernstig ziek is, dan ga je naar hem toe, dan wil je met eigen ogen zien wat er aan de hand is. Dat zou zij zelf doen, weet ze heel zeker.

Ze kruipt weer naast Anton. 'Wat is er?' hoort ze zacht in haar oor. Ze vertelt over opa en dan trekt hij haar dicht tegen zich aan. Zo vallen ze in slaap tot ze vroeg in de ochtend opnieuw wakker schrikken van het harde gerinkel. Nu is haar vader er sneller bij. Lag hij wakker? Weer staat ze op, kijkt hem dan vragend aan. 'Hij is overleden,' zegt hij schor. Ze kijkt hem aan. Er is toch gezegd dat het ernstig was met opa? Waarom is hij niet naar hem toe gegaan, mee naar het ziekenhuis? Hij heeft hem alleen laten sterven, alleen in een wildvreemde, koude ziekenhuiskamer.

Later zien ze hem liggen in het kille, stalen ziekenhuisbed, in een kamer met kale muren. Heeft haar vader nu geen spijt? Niemand zegt iets. Ze grijpt Antons hand. Opa's leven is verdwenen. In haar groeit nieuw leven.

'Doe je jas aan. De juffrouw komt je zo ophalen.' Het kleurpotlood schiet uit. Bah, het werd net zo mooi. Driftig staat ze op, het stoeltje krast achteruit over het zeil. De mouw van haar vestje blijft haken achter het deksel van de kleurdoos. Haar handen proberen de potloden te redden, maar maken het alleen maar erger. De kleuren op de grond vloeien in elkaar over als ze bukt. Rood heeft geen punt meer, blauw ook niet.

'Wat doe je nou toch! Je moet naar school! Schiet toch op! Wat een troep!'

De hand van haar moeder klemt zich om haar bovenarm. Ze grijpt de rugleuning van het rode stoeltje, zet zich schrap, verzet zich. Een pijnscheut tot in haar schouder maakt dat ze weer loslaat.

'Schiet op, kijk nou eens wat je gedaan hebt! Je weet toch dat ik met de bus mee moet! Moet ik dat ook nog opruimen!'

'Waarom moet jij altijd naar opoe? Tante kan toch ook wel eens naar opoe?'

Haar moeders adem stokt even voordat ze afgemeten zegt: 'Die heeft kleine kinderen. Dat zijn nog baby's. Jij bent al groot. En kijk, daar is de juffrouw al.'

Ze kijkt naar de kinderen op de stoep voor het raam van de woonkamer als haar moeder haar in haar jas sjort. Eerst de ene mouw, dan de andere. Een traan valt op de grote hand die de knopen dichtdoet. Vanuit haar buik zoekt een snik de weg omhoog als een duw in haar rug haar dwingt in beweging te komen. Een grote hand grijpt haar kleine.

'Wat is dat nou? Heb je geen zin vanmorgen?'

Ze geeft geen antwoord, staat een tel later achter in de rij. Iets ruws wordt tegen haar hand geduwd.

'Toe maar, pak het touw maar vast, dan gaan we verder.' De vingertjes sluiten zich eromheen en de rij zet zich slingerend in beweging. 'Tot vanavond!' De stem van haar moeder, ze kijkt niet om. Vanbinnen raast een hevige storm die de stoeptegels voor haar ogen doet dansen. De rij kinderen wordt steeds langer. De juf loopt nu voorop, een andere juf achteraan. Naar school? Waarom eigenlijk. Kleuren kan ze thuis ook. Haar handen glijden in de diepe jaszakken terwijl haar voeten zich losmaken uit de rij, zich omdraaien om terug te gaan.

'Liesbeth!'

Haar naam schalt door de straat, voor de tweede keer die ochtend voelt ze een harde hand als een bankschroef om haar arm, alleen nu om de andere.

'In de rij blijven, jij!'

Boze ogen kijken haar aan. Machteloos pakt ze het touw weer beet en volgt gedwee de kleine voeten voor haar. Dan keert ze zich naar binnen, waar niemand haar grijpen kan. De heldere stemmen van de andere kleuters dringen nauwelijks tot haar door. Zwijgend doet ze wat van haar verlangd wordt: ze vlecht, kleurt en komt langzaam tot rust. Volgzaam houdt ze zich aan de routine van alledag, elke dag weer, tot de dag dat haar vader vrij heeft van school en zij niet.

'Dat is niet eerlijk. Dan wil ik ook niet naar school.'

Haar moeder lacht, haar vader lacht, maar ze geven niet toe.

'Papa hoort bij een andere school dan jij. Dat is niet hetzelfde.'

'Ik ga niet naar school als papa vrij heeft.'

Ze staat bij haar tafeltje als de juf aanbelt om haar op te halen en hoort de stem van haar vader, gelach van beiden. Haar moeder die naar haar staat te lachen, maar op een rare manier. Lacht ze haar uit? 'Ik breng haar straks wel even.' Dat zegt papa tegen de juf en de juf gaat weg. Nou ja, ze gaat gewoon niet naar school. Ze wil niet meer luisteren naar wat de grote mensen zeggen. Ze wil niet steeds opletten wat de grote mensen doen. Ze wil doen wat ze zelf wil. Ze krijgt limonade en ruikt de koffie van de vader en de moeder. Ze laten haar spelen, doen net of ze er niet is en ze vindt het wel best zo. De ouders praten met elkaar. Het dringt niet tot haar door wat ze zeggen tot de stem van haar vader ineens luid en duidelijk in haar richting draait.

'Liesbeth, kom eens.'

Ze loopt naar haar vader, ziet aan zijn gezicht dat hij haar niet zomaar roept, iets van haar wil. Schoorvoetend volgt ze zijn wenk om op zijn schoot te kruipen. Zo kan ze zijn gezicht niet zien en hij het hare niet.

'Je bent een grote meid maar je moet toch echt naar school.'

Ze maakt zich los uit zijn armen, glijdt van zijn benen, staat dan met gebogen hoofd bij haar tafeltje, ziet het felrode blad, de kleurdoos.

'Jij gaat toch ook niet naar school vandaag?'

'Mijn school heeft nu eenmaal vrij en die van jou niet. Dat kan gebeuren. Als je steeds thuisblijft word je nooit een knappe meid.'

Het is of ze van een steile helling afglijdt en zich nergens aan vast kan houden. Ze wil niet weg uit de kleine wereld van het rode tafeltje, maar heeft geen schijn van kans. Ze kan niet ontsnappen, laat zich in haar jas helpen. Met een zwaai tilt hij haar in het stoeltje voor op zijn fiets. De wind suist langs haar oren en neemt haar haren mee, het staartje met de grote witte strik. Die prutst mama elke ochtend in haar haar. Haar vaders harde kin rust even op die witte vlinder, op het blonde staartje. Ze is op slag haar verzet vergeten. Wat een fijn gevoel is dit, of een zachte veer haar vanbinnen aait. Zo wil ze elke dag wel naar school gebracht worden.

Als ze bij het schooltje zijn wordt ze met een nog grotere zwaai dan eerst op de grond gezet en loopt aan de hand van haar vader naar binnen. Ze blijft hem vasthouden terwijl hij met de juf praat. Hoog boven haar gaan de woorden heen en weer. Ze voelt zich klein in het grote lokaal en anders dan de andere kinderen. Die zitten allemaal te knippen en te plakken. Ze kijkt naar een wereld waar zij niet bij hoort. Op de blankhouten vierkante tafels liggen allerlei kleuren papier. De juf gaat op haar hurken zitten. Vlak voor haar.

'Wil je kleuren? Of wil je vlechten?'

Haar stem gaat omhoog en weer omlaag, maar het klinkt anders dan anders. Zo praat de juf nooit. Dat is vast en zeker alleen maar omdat papa erbij is. Ze geeft geen antwoord, staart naar de lege plek aan de tafel tegen de muur, houdt nog even vast aan zichzelf. Haar vader steekt zijn arm naar voren, haar kleine hand gaat mee in zijn hand en wordt in die van de juf gelegd. In een dikke nevel wordt ze naar haar plaats gebracht. Op tafel liggen een vaalgeel vierkant papier en dofrode stroken. Ook blauwe, matblauw. Als ze omkijkt ziet ze haar vader nog juist door de deur verdwijnen.

Haar vader houdt van duinen en strand, al vanaf dat hij een kind was. Zij ook. Er is weinig voor nodig om haar weg te laten dromen. Dan ziet ze zichzelf in de bus zitten, klein nog, op schoolreis naar Cadzand. Haar hoofdje komt nauwelijks boven het raam van de bus uit. Ze kan er net overheen kijken. Gespannen tuurt ze naar de horizon. Zijn de duinen al te zien? Nee, dat zijn de duinen niet, nog niet, steeds maar niet, ze vergist zich weer. Wat duurt het wachten lang. Tot het ineens de echte duinen zijn. Dan klopt haar hart opgewonden van haar kruin tot haar tenen. Jarenlang heeft ze datzelfde gevoel als ze met vakantie gaan naar een camping vlak bij Cadzand, camping Hoogduin, ergens tussen de vuurtoren en het haventje, eerst met een tent, later met een caravan. Haar vader maakt strandwandelingen met haar, zijn dochter, of alleen. Haar moeder gaat nooit mee, bang dat er zand in haar hoorapparaat komt. Eigenlijk wil haar moeder helemaal niet naar Cadzand. Ze kruipt elke avond over de tafel die een bed moet worden, en probeert de lakens zo goed mogelijk recht te trekken. Overdag zit ze met een stapel *Libelles*, *Margrieten* en *Privés* in een hoekje op het bed dat een zithoek werd. 'Kind, ik vind het prachtig als jullie genieten, maar je weet, ik vind er niks aan.'

Het strand trekt, ook nadat ze getrouwd is met Anton. De caravan is zo groot dat ze er kunnen logeren.

'Als jullie weer weg zijn is ze niet te genieten,' zegt haar vader. 'Ze wil dat ik de caravan verkoop. Dat doe ik nooit!'

Star zijn ze, allebei. Hun heftige strijd vertroebelt alles wat nog een beetje fijn had kunnen zijn. Dan buigt hij. Vol verbazing hoort Liesbeth hem aan: 'Een onderwijzeres van school neemt de caravan over met alles wat los- en vastzit.' Ze hoort een brok in zijn keel.

En dan vindt Liesbeth zich terug naast haar moeder. Ze zitten aan tafel, haar arm rust op de schokkende schouders.

'Er komt vocht uit mijn tepel. Ik wist wel dat dat niet goed is. En nou moet ik geopereerd worden.'

Haar hoofd zoekt steun tegen Liesbeth. Het dunne haar, in

kleine krullen gedwongen, voelt doods aan onder haar strelende vingers.

'Denk nou niet direct het ergste. Je bent meteen naar de huisarts gegaan. Dat geeft een voorsprong.'

Hoort haar moeder wel wat ze zegt? Snikkend ratelt ze door: 'Ik moest hem troosten in plaats van dat hij mij troostte. Het leek wel of hij kanker had en niet ik. Hij heeft heel erg gehuild.' Een zakdoek vindt de natte ogen, probeert ze droog te krijgen. Ze heeft hem nooit zo gezien, zegt ze, zo hevig, zoveel verdriet, ze heeft hem getroost, gezegd dat het vast wel goed af zou lopen, dat hij niet zoveel verdriet moest hebben.

'Als er met mij iets gebeurt komt er van hem niets terecht. Hij kan niks.' Ze klaagt haar nood, hoort dat haar dochter iets zegt, kijkt haar een paar keer vragend aan. 'Wat zeg je nou?' En dan zegt Liesbeth de troostende woorden die haar moeder zo heel erg nodig heeft nog een keer, luider en nog luider. Tegelijk is er het besef hoezeer haar vaders redelijk veilige leventje bedreigd wordt door een ziekte die kanker heet. Daar heeft hij nooit aan gedacht. Dat gebeurde alleen bij anderen. In een flits overziet ze haar leven, haar jeugd, ziet weer gebeuren wat er gebeurde. Hij had het altijd voor het zeggen en niemand anders. En om de dagelijkse huishoudelijke beslommeringen hoefde hij zich nooit te bekommeren. Haar moeder zorgde er altijd voor dat alles gewoon door kon gaan. En nu is ze ziek. Iets bedreigends heeft ze, iets waarvan je niet weet hoe het af zal lopen. De door hem opgebouwde zekerheid is bedreigd door iets sluipends, iets wat hij niet heeft zien aankomen.

Dan komt de dag van de operatie. Rusteloos loopt ze heen en weer in een onrust die niet wijken wil. Ze zitten samen aan haar bed. Liesbeth houdt haar moeders hand in de hare.

'Alles is goed gegaan,' zegt haar moeder, zwak nog. 'Of het echt allemaal goed is, blijkt pas later bij de controles.'

Er klinkt spanning door in haar stem, maar haar vader lijkt het niet te merken.

'Als ze zeggen dat het goed is gegaan, is het goed. Dan hoef je je geen zorgen meer te maken,' zegt hij opgewekt. Ze kijkt hem aan, sluit dan haar ogen. Leert hij het nooit? Het leven is niet maakbaar. Kan haar moeder het aan, leven met een verminkt lichaam? Die vraag komt niet bij haar vader op. Beseft hij dan helemaal niet wat dat voor haar moet betekenen?

'Papa, mama moet nog veel rusten. Zul je daaraan denken? Dit was een zware operatie.'

Hij kijkt hen om de beurt vol aan. 'Hoe kun je dat nou zeggen. Natuurlijk denk ik daaraan. En ik weet ook hoe dat het beste kan. Ik ga een stacaravan kopen. Dan kan ze daar uitrusten.'

Liesbeth is sprakeloos. Haar moeder draait haar hoofd om, knijpt wanhopig in haar hand. 'Nee, nee!' Maar hij hoort zijn vrouw niet, zit al vol plannen. Medelijden met haar moeder overspoelt haar, neemt haar hart in een klemmende houdgreep. Liesbeth wenkt, gebaart dat hij zijn mond moet houden, smeekt met haar ogen, zegt dan schor: 'Nu niet, papa, nu niet, alsjeblieft!'

'Hou je mond. Je moeder kan daar mooi uitrusten. Zo gaan we het doen.'

Binnen de kortste keren staat er een stacaravan op diezelfde camping waar hij vroeger altijd kwam, een Ierse houten caravan.

Haar moeder herstelt langzaam. Onzeker is ze nog, angstig ook. Voor hem zijn de problemen voorbij.

'Liesbeth, kom je naar binnen?' De stem galmt door de brandgang. Bijna iedereen is naar huis. Alleen Liesbeth is er nog, en Sonja. Ze hebben vakken getekend, drie keer afwisselend een dubbele en een enkele en dan nog een halve cirkel erbovenop. Ze hinkelen van het ene vak naar het andere, hink-stap-sprong. Bij de sprong in de halve cirkel draaien ze terug in de richting vanwaar ze gekomen zijn.

'Het is al bijna donker. Sonja, jij moest waarschijnlijk ook al lang thuis zijn.'

Het meisje knikt en huppelt weg. Liesbeth huppelt voor haar moeder uit naar binnen. Achter haar wordt de deur op slot gedaan.

'Even je handen wassen, lieve schat. Geef je jas maar hier. En ga dan binnen gedag zeggen. Meester Schieman is er.'

Verlegen loopt ze de kamer in. Ze is een beetje bang voor meester Schieman. Groot is hij. Zijn bolle hoofd is bedekt met een heleboel grijze krulletjes waar zijn ogen als donkere kopspelden onderuit priemen. Zijn stem kraakt als een schorre brombeer. Gelukkig is ze nog te klein om bij hem in de klas te zitten. Ze gaat voor hem staan, steekt haar hand uit.

'Dag, Liesbeth.'

Ze wil terugtrekken, maar hij houdt haar hand vast.

'Ik kom je iets vragen. En nu zou je natuurlijk wel willen weten wat dat is.'

Haar vader plaagt: 'Ik weet het al.' Dan is het in ieder geval niks ergs. Vragend kijkt ze van de een naar de ander. Haar ogen blijven in die van de oude meester hangen. Hij lacht en dan worden zijn kleine, bruine ogen net sterretjes, zoveel rimpeltjes zitten eromheen. Ook zijn andere hand haalt hij nu tevoorschijn. Nu zit haar knuistje echt gevangen.

'Heb je wel eens gehoord van televisie?'

Ze knikt. Wouter heeft erover verteld, en Sonja, maar die had het weer van Wouter gehoord. 'Dan kun je film kijken in de kamer,' zegt ze.

'Goed zo! En zou je dat wel eens willen zien?'

Natuurlijk wil ze dat zien. Wat een vraag. Ze knikt verlegen.

'Ik heb een televisie en je mag naar het kinderprogramma komen kijken, samen met een heleboel andere kinderen uit de buurt. Woensdag om vijf uur. Lijkt je dat leuk? Je vader en moeder vinden het goed.'

Met haar hand nog in de grote knuisten van de oude schoolmeester draait ze zich naar haar vader en kijkt hem vragend aan.

'Ja, ik vind het goed,' zegt haar vader. Hij lacht. 'Als je straks maar niet ook zo'n ding wilt.'

Ze schudt haar hoofd. Nee, dat is natuurlijk heel duur.

'Je kunt lopend naar het huis van meester Schieman en dan brengt hij je weer thuis als het afgelopen is, want dan is het donker.'

Hoe zou het zijn bij de meester thuis? Ze is er nog nooit geweest. En die andere kinderen kent ze vast niet. Het lijkt of in haar buik aan iets getrokken wordt.

Een paar dagen later is het zover. Ze moet haar nette kleren aan en krijgt een nieuwe strik in het haar, een witte van mooi breed lint. Bijna niemand draagt zo'n strik. Ze moet heel lang stilstaan als haar moeder de strik vastmaakt.

'Sta toch eens stil! Zo lukt het niet!' moppert ze. Het klemmetje trekt een paar haren strak, het doet pijn op haar hoofd. Wat duurt het lang. En dan mag ze weg. Gek is dat, doordeweeks in haar mooie kleren over straat lopen. Bij het huis van de meester staan al een paar kinderen te wachten om binnengelaten te worden. Als de deur opengaat, loopt ze achter hen aan naar binnen. De vrouw van de meester pakt haar jas aan en legt hem boven op een grote stapel jassen, gewoon op de vloer. Wat zou haar moeder daarvan zeggen als ze dat zag? Stel je voor dat haar jas de onderste was geweest. Dan zaten er vast heel veel vouwen in. Maar wat als er nu nog meer kinderen komen en die hun jassen ook op die stapel gooien? Hoe moet ze haar jas dan terugvinden?

'Kom maar binnen Liesbeth, ik heb een mooi plekje voor je bewaard. Daar kun je alles goed zien.' Ze loopt naar de stem, laat zich meenemen. 'Kijk daar!' De stem wijst naar een lege plek tussen andere kinderen. Wat zijn er veel. Ze gaat zitten, kijkt om zich heen. De meeste kinderen kent ze wel, van school of van het speeltuintje. Alle kinderen kijken dezelfde kant op naar een kastje. Er staat een bruin apparaat op. Zou dat de televisie zijn? Dat moet haast wel. En dan drukt de meester op een knop. Even later ziet ze een film, tenminste, dat denkt ze. Maar het is de omroepster. Tante Hannie heet ze. Wat een aardige mevrouw. Dan verschijnt een lange buis, De Verrekijker, en een heleboel filmpjes achter elkaar. Als dat klaar is komt er een film. Die speelt in Ierland. Er zit een man op een grote steen gitaar te spelen en te zingen. Wat is het daar mooi, wat een mooie muziek, Connemara, wat een mooie naam. Dan is het afgelopen. Ze zucht diep.

'Komen jullie volgende week woensdag weer allemaal kijken?'

Ze geven allemaal tegelijk antwoord. Liesbeth houdt haar handen tegen haar oren, zo hard schreeuwen ze. Maar ze roept net zo hard mee, zo mooi heeft ze het gevonden. De grotere kinderen duiken in de hoop met jassen tot ze de goede gevonden hebben.

'Liesbeth, wacht je even op mij?' vraagt de meester. 'Zoek je jas maar vast op. Dan breng ik je zo dadelijk naar huis.'

Hij verplaatst een paar stoelen, neemt dan haar rechterhand in zijn linker en neemt haar mee. Het voelt heel vertrouwd. Buiten is het helemaal donker. De straatlantaarns branden. Ze schrikt als ineens een donkere figuur uit een zijstraat komt rennen. 'Zwarte Piet!' Om hulp zoekend kijkt ze omhoog.

'Niet schrikken,' zegt de brombeer naast haar. 'Dat is helemaal niks om bang voor te zijn. Hij is al weer weg.'

Wat is ze blij dat hij haar wegbrengt. Straks komen ze Sinterklaas ook nog tegen. Wat moet ze dan zeggen? De meester klemt haar hand nog steviger in de zijne. Hij is veel aardiger dan ze dacht. Even later is ze thuis. De meester belt aan. Haar moeder doet open.

'Hoe was het?'

'Mooi!' Ze zegt het verlegen. En dan is de meester weer weg.

Haar moeder pakt haar jas aan. 'Zo, en nou moet je eerst eens vertellen hoe het allemaal was.'

Liesbeth vertelt wat ze allemaal gezien heeft. Het was mooier dan ze vertellen kan. De beelden wervelen door elkaar heen. Die avond duurt het lang voordat ze in slaap valt. Connemara, dat vindt ze het mooist. Steeds opnieuw ziet ze alles voor zich, voelt de grote hand om die van haar. Ze aait er langzaam overheen.

Haar moeder kan steeds minder, heeft steeds meer hulp nodig. Ze hoort op den duur niets meer en ziet heel weinig, kan bijna niet meer lezen. Haar moeder, die de hele bibliotheek in het stadje leeg gelezen heeft, zit nu voor zich uit te staren. Zelfs de groteletterboeken vormen een probleem. Koken lukt al lang niet meer. Tot Liesbeths verbazing heeft haar vader heel geleidelijk die taak overgenomen. En elke week komt Hanna en maakt zich onmisbaar.

In zo'n klein leven is het bijna vanzelfsprekend dat je moeilijk wordt. Het is haar moeder nauwelijks kwalijk te nemen. Haar vader doet wat hij kan en zorgt goed voor haar, dat moet ze hem nageven. Liesbeth probeert contact met haar te houden, schrijft heel groot in een schrift wat ze zeggen wil. Dat Anton weer een concert gegeven heeft. Dat het mooi was. Dat haar kleinzoon alleen maar bouwdoosjes in elkaar zet. En dat haar kleindochter op een witte pony rijdt. Dan lacht ze in al haar eenzaamheid.

'Wat worden ze groot. Wat heb ik veel voor hen genaaid en gebreid. Kon ik dat nog maar.'

Liesbeth ziet alle bloesjes, jurkjes, truitjes weer voor zich, of het zo uit de winkel kwam. Haar vader zwijgt. Zijn gehoor neemt af, al is het met hem niet zo erg als met haar. Er is nauwelijks nog communicatie tussen hen.

'Je vader doet zijn best,' zegt haar moeder op een keer. De tranen springen Liesbeth in de ogen. Aan dit soort dingen denk je niet als je trouwt. Als je zou weten hoe het zou gaan, zou je dan wel trouwen? Het is een bijna onmogelijke opdracht zo volledig de zorg op je te nemen van iemand die niet meer voor zichzelf kan zorgen. Hij kan nooit weg, van vakantie is geen sprake meer. De stacaravan staat er verlaten bij. Hij houdt vol, blijft trouw, dat heeft hij immers beloofd toen ze trouwden: in voorspoed en tegenspoed, hij zou haar niet verlaten. Zou ze dat zelf op kunnen brengen? Het houdt haar bezig en dan weet ze: ja, zij zou hetzelfde doen. Eén keer laat hij haar moeder alleen en dan ook meteen een hele week. Hij heeft gehoord dat het mogelijk is iemand bij langdurige ziekte tijdelijk een week in het bejaardenhuis te laten opnemen zodat de familie even wat rust krijgt.

'Dan wil ik naar de stacaravan.'

'Maar dan ben je daar alleen.'

'Dat kan me niets schelen.'

'Ik kan niet mee. Ik moet werken.'

'Ik verlang ernaar een poosje alleen te zijn.' Hij heeft dit nodig. Zijn taak is zo verschrikkelijk zwaar. Maar als ze naar haar moeder kijkt, draait haar maag om. Het is voor haar zo moeilijk, zo onverteerbaar.

'Je sluit me op! Je wilt van me af!'

Heel even heeft hij geen woorden. Zou hij dat kunnen, haar in de steek laten? Mat klinkt zijn stem: 'Nee, ik wil niet van je af. Maar ik wil even rust.'

En hij houdt vol. Liesbeth steunt hem, maar houdt er een akelig gevoel aan over. Steeds ziet ze haar moeder voor zich, in een vreemde kamer met vreemde mensen om zich heen, eenzaam. Vanuit de stacaravan schrijft hij: 'Ze heeft een mooi kamertje met alles erop en eraan. Als er iets moet gebeuren hoeft ze maar op een belletje te drukken en dan komt er een zuster.'

Haar moeder voelt zich verraden, gevangengezet, alleen. Weer thuis blijft ze hem verwijten dat hij haar dit heeft aangedaan. 'Je wilt van me af!'

Op den duur geeft hij geen antwoord meer en is er alleen nog het zwijgen. Het is een ander zwijgen dan vroeger, maar de stilte is even zwaar te dragen. Hij doet zijn plicht, jarenlang, verdraagt alles. Tot hij ziek wordt. Hanna waarschuwt haar: 'Ik heb de dokter gebeld. Hij is helemaal niet in orde.' Niet veel later ligt hij in het ziekenhuis en wordt acuut geopereerd. Prostaatproblemen. Liesbeth laat gezin en werk in de steek en komt in een leeg huis. Haar moeder is tijdelijk in een verpleeghuis opgenomen omdat ze niet alleen kan zijn. De een in het verpleeghuis en de ander in het ziekenhuis. Liesbeth weet niet waar ze het zoeken moet. Alleen, zonder Anton, kan ze dit nauwelijks aan. Maar ze moet. Hij belooft in het weekend te komen met de kinderen. Dat idee houdt haar op de been.

Ze vindt haar moeder in een rolstoel in wat men de huiskamer noemt.

'Waar is je vader?'

Het schriftje komt eraan te pas.

'Papa is ziek. Hij ligt in het ziekenhuis.'

'Ziek? Je vader?'

Heeft ze niet begrepen waarom ze niet thuis is? Ze ziet de verbazing. Haar vader is bijna nooit ziek. Ze heeft het dus niet begrepen. Tegelijk ziet ze ook schrik.

'Wat heeft hij dan?'

Ze probeert het zo goed mogelijk uit te leggen.

'Als je vader ziek is, kan ik niet naar huis.'

Dat is het dus. In dat ene zinnetje ligt haar volledige afhankelijkheid besloten. De ongerustheid staat op haar gezicht te lezen.

'Het komt allemaal wel goed. Maak je niet ongerust.'

Wie wil ze nu geruststellen? Haar moeder of zichzelf?' Ze gaat van de een naar de ander, is 's avonds doodmoe. Die vrijdagavond kan ze bijna niet wachten tot Anton er is, tot ze de kinderen ziet. Ze houdt hen alle drie vast alsof ze hen nooit meer wil loslaten. Anton regelt de volgende dag een busje voor rolstoelvervoer en samen brengen ze haar moeder in een rolstoel naar haar man. Liesbeth manoeuvreert de rolstoel naast het bed. Het is onwerkelijk haar moeder hier te zien, naast het bed van haar vader. Heel even liggen hun handen in elkaar, heel even maar, of ze vreemden zijn. 'Hou elkaar nou vast!' wil ze schreeuwen. Haar vaders ogen glijden over zijn vrouw, kijken dan weg. Zij kijkt hem even aan en buigt haar hoofd naar haar handen in haar schoot.

Liesbeth doet krampachtig opgewekt. 'Het gaat allemaal heel goed en over een paar weken zijn jullie allebei weer thuis.' Ze voelt zich als het kleine meisje dat lang geleden tijdens een wandeling in de duinen de handen van haar ouders in elkaar legde, omdat ze ruzie hadden. Een paar weken later zijn ze allebei weer thuis en houden elkaar gevangen.

Dan wordt hem een nieuwe mogelijkheid geboden om iets van zijn vrijheid terug te krijgen. Haar moeder mag tweemaal per week naar een dagopvang. 's Morgens wordt ze door een busje opgehaald en in de loop van de middag weer teruggebracht. Het vervoer wordt begeleid door een deskundige verzorgster. Het brengt een welkome afwisseling in zijn dagen. Hij kan weg, heeft even rust. En zij accepteert het, schijnt het wel prettig te vinden. Het gaat goed tot Liesbeth op een middag haar vader belt. Hij is in paniek.

'Ik bel straks wel terug. Je moeder is gevallen. Ze liep aan de arm van de zuster naar de voordeur en is gestruikeld over het stoepje. Ze moet naar het ziekenhuis. Er is iets met haar been, met haar knie.'

Vanuit het ziekenhuis wordt ze algauw overgebracht naar een verpleeghuis. Elk weekend maakt Liesbeth de lange reis naar haar ouderlijk huis, meestal met het hele gezin. Het is voor hen allemaal een zware opgave. Op den duur lijkt het haar moeder niets meer te kunnen schelen of ze er nu zijn of niet. Ze ligt in een hoog bed, hekjes aan beide kanten. Zij, haar dochter, weet niets meer te zeggen. Ze ziet alleen het leed, de eenzaamheid, die grote eenzaamheid. Hoe groot, dat kan zij helemaal niet weten. Haar moeder zit gevangen in een lichaam dat niets meer wil, een lichaam dat pijn heeft, een lichaam dat niets hoort, dat nauwelijks nog iets ziet. Ze neemt een vermoeide hand in de hare, zoekt een reactie in het afgetobde gezicht. Niets: geen mondhoek, geen wimper die reageert, geen vinger die beweegt in haar hand. Ze blijft kijken, blijft zoeken. Haar vader zit er verloren bij.

Anton neemt de kinderen mee de zeedijk op, waar het verpleeghuis pal achter ligt. Hij leidt hen af. 'Kijk eens wat een grote boot! Die vaart naar de haven van Antwerpen.'

Even kijken ze. Dan pakt Mieke zijn hand, kijkt naar hem op. 'Gaat oma nou dood?'

Hij aarzelt voordat hij antwoord geeft. 'Misschien wel. We weten het niet. Ze is erg ziek.'

Hij loopt, kiest de richting waarin ze de wind tegen hebben. Hun haren wapperen, ze duwen tegen de wind, lopen achterstevoren. Ze lachen, oma is voor even vergeten.

De volgende dag gaan ze naar huis, maar niet voor lang. Het gaat steeds slechter met haar moeder. Liesbeth voelt dat ze naar haar vader moet. Ze wil niet wachten tot het weekend. Haar moeder ligt in een andere kamer, de muren zijn kaal en koud. Er heerst een onwezenlijke sfeer. Samen zitten ze naast het bed, Liesbeth aan het hoofdeind, haar vader naast haar. Haar moeder ademt moeilijk, hijgend, ziet niets, hoort niets. Op het ritme van dat hijgen klinken zijn verhalen over vroeger, verhalen die ze al lang kent. En ook hoe lief haar moeder was. Wat wil hij? Dat ze alles vergeet, alle ruzies, alle ellende, het slaan met deuren, de dreigingen weg te gaan? Hij vertelt maar door, al zijn herinneringen aan haar, zijn dochter, aan vroeger, zijn blijdschap om haar geboorte. Zijn woordenstroom trekt haar ogen naar hem toe, weg van het bleke, strijdende gezicht vlak bij haar. Tot ze schrikt van een geluid, anders dan wat er steeds geweest is de afgelopen uren. Ze kijkt naar het vale gezicht op het witte kussen, ziet verandering, haar moeder ademt veel moeizamer. Liesbeth grijpt de hand van haar vader. 'Stil.'

'Tsja...'

Ze wil helpen, weet niet hoe. 'Ik haal een zuster.'

'Ja, doe dat maar.'

Ze loopt door de gangen, ziet niemand, ze roept: 'Zuster!' Haar hart dreunt. Wat een dwaasheid! Wat kan een verpleegster nu nog uitrichten? Niets immers. Wat verlichting geven misschien? Daar komt er een aan. Eindelijk. 'Zuster! Mijn moeder. Ik geloof...'

Weg is ze. Liesbeth rent achter haar aan naar de ziekenkamer. Het zware ademen gaat nog steeds door. Ze gaat weer op haar plaats zitten. Aan de andere kant van het bed pakt de zuster haar moeders hand vast. Ze tilt de lakens op aan die kant, laat ze terugvallen. Wat zag ze? Wat heeft dat voor zin? De mannenstem zwijgt. Ze legt een hand op zijn arm. Haar moeders gezicht vertrekt, een grimas, pijn. Dan is ze stil, onwezenlijk stil. De zuster legt haar moeders arm terug op het laken. 'Wacht u maar even op de gang.'

Het is heel stil op de afdeling, ze hoort alleen het ruisen van haastige zusters. Achter haar ogen dreunt een niet te stillen pijn. Ze belt Anton. 'Mama is overleden.' Ze snikt, huilt vervolgens hartverscheurend.

Dan Antons stem: 'Stil maar, het is beter voor je moeder. Ze kon immers niet beter worden.'

Haar vader zit voor zich uit te staren, stilgevallen, zucht af en toe. Tot ze geroepen worden. 'Komt u maar.'

Verstard staat hij in de deuropening, staart naar het bed waarop haar moeder ligt, even star als hij. 'Ja, ze is dood.' Zijn stem klinkt schor. 'Ze is dood.'

Dat hoeft hij niet te zeggen. Ze ziet het zo ook wel. De hele kamer is vol van dood. Ze wil schreeuwen: 'Mama, wacht nog even, nog even!'

Schuldgevoelens kruipen vanuit haar buik omhoog, steeds hoger. Waarom heeft ze haar moeders hand niet vastgehouden? Waarom heeft ze dat die zuster laten doen, die vreemde? Waarom heeft ze haar angst voor de dood niet kunnen overwinnen? Naast haar klinken doffe woorden: 'Ja, zo is het leven. Zullen we naar huis gaan?'

Een paar maanden na haar overlijden gaat hij weer naar de stacaravan, alleen, steeds overdag, hij blijft er niet slapen. Hij gaat wandelen en zit een poosje televisie te kijken. Hij kookt niet. De patatkraam krijgt een goede klant aan hem. Het lijkt of hij de dagen van vroeger tot leven wil dwingen. Eenzaam is hij daar.

Elke avond leert ze lezen, bij haar vader op schoot. Hij wijst de plaatjes aan en zij zegt wat eronder staat. Ze heeft niet altijd zin, maar doet toch maar wat hij zegt om hem niet boos te maken. Als hij boos op haar is, is ze vreselijk bang. Bang voor zijn strenge ogen, bang voor zijn strakke mond. Ze weet altijd meteen of hij in een goede bui is of niet. Als ze bij het koffiedrinken na schooltijd bij hem op schoot zit, haar armen om zijn nek, dan knuffelt hij haar, zegt dat ze zijn lieve meid is. Maar als hij boos is geeft zijn lichaam niet mee. Dan is het hard en laat ze zich algauw wegglijden. Ze blijft gehoorzaam haar best doen om te leren lezen, te leren rekenen. Haar vader heeft zijn plan klaar. De laatste zes weken van het schooljaar zal ze meedoen in de eerste klas. Dan kan ze een beetje wennen en daarna meteen door naar de tweede.

Die eerste keer staat ze gespannen klaar om met haar vader naar school te gaan. Hij trekt zijn jas aan, pakt zijn tas, loopt naar de schuur om zijn fiets tevoorschijn te halen. Liesbeth huppelt achter hem aan, staat klaar om opgetild te worden, wacht op de zwaai om haar op de bagagedrager te tillen. Hij draait behendig zijn fiets door het tuinhek, ziet haar dan pas staan.

'Nee, nee, je gaat niet met me mee. Ik moet er veel vroeger zijn dan jij. Loop maar met Wout en Frans mee. Maar zorg ervoor dat jullie op tijd op school zijn.'

Teleurgesteld kijkt ze hem na. Ze begrijpt het wel, maar ergens ook niet. Ze gaat toch voor het eerst naar school, waar moet ze zijn, waar is haar klas? Wout zit in dezelfde klas, hij weet het natuurlijk, dan kan ze gewoon meelopen.

'Ga nou maar naar de buren,' zegt haar moeder. 'Wout en Frans zijn nu wel klaar. En goed opletten onderweg. Niet treuzelen. Zorg dat je op tijd bent.'

Even later loopt ze samen met de jongens de straat uit, draait zich nog even om. De zwaaiende armen van haar moeder maken diep vanbinnen een fijn gevoel los. Ze zwaait terug tot ze de hoek om is. Pas als ze jaren later haar eigen kind op de eerste schooldag bij een vreemde juf achterlaat vraagt ze zich af waarom haar moeder haar niet gebracht heeft.

Onderweg spelen ze vangertje. Maar alles is anders: de huizen, de hekjes, de ramen, alles ziet er anders uit en toch ook weer niet. Zij voelt zich anders, daar komt het door. De jongens maken geen haast en eigenlijk trekken ze zich niet zo heel veel van Liesbeth aan. Moeten ze nou niet een beetje doorlopen naar school in plaats van zo lang te treuzelen?

'Frans, we moeten toch naar school? We komen toch niet te laat?' Ze trekt aan zijn mouw.

'Welnee, maak je niet druk!'

Frans kijkt om zich heen. Twijfelt hij? Haar hart slaat over. Ze mag niet te laat komen. Haar vader, nee, ze moet er niet aan denken. Hij zal zo verschrikkelijk boos zijn. Uit een van de huizen komt iemand naar buiten. Frans rent naar hem toe: 'Meneer, weet u hoe laat het is?'

'Al bijna negen uur, jongen. Begint de school niet om negen uur?'

Ze rennen weg. Vanbinnen dreunen mokerslagen. Zie je wel, ze wist het wel. Waarom had haar vader haar nou niet meegenomen! Ze rent achter de jongens aan, heeft nog nooit zo hard gelopen. Hij staat in de deuropening van de school. Hij draagt de bruine jas, die ze herkent van de waslijn. Dat is tegen het stof van het krijt, heeft haar moeder verteld. Hij is verschrikkelijk boos, ze ziet het aan zijn ogen.

'Direct naar jullie klas.'

Frans rent een gang in en Wout neemt een spurt de trap op naar boven. Ze voelt de klem van haar vaders hand, waar ze zich onmogelijk uit kan bevrijden. Is hij bang dat ze zich op het laatste moment nog los zal rukken? Boven aan de hoge brede trap ziet ze Wout nog net verdwijnen. Daar moet ze ook heen, ze loopt al of ze wil of niet, wordt bijna meegesleurd. Het lijkt op de droom die altijd weer terugkomt, maar dan andersom. In de droom loopt ze een heel lange trap af en zijn er ineens geen treden meer zodat ze valt, heel diep tot ze van angst wakker wordt. Nu gaan ze steeds hoger. Er lijkt geen eind aan te komen. Hun schoenen klossen naast elkaar op het kale hout. Ze is buiten adem en haar hand doet pijn, maar ze durft niks te zeggen. Boven is weer een brede gang en een heleboel jassen aan zwarte haken, daarboven grote ramen. Ze moet twee stappen zetten als hij er maar één nodig heeft. Haar vader doet een deur open, duwt haar naar binnen. Wat zijn die banken groot, wat een grote kinderen.

'Juf, hier is een nieuwe leerling.'

Hij laat haar los. Met haar andere hand wrijft ze over de vingers die knel hebben gezeten. Ze zien helemaal rood.

'Zo, en hoe heet jij?'

'Liesbeth.'

'Zeg het eens wat harder. Ben je je tong verloren?'

Dat is de stem van haar vader, streng.

'Liesbeth.'

En weer hoort ze zijn barse stem: 'Kun je geen hand geven?'

Ze kijkt omhoog naar de juf, ziet koele ogen in een trots gezicht en doet verlegen wat haar vader vraagt. Hij verdwijnt. Ze is overgeleverd aan die vreemde mevrouw en alle kinderen in de klas kijken haar nieuwsgierig aan.

'Kom maar mee. Ik heb een mooi plekje voor je.'

Die woorden klinken toch wel vriendelijk. Achter in de klas bij het raam is een lege bank.

'Ga hier maar zitten.'

Ze moet klimmen om erin te komen. Haar voeten hangen een heel eind boven de voetenplank. Als ze voorzichtig langs haar benen onder de bank wil kijken, glijdt ze bijna naar beneden. Bovenaan in het midden zitten twee donkere gaten met een schuifje. Daaromheen is het blauw, donkerblauw, diep doorgedrongen in de gleuven in het hout. Er zit niemand naast haar, ze zit alleen. De andere kinderen lijken heel ver weg. Ze mag niet hetzelfde doen als zij, krijgt ander werk. Het is niet leuk. Ze kan het niet, begrijpt niet wat er staat. Door het raam kan ze precies de takken van een hoge boom zien. En daarachter de blauwe lucht. Wat doet haar moeder nu? Ze denkt aan het tafeltje thuis, met het rode blad. Ze ziet de boekjes voor zich, de kleurpotloden. Was ze maar thuis. Het is hier allemaal zo anders.

‘Doorwerken, Liesbeth. Het moet om twaalf uur af zijn.’

Ze schrikt op. Dat lukt nooit. Er gaan kinderen weg. Zijn die al klaar? Even later is ze alleen en ziet haar vader binnenkomen. Ze is bang als hij naast haar bank staat. Groot is hij, veel groter dan thuis. En streng, heel streng. Hij zegt iets tegen de juf. Ze knikt.

‘Stop maar. We gaan naar huis. Vanmiddag werk je er verder aan.’

Haar vingers zitten onder de inkt. Met branderige ogen loopt ze naast hem naar huis. Ze zegt niets tegen haar moeder, haalt haar schouders op als ze vraagt hoe het geweest is. Ze ziet er heel erg tegenop om ’s middags weer te gaan. De aardappeltjes worden steeds opnieuw geprakt. Ze eet er bijna niet van.

‘Mag ik vanmiddag thuisblijven?’

Eigenlijk weet ze het antwoord al.

‘Geen sprake van. Je bent nu groot.’ Haar moeder spreekt hem niet tegen.

’s Middags zit ze er weer. Maar na schooltijd doet ze woeste spelletjes met de buurkinderen.

Ze loopt heen en weer tussen de auto en de keukendeur en brengt de boodschappen naar binnen. Wat een gedoe. Ze is altijd bang dat ze te weinig in huis heeft en haalt iedere keer te veel. Steeds opnieuw neemt ze zich voor precies te plannen wat ze zullen eten en een nauwkeurige lijst te maken. En elke keer neemt ze daar onvoldoende tijd voor. Ze zet een rammelend boodschappenkratje op de tafel. Daardoorheen klinkt een ander geluid. Het duurt even tot het tot haar doordringt dat het de telefoon is. Geërgerd neemt ze het apparaat op; het ding laat zich altijd horen op momenten dat het haar helemaal niet uitkomt.

'Met Liesbeth.'

'Liesbeth, met Hanna.'

Haar hart gaat van het ene ogenblik op het andere als een razende tekeer. Hanna belt nooit. Zij belt naar Hanna en niet andersom.

'Schrik niet, maar je vader ligt in het ziekenhuis. Hij was steeds duizelig en is een paar keer gevallen.'

'Toch niets gebroken?'

'Nee, maar ze gaan wel onderzoeken of er iets aan de hand is.'

De reis duurt lang. Het lijkt wel of het langer duurt dan anders. Ze neemt zichzelf onder handen als ze in de zoveelste file terechtkomt. 'Blijf nou rustig. Het helpt helemaal niets om je zo op te winden. Er is geen levensgevaar bij, dus het maakt niet uit hoelang je erover doet.'

Ze rijdt regelrecht naar het ziekenhuis als ze ziet dat ze het bezoekuur aan het begin van de avond nog zal halen.

'Kind, wat ben ik blij dat je er bent. Hoe wist je dat ik hier ben?'

Hij zit naast zijn bed, drinkt sinaasappelsap.

'Hanna heeft me gebeld.'

'Natuurlijk, Hanna. Ik zou niet weten wat ik zonder haar moest.'

'Hoe is het met je? Wat is er gebeurd?'

'Ik weet niet wat er gebeurd is. Er is niks gebeurd. Er is niets aan de hand met mij.'

Aan het bed naast het zijne wordt het drukker.

'Mag je een eindje lopen op de gang?'

'Natuurlijk mag ik dat.'

Ze moet hem goed vasthouden, merkt ze. Af en toe dreigt hij om te vallen. Hij vertelt over de zusters, over de dokters, over de onderzoeken.

'Ik moest maar gauw weer naar huis. Dat is veel beter. Ik mankeer helemaal niks.'

Ze twijfelt. Hij is wankel. Er moet iets aan de hand zijn. Als ze in de ziekenkamer afscheid van hem heeft genomen zoekt ze een zuster op, maar die kan haar niet veel vertellen. Niet meer dan ze al weet en gemerkt heeft. 'De onderzoeken moeten eerst afgerond zijn. Daarna zal de neuroloog een gesprek met u hebben. U hoort zo snel mogelijk van ons wanneer dat zal zijn.'

Ze gaat niet terug naar huis, wil eerst weten waar ze aan toe is. In zijn lege huis rommelt ze wat aan, ordent het een en ander, overlegt praktische zaken met Hanna. Ze voelt zich vreemd, zo'n hele week alleen in zijn huis. Dat is het immers: zijn huis. Eigen dingen uit haar jeugd zijn er niet meer te vinden. Die heeft ze in haar studiejaren geleidelijk aan allemaal meegenomen. Wat ze nu ziet en vindt herinnert haar alleen aan lange jaren van ruzie en onbegrip.

Het gaat algauw weer beter met hem en hij mag naar huis. Voordat hij uit het ziekenhuis ontslagen wordt, hebben ze samen een gesprek met de neuroloog. Het is een klein infarct geweest in de kleine hersenen en de hersenstam, vertelt hij. Hij windt er geen doekjes om.

'Het is goed afgelopen. We hebben geen schade kunnen ontdekken. Maar uw vader is wel wankel, meer dan eigenlijk zou moeten. Hij vertelde dat hij helemaal alleen woont. Dat is in verband met de kans op herhaling eigenlijk niet zo geweldig. Eerlijk gezegd adviseer ik u om te zien naar aangepaste woonruimte, waar hulp in de directe omgeving te vinden is.'

'Wat zegt hij?' Haar vader buigt zich naar haar toe.

'De dokter vindt het beter dat we uit gaan kijken naar een aangepaste woning. Die zijn er wel, hoor. Er worden aanleunwoningen gebouwd tegenover het bejaardenhuis.'

'Daar ga ik niet heen. Vergeet dat maar. Ik blijf wonen waar ik nu woon. Mij mankeert niks.'

De kamer van de neuroloog lijkt gevuld met logge, dikke kussens, waartussen ze zich niet meer kan bewegen.

'Ik adviseer u toch er eens goed over na te denken. U bent de jongste niet meer. Wat u nu overkomen is, moet u zien als een signaal dat uw woonomgeving zo optimaal mogelijk moet zijn.'

'Dokter, ik mankeer niks. We gaan naar huis.' Hij staat op, wankelt even.

Ze grijpt zijn arm. 'We hebben het er nog wel over,' probeert ze hem te sussen.

'We hebben het nergens over. Dat is nergens voor nodig.'

De arts kijkt haar aan, geeft een hand. 'Veel sterkte met uw vader.'

Ze wordt met een blij gevoel wakker. Er is iets vandaag. Dan weet ze het weer. Schoolzwemmen, vandaag heeft ze schoolzwemmen. Met de hele klas op de fiets naar het zwembad en dan het water in. De badmeester is heel aardig, vindt ze. Hij is lang en mager. Zijn donkere haar valt steeds scheef voor zijn ogen en dan zwaait hij dat met een ruk van zijn hoofd weer opzij. Hij is gebruind door de zon. Als je ook de hele dag in het zwembad bent! Hij staat bijna de hele dag op een van de steigers. Daar zijn er twee van, een links en een rechts. Ze steken ver het water in. Vanaf de punt kun je alles overzien. Dat zou ze ook wel willen, de hele dag bij het water. Maar als je badmeester bent mag je natuurlijk niet steeds het water in. Je moet iedereen in de gaten houden want er mag niemand verdrinken. Ze zou de hele dag willen zwemmen.

Op school kan ze bijna niet wachten tot de meester het sein geeft dat ze zich klaar moeten maken om naar het zwembad te gaan. Twee aan twee in een lange rij fietsen ze weg van school. Ze fietst naast Dorothee.

'Eigenlijk duurt deze zwemles veel te kort,' zegt ze.

Liesbeth kijkt haar verbaasd van opzij aan. 'Waarom denk je dat?'

'De echte zwemles die ik op woensdagmiddag en op zaterdagmorgen krijg duurt veel langer. Dan leer je het veel sneller.'

'Is er dan nog een zwemles?'

'Ja. Dat is na schooltijd. Maar daar moeten mijn vader en moeder voor betalen. Als je niet zoveel geld hebt leer je het op schoolzwemmen natuurlijk ook wel. Maar dan duurt het langer voordat je het goed kunt.'

Zou Dorothee eerder kunnen zwemmen dan zij? Dat zou ze niet leuk vinden, niet eerlijk ook. Zij kan het toch niet helpen dat Dorothees vader meer geld verdient dan de hare? Hij is tandarts. Dorothee kan daar niets aan doen, maar Liesbeth vindt het toch oneerlijk. Ze zou ook wel extra zwemlessen willen. De stem van de badmeester buldert over het water: 'Kikker... potlood... vliegtuig! Kikker... potlood... vliegtuig!' Ze zal thuis vragen of ze naar die andere zwemles mag. Kikker... potlood... vliegtuig. Het koord met de kurkjes striemt om haar middel. Ze houdt het plankje vast, recht voor zich uit, precies zoals de badmeester zegt. Als dat toch eens zou mogen, dan zou ze vaker naar het zwembad kunnen dan nu. Het gaat best al goed, vindt ze zelf. Maar Dorothee zwemt sneller. 'Goed zo, Dorothee,' roept de badmeester. Liesbeth probeert haar in te halen, wil ook snel zwemmen, maar het lukt haar niet. 'Je armen goed opzijduwen Liesbeth, duw het water maar weg!' Even later hangt ze hijgend aan de rand van de steiger. Als de les voorbij is mogen ze nog even doen wat ze willen voordat ze zich weer aan moeten kleden. Ze gebruikt die tijd om nog een keer van de ene steiger naar de andere te zwemmen. Haar plankje en kin wijzen recht vooruit.

'Je zwempak zit los!'

Het is een schreeuw vlak bij haar. Wie roept dat? Is dat tegen haar? Van schrik spoelt een grote golf over het plankje recht haar mond in. Hoestend gaat ze staan. Vlak bij haar staat een jongen in het water. Hij wijst, lacht spottend. Haar badpak is een broekje geworden. Ze volgt de wijsvinger die zich om het bandje van haar badpak kromt. Het andere bandje kronkelt als een waterslang om haar heen. Met een hoogrode kleur grijpt ze het bandje vast en draait zich van hem weg. Zal hij loslaten? Het bandje komt strak te staan, schiet dan los. Snel trekt ze het bovenstukje van het badpak aan de bandjes omhoog, de ruwe stof doet pijn aan haar kleine koude tepels. Ze probeert een knoop te maken, maar de bandjes zijn nat en stug, willen niet wat zij wil. De jongen lacht met een grijns en duikt dan met een plons onder water. Waar is hij gebleven? Iets verderop komt hij weer boven, kijkt nog even om en zwemt dan met een lange crawlslag naar de steiger. Op hetzelfde moment roept de badmeester: 'Aankleden allemaal! Tot de volgende keer! Naar school!' Gehoorzaam gaat ze het water uit.

In het kleedhokje vraagt Dorothee: 'Wat wilde die jongen van je?'

'Niets.' Ze haalt onverschillig haar schouders op. Gelukkig is het meestal fijn in het zwembad. Ze zou er wel elke dag heen willen, ook op zondag.

De zondag is een bijzondere dag. Ze weet niet goed of ze dat nou een fijne dag vindt of niet. Eerst moet ze naar de zondagsschool in haar zondagse jurk en met haar zondagse schoenen aan. Witte schoenen zijn het en ze knellen. Haar vader gaat naar de kerk en ze loopt met hem mee. De zondagsschool is halverwege. 'Dag, papa.' Ze zwaait nog even en loopt dan de zijstraat in. Aan het eind staat een laag gebouwtje. Daar moet ze zijn. Ze voelt zich er nooit zo erg op haar gemak. Er zijn een paar heel vervelende jongens bij voor wie ze een beetje bang is. En er zijn twee juffrouwen, wat ze raar vindt. Een grote juffrouw, net als op de gewone school, en een veel jongere, die nog niet zo lang van de zondagsschool af is. Die moet later de echte juffrouw worden. Liesbeth weet nu al dat ze dat nooit zal doen, juffrouw worden op de zondagsschool. Ze zal blij zijn als ze ervanaf is.

De jongens maken rare geluiden tijdens het zingen. De juf kijkt heel boos in hun richting maar zegt er niets van. Dat zouden ze bij haar vader in de klas niet moeten proberen. De ene jongen maakt rare gebaren naar de ander en dan ligt de ander plat van het lachen. Wat is daar leuk aan? En als de juf het bijbelverhaal aan het vertellen is geven ze steeds briefjes aan elkaar door en kijken dan steels of de juf het ziet of niet. Ze zegt er niets van, vertelt gewoon door over Jaïrus en zijn dochtertje. Liesbeth vindt dat een prachtig verhaal. Ze moet bijna huilen als het dochtertje doodgaat, zo zielig vindt ze dat. En dan komt Jezus, wappert met zijn handen en dan leeft ze weer. Jaïrus is heel erg blij. Haar vader zou ook blij zijn als ze dood was en weer levend werd. Dat weet ze zeker. Ze zingt met volle overgave mee van 'Er ruist langs de wolken'. Tijdens het zingen hoort ze een paar stoelen omvallen en geproest boven het zingen uit. Als ze even omkijkt, ziet ze hoe de raddraaiers zich omhooghijsen aan de rand van de tafel. De juffen tillen hun armen omhoog, vouwen duidelijk zichtbaar hun handen terwijl ze de klas rondkijken. De kinderen vouwen ook hun handen en dan klinken de dankwoorden. 'Heer, help ons allemaal in de komende week. Zorg dat we hier allemaal volgende week weer veilig terugkeren.'

Liesbeth zegt de woorden in stilte mee en denkt aan het dochtertje van Jaïrus. Als zij nou doodging, zou Jezus haar dan ook weer levend maken? Ze wil niet dood en ze wil ook niet ziek worden. Maar als ze niet meer naar de zondagsschool zou moeten, zou ze dat niet erg vinden.

Ze is eerder thuis dan haar vader. De koffiepot staat aan en haar moeder trekt haar jasschort uit. Er hangt een vreemde geur om haar heen. Dat is altijd zo als ze in huis gewerkt heeft. Liesbeth walgt een beetje van die geur, dan wil ze haar moeder geen kus geven. Maar dat hoeft ook niet. Daar is geen aanleiding voor. Op het aanrecht staat een pan met aardappelen, geschild, klaar om op het fornuis te zetten. Ze tilt het deksel op van een andere pan: boontjes. Daar is ze niet zo gek op, maar het is beter dan de zoute snijbonen die ze op nieuwjaarsdag altijd eten. Op het fornuis staat een pan vlees te pruttelen en een grote pan tomatensoep. Dat vindt ze lekker. Op de keukentafel staat een dienblad met stukjes appeltaart, zelfgebakken. De glimmende schijfjes appel liggen in een waaier in het goudglanzende deeg.

Ze hoort het slot van de voordeur, het geluid van de kapstok. 'Papa is thuis, mama.' Ze zegt het duidelijk, luid.

Haar moeder kijkt haar vragend aan. 'Is je vader thuis?'

'Ja.'

'Neem jij de appeltaart mee naar binnen? Dan neem ik de koffie mee.'

De gebakschaaltjes passen niet helemaal op het dienblad, een ervan hangt schuin op een andere en het vorkje glijdt eraf tegen de rand. Haar vader zit al gereed in zijn stoel, het ene been over het andere. Hij volgt haar bewegingen als ze de appeltaart naast hem op het bijzettafeltje zet. Haar moeder zet een kop koffie ernaast. Ze geeft Liesbeth limonade.

'Hoe was het in de kerk?' vraagt ze als ze op de bank tegenover hem zit.

'Hetzelfde als anders. Hij heeft weer verschrikkelijk veel laten zingen. Dan hoeft hij minder te preken, natuurlijk.'

'Dat is toch niet zo erg, papa?'

'Een paar psalmen of gezangen is goed, maar niet zoveel. Dat is nergens voor nodig.'

'Waarom ga je dan naar de kerk als je het daar niet fijn vindt?'

'Ik ben hoofd van een school en ik behoor dat te doen.'

'Dat ben je toch niet op zondag?'

'Ja, dat gaat altijd door.'

'Als ik groot ben wil ik op zondag doen wat ik wil.'

Hij glimlacht even. 'Dat kan nu eenmaal niet altijd.'

'Ik vind het niet leuk op de zondagsschool. Er zitten heel vervelende jongens op.'

'Zitten die bij ons op school?'

'Nee, ik ken ze niet.'

'Dan komen ze van de christelijke school. Moet je nagaan. Van een christelijke school komen en je dan slecht gedragen op de zondagsschool. Dat lijkt toch nergens op.'

'En de juffrouw durft er niks van te zeggen. Ze kijkt alleen maar boos naar die jongens. Mag ik van de zondagsschool af?'

'Nee, je blijft erop. Het is goed voor je algemene ontwikkeling als je bekend bent met de bijbelverhalen. Dan begrijp je ook beter wat de betekenis van allerlei spreekwoorden is. Wat je later doet moet je zelf weten.'

Het klinkt streng, vastbesloten. Zijn mond een streep, harde ogen. Er is niets tegen in te brengen. Ze neemt een slokje limonade. Een zucht van haar moeder terwijl ze opstaat om voor de tweede keer koffie te halen. Het tweede kopje wordt zwijgend leeggedronken. Als haar moeder weer naar de keuken gaat wordt de radio aangezet. Klassieke muziek, waar haar vader bij in slaap valt. Ze vindt het mooi, je kunt erop dansen. Ze danst rond de tafel, tussen de bank en de salontafel door, haar armen hoog boven haar hoofd zoals ze dat een balletdanseres heeft zien doen op de televisie. En dan lacht ze, gooit haar hoofd achterover, draait weer rond met een kriebel in haar borst, tot haar moeder binnenkomt met het tafellaken.

'Dek jij even de tafel!'

Ze is al weer weg naar de keuken. Het tafellaken brengt haar terug naar de werkelijkheid van de huiskamer. Gedwee doet ze wat haar gevraagd is, terwijl haar vader wakker wordt van de stem van G.B.J. Hiltermann. Hij vertelt zijn verhaal terwijl ze woordeloos eten wat op tafel komt.

Dan wordt er opgeruimd, afgewassen en gaat haar moeder een poosje rusten op de bank met een plaid over haar benen. Liesbeth gaat met haar vader mee wandelen, helemaal rond de grote kreek. Haar kleine hand ligt verscholen in de zijne in de zak van zijn jas. Zo voelt ze zich vertrouwd met haar vader, zo is er van strengheid geen sprake. Zijn stem is als een steeds doorkabbelende, vriendelijke stroom. Ze kent al zijn verhalen. Heel vaak gaan ze over Serooskerke op Schouwen. Daar heeft hij in de oorlog gewoond tot het er te gevaarlijk werd omdat het hele gebied onder water werd gezet. Hij was een gezien man, was eigenlijk een grote vriend voor de kinderen van het schooltje. Serooskerke ligt vlak bij zee. Tussen het dorp en het water was in de oorlog een inham, die bij hoog water onderliep. Bij een bocht in de dijk was een steiger waar je af kon springen. De kinderen mochten er niet spelen omdat ze niet konden zwemmen. Haar vader heeft het ze geleerd. Liesbeth vindt dat heel knap van haar vader. Hij vond dat het moest omdat ze zo dicht bij zee woonden. Niemand van die ouders protesteerde, ze vonden alles best. Er was gewoon nooit iemand op het idee gekomen om het de kinderen te leren. Niemand kon immers zwemmen.

'Hoe heb je het ze geleerd?' vraagt Liesbeth nieuwsgierig. 'Had je dan plankjes en bandjes?'

'Nee, ik bond een touw om hun middel en dat touw zat vast aan een hengel. Spring er maar in! riep ik dan. En dan sprong dat kind in het water. Zo kregen ze allemaal een beurt. Spartelen dat ze deden, maar ze konden heel gauw zwemmen. "Meester, ze zwemmen als ratten," zei een van de ouders.' Hij lacht bij de herinnering. 'Ze mochten van hun ouders nooit alleen naar zee. Ik moest mee. Ze kwamen me gewoon halen. En tijdens de watersnood in 1953 dankte een aantal van die kinderen zijn leven aan het feit dat hij kon zwemmen! Ja, ik had het er geweldig naar mijn zin.'

Dan zwijgt hij. Liesbeth ziet de punten van haar schoenen naast de zijne over het asfalt gaan. De zwarte ondergrond schiet eronderdoor. Ze ziet alle steentjes, alle nuances. Dit is helemaal zondag. Alles wat eerder was, van het uur op de zondagsschool tot na de warme maaltijd, dat leidde allemaal naar dit moment. Hier had ze op gewacht, op dit samengaan met het water aan de ene kant en de akkers aan de andere kant. De meerkoeten scharrelen tussen het riet, waar bruine sigaren statig rechtop in het water staan.

'Papa, Dorothee gaat na schooltijd naar zwemles. Mag ik dat ook?'

'Wat zei je?' Zijn stem klinkt afwezig. Ze heeft dus toch het verkeerde moment gekozen. Hij is nog in Serooskerke. Ze slikt en herhaalt timide haar vraag: 'Mag ik ook naar zwemles na schooltijd, net als Dorothee?'

'Je krijgt zwemles via school. Dat moet genoeg zijn. We gaan er geen geld aan uitgeven als je via school gratis zwemles kunt krijgen.'

'Maar Dorothee mag het wel.'

'Dorothees vader verdient meer dan jouw vader. En jij leert heus wel zwemmen. Het gaat toch al heel goed? De badmeester vindt tenminste dat je goed vooruitgaat. Ik heb hem gisteren nog gesproken en toen zei hij dat.'

Ze slikt, loopt braaf naast hem, tot thuis.

Hij leest een krant. Zij zit op haar rode stoeltje en speelt met een kleurpotlood. 'Maar ik wil zo graag snel mijn diploma halen.'

De krant gaat omlaag. 'Dat gebeurt heus wel, wees maar niet bang. Daar heb je geen extra lessen voor nodig.'

Bij die laatste woorden is haar moeder binnengekomen. 'Wat voor extra lessen? Gymnastieklessen?'

'Nee, zwemlessen. Maar ze krijgt zwemles via school, dus daar beginnen we niet aan.'

'O, ik dacht dat je het over gymnastieklessen had. Dat heeft ze laatst ook gevraagd. Dat wilde je toch? Nee, je kunt niet elke dag na schooltijd ergens heen.'

Haar vaders ogen glijden van Liesbeth naar zijn vrouw. 'Bedoel je die christelijke gymnastiekvereniging? Daar kan natuurlijk helemaal geen sprake van zijn. Je gaat naar een openbare school. Ik ben hoofd van een openbare school. Dan ga je niet naar een christelijke vereniging.'

'Maar als dat nou de enige vereniging is?'

'Je hoort het! Het gebeurt niet! En bovendien: op school krijg je ook gymnastiek.'

'Maar geen koprol en geen radslag.'

'Hou erover op!'

De krant gaat ritselend weer omhoog terwijl haar moeder haar hoofdschuddend blijft aankijken. 'Je denkt zeker dat het geld op onze rug groeit.'

De kleurdoos ligt open voor haar. Alle potloden liggen netjes naast elkaar. Was alles maar zo duidelijk. Ze begrijpt er niets van waarom ze niet naar gymnastiek mag. Dat ze geen extra zwemles krijgt kan ze nog een beetje begrijpen, maar die gymles, nee, daar begrijpt ze helemaal niets van. Haar vader gaat elke zondagmorgen naar de kerk. Mag christelijk gymmen dan niet? Is dat anders dan gewoon gymmen? Mocht ze maar zelf weten wat ze doet en waar ze heen gaat. Als ze toch maar niet steeds alles hoefde te vragen aan haar vader en moeder. Zou het makkelijker zijn als ze een broertje of zusje had? Vast niet, want dan was alles nog duurder. De bladzijde in haar tekenboek wordt rood, steeds roder. Als de helft van het blad rood is merkt ze pas wat ze gedaan heeft, zo erg moet ze nadenken. Wanneer zal ze alles zelf kunnen bepalen? Dan zal ze eerst zelf geld moeten verdienen en dat kan ze nog niet. Dat duurt nog heel lang. Met een klap slaat ze het schetsboek dicht.

De krant reageert met hevig geritsel. 'Hé, hé, kan dat een beetje kalmer!'

Als ze zich omdraait in de richting waar het geluid vandaan komt ziet ze alleen maar krantenpapier. Het rode stoeltje schiet met een klap achterover.

'Nou, nou, nou!'

Ze hoort het niet meer, smijt de kamerdeur achter zich dicht en rent naar boven naar haar kamertje. Dikke tranen rollen over haar wangen. Boosheid schiet in haar buik, van boven naar beneden en van links naar rechts. Met haar armen om haar knieën ligt ze op haar zij op bed, houdt zo de boosheid binnen. Waarom mag ze niks? Braaf moet ze zijn, altijd maar braaf. Wanneer gaat dat over?

Beneden in de gang gaat een deur open. Voetstappen op de trap. Wie komt er naar boven? De stappen klinken zwaar. Doodstil luistert ze tot de deur van haar kamertje opengaat. Ze geeft geen krimp, doet net of ze niet merkt dat haar vader binnengekomen is. Ze hoort hem schuiven met de stoel die in de hoek van haar kamertje staat. De stoel kraakt onder zijn gewicht als hij gaat zitten.

Dan opent ze haar ogen en kijkt recht in de zijne, heel dichtbij. Is hij nou boos? Zijn gezicht staat ernstig. Ze draait zich op haar rug, wrijft in haar ogen en kijkt hem dan opnieuw aan. Wat wil hij nou? Waarom komt hij nou bij haar? Dat doet hij anders nooit, dus dan hoeft het nu ook niet, wrokt ze.

'Liesbeth, je moet eens goed naar me luisteren.'

Ze verroert zich niet, blijft hem alleen aankijken.

'Jij bent mijn dochter, de dochter van een bovenmeester. Een bovenmeester moet altijd het voorbeeld zijn voor de kinderen en hun ouders. En dat geldt ook voor de dochter van een bovenmeester. Dat betekent dat jij niet alles mag wat een ander kind misschien zou mogen. Daar is niets aan te veranderen. Dat is nu eenmaal zo en dat heb je te accepteren.'

'Ik begrijp niet dat ik niet naar gymnastiek mag. Er gaan heel veel meisjes van mijn klas naar gymnastiek.'

'Die vereniging is een christelijke vereniging en jij gaat naar een openbare school. Jij gaat daar dus niet heen.'

'Is er dan verschil tussen christelijk gymmen en niet-christelijk gymmen?'

'Nee, maar het gaat om het principe. Je weet het nu. Het gaat niet door. Je hoeft er niet meer over te beginnen.'

Hij schuift de stoel naar achter en staat op. Het kamertje is te klein voor zo'n grote man. Vanaf haar bed kijkt ze naar hem op. Als hij zo staat, raakt hij bijna het plafond. Dan gaat hij weg, de trap af.

Ze blijft nog even liggen. Kan ze er helemaal niets aan veranderen? Nee. Zelf de contributie betalen? Nee, ze krijgt veel te weinig zakgeld. Machteloos is ze. Kon ze maar zelf bepalen wat ze doet en niet doet. Als ze groot is trekt ze zich niets meer van hem aan, neemt ze zich voor. Vastberaden staat ze op en loopt naar beneden. De deur van de kamer staat op een kier, ze hoort de stemmen van haar vader en moeder.

'Laat dat kind nou toch naar gym gaan als ze dat zo leuk vindt.'

'Geen sprake van. Ze moet leren dat niet alles kan. En bovendien, mijn dochter wordt geen lid van een christelijke vereniging.'

'Hoe kun je dat nu toch zeggen? Je geeft zelf bijbelse geschiedenis op school.'

'Omdat de kinderen die verhalen moeten kennen. Dat hoort bij hun algemene ontwikkeling. Er zijn zoveel spreekwoorden die op bijbelse verhalen gebaseerd zijn. En de Bijbel is voor iedereen. Daarom hoort het niet: een school of een vereniging met het woord “christelijk” ervoor. Ik wil het niet. Mijn dochter gaat er niet heen.’

Hij zegt nog iets, maar door het geritsel van de krant kan ze dat niet verstaan. Als ze voorzichtig de deur verder opendoet merkt hij dat niet meer, zo verdiept is hij al weer in zijn krant. Haar moeder zit naar hem te kijken. Ze was met naaiwerk bezig maar dat ligt nu stil op haar schoot. Liesbeth gaat naast haar staan, haar duim in de mond, de eeuwige zakdoek in haar vuistje. De arm die om haar heen geslagen wordt voelt vertrouwd en drukt haar even tegen het grote moederlijf.

‘Ga nog maar even kleuren of lezen. We gaan zo eten.’

Ze knikt, maakt zich uit de omhelzing los en gaat weer aan haar tafeltje zitten. Het deel van het papier dat ze al gekleurd heeft is wel erg fel rood. Rustig gaat ze verder waar ze gebleven was. Later, dan doet ze wat ze zelf wil, dan is ze niet langer braaf.

Er volgen warme weken en ze gaat zwemmen zo vaak als het kan.

‘Mama, mag ik naar het zwembad? Het is zo warm! Iedereen gaat.’ Overdreven staat ze voor haar moeder te puffen en haar pony omhoog te blazen.

‘Nou, vooruit dan. Wil je nog een boterhammetje mee?’

‘Jaaa! En mag ik dan ook drinken kopen in het winkeltje van het zwembad?’

‘Goed. Hier, een dubbeltje, stop je het goed weg in je badtas?’

Haar voeten roffelen de trap op naar boven. De handdoek, haar badpak, ze propt alles in de tas en rent weer naar beneden.

‘Zul je voorzichtig zijn? En niet in het diepe! Binnen de touwen blijven!’

‘Jaaaaa!’ Ze is al weg, trapt zo hard ze kan om maar zo snel mogelijk in het zwembad te zijn. De touwtjes van de badtas trekken aan haar schouders. Heen en weer gaat het ding, bij elke beweging van haar trappende benen. En dan geniet ze, speelt in het verkoelende water met haar vriendinnetjes van school. Tot het eerste touw is het heel ondiep, daar speel je niet, dat is te kinderachtig. Ze spelen tussen het eerste en het tweede touw, waar het dieper is, maar waar je nog wel overal kunt staan. Ze blijven er keurig tussenin.

Dan moeten de andere kinderen naar huis. De een na de ander vertrekt om thuis te gaan eten. 'Ik niet,' zegt Liesbeth trots. 'Kijk, ik heb boterhammen bij me.'

En dan is ze nog alleen over. Ze heeft haar handdoek uitgespreid op het grasveld en kijkt al kauwend uit over het water, de steigers, de springtoren, de glijbaan. Ze huivert even. De zon is weggedoken achter donkere wolken. Zal ze naar huis gaan? Nee, ze mag blijven, dus zal ze het doen ook. Als ze alles op heeft, gaat ze weer het water in. Het voelt anders dan eerst, lekkerder, zachter. En er is bijna niemand meer. Een paar grote jongens bij de duikplank, een paar grote mensen die heen en weer zwemmen tussen de steigers en zij, alleen, tussen de twee touwen. Ze probeert ze na te doen, die grote mensen, vindt dat ze dat best al goed kan. En ze probeert te drijven, zoals haar vader dat altijd doet in zee. Ze geniet van het water, van het alleen zijn, van de rust. Het water om haar heen is glad en donker, lijkt steeds donkerder te worden. De lucht is ook donker. Het rommelt in de verte. Een flits. Nog even, denkt ze. Het water is zo heerlijk zacht. Dan krijgt het gladde oppervlak rimpeltjes en putjes van de regendruppels. Ze hoort geschreeuw, kijkt waar het vandaan komt, ziet haar moeder staan zwaaien.

'Kom eruit! Zie je niet dat het gaat onweren?' Een flits, een harde klap, veel dichterbij dan eerst. Ze haast zich het water uit, wordt dan hard aan haar arm gepakt en meegesleurd naar de kleedhokjes. 'Waar zijn je kleren? Pak ze, gauw dan.' Ruw wordt haar badpak van haar lijfje getrokken. De handdoek schuurt wild van boven naar beneden en weer omhoog. Even later heeft ze het gevoel dat haar kleren scheef en verwrongen aan haar lichaam hangen. Ze wil ze rechttrekken, maar wordt al meegesleurd. 'Naar huis, gauw!'

De regen zet niet door, het is nog steeds droog, tot ze bijna thuis zijn. Grote druppels maken van het pad naast het huis een spikkeltapijt. Het tuinhekje klapt hard opzij, slaat terug, wordt weer opengeduwd. De fietsen worden in de schuur gesmeten. Dan zijn ze binnen.

'En dat doe je nu nooit meer, hoor je! Ik ben zo ongerust geweest en je kwam maar niet. Je ziet toch dat het gaat onweren? Ga maar naar boven! Ik wil je niet meer zien!'

Boven op haar kamertje zit ze zachtjes te huilen. Geschrokken is ze, maar de schrik ebt weg, de tranen ook. Wat overblijft is de herinnering aan het zachte water, het heerlijke gevoel. Tot het onweer wel erg hevig wordt en ze het waagt naar beneden te gaan. Haar moeder is nog steeds boos en doet net of ze haar kind niet ziet. Maar haar vader pakt haar bij de hand, neemt haar mee naar de gang, zet haar op een traptrede zodat ze naar buiten kan kijken door het zijraampje. Met zijn arm om haar heen vertelt hij haar over het onweer.

'Als je een flits ziet, moet je tellen. Kijk!' Alles staat even in lichterlaaie. 'Een, twee, drie... Dan is het duizend meter hiervandaan ingeslagen. Elke tel is zo'n driehonderd meter.'

Zo staan ze een hele tijd te kijken naar wat er buiten gebeurt. Ze telt, hij telt en samen rekenen ze uit hoe ver weg het onweer is. En die dag ervaart ze opnieuw een heerlijk gevoel. Nu samen met haar vader.

In de warme zomer die volgt haalt ze haar zwemdiploma. De glijbaan en de springplanken zijn geen verboden terrein meer. Haar vingertoppen hebben geultjes, zien eruit als het harde zand op het strand. Steeds opnieuw springt ze van de lage duikplank, klimt het water uit, dan omhoog via de ladder tot ze op het begin van de plank staat. Ze voelt het trillen als er iemand springt, wacht tot de plank leeg is. Ze zet een paar stapjes naar voren als een ander meisje de trap opklimt. Op de hoge duikplank schuin boven haar staan grote jongens lawaai te maken. Nu kan het. Haar tenen krommen zich om de rand van de duikplank. Ze gaat door haar knieën, springt. Tegelijk ziet ze naast zich een schim, dan golvend water, veel erger dan anders. Ze trapt met haar benen, duwt met haar armen om boven te komen, verslikt zich. Hoestend ziet ze het grijnzende gezicht van een van de jongens die zo-even op de hoge duikplank stond. Bang zwemt ze naar de steiger en gaat op de rand zitten met haar voeten in het water. Haar armen en benen zitten vol kleine pukkeltjes, van de schrik of van de kou, dat weet ze zelf niet. En dan laat de harde hoorn van de badmeester alle geluid in het zwembad verstommen. 'Allemaal van de duikplank af! Zijn jullie helemaal gek geworden? Straks gebeuren er nog ongelukken!' Een voor een verdwijnen ze, de een springt eraf, de ander klimt via de trap omlaag. Even later staat de toren verlaten in het water.

Lang duurt dat niet. Kleinere jongens veroveren als mieren het ponton, de trappen, de planken. Liesbeth ziet er een paar uit haar klas van de hoge duikplank springen. Zou ze dat ook durven? Ze vindt de lage eigenlijk hoog genoeg. De zon verwarmt haar rug, haar schouders, haar benen, verjaagt de pukkeltjes. Als er niemand is, dan gaat ze het proberen. Dat lukt toch niet, er is daar altijd wel iemand. O, ze heeft even niet opgelet. Iedereen is weg! Ze laat zich in het water glijden. Wat is dat koud als je er zo'n tijd uit geweest bent. En weer klimt ze de trap op, en nog een, tot ze helemaal boven staat. Het is wel erg hoog. En het water onder haar is wel erg donker. Ze durft niet goed, wil terug naar de lage duikplank, of helemaal naar het ponton beneden. Te laat: de trap is versperd door grote jongens, die juist op dat moment omhoogkomen. Ze schuiven langs haar heen de plank op. Haar handen klemmen zich vast om de reling. Ze voelt de toren trillen als er nog meer omhoogkomen en halverwege blijven staan. Geschreeuw: 'Loop eens door!' maar er gebeurt niets. Een lange jongen staat schuin voor haar, of is het een man? Zijn ruwe stem laat allerlei opmerkingen horen die ze niet begrijpt, over vrouwen gaat het. Ze is bang, wil weg, ziet dat de jongens op de trap zich omgedraaid hebben. Tegen anderen, nog lager, gebaren ze dat ze terug moeten. Dat moet ze ook maar doen. Ze laat de reling los, zet een stap naar de bovenste trede, voelt dan hevige pijn op haar borst, krimpt in elkaar, dreigt te vallen. Opnieuw grijpt haar hand radeloos naar de reling. In een flits ziet ze een lang been. Haar blik wordt van het been dat haar trapte omhooggezogen naar ogen van blauw staal in een hard, hoekig gezicht.

'Haha, die krijg jij ook!'

Wat krijgt zij ook? De pijn op haar borst houdt aan. Omlaag wil ze, weg van die man. Het lukt. Als ze halverwege is hoort ze achter zich hevig geschreeuw, ruzie, de toren dreunt, schudt in zijn voegen, boven haar neemt iemand heel hard een aanloop. Dan een harde plons. Het hoofd van de man die haar geschopt heeft komt schuddend boven. Naast hem drijft iets wits op het golvende water. Er is gegil. Iemand zwemt heel snel in de richting van de toren, de badmeester. Het witte is verdwenen. De badmeester duikt onder water, komt even later boven met een meisje, slap. De jongens op het ponton duiken het water in, helpen de badmeester het meisje naar de steiger te brengen. Rillend vindt Liesbeth zichzelf terug. Weg wil ze, naar huis, weg van hier. De hoorn van de badmeester, een andere stem dan eerst: 'Wil iedereen het zwembad verlaten!' En opnieuw: 'Wil iedereen het zwembad verlaten!' Tijdens het aankleden voelt ze nog steeds waar de man haar geraakt heeft. Het zit vanbinnen. Langzaam verdwijnt de pijn.

Na veel zeuren mag ze lid worden van de bibliotheek, net als haar moeder. Het is tegen de zin van haar vader. 'Ze moet haar aandacht bij school houden.'

Maar haar moeder zet door. 'Ik heb al gezegd dat je komt. Ga er maar heen.'

'Alleen?'

'Ja. Je bent toch al groot?'

De bibliotheek is in een oud pand. Op een bord naast de deur staat: CHRISTELIJKE BIBLIOTHEEK. Ze twijfelt even of de deur open zal gaan, zo gesloten ziet het eruit. Als dat zo was zou haar moeder haar toch niet gestuurd hebben? Waarom is mama nou niet meegegaan? Ze grijpt de ijzeren deurklink vast, duwt tegen het hout. Knarsend komt er beweging in de deur. Ze stapt binnen in een schemerig halletje en achter haar valt de deur met een klap dicht. Ze probeert of de deur toch wel weer open kan en slaakt een zucht van verlichting. Heel hoog ziet ze een raampje waar wat licht doorheen komt. Moet ze die smalle, hoge trap op? Ze kan nergens anders heen. Ze grijpt de verveloze leuning en zet haar voet op de eerste tree. Op de kale treden klinkt elke stap als een donderslag. Tree voor tree klost ze omhoog in het halfduister. Haar hart bonkt. Halverwege de trap blijft ze verschrikt staan. Boven is een deur opengegaan. Daar staat iemand, een vrouw. Ze lijkt wel een reuzin. Hoe moet ze daar nu langs? En als die dikke mevrouw naar beneden komt? Je kunt elkaar op de trap bijna niet passeren.

'Kom maar verder, meisje. Met z'n tweeën op de trap, dat gaat niet. Kom je boekjes halen? Nou, er zijn er hier genoeg, hoor.' De stem klinkt vriendelijk en stelt haar gerust. 'Kom maar.'

Ze houdt de deur voor haar open en Liesbeth wringt zich langs haar heen. Haar ogen moeten even aan het licht wennen. Dan ziet ze de boekenkasten, lange rijen boekenkasten. En daarin zoveel boeken, zo heel veel boeken. Ze kijkt haar ogen uit. Hoe kan ze daar ooit een boek uit kiezen? In het midden staat een hoge toonbank met een mevrouw erachter. De mevrouw wenkt haar. 'Kom maar binnen.' Het is best ver naar die toonbank en al die tijd blijft die mevrouw haar aankijken. 'Dag. Kan ik iets voor je doen?'

'Mama heeft me gestuurd. Ik mag een boek lenen.' Haar stem is zacht, een fluistering.

'Dan ben jij Liesbeth,' klinkt het helder. Bij het raam kijkt een man verstoord op van het boek dat open in zijn hand ligt.

'Ja.'

'Je moeder is gisteren hier geweest. Je mag van haar lid worden van de bibliotheek. Ik heb je kaart al klaargemaakt. Even zoeken, hoor.' Ze is ineens verdwenen, duikt weer op. 'Ja, hier ligt hij.' Dan komt ze achter de toonbank vandaan en lijkt ineens veel groter. Met het kaartje in haar hand kijkt ze om zich heen en zegt: 'Wat zijn hier veel boeken hè?' Dan neemt ze Liesbeth bij de hand en brengt haar bij twee kasten die dwars tegen een zijmuur staan. Vanaf de kopse kant lijken ze heel erg lang. 'Ik help je wel. Over een poosje weet je helemaal zelf de weg hier. Uit deze kasten mag je elke keer twee boeken kiezen: een leesboek en een studieboek.'

De mevrouw glimlacht naar haar. Ze heeft lieve ogen. Liesbeth zou wel meer boeken mee naar huis willen nemen maar durft het niet te vragen. Dan neemt de mevrouw een boek uit de eerste kast. Voorop staat een groep meisjes. Ze hebben kleren aan met een heleboel kleuren.

'Ik denk dat dit wel een leuk boek is voor jou. Het gaat over kinderen in een groot gezin.'

De mevrouw geeft het boek aan haar. DE KOPPENOLLETJES leest ze. Ze mag ook nog een studieboek kiezen. Een studieboek is een boek waar je volgens de mevrouw iets van kunt leren. Daarom heet het 'studieboek'. Er staat een hele rij studieboeken en ze pakt het eerste boek waar haar oog op valt, een boek over Albert Schweitzer. Dan moet ze de boeken weer teruggeven.

De mevrouw haalt er een kaartje uit, schrijft er iets op en stopt ze in een grote houten bak. 'Als je de boeken uit hebt kom je maar weer terug, dan kun je zelf wel andere uitzoeken, denk ik.'

Elke zaterdagmorgen gaat ze naar de bibliotheek. Ze wil eigenlijk meer boeken lenen, maar dat mag niet. En haar vader verbiedt haar vaker naar de bibliotheek te gaan om boeken te ruilen. Ze mag alleen op zaterdagmorgen en niet vaker. Daar begrijpt ze niets van.

'Doordeweeks moet je naar school en daar moet je al je aandacht aan geven. Die boeken leiden je maar af.'

En zo leest ze de bibliotheekboeken vaak twee keer. Ze verliest zich in gebeurtenissen die voor haar onwerkelijk zijn. Het is spannend maar allemaal verzonnen, houdt ze zich voor. Het kan gewoon niet dat dat allemaal in het echt gebeurt. Ze heeft bewondering voor de schrijvers die zoveel kunnen verzinnen, en wilde dat ze dat ook kon. Boeken schrijven, dat wil ze later doen. Of juffrouw worden, net als haar vader lesgeven op een lagere school.

Steeds vaker vergeet ze alles om zich heen. Ze gaat op in de verhalen, vereenzelvigt zich met de hoofdfiguren, ziet dieren als mensen. Op weg naar de bibliotheek loopt ze altijd langs de etalage van de boekwinkel. Dan staat ze met haar neus tegen de ruit en leest alle titels. De winkel is van twee korte, dikke dametjes, allebei met een grijs knotje. Ze waggelen om de beurt achter de toonbank heen en weer, zien haar platgedrukte neus maar spreken haar nooit aan. In die etalage vindt ze een vriendje, Mikkie heet hij. MIKKIE, DE HOND VAN DE WITTE BERGEN. Zwart met een witte snuit en een witte vlek op zijn rug. Aan de punt van zijn staart zit ook een wit vlekje. Zo'n hondje zou ze willen hebben. Maar dat mag natuurlijk nooit. Ze hoopt vurig dat ze het boek voor haar verjaardag krijgt. Ze vertelt thuis wat ze gezien heeft, dat ze dat boek graag wil hebben. Ze heeft onthouden wie de schrijver is. Dan moet er niets meer fout gaan. A.D. Hildebrand heet hij. Dat kan haar niet zoveel schelen, maar als ze dat er nu bij vertelt, krijgt ze het misschien wel voor haar verjaardag. Ze fietst vaak naar de boekwinkel om in gedachten even naar Mikkie te zwaaien. Niet in het echt – natuurlijk niet, dat is raar. Maar het lijkt net of Mikkie terugzwaait met zijn staart.

Op een dag is hij weg. Hij is nergens meer te vinden, nergens in de hele etalage. Wel een heleboel andere boeken, maar niet Mikkie. Ze loopt langzaam voor de etalageruit heen en weer, leest alle titels, maar Mikkie is er niet meer bij. Op haar tenen probeert ze over de rijen met boeken heen de winkel in te kijken of ze daar het hondje ergens ziet liggen. Ze ziet hem niet en durft niet te gaan vragen waar hij gebleven is.

Thuis is ze stil.

'Wat is er?'

'Het boek van Mikkie is weg.'

'Ach. Misschien is het boek ergens anders nog wel te koop.'

Ze kan niet bedenken waar dat dan zou moeten zijn en probeert Mikkie te vergeten. Wat is ze blij als ze met haar verjaardag de olijke snuit van Mikkie onder het pakpapier vandaan ziet komen! Ze streelt zijn zwarte oren, de witte vlek. 'Was je maar echt,' fluistert ze. Mikkie beleeft een heleboel avonturen: hij staat op een keer op een vlot op zee en dat is zo eng dat ze niet meer verder durft te lezen en moet huilen. Haar moeder stelt haar gerust: 'Het loopt goed af, hoor. Ik heb het ook gelezen. Lees maar verder. Het is een mooi verhaal.' Tegelijk ziet ze de fronsende wenkbrauwen van haar vader. 'Stel je niet aan, het is maar een verhaal uit een boek. Dat is allemaal niet echt.'

Hoe kan hij dat nou zeggen? Het kan toch niet erg zijn dat ze graag leest en dan helemaal opgaat in haar boek? Toch is ze gek op hem en hij op haar. En als ze naar bed gaat is er het vaste ritueel: vier zoenen, twee van haar en twee van hem: een, twee, drie, vier, gevolgd door een lichte, speelse tik op haar billen. Ze verbaast zich er niet over hoe dat eigenlijk kan: gek zijn op iemand die zo streng en hard kan zijn dat je het liefst zo ver mogelijk van hem weg zou gaan.

Hoofdstuk 2

Vlak en troosteloos is alles. Donkere klonten klei, glanzend vet, vruchtbaar, maar troosteloos. Daarboven een grauwe lucht. Ze buigt zich over haar boek. Vroeger werd ze altijd misselijk als ze in de bus zat te lezen. Tegenwoordig heeft ze daar weinig last van. Niet over nadenken. Het boek is interessanter dan het landschap. En ook interessanter dan de andere passagiers. Achter in de bus klinkt geschreeuw van scholieren. Ze verstaat niet wat er gezegd wordt, wil het domme geklets ook niet horen, sluit zich met haar boek op in zichzelf. Ze kijkt niet meer op totdat de letters, de woorden, vervagen en ze zich bewust wordt van het geraas van de motor.

De chauffeur kijkt strak voor zich uit. De scholieren zijn stilgevallen. In het zwakke licht glijden smalle, langwerpige tegels glimmend aan de ramen voorbij. Ze sluit het boek met een zucht, laat het in haar tas vallen. Zes kilometer is de tunnel. Dat is lang als je naar het daglicht verlangt. De bus rijdt nog meer de diepte in. Ze ziet Anton weer voor zich in die lange tunnel in de Alpen. Hij had niets meer gezegd, had het zweet op zijn voorhoofd staan. Ze wilde hem geruststellen: 'We zijn halverwege.' Daarmee probeerde ze ook haar eigen angst de baas te blijven.

Hij viel uit: 'Als er brand uitbreekt, kom je er niet meer uit. Dan zitten we als ratten in de val.' De brand in de Mont Blanctunnel stond op hun netvlies gegrift. Het was volop in het nieuws geweest. Een volgeladen vrachtwagen was in brand gevlogen. Meel en margarine had erin gezeten. Daar wilde je je leven toch niet voor geven, voor meel en margarine. Sindsdien waren ze voor elke tunnel benauwd. Ze schudt haar hoofd, voelt zich misselijk worden bij de herinnering. Wil de chauffeur zichzelf geruststellen? Wordt de stilte hem te veel?

'We zitten hier zestig meter diep! Dit is het diepste punt.'

Dat weet ze wel. Iedere keer als ze thuis was volgde ze de aanleg van de tunnel onder de Westerschelde in de kranten van haar vader. Denkt de chauffeur dat ze hier voor het eerst komt?

'Knap staaltje werk. Ik rij deze route al zes jaar.'

Zestig meter water boven haar hoofd, hoeveel zou dat wegen?

'We zijn er bijna.'

Opgelucht antwoordt ze: 'Dat vind ik niet echt erg.'

'Bang, mevrouwtje?'

'Leuk is anders.'

'Er zijn regelmatig veiligheidscontroles. We gaan al weer omhoog.'

Voor hen rijdt een onduidelijke vrachtwagen. Als die zou ontploffen, zou ze dan nog kunnen ontsnappen? Een halve cirkel daglicht. Ze herademt, is blij met de grauwe wolken. Verderop staan de glazen wanden van het busstation, misplaatst in het kale land. De wind grijpt haar sjaal als ze uitstapt. 'Tot ziens!'

Ze loopt langs de hoge glasmuren, de vreemde zijschotten, zoekt het vertrekpunt van de volgende bus. Felgekleurde kuipstoeltjes proberen wat vrolijkheid te brengen. Ze heeft lang genoeg gezeten, drentelt heen en weer, probeert de beklemming van de rit door de tunnel van zich af te schudden. Beschutting tegen de wind, die vanuit het westen over het vlakke land aan komt waaien, is er nauwelijks. 'Mijn vlakke land', het lied van Jacques Brel, zijn stem even rauw en guur als de wind hier kan zijn. Een Vlaming, net als zij, bijna dan: het scheelt maar een paar kilometer. Ze hoort weer de stem van de conrector van de middelbare school als ze door de harde wind te laat op school was gekomen: 'Het waait hier altijd!' en voelt zich nijdig worden, net als toen.

Het volgende ogenblik denkt ze er niet meer aan, is blij dat ze weer kan instappen. Het koffertje slaat tegen haar been als ze het met een zwaai voor zich omhoogtilt. Ze hijst zich met haar zware tas de treden op, achter het koffertje aan, pakt het weer aan het handvat en wil doorlopen.

'Hé, wat moet dat?' Het klinkt stuurs, chagrijnig. Het koffertje valt met een klap languit in het gangpad. Ze grabbelt in haar zak naar de strippenkaart en toont het stempel. 'Ik ben aan het overstappen.'

'Dan loop je toch niet zo door?'

'Iedereen loopt altijd door bij het overstappen.'

'Maar niet bij mij!'

Ze gaat zitten, zet het koffertje op de grond tussen de stoelen, de tas op de zitting naast haar. Als er nou maar niet te veel mensen bij komen, dan kan ze de hele handel op schoot nemen. Boze ogen onder samengetrokken wenkbrauwen volgen in de achteruitkijkspiegel alles wat ze doet. Chagrijn. Hij denkt zeker dat ze voor haar plezier naar dit verlaten oord gekomen is. Ze had de auto moeten nemen. Nee, toch niet. Het is zo ver, dan voelt ze zich niet altijd zeker. En in de trein kan ze lezen. Alleen die bustocht op het laatste stuk, dat is vervelend. De haltes volgen elkaar schokkend en schuddend op. Ze laat het boek maar in de tas, dan loopt ze ook niet het risico dat ze bij de goede halte vergeet uit te stappen. Dat is haar de vorige keer bijna overkomen. Bij de gedachte daaraan voelt ze nog de schrik. Ze grijpt haar mobiel.

'Dag papa. Ik ben er bijna.' Een paar mensen voor haar kijken om.

'Dat is mooi! Koffie?'

'Ja graag.'

'Ik ga meteen koffie zetten!'

'Tot zo!'

Na de laatste bocht staat ze op, hijst de tas aan haar arm en pakt het koffertje. Die arm lijkt wel van lood als ze de stang vastgrijpt. Wat is de laatste stap altijd diep. Ze zet alles neer, strekt haar rug. Grauw en donker zijn de huizen. Een paar planten voor de ramen proberen alles wat op te vrolijken, maar kunnen niet op tegen het grijs. De haagjes van de voortuintjes staan er kleurloos kaal en verkleumd bij. Zelfs het groen van de buxushagen lijkt grauw. Aan de overkant is het politiebureau, een huis als alle andere. Ze is er een keer geweest om aangifte te doen dat ze haar fiets kwijt was.

'Je gaat het maar aangeven bij de politie.'

'Je zorgt maar dat hij terugkomt.'

'Ik heb geen geld voor een nieuwe fiets.'

De stemmen klinken van haar kruin tot in haar tenen, als een rollende echo. Ze rilt. De ronkende bus verdwijnt en de koude wind grijpt haar vol. Haar hand duwt het handvat even omlaag, dan glijden de trekstangen omhoog en ze begint te lopen, het koffertje achter haar aan.

'Ha, daar is ze! Ik ben zo blij dat je er weer bent! Goede reis gehad?'

Het koffertje valt schuin op de tas.

'Ja, hoor. Geen vertraging en dat is al heel wat.'

'Ga maar lekker zitten. Ik haal koffie.'

Ze brengt haar bagage naar het kamertje van vroeger, legt alles op de beige sprei, haar tas op de droger. Op de vroegere salontafel ligt een kalenderplaatje: bergen, een meer, sneeuw. Daarnaast een lijst, in stukken. Eindelijk van de muur gevallen. Ze sms't naar Anton: ik ben er.

In de woonkamer begint het verhoor: 'Hoe is het met de kinderen? Hoe is het met Anton? Hoe is het met jou?' Hij luistert gretig, vraagt opnieuw tot ze de rollen omdraait.

'En hoe is het met jou?'

Hij gaat voorover zitten, ellebogen op de knieën, verlegen lijkt het wel. Die blik, op die manier, dat kent ze niet van hem. Wat heeft hij ineens? Ongemakkelijk gaat ze rechtop zitten. 'Je bent toch niet ziek?' Nee, dat kan het niet zijn. Ze ziet bolle wangen, goede kleur, een buikje.

'Ik wil iets vragen,' zegt hij, zijn ogen in de hare. Dan staart hij voor zich uit, zijn rechtervuist klapt in de holte van de andere hand. 'Ik wil weten hoe jij erover denkt, en Anton, want als jullie het niet goedvinden doe ik het niet.'

'Wat dan?'

Hij kijkt naar de grond. Zijn scheiding, altijd midden op zijn hoofd, ligt niet meer zo strak als vroeger. De kapper moet er weer eens aan te pas komen, zo lang was zijn haar nooit.

'Ik heb een vriendin.'

Hij gooit het eruit, als een schot voor open doel, raak. Geen geluid, geen woord, alleen zwijgen. Haar moeder: slovend, werkend, ziek, machteloos. Iemand anders in haar plaats, dat is verraad. Zij, altijd deed ze wat hij wilde. Ze ziet het weer voor zich:

de opoffering, het wegcijferen van zichzelf, de afhankelijkheid van een dominante man. Was dat liefde? Of was het machteloosheid, omdat ze niet wist waar ze heen moest? Dan het beeld, haar huilende moeder: 'Ik was allang weggeweest als het niet om haar was!' Wat doet dit pijn. Vanwege je kind gevangen zijn in een huwelijk. Ze moet een andere voorstelling gehad hebben van hoe het zijn zou. Dat zat diep in haar, in een heftig zwijgen.

Een ander beeld dringt zich op: haar moeder steunend op het aanrecht, opa die van haar wegloopt als zij binnenkomt, twee keer, drie keer, vaker nog. Haar moeders ogen vol onrust, vol haat, ja haat was het, ze weet het zeker. Muren van zwijgen waar je geen gat in kon slaan. Heeft ze genoeg gedaan om daardoorheen te dringen? Ze voelt zich schuldig, ziet zichzelf, teruggetrokken in haar kamertje, ondergedoken in verhalen, een droomwereld, verstopt voor het woordgeweld. Later kon het niet meer. Ziek en afhankelijk als ze was zou dat het leven van haar moeder nog moeilijker hebben gemaakt. Of durfde ze het niet? Zeker, ze moet toegeven dat haar vader haar trouw heeft verzorgd. Vanuit diezelfde plichtsgetrouwheid en opoffering die hij lange jaren van haar had geëist, onbewust waarschijnlijk, alleen vanuit een door maatschappij en kerk opgelegd gedrag.

Daar zit hij nu, wil een ander in haar moeders plaats. Ook al is ze al lang dood, dat bestaat bijna niet. Ze hoort weer zijn minachting over buitenechtelijke relaties, verhoudingen, scheidingen. Onverzoenlijk was hij, zijn woorden hard en koud, zoiets deed je niet, zelfs niet als je weduwnaar was. Hij zou dat nooit doen! Echt niet? Ze twijfelt. Als een film trekken de beelden aan haar voorbij: haar vader met andere vrouwen, zelfstandige vrouwen, werkende vrouwen over wie hij met waardering sprak, vrouwen die hij aan zich bond door hun een schouderklopje te geven, letterlijk en figuurlijk. 'Je doet het prima,' tegen onderwijzeressen. Dan keken ze stralend naar hem op. Ze huivert. Het verschil met haar slovende moeder die het altijd zonder een schouderklopje heeft moeten doen is te groot.

'Een vriendin?' Ze weet niet wat ze zeggen moet, is intuïtief voorzichtig. Onafgebroken blijft ze hem aankijken terwijl hij vertelt hoe Hanna hem meegenomen heeft. Hanna dus, nee, die zit nergens mee. Ze heeft hem gekoppeld aan een vrouw die hij helemaal niet kende. Haar vader, die bij vreemden nooit op zijn gemak is, die nooit uit zichzelf op vreemden af zal stappen. 'Je bent veel te veel alleen,' had Hanna gezegd. Ja, dat is zo. Hij is veel alleen. Ze voelt een brok in haar keel, slikt.

'Is ze aardig?'

'Ja, anders zou ik het niet gedaan hebben.'

Wat haalt hij zich op de hals? Wat haalt die vrouw zich op de hals? Hij zal nooit tegenspraak dulden, net als in zijn huwelijk.

'Kun je het goed met haar vinden?'

'Ja, ze is heel lief.'

'Wat moet ik dan nog zeggen? Het is jouw leven. Ik kom hier één keer in de drie weken.'

Wat een zegen dat ze dit niet dagelijks om zich heen mee zal moeten maken. Wat een zegen dat ze ver weg woont.

'Als jullie het niet goedvinden, doe ik het niet.' Hij zegt het opnieuw. Is dat zo belangrijk, wat zijn kind en schoonzoon ervan vinden? Stel je voor dat ze zei: ik vind het niet goed. Wat zou hij dan doen, wat zou hij dan zeggen? Hij heeft altijd zijn zin doorgedreven.

'Ik wil geen ruzie met jullie. Dat heb ik er niet voor over.'

'Weet je het zeker? Wat haal je je op de hals? Ik zou niet willen dat je op jouw leeftijd nog verdriet zou hebben over een ongelukkige liefde.'

Dat zou een ramp zijn. Stel dat de vriendin het over twee maanden weer uit zou maken.

'Ze is aardig en ik ga niet samenwonen of zo hoor, daar hoef je niet bang voor te zijn.'

Is dat iets om bang voor te zijn? Nee, het is alleen een vreemd idee: haar vader bij iemand anders of iemand anders bij hem. Haar eigen rol zou heel anders worden. Maar samenwonen is kennelijk niet aan de orde.

'Ze loopt moeilijk en heeft een stok en een rollator. Verder is ze goed, hoor. Er mankeert niks aan. En ik hoor goed, ik zie goed en ik ben nog goed bij mijn hoofd. Als dat niet zo is, kan het niet natuurlijk.'

Het beeld dat Liesbeth zich in een paar minuten van de vriendin heeft gevormd, ondergaat een complete verandering. 'Maar dat kan toch niet? Jij kunt op jouw leeftijd toch niet meer de zorg voor een invalide vrouw op je nemen?' Ze schiet overeind. Haar woorden klinken heftig. En wat zei hij nou? Ik hoor goed? Hij, met zijn hoorapparaat? Ze heeft altijd keelpijn als ze bij hem geweest is.

'Ze is heel handig, ze kan alles zelf. Ze woont zelfstandig in een mooie flat.'

Zou hij toch verhuizen? Hoe moet dat allemaal? Waar moeten zijn spullen dan heen? Die vrouw heeft natuurlijk alles al. Het zou tegelijk een oplossing zijn. De gebreken van het huis vormen dan geen probleem meer. Maar hoe moet het als ze steeds ruzie zouden maken, als hij toch weer bij die vriendin weg zou gaan? Waar moet hij dan heen? Niet bij haar in huis, dat staat als een paal boven water.

'Weet wat je doet. Ik wil niet dat je verdriet hebt op je oude dag.'

'Dus je vindt het goed?'

'Of ik het goedvind? Dat moet je helemaal zelf weten. Het is jouw leven. Dat kan ik niet besluiten.'

Ze vermoedt dat Anton er precies zo over zal denken. Wat hebben ze over hem te zeggen? Niets toch? Zij hebben net zomin iets over hem te zeggen als hij over hen beiden. Stel je voor.

Verward staat ze op, haalt koffie. Merkt hij dat ze uit haar doen is? Nee, hij merkt nooit iets. Maar de verbazing moet in haar stem te horen zijn geweest. Voor het eerst in zijn leven vraagt hij ergens toestemming voor en nog wel aan haar, zijn dochter. Ze voelt zich verdoofd, alsof er watten in haar hoofd zitten. Haar keurige vader vraagt op zijn vijfentachtigste of ze het goedvindt dat hij een relatie begint.

'Ik ga op dinsdag- en vrijdagavond altijd naar haar toe. Maar nu is het dinsdag en ben jij er.'

Zover zijn ze dus al. Vaste afspraken, dat past helemaal bij hem. En het is lastig dat ze gekomen is, juist nu hij 's avonds een afspraak heeft met zijn vriendin. Ze zit in de weg. Vanuit haar maag kruipt ergernis omhoog.

'Vanavond blijf ik thuis omdat jij er bent.' Het zijn woorden van spijt, het klinkt niet overtuigd. Zijn vriendin en dochter strijden om voorrang. Zijn ogen glijden langs haar heen en staren naar buiten. Het had vanzelfsprekend moeten zijn dat hij thuisblijft nu zij er is, zijn dochter. Dat hij niet naar zijn vriendin gaat heeft alleen te maken met plichtsgevoel ten opzichte van haar, zijn enig kind, tegen wie hij altijd zei: 'Jij bent mijn alles, het enige wat ik heb'. Veel liever was hij naar zijn vriendin gegaan.

Ze gaat overstag. 'Laat haar dan hier komen. Of kan dat niet?'

'Ja, dat zou natuurlijk kunnen. Op zondagavond komt ze ook altijd hier. Dan haal ik haar op met de auto.' Hij springt op, opgelucht. 'Ik bel even dat ik haar vanavond kom halen.'

Zijn hele houding wordt anders. Hij is verliefd. Oud en verliefd.

Om halfzeven loopt hij naar de garage om de auto buiten te zetten. Terwijl ze in de woonkamer de borden van het avondeten in de servieskast zet en terloops uit het raam kijkt, ziet ze hem in volle vaart achteruitrijden. Goed dat het avond is, dan lopen er geen kinderen. Overdag is het nog wel eens druk bij de ingang van het kleuterschooltje. Dat is zo dichtbij.

Ze verstijft van schrik, beseft nu pas het gevaar. Rijdt hij altijd zo hard de garage uit? Ziet hij die kinderen dan wel? Ze kan niet nalaten er iets van te zeggen als hij weer binnen is. 'Je mag wel wat kalmer naar buiten rijden. Dat ging echt veel te hard. Stel je voor dat er net iemand aankomt die in het schooltje moet zijn.'

'Ik reed helemaal niet hard en bovendien, 's avonds komt daar niemand.'

'Ze hebben ook wel eens een vergadering 's avonds.'

'Welnee. Je kletst.' Verstoord zet hij zich met zijn jas aan in zijn stoel en begint te wachten.

'Wat ben je vroeg. Wat heb je met haar afgesproken?'

'Ik ga altijd om kwart voor zeven weg.'

Het klinkt bits, ze kan er beter maar niets van zeggen, haalt haar schouders op, doet het dan toch: 'Dan hoef je nu toch de auto nog niet buiten te zetten?'

'Dan staat hij vast klaar,' klinkt het stug.

Een rilling glijdt over haar rug. Het is of hij tegen haar moeder praat.

Hij pakt de krant en vouwt hem uit. Ze ziet alleen nog de krantenkoppen, een hand links en een hand rechts van de krant, een paar benen eronder. Ik wil geen vragen meer, betekent dat.

Om kwart voor zeven trekt hij zijn jas aan en rijdt weg. Ze kijkt hem na, ziet hem heel langzaam het pleintje af rijden en achter de laurierhaag verdwijnen.

Ze zet de kopjes klaar en maakt koffie. Het duurt lang. Hij had al lang terug kunnen zijn. Zonder iets te zien bladert ze in een tijdschrift, smijt het opgelucht op de salontafel als ze hem aan ziet komen. Galant houdt hij met de ene hand het portier open, een kruk in de andere. Waggelend en lachend komt ze binnen, Ria.

Ze gedragen zich allebei zenuwachtig. Gek dat zij zich nu zo rustig voelt. Het is toch een vreemde situatie, haar vader met een vriendin. Hij zit in zijn stoel met het ene been over het andere, de bruine pantoffel ver naar voren, daarboven een bruine, gebreide sok en een stukje wit been. Zijn bovenlichaam leunt achterover terwijl zijn handen gevouwen op zijn borst liggen. Hij ziet alleen Ria, drinkt haar woorden in, lacht met een hoger stemgeluid dan anders. En als zij iets zegt komt er een schetterende, harde schaterlach achteraan. Hem stoort het niet, hij lacht mee.

Het is vreemd hem verliefd te zien. Tegen haar moeder heeft hij nooit gedaan zoals nu. Er dringt zich een beeld aan haar op, van lang geleden. Terwijl haar moeder een kruik wilde vullen, spoelde er een golf kokend water over haar borst. Daar zat ze, 's nachts, met hevige pijn, alleen, zonder troost, de hele nacht door. Liesbeth was wakker geworden, had gezien hoe ze daar zat. Ze had willen helpen, kon niets doen, was door haar terug naar bed gestuurd. 'Ga maar slapen, liefje.'

Ria moet in de fauteuil vlak naast die van hem gaan zitten, dan kan hij zijn hand op haar arm leggen. Terwijl ze de kamer uit loopt om in de keuken koffie te halen ziet ze nog net vanuit haar ooghoeken dat hij zich naar Ria toe buigt en haar een zoen geeft. Diep ademhalen, toe maar, diep ademhalen en net doen of je het niet ziet. Zo spreekt ze zichzelf moed in. Ria trekt zich schielijk terug als ze met de koffie binnenkomt. Geneert ze zich? Het lijkt wel zo. Waarom geeft ze er dan aan toe?

Liesbeth praat, weet later niet meer waarover, heeft hoofdpijn. Ria doet een paar suikerklontjes in zijn koffiekopje en wat koffiemelk, roert het om.

Hij lacht. 'Dat doet ze altijd.'

Een paar uur later staat hij erop Ria zelf met de auto naar huis te brengen.

'Hij is zo lief voor me. Echt waar, hoor.'

'Laat mij het doen, dan hoef je er niet meer uit.'

'Nee.'

Misselijkmakende pijn en een stem diep vanbinnen: was hij vroeger maar zo lief voor mama geweest. Hoelang was hun huwelijk een leugen?

Ze helpt Ria in haar jas, houdt de stok voor haar vast, helpt haar bij het afstapje. Hij houdt het portier weer voor haar open, loopt met flinke passen om de auto heen. Veel te snel rijdt hij het pleintje af. Hoort ze geen klap? Nee, het is kennelijk goed gegaan, geen andere auto's op dat tijdstip. Ze ruimt op en wacht. Misschien gaat het over, dit stiekeme getortel. Ze neemt een tablet tegen de scherpe naalden die in haar voorhoofd priemen.

Ria wordt een verplichting. Elke keer moet ze mee naar haar toe of haalt hij haar op. Liesbeth kan er niet altijd tegen, probeert er soms aan te ontkomen. Ze is maar zo kort bij hem, vindt dat het afbreuk doet aan haar bezoek.

'Blijf vanavond nou maar eens thuis.'

Boos kijkt hij voor zich uit. 'Ik heb het afgesproken.'

'Je weet toch wanneer ik kom?'

'Dan kun je toch meegaan?'

Ze gaat mee, maakt ervan wat ervan te maken is en doet haar best. Je moet altijd je best doen. De woorden dreunen in haar hoofd. Je moet er altijd voor zorgen dat niemand iets op je aan te merken heeft. Zij, een volwassen vrouw met grote kinderen, luistert nog steeds braaf naar haar vader, is bang voor zijn drift. Ze haat zichzelf. Meer dan ooit denkt ze aan haar moeder. De vriendschap tussen haar vader en Ria wordt steeds hechter en hij probeert haar over te halen met hem naar de stacaravan te gaan. Ze probeert het een dag: 's morgens erheen en 's avonds weer terug.

'Ik ga daar niet meer heen. Ik heb helemaal niks daar. En steeds die trappetjes om erin te komen en weer eruit! Dat kan ik niet. Je gaat maar alleen!'

Ria weigert, hoe hij ook aandringt. Beseft hij nu hoe hij zijn vrouw altijd geplaagd heeft door die uitstapjes door te drijven? Hij zal het nooit toegeven. Over zulke dingen praat hij niet. Je moet niet zeuren. Je moet gewoon doen wat hij wil. Maar Ria geeft niet toe en hij heeft het maar te accepteren. En zij, de dochter, vindt het geweldig dat Ria hem zijn zin niet geeft, dat ze zichzelf trouw blijft. Was haar moeder ook maar zo geweest. Ze gaf altijd weer toe om de lieve vrede.

Haar slaapkamer is aan de voorkant van het huis. Er staat een groot bed dat maar net in het kamertje past en er zijn een wastafel en twee vaste kasten. Als de dekens scheef liggen en ze die recht wil trekken aan de kant van het raam stoot ze haar voeten aan een loden pijpje dat uit de vloer steekt. Daar moet eigenlijk een gaskachel staan. Ze heeft nauwelijks ruimte voor haar eigen dingen. Aan de muur boven het bed hangt de kalender van de Melkbrigade. Elke dag tekent ze braaf de letter M in een volgend vakje. Bijna altijd heeft ze dan ook echt een beker melk gedronken die dag.

Op een dag moet ze in een ander kamertje gaan slapen omdat opa komt logeren. Opa ligt de hele dag in het grote bed. Hij is ziek. Af en toe gaat ze even bij hem kijken. Hij ziet er heel anders uit dan ze gewend is. In zijn eigen huisje was hij altijd vrolijk en maakte grapjes. Zijn kale hoofd op het witte kussen maakt haar een beetje bang. Hij zegt bijna niks, ligt heel stil en ziet er heel anders uit. Als ze op een dag uit school komt staat haar moeder haar op te wachten. 'De dokter is geweest. Opa moet naar het ziekenhuis.'

'Naar het ziekenhuis?' Haar hart begint ineens hevig te kloppen. Het ziekenhuis is iets heel ergs. Vol verwarring kijkt ze op naar haar moeder en ziet een vreemde glimlach op haar gezicht, die ze niet begrijpt. Lacht mama nou? Het lijkt wel of ze blij is. 'Wat heeft opa dan?'

'Dat weten ze niet. Dat gaan ze in het ziekenhuis uitzoeken.'

Ze gaat naar haar vroegere kamertje, waar nu opa ligt.

'Dag opa.' Ze pakt zijn magere hand.

'Dag kind.'

'Gauw beter worden.'

'Ja, hoor.'

Even later komt er een ambulance voorrijden en wordt ze naar de woonkamer gestuurd. Ze kruipt op de vaalrode bank onder het raam en gluurt op haar knieën tussen de planten door om te zien hoe opa weggedragen wordt. Een broeder verzwikt zich in het geultje tussen het gras en het smalle paadje dat naar de voordeur leidt. Hij wankelt even. Opa ligt helemaal verstopt onder een deken. Strakke riemen houden hem vast. Haar hart klopt heftig. Kon ze maar iets doen zodat hij gauw weer beter werd. Maar ze weet niet wat.

Het ziekenhuis staat in de stad, tien kilometer verder. Haar moeder gaat 's middags bij opa op bezoek en is nog niet altijd terug als ze uit school komt. Meestal gaat ze met de bus, soms met de fiets als het mooi weer is. En 's avonds gaat haar vader erheen met de auto.

Om de paar dagen gaat ze mee. Na de eerste keer vindt ze het niet fijn meer om mee te gaan. Niemand schenkt aandacht aan haar als ze allemaal om het bed zitten. Dan is ze blij dat ze iets lekkers mag gaan kopen in het ziekenhuiswinkeltje op de begane grond. Als haar vader op een keer geld uit de portemonnee van opa haalt om aan haar mee te geven, haalt hij daar kleine witte dingetjes uit. Opa ligt met zijn ogen dicht.

'Wat is dit?' hoort ze haar vader stomverbaasd vragen. Opa mompelt wat. 'Je moet je medicijnen natuurlijk wel innemen!' zegt hij dan boos. Hij geeft haar een paar muntjes voor de winkel en loopt dan vastberaden naar een zuster in de zusterspost op de gang. Liesbeth heeft medelijden met opa. Pilletjes zijn ook niet lekker.

Als ze terugkomt, zegt niemand iets. Haar vader zit zuur te kijken en zijn hele houding geeft aan dat hij boos is. Zijn rechterbeen heeft hij over het linker geslagen en hij wiebelt met zijn voet. Opa heeft nog steeds zijn ogen dicht. Ze ziet dat hij ze heel even opendoet en dan meteen weer sluit. Dat zou ik ook doen, denkt ze. Als haar vader zo boos is kun je beter maar net doen of je er niet bent.

Opa ligt lang in het ziekenhuis. Er is iets met zijn maag. Het is al bijna gewoon dat haar moeder niet thuis is als ze uit school komt en dat haar vader 's avonds een hele tijd weg is. Dan mag opa naar huis. Niet naar zijn eigen huis, naar hun huis. Hij krijgt een kamer met een gemakkelijke stoel, een tafel met een rechte stoel en een bed. Voortaan eten ze met z'n vieren en drinken na schooltijd koffie met z'n vieren. Maar in huis wordt het steeds stiller, de stiltes worden ook steeds langer. Ze voelt zich steeds vaker ongelukkig en dan gaat haar hartje onrustig tekeer. Soms lukt het haar dat vervelende gevoel met lezen te verdrijven, maar lang niet altijd.

Ze begrijpt niet zo goed wat er om haar heen gebeurt. Ze ziet iedereen boos naar elkaar kijken, ze zeggen helemaal niets. De ogen van haar moeder kijken steeds vaker donker naar opa, vooral als hij tijdens het eten te veel zout gebruikt naar haar zin. 'Dat is niet goed voor je bloeddruk,' klinkt het dan snibbig terwijl ze het zoutvaatje uit zijn handen graait. Het is nooit meer gezellig aan tafel. Niemand zegt nog iets tegen haar. Ze voelt dat haar vader geen aandacht voor haar heeft als ze bij hem op schoot kruipt. En haar moeder geeft haar nooit meer een aai over haar bol. Het lijkt wel of ze niet meer bestaat. Hoewel het stil is in huis omdat er niet meer gepraat wordt, schrikt ze toch vaak op. Pannen kletteren hard op het aanrecht en deuren worden met een klap dichtgegooid. Het heeft allemaal met opa te maken. Ze begrijpt niet hoe het gekomen is. Ze houdt van opa. Hij vertelt haar vaak sprookjes, altijd dezelfde sprookjes, Roodkapje en Klein Duimpje. Ze houdt van zijn manier van vertellen, traag, met veel details. Het liefst luistert ze ernaar als ze bij hem in bed ligt. Regelmatig rent ze 's morgens vroeg zijn kamer in: 'Opa, Roodkapje vertellen!' en nestelt zich tegen hem aan.

'Je moet eerbied hebben voor de ouderdom. Als het nodig is moet je voor je ouders zorgen, dat ben je aan hen verplicht.' Haar vader wijst op een pentekening aan de muur. 'Dat stelt het voor: oud en jong horen bij elkaar.'

Liesbeth staat naast haar vader. Twee hoofden ziet ze, het ene hoofd gerimpeld, het andere glad, jong, en veel zwart. Zoiets afschuwelijks zal ze nooit aan de muur hangen. Ze durft het niet hardop te zeggen, bang dat haar vader er boos om zal worden. Hij vindt het mooi.

'Jong en oud, dat stelt het voor. Jong en oud horen bij elkaar,' zegt hij nog een keer. Vindt hij het echt een mooie tekening of gaat het hem meer om de gedachte die de tekening uitdraagt? Hij prent het haar in. 'Het is je plicht om voor je ouders te zorgen als ze oud zijn. Mijn vader heeft altijd hard gewerkt om mij te laten leren. Ik heb het aan mijn vader en moeder te danken dat ik onderwijzer geworden ben.'

De onrust giert weer door haar heen. Die tekening is afschuwelijk. Al dat zwart en donkergrijs, die lelijke ogen. Ze kijken opzij, gelukkig maar. Haar vaders woorden blijven dreigend hangen.

In de hal van de school leunt ze tegen de muur en wacht op haar vader. Naast haar, op de kast, staat een pop, een politieagent. De agent lijkt groot, zo boven op die kast. Ze voelt zich er klein bij. Ze heeft trek, vraagt zich af wat er thuis op tafel zal staan. In ieder geval warm eten, ze eten altijd warm tussen de middag. Een duwende kluwen glijdt aan haar voorbij.

'Kalm een beetje!' De meester heeft een jongen stevig bij de arm. 'In school loop je gewoon. Begrepen!'

'Ja, meester.' Het klinkt bedremmeld. De jongen kijkt schuin naar hem omhoog, wacht af; wordt het straf of mag hij weg? De sterke hand laat los, geeft een zetje. Buiten zet de jongen het op een lopen. De hal stroomt ordelijk leeg. De agent op de kast kijkt stilzwijgend toe. Zeven jaar staat hij daar al.

'Zou je niet eens ergens anders willen staan? In een andere school?' vraagt ze zacht. Hij staart langs haar heen naar buiten. 'Misschien moeten we een keer niet zo goed ons best doen met het verkeersexamen, dan winnen we je niet.'

De holle voetstappen van haar vader maken een eind aan haar vragen. Tegelijk komt haar eigen meester met zijn jas al aan uit de personeelskamer.

'Hoe doet Liesbeth het in jouw klas?'

Haar vaders harde hand valt op haar schouder en klemt zich vast als een bankschroef. Haar maag verkrampt. Ze kronkelt haar smalle lijfje omlaag, naar voren en weer naar achteren tot hij loslaat.

'Wel goed. Ja, wel goed. Alleen vanmorgen... vanmorgen maakte ze zo'n rare fout in haar dictee. Ze schreef "direct" met een k.'

Verbaasd kijkt ze op. Wat was daar fout aan?

'Jij stommerik!'

Bittere woorden zijn het. Ze kijkt weer omlaag, durft hem niet aan te kijken, weet wel hoe hij er nu uitziet, ziet zo ook wel zijn norse gezicht. Haar maag draait rond. Direkt, was dat nou zo erg?

Hoe moest het dan? Ze praten al weer over iets anders, lopen langzaam naar buiten, kijken niet meer naar haar om. Iets verder gaat de meester naar links, haar vader en zij naar rechts. Hij kijkt niet op of om, alleen maar naar de grond. Ze is naast hem gaan lopen. Hij wordt zich kennelijk weer van haar bewust, moppert: 'Wat een stomme fout. Dat moet je toch weten.'

Ze antwoordt niet, schuift thuis stil aan tafel. Krassend bestek, de zware ademhaling van haar moeder, eetgeluiden. Haar vader ziet alleen zijn bord, opa ook. Ze kijkt naar de hutspot op haar bord en legt de gekookte varkenspoot met het dikke drillerige vel zo ver mogelijk op de rand. De worteltjes en de aardappeltjes vindt ze wel lekker, maar dat vieze ding moet ze niet. De moeder weet dat wel, maar ze let niet op haar kind. Ze kijkt steeds naar het bord van opa. Wel gemakkelijk. De poot blijft onaangeroerd. De borden van de anderen zijn leeg, op een paar vellen na. Ze laat zich van haar stoel glijden, hoort haar moeder nog vaag iets roepen, maar ze is al weg, terug naar school.

Na het avondeten is ze met haar boek aan de keukentafel blijven zitten. Haar hoofd leunt op haar linkerarm, terwijl ze met haar rechterhand de bladzijden van het boek omslaat. Ze gaat helemaal op in het verhaal; ze gloeit en ziet of hoort niets meer om zich heen. Er klinkt lawaai, praten, geschreeuw, maar het dringt niet tot haar door. De geluiden veroveren de keuken als een donkere gifwolk, maar houden nog even pas op de plaats, alsof een onzichtbare hand de wolk nog even tegenhoudt, alsof er gezegd wordt: lees nog maar even, blijf nog maar even het kind dat je tot nu toe was. Je gelukkige kinderjaren zijn over enkele ogenblikken voorbij.

Het geschreeuw wordt steeds erger, steeds indringender, is niet meer tegen te houden. Met kloppend hart schiet ze overeind. Wat is dat? Wat betekent dat? Het boek ligt verloren op tafel, ineens onbelangrijk. Ze hoort haar vader schreeuwen in de gang, wil naar hem toe, deinst terug voor zijn woede. Hij loopt met grote stappen heen en weer tussen de hal en de slaapkamer, smijt een tas tegen het halkastje, loopt weer terug, komt tevoorschijn met een jas.

'Papa, wat is er?' Ze vraagt het zacht, met trillende lippen.

Hij lijkt haar niet te horen, geeft geen antwoord. Hij schreeuwt, maar niet tegen haar. 'En het gebeurt zo, zoals ik het zeg!'

In de slaapkamer vindt ze haar moeder huilend voor de kaptafel. Ze wrijft steeds met een zakdoek over haar ogen, terwijl ze zichzelf aan lijkt te kijken in de spiegel. Maar het is onmogelijk dat ze zichzelf door haar tranen kan zien, zo hevig huilt ze. 'Ik wil het niet meer. Ik wil het niet meer,' snikt ze.

'Er verandert niks. Als het je niet aanstaat, dan ga je maar.'

'Ik was al lang weggeweest als het niet om haar was.'

Liesbeth begrijpt meteen dat er op haar gedoeld wordt, dat zij op de een of andere manier een rol speelt in de ruzie tussen haar ouders. Ze leunt tegen haar moeder, grijpt haar arm, probeert haar te troosten. Maar de huilende vrouw lijkt haar niet te zien, haar niet te voelen. Het kleine lijfje trilt van al het geweld om haar heen. Ze kan de tranen niet meer tegenhouden, huilt ten slotte met haar moeder mee.

De voordeur wordt met een klap dichtgegooid. Haar vader heeft zijn jas aangetrokken, zijn tas gepakt en is naar zijn vergadering vertrokken. Ze verbergt haar gezicht in haar moeders rok. Haar handen klauwen in de stof. Zo blijft ze staan, tot haar moeder zich ervan bewust wordt dat ze daar niet alleen staat, dat haar kind aandacht vraagt, een radeloos kind. De moeder kijkt door haar tranen neer op het blonde haar van haar dochter. Ze kan en wil haar niet vertellen hoe ongelukkig ze is, probeert zich te beheersen, slaat haar armen om het kind heen. 'Het gaat wel weer over. Straks is het voorbij.'

Het kind schudt haar hoofd. Dit gaat niet voorbij. Niets is nog hetzelfde. Zelfs de gordijnen en de meubels zien er anders uit. Ze is niet veilig meer.

Dagenlang zwijgen ze. De stilte is te snijden. Het is erger dan het ooit was. Alles is anders, voorgoed. In korte tijd ontwikkelt Liesbeth een gevoel voor sfeer, voor onenigheid tussen mensen, boze blikken, een gevoel dat haar nooit meer verlaten zal. Ze ziet nog scherper dan eerst hoe haar moeder steelse blikken op opa werpt, alles opmerkt, zich ergert aan wat hij doet, hoe hij eet. En haar vader eet alleen maar, zijn hoofd gebogen over zijn bord, net als opa. Hij kijkt niet op of om. Het gaat dus om opa, het gaat opnieuw om opa. Mama heeft een hekel aan opa. En daarom heeft papa ruzie met mama gemaakt. Wat heeft opa dan gedaan? Ze kan niets bedenken. Zij, Liesbeth, bestaat helemaal niet. De volwassenen hebben genoeg aan zichzelf.

Als ze thuis is, vlucht ze in haar boeken, haalt vaker dan ze van thuis mag boeken uit de bibliotheek. Maar altijd is er de angst dat ze door harde stemmen losgescheurd zal worden uit haar boek. Het lukt haar niet meer om zich er helemaal in onder te dompelen. Als ze buiten speelt met andere kinderen merkt ze niets van de ruzies. Maar ze kan niet altijd buiten spelen. Haar eigen kamertje wordt steeds belangrijker. Daar staat nu ook het tafeltje met het rode blad.

Af en toe gaat ze op zondagmorgen nog naar opa om naar zijn sprookjes te luisteren. Tot opa tegen haar zegt: 'Kom hier maar niet meer. Dat vindt je moeder niet goed.'

'Waarom niet?' Verbaasd kijkt ze haar grootvader aan. Hij kijkt weg, trekt de arm waar ze altijd haar hoofdje op legde, terug. Hij staart naar het plafond terwijl hij zegt: 'Doe het maar niet meer. Dat is beter.'

Met een brok in haar keel glijdt ze uit bed en loopt zonder om te kijken terug naar haar kamertje. Ze is verstoten, zonder te begrijpen waarom. Ze wil haar moeder vragen waarom ze niet meer bij opa mag komen, maar durft niet, bang voor nieuwe ruzies tussen haar ouders. En ook al zou ze weer bij opa mogen komen, het zou nooit meer zijn als vroeger.

Als haar vader op zondagmiddag gaat wandelen, wil Liesbeth niet altijd meer mee. Haar moeder blijft thuis. Die ligt dan op de bank met een boek of met de *Libelle*, een geruite plaid over haar benen. De keren dat Liesbeth toch met haar vader meegaat, hoort ze weer de bekende verhalen. Die zijn voor haar alleen. Sommige kan ze wel dromen, zo vaak heeft ze die al gehoord. Het verhaal over Serooskerke vindt ze het mooist. Als hij aan het vertellen is gaat hij helemaal op in zijn verhaal. Hij duikt in het verleden en laat haar alles meebeleven. Dan voelt ze zijn verlangen om terug te gaan naar dat dorp, waar het leven zoveel duidelijker was, waar hij gelukkig was ondanks alle oorlogsellende.

Soms klaagt hij over haar moeder. Dan is alles haar schuld. En ze voelt zich laf dat ze niet tegen hem in durft te gaan, dat ze niet tegen hem durft te zeggen dat haar moeder heus ook wel lief kan zijn, dat hij zich ook eens af moet vragen of hij zelf misschien schuld heeft. Maar ze is bang voor nog meer ruzie in huis. Intuïtief weet ze dat hij nooit schuld zal bekennen. Zijn wil is wet. Het is nooit anders geweest, al vanaf zijn kindertijd toen hij zonder broertjes of zusjes opgroeide en zijn moeders oogappel was.

Hij houdt haar hand stevig vast, zijn grote hand en haar kleine hand samen in zijn jaszak. Zo horen ze bij elkaar, de vader en de dochter. Ze wandelen ver, helemaal rond de grote kreek. De wind drijft de meerkoeten het riet in, zo hard waait het. Heerlijk, haar haren vliegen alle kanten op. Kon het altijd maar zo zijn, zo vertrouwd. Nu kan ze het wel vragen, nu durft ze er wel over te beginnen: ‘Waarom is mama zo boos, papa?’

Hij zwijgt, zucht. 'Vroeger was ze zo niet. Ze was lief, anders was ik toch niet met haar getrouwd.'

'Het is niet gezellig thuis. Ik kwam bij oom Piet om de krant te brengen. Hij lachte met zijn vrouw. Dat doen jullie nooit.'

Ze zien niets meer om zich heen, lopen allebei met gebogen hoofd, zien alleen de stenen van de weg.

'Dat zou ik ook wel willen.'

Ze hapt naar adem, begrijpt niet hoe het dan kan dat hij zelf ook zo vaak boos is en iedereen in huis afsnauwt. Ze wil vragen waarom hij opa in huis genomen heeft. De vraag ligt op het puntje van haar tong, maar het moment is al weer voorbij. Hij begint te vertellen over vroeger, dat zijn ouders zo vreselijk hard moesten werken om hem te laten leren. Ze luistert gretig. Maar wat ze werkelijk wil weten, dat vertelt hij haar niet. Binnen in haar tuimelen de vragen over elkaar heen terwijl ze naar zijn woordenstroom luistert. Ze kent het dorp van de bezoekjes aan de beide opa's en oma's, logeerde er wel eens bij een nichtje. Het decor van zijn verhaal ziet ze voor zich. De Molendijk, die was belangrijk. Die liep tot aan het plein met de leugenboom, waar grote mensen elkaar verhalen vertelden die allemaal gelogen waren. En dan twijfelt ze ineens aan alles, aan wat hij vertelt, aan wat ze ziet, aan wat ze hoort. Ze haalt haar hand uit zijn zak, loopt alleen verder. Zijn verhalen raken haar niet meer. Alles is een leugen.

Als ze 's zomers in Cadzand met vakantie zijn, gaat het iets beter. Dan is opa er niet bij. Ze speelt met vriendinnetjes op de camping, gaat naar het strand, maakt strandwandelingen met haar vader terwijl haar moeder in de caravan blijft lezen. 's Avonds gaat haar moeder wel eens mee en lopen ze met hun drieën over het hoge duinpad naar Boone, de friettent. Dan krijgt ze een zakje patat met van die lekker dikke mayonaise. Ze blijven er even rondhangen tot ze alles op heeft en gaan dan dezelfde weg terug naar de camping. Zo zou het altijd moeten blijven, voelt ze. Ze loopt tussen hen in en kijkt op van de een naar de ander. Haar kleine hart gaat tekeer. Zal ze het durven? Ze brengt de moederhand naar die van haar vader. 'Maken jullie nu geen ruzie meer?'

Hun ogen ontwijken de hare, kijken opzij, de een naar de zee, de ander naar het land. De handen glijden terug. De zonsondergang is minder stralend, het licht minder warm.

Ze heeft buikpijn. De hele avond ligt ze te woelen in bed. Ze had al lang moeten slapen. Haar voeten glijden op het koude zeil. Even later staat ze in de huiskamer. 'Mama, ik heb buikpijn.'

Haar moeder zit naar de televisie te kijken, er is een film. Ze ziet een vrouw in een heel mooie wijde jurk met allemaal roesjes.

'Je moet morgen weer naar school. Ga nu maar slapen, dan gaat het wel over.' Ze zegt het terwijl ze naar het scherm blijft kijken.

Liesbeth treuzelt met de deurkruk in haar hand en kijkt ook. De mooie dame lijkt wel een prinses. Ze kust een heel knappe man. Het is waarschijnlijk een sprookje.

Haar moeder ziet haar staan in de deuropening. 'Lig je nu nog niet op bed? Vooruit, morgen kun je niet wakker worden.'

'Maar ik heb pijn in mijn buik.'

'Dat gaat wel over.'

Ze kruipt weer in bed, trekt haar knieën hoog op en slaat haar armen eromheen. Zo valt ze eindelijk in slaap. Als ze 's morgens opstaat, voelt ze zich nog steeds niet lekker. Maar ze moet naar school. Traag trekt ze haar pyjama uit, dan haar onderbroekje. Het is vies, het lijkt wel bloed. Wat raar. Ze pakt een schone uit de kast, trekt dat aan. Even later komt ze aangekleed de keuken in waar een boterham voor haar klaarstaat. Haar moeder is druk in de weer met wasgoed. Ze zet een grote wasketel op het fornuis en doet daar de vieze kleren in.

'Heb je nog dingen die gewassen moeten worden?'

Ze heeft het broekje in haar kamer laten liggen. 'Ik haal het even op.'

Weer terug in de keuken zegt ze: 'Het is vies hoor, kijk maar niet.' Dan geneert ze zich, want haar moeder vouwt het broekje open en kijkt toch. Wat ziet ze er nu raar uit.

'Dus je had echt buikpijn gisteravond.'

'Dat zei ik toch.'

'Ik haal even spullen voor je.'

Liesbeth wacht, weet niet waar het over gaat, voelt zich alleen nog ellendiger. Dan komt haar moeder weer binnen met lapjes en een ding met haken. Dat moet ze aan.

'Dat heb je nu voortaan elke maand. Het is vervelend, maar dat krijgen alle meisjes, de een wat vroeger, de ander wat later.'

Ze begrijpt er helemaal niets van. Wat is dit?

'Vraag op school af en toe maar aan je vader of je naar de wc mag, dan kun je even kijken of alles nog goed vastzit.'

Ongelukkig loopt ze naar school. Het lijkt wel of ze op eieren loopt, zo raar voelt het met die doek tussen haar benen. In de klas let ze nauwelijks op, denkt alleen maar aan het gedoe waar ze mee opgescheept zit. Ze steekt haar vinger op. 'Meester, mag ik naar de wc?'

Haar vader kijkt haar even onderzoekend aan, knikt kort, verstoord. Mama moet hem verteld hebben dat er iets met haar is, anders had hij nooit toegestaan dat ze de klas uit ging. Alle ogen steken in haar rug als ze de klas uit loopt. Als ze weer binnenkomt, priemen ze in de hare, sommige onderzoekend, andere lacherig. Dan is het pauze. Op het schoolplein komen een paar klasgenootjes bij haar staan. Ze leunt tegen de zijmuur, net om de hoek van de schoolingang. 'Heb jij het ook?'

Ze knikt, zegt niets, overdonderd dat het dus waar is, dat de anderen dit ook hebben, het al eerder hadden dan zij en dat ze daar niets van geweten heeft. Haar buik steekt. Ze voelt zich bedrogen, opgescheept met iets waar ze nooit weet van had en ze heeft geen idee wat voor nut het heeft, waar het toe dient. Waarom heeft haar moeder haar nooit iets verteld? Waarom hebben de andere meisjes haar nooit iets verteld?

De eerstvolgende zondagmiddag neemt haar vader haar mee op de zondagse wandeling. Hij zegt dat ze nu groot is en ervoor moet zorgen dat ze geen kinderen krijgt voordat ze getrouwd is. Dat ze in de omgang met jongens voorzichtig moet zijn en niet met vreemde mannen mee moet gaan. En dat hij haar een boekje zal geven waar alles in staat. Het boekje is dun en gekaft met bruin inpakpapier. Het ziet er oud uit. Er staan tekeningetjes in van een blote jongen en van een bloot meisje, maar het zegt haar weinig. Ze bladert het door. Dan stopt ze het diep weg in haar boekenkast.

Het is warm in de huiskamer. Geen wonder: het grote raam ligt pal op het zuiden. De zon schijnt genadeloos naar binnen en maakt de kamer tot een oven. Daar helpt geen enkele zonwering tegen, tenminste niet de goedkope balastore, de papieren zonwering die aan de binnenkant voor het raam hangt. Als je de zware velours gordijnen dichtdoet, wordt het zo donker dat de lamp aan moet. En het blijft er benauwd.

De dikke man met het kale hoofd transpireert hevig. Hij haalt een zakdoek uit zijn zak en veegt ermee over zijn voorhoofd, dan haalt hij de doek over zijn schedel. Hij doet het met zijn rechterhand, in zijn linker houdt hij een viool vast en tegelijk een strijkstok. Liesbeth krijgt vioolles, samen met Janneke, een ander meisje. Om de beurt moeten ze hun lesje spelen en krijgen commentaar op wat ze doen. Liesbeth leert vioolspelen omdat haar vader een viool heeft. Hij heeft het geleerd op de kweekschool om de kinderen in de klas te kunnen begeleiden bij het instuderen van liedjes. Dat doet hij nog steeds. Liesbeth vindt het niet mooi, haar klasgenootjes ook niet, maar niemand waagt het erom te lachen. En nu gebruikt zij die viool. Eigenlijk zou ze liever cello spelen, dat vindt ze veel mooier.

De vioolleraar komt elke week, tussen de middag. Dan eten ze niet warm, maar werken snel in de keuken een boterham naar binnen om klaar te zijn als de les begint. Liesbeth strijkt, Janneke strijkt. Ze zeggen niet veel, alleen de leraar praat, legt uit, doet voor hoe het moet. Het geluid dat hij uit zijn instrument weet te krijgen is veel mooier dan wat de meisjes produceren, al gaat het geleidelijk aan iets beter. Soms mogen ze een stukje samen spelen. Dat is eigenlijk best leuk.

Twee jaar lang komt de vioolleraar thuis. Dan is er ook in Terneuzen een muziekschool en blijkt er in hun eigen stadje een vioolleraar te wonen. Ze kan er lopend heen. Ze krijgt voortaan alleen les, niet meer met z'n tweeën. Meestal doet de vrouw van de leraar de voordeur open en wijst naar boven, de trap op. In een klein slaapkamertje zit de leraar te wachten op de enige stoel die er is, vlak voor een lage boekenkast. Mooi vindt ze dat, zo'n boekenkast. Ze laat er altijd even haar ogen overheen glijden als ze binnenkomt. En dan legt ze de vioolkist op de gele sprei die over het eenpersoonsbed ligt en maakt hem open. Als ze de bladmuziek op de muziekstandaard heeft gezet, pakt ze haar vaders viool uit de kist.

Deze leraar is veel vriendelijker dan de vorige, hij vraagt altijd hoe het gaat, maakt grapjes en heeft verhalen over beroemde violisten. Het studeren vindt ze niet altijd leuk, maar ze heeft geen hekel aan de lessen. Ze houdt van de verhalen over componisten en violisten. Het zijn verhalen uit een wondere wereld die ver van haar af staat. De vioolleraar lacht er vaak bij. Het lijkt wel of hij altijd lacht. Af en toe bekijkt hij haar vaders viool van onder tot boven, gluurt door de krulletjes in het bovenblad en zegt dan: 'Je zou eigenlijk een andere viool moeten hebben. Zeg dat maar eens tegen je vader. Dit instrument is waardeloos. Met zo'n slechte klank wordt het nooit wat met jouw vioolspel. En je kunt best al aardig spelen.' Ze brengt de boodschap iedere keer over, maar er wordt niet op gereageerd.

'Onzin. Dit is een goede viool. Daar heb ik ook altijd op gespeeld.'

Ze heeft al begrepen dat goede violen duur zijn en weet dat ze niet op een ander instrument hoeft te rekenen. Maar als de leraar blijft aandringen, gaat haar vader onverwacht overstag. Waarom mag het nu ineens wel? Heeft hij eerst moeten sparen? De vioolleraar weet een goede viool in Antwerpen. Als hij haar het instrument in handen geeft en ze er voor het eerst op speelt, weet ze hoe slecht haar vaders viool is. Alles klinkt ineens veel mooier. Ze studeert daarna langer, heeft er veel meer plezier in. In haar enthousiasme wil ze ook wel eens iets voor haar vader en moeder spelen.

'Nou vooruit, speel maar eens een stukje.'

En dan speelt ze, zo goed als ze kan.

'Mooi hoor.'

Dat is het. Ze gaan allebei verder met waar ze mee bezig waren. Liesbeth legt met een ongelukkig gevoel de viool in de kist. Geen andere woorden dan alleen maar: 'Mooi hoor'? Nee, dus. Niets over hoe de lessen gaan, welke stukken ze speelt, geen vragen wat er eigenlijk zo moeilijk is. Een instrument bespelen hoort bij de opvoeding. Daar is aan voldaan en wat je er dan verder mee doet, moet je zelf weten. Als je schoolprestaties er maar niet onder lijden.

Ze krijgt bijles van haar vader, op school, samen met tien andere kinderen. Ze worden klaargestoomd voor het toelatingsexamen van de middelbare school. Vier dagen in de week moeten ze een uur nablijven, twee keer om voor het examen te trainen en twee keer voor Franse les. Op die dagen is ze pas na vijf uur thuis en moet dan nog huiswerk maken. Dat examen moet ze halen. Haar vader verwacht dat van haar. Hoe zou hij reageren als ze zou zakken?

'Je wilt als ouder nu eenmaal dat je kind het beter zal krijgen dan jij.'

Ergens begrijpt ze dat wel, maar als het niet zo is hoeft dat toch niet erg te zijn. Het gaat er immers om dat je gelukkig wordt. Gelukkig zijn. Wat dat is, hoe dat voelt, weet ze eigenlijk niet zo goed. Bij het woord 'gelukkig' denkt ze aan de keren dat ze met gloeiende wangen verdiept is in een boek zonder iets te merken van wat er om haar heen gebeurt. Ze kent ook nog het gevoel van geborgenheid, vroeger, voordat opa bij hen woonde. Ze kijkt even op van haar huiswerk. In het Tomado-rekje boven haar bureau holt Mikkie naar haar toe.

Tien dagen duurt het toelatingsexamen, twee volle weken. De school wil weten of ze dat wel aankunnen: elk uur een andere leraar, zo'n groot gebouw, zoveel leerlingen. En ze kunnen vast een beetje wennen aan hoe het daar allemaal gaat. Ze krijgen les in vakken die ze nog nooit gehad hebben en moeten onthouden wat ze geleerd hebben. Daar krijgen ze proefwerken over en ook over alles wat ze op de lagere school geleerd hebben.

Liesbeth voelt zich niet prettig in de klas. De banken zijn te groot, te log, te donker, de gangen tussen de rijen te smal, de leraren afstandelijk. Het zal wel wennen, denkt ze, hoopt ze. De school staat in Terneuzen, tien kilometer verderop. Elke dag wordt ze er samen met haar vriendinnetje Dorothee met de auto heen gebracht. De ene dag rijdt haar vader, de andere dag de moeder van Dorothee. De andere kinderen willen fietsen, omdat ze dat eenmaal in de brugklas ook zullen moeten doen. Haar vader wil dat niet. Ze mag niet het risico lopen te laat te komen.

Regelmatig speelt ze bij Dorothee thuis, in het grote huis aan de Markt, waar ze altijd een beetje bang is. Dorothee speelt bijna nooit bij haar. Dat huis heeft brede trappen naar de voordeur. Er is een bel voor het huis en een bel voor de tandartsenpraktijk van Dorothees vader. Achter de voordeur is een brede gang met een marmeren vloer. Ze is altijd blij dat ze de wachtkamer aan de linkerkant niet in hoeft. Meestal gaan ze meteen naar de grote slaapkamer van Dorothee of ze spelen in de grote diepe tuin achter het huis.

Op de vierde dag van het examen staat ze te wachten op de auto van Dorothees moeder. Haar vader is al naar school, haar moeder ruimt in de keuken de ontbijtboel op. Ze kijkt nog maar eens door het raam of ze het autootje nog niet op het pleintje ziet. Niets. Dorothee had er toch al moeten zijn. Waar blijven ze? Onrust overvalt haar en woelt door haar binnenste, het doet bijna pijn. Ze zal te laat op school komen, te laat op het examen, dat kan niet, haar vader zal woedend zijn. En wat dan? Ze moet hem bellen, hij moet haar naar Terneuzen brengen, misschien lukt het dan nog om op tijd te zijn. Zijn lessen zijn nog niet begonnen, het zou nog kunnen. Met trillende vingers draait ze het nummer. De zwarte hoorn voelt loodzwaar in haar hand. Ze wacht, luistert naar de zich regelmatig herhalende toon. Buiten het getoeter van een auto. Dat moeten ze zijn. Ze gooit de hoorn weer neer, werpt een snelle blik door het raam. Ja, daar zijn ze. Opgelucht grijpt ze haar tas, roept dat ze gaat. Ze zit al bijna in de auto als ze de arm van haar moeder nog ziet zwaaien.

Dorothee zit naast haar moeder. Ze proest van het lachen. 'We waren je vergeten. Halverwege ontdekten we dat we vergeten waren je op te halen.' Het meisje barst weer in lachen uit, haar moeder lacht mee.

Liesbeth voelt haar ogen groot worden van schrik, haar lichaam verstijft. Vergeten, ze hebben niet meer aan haar gedacht, ze zijn haar gewoon vergeten. Ze mag nog blij zijn dat ze zich bedacht hebben en omgekeerd zijn om haar op te halen. Dan schiet die andere keer door haar heen, die keer dat ze naar de vader van Dorothee moest. Ze ziet zichzelf weer zitten in de wachtkamer, de vierkante ruimte met harde banken rondom. Ze was op tijd geweest, het afsprakenkaartje in haar hand. Het duurde en het duurde, mensen die later dan zij binnenkwamen waren al lang weg. Tot de tandarts haar zag, ze opstond en hem het kaartje gaf. Ze wilde de spreekkamer al binnenlopen, toen hij zei: 'Het spijt me, ik was vergeten dat jij ook nog zou komen. Kom maar een andere keer terug.' Ze kreeg een ander kaartje met een andere tijd.

Verlegen had ze gezegd dat het goed was, maar ze was boos naar huis gefietst. De tandarts vergat haar.

Zij is altijd goed genoeg om Dorothee haar huiswerk te brengen als ze ziek is. Ze noemt zich dan ziek, maar ze is gewoon verkouden. Daar kun je best mee naar school, dat doet zij toch ook altijd? Dan ligt Dorothee in bed, met naast haar een doos papieren zakdoeken waar ze regelmatig een greep in doet om haar neus te snuiten. Het bed lijkt heel klein in de grote slaapkamer, die wel tien keer zo groot is als haar eigen kamertje. Nu is ook Dorothee haar vergeten, en Dorothees moeder. En ze lachen erom.

In de grote zware schoolbanken is ze er niet met haar gedachten bij. De leraar geschiedenis vertelt dingen die ze onthouden moet omdat ze er de komende dagen vragen over kan krijgen. Het gaat grotendeels langs haar heen, bevangen als ze is door een onrust die maar niet wil gaan liggen. Dan krijgt ze een vel papier voor haar neus, wit met zwarte lijntjes. Bovenaan staat NAAM met puntjes erachter, eronder KLAS. En rechtsboven staat een vierkantje waar haar cijfer moet komen te staan. Het papier is glad, het ruikt een beetje vreemd. Haar hand trilt als ze haar naam invult. Als ze nou niet op tijd was geweest, wat zou er dan gebeurd zijn? Wat zou haar vader dan wel niet zeggen? Ze weet dat ze niet zo goed antwoord geeft op de vragen die haar op een stencilblaadje toegeschoven zijn. Haar hart blijft maar bonken onder haar truitje. Misschien kan iedereen in de klas het wel horen. Als ze aan het eind van de dag weer bij Dorothees moeder in de auto zit voelt ze zich misselijk, maar ze zegt er niets over. Ze zegt helemaal niets. 'Jouw vader komt Dorothee morgenochtend ophalen, hè, Liesbeth?' Ze knikt alleen maar, stapt uit, kijkt niet meer om.

Ze raakt gewend aan het ritme van naar school gaan, huiswerk maken, vioolles, viool studeren en weer naar school gaan. Met de fiets nu, elke dag, samen met alle anderen. Ze rijdt dan eerst naar Victor, die vlakbij woont. Samen fietsen ze naar het verzamelpunt bij het café aan de spoorwegovergang. Ze heeft uitgerekend dat het twaalf kilometer is van huis naar school. Ze eten nu 's avonds warm en niet meer tussen de middag, omdat ze halverwege de middag pas thuiskomt. Liesbeth zit in de klas naast Marina, de dochter van de rector. In de pauzes en in vrije uren trekken ze met elkaar op, helpen elkaar met huiswerk. Wat is Marina mager. Kort haar heeft ze, heel dun. Ook haar vingers zijn dun. Daar speelt ze viool mee, heel mooi en soepel. Marina heeft van dezelfde leraar vioolles als zij. Hoe doet ze dat toch, veel viool studeren en ook nog haar huiswerk maken? Ze hoeft niet elke dag zo ver te fietsen als Liesbeth, maar toch: viool studeren kost vreselijk veel tijd. Bij Liesbeth schiet het er nog wel eens bij in. Vooral als ze veel huiswerk heeft. Dan oefent ze even de dag voordat ze weer naar les moet. Ze weet best dat dat niet genoeg is. Terloops vertelt ze het Marina, die vreselijk moet lachen.

'Nee, zo wordt het nooit wat!'

Grappig is dat, als Marina lacht. Dan wordt haar mond heel

breed in haar magere gezicht. Een mond en grijze ogen, meer is er niet.

'Hoe doe je dat als je veel huiswerk hebt?' vraagt Liesbeth nieuwsgierig.

'Gewoon, ik speel eerst viool. En daarna zie ik wel hoe ver ik kom met mijn huiswerk. Als ik een proefwerk heb leer ik alleen daarvoor, pas als ik viool heb gespeeld, eerder niet. De andere vakken laat ik dan schieten.'

'Vindt je vader dat dan goed? '

'Ja hoor, zolang ik maar niet echt erge onvoldoendes haal.'

'Geef mij zo'n vader,' zucht Liesbeth moedeloos.

'Als je maar een voldoende haalt, dan is het toch goed?'

Was dat maar waar. Voor Liesbeths ogen verschijnt het beeld van een vader die haar schamper en bozig aankijkt. 'Een zes is wel erg weinig. Wat voor cijfers hadden de anderen?'

Is dat belangrijk?

'Dat weet ik niet.' Ze zegt het stug, weet het best. 'Mijn cijfers zijn mijn cijfers. Het maakt niet uit wat de anderen hebben.'

'Dat maakt wel uit! Mijn dochter heeft een goed verstand, zeker niet minder dan de anderen. Jij kunt even goede cijfers halen als zij.' Liesbeths hart klopt of het eruit wil. Wat een vader! Waarom begrijpt Marina's vader wel hoe huiswerk je klem kan zetten en haar eigen vader niet?

Na een paar maanden is er een klassenfeest.

'Blijf je bij mij slapen?'

Liesbeth kijkt verbaasd op. Bij Marina blijven slapen? Dat heeft ze nog nooit gedaan, nergens. Zou dat mogen van thuis? Ergens anders slapen... Hoe vaker ze eraan denkt hoe leuker ze dat gaat vinden. Geen ruzies, geen opa, even geen vader en moeder. 'Waar moet ik dan slapen?'

'Bij mij. Ik heb een groot bed, daar kunnen we gemakkelijk met z'n tweeën in.'

Met z'n tweeën in een bed, dat heeft ze nog nooit gedaan. Eigenlijk klinkt dat wel gezellig. Ze zou best een zusje willen hebben nu ze erover nadenkt. Dan zouden ze misschien ook wel met z'n tweeën in één bed moeten slapen nu opa een kamer bezet houdt. Ze probeert het zich voor te stellen. Zij en een zusje, haar vader en moeder en haar opa. Beter maar van niet. Ze dwaalt af, het gaat over Marina, of ze daar wil blijven slapen, of dat zou mogen. Het kriebelt in haar maag. Ja, ze wil bij Marina slapen. Als het nou maar mag.

Haar moeder zit in de kamer te naaien. De naaimachine ratelt, steeds een eindje verder, tot haar moeder aan het eind van de zoom met een ongeduldig gebaar de draden afknipt. 'Mama?'

Haar moeder kijkt verstoord op.

'Mag ik bij Marina blijven slapen na het klassenfeest?'

'Is er een klassenfeest? Is dat dan 's avonds?'

Oef, ze heeft helemaal nog niet gevraagd of ze er wel heen mag. 'Mag ik erheen, mama?'

'Je moet natuurlijk eerst vragen of je wel mag voordat je vraagt of je ergens mag blijven slapen. Maar kunnen jullie dat feestje niet 's middags houden? Moet dat nu echt 's avonds? Dan moet je vader speciaal voor jou naar je school rijden.'

Liesbeth kijkt naar de punt van haar schoenen. Haar voeten bewegen op en neer. Ze blijft omlaagkijken. 'Dat hoeft niet. Ik neem 's morgens mijn spullen al mee en blijf dan na schooltijd meteen bij Marina. Mag het van jou wel?'

'Vraag het maar aan je vader.' Haar moeders handen vouwen een stukje van de volgende zoom om, leiden de stof onder het voetje van de naaimachine. Liesbeths ogen glijden over het warrige, uitgezakte, gepermanente haar, de stuurse ogen, de hangende mondhoeken. Waarom kijkt haar moeder nooit blij? Liesbeths armen zijn zwaar, de zwaarte zakt naar haar buik, in haar benen. Dan maar naar haar vader, hij beslist altijd.

Als hij na schooltijd schriften zit te corrigeren, gaat ze op het bankje naast zijn bureau zitten. Ze moet naar hem opkijken, als een smekeling, dat is het goede woord, daar hebben ze het net bij geschiedenis over gehad.

'Papa?'

'Ja.'

'Ik heb een vraag.'

'Een moment.' De rode balpen krast over de lijntjes, schrijft een paar woorden, dan resoluut een cijfer, een vastbesloten streep eronder, een punt ervoor en een punt erachter. 'Wat is er?'

'Mag ik volgende week vrijdagavond naar het klassenfeest?'

'Hoe kom je daar?'

'Dan blijf ik na schooltijd bij Marina. Ik mag bij haar blijven slapen en dan kom ik de volgende dag weer naar huis.'

'Wie is Marina?'

'De dochter van de rector. Ze zit naast me op school.'

'Vinden haar ouders dat goed?'

'Ja.' Dat weet ze helemaal niet.

'Goed, maar de volgende dag kom je bijtijds naar huis.' Het klinkt bars, maar dat kan haar niets schelen.

'Dankjewel dat het mag.' Als ze opstaat schuift het bankje tegen de muur.

'Een beetje voorzichtig, alsjeblieft.'

'Het mag, maar mag het eigenlijk wel van jouw vader en moeder?'

Marina's ogen kijken haar verwonderd aan. 'Natuurlijk, anders zou ik het je toch niet gevraagd hebben? Dat is altijd goed. Als ze maar weten wie er blijft slapen.'

En dan kijkt Liesbeth verwonderd. Ze kan zich totaal niet voorstellen dat zoiets ook gemakkelijk kan gaan. Overal in haar binnenste kruipt de schaamte omdat het er bij haar thuis zo anders aan toegaat.

Op de bewuste vrijdag fietst ze na schooltijd met Marina mee naar huis. De moeder van Marina zit in de woonkamer met een grote pot thee. Liesbeth geeft haar verlegen een hand. Groot is ze en net zo mager als Marina.

Een vriendelijke stem: 'Dag Liesbeth, wil je een kopje thee?'

Daar zit ze dan, op een brede bank. Dat moet natuurlijk wel als je zoveel kinderen hebt. Terwijl ze haar thee opdrinkt kijkt ze om zich heen. Naast haar op de bank en in de stoelen liggen rommelige kussens. En naast een grote stoel ziet ze een grote stapel boeken, gewoon opgestapeld op de vloer. Op een tafeltje nog meer boeken, een stapel kranten. En dan is er ook nog een grote boekenkast met boeken naast en boven op elkaar, scheef erbovenop. Wat ze ziet, vloeit over. Voor haar ogen verschijnt de keurige huiskamer bij haar thuis. Daar staat een rijtje boeken op een plank in de grote kast en er liggen er nog een paar achter een deurtje. Op de salontafel ligt een kleedje met een plantje erop.

'Wil je nog een kopje thee, Liesbeth? Ach, je hebt het nog niet op.' Ze is weer bij Marina. 'Marina, ik heb lekkere koekjes meegebracht. Haal jij ze even? Ze liggen in de onderste la, je weet wel, in de keuken, waar de voorraad ligt.'

Marina is al weg, komt even later terug. Onhandig scheurt ze het pakje open. De kranten liggen in een regen van koekkruimels en stukjes noot. Marina's moeder kijkt toe, lacht: 'Wat ben je weer heerlijk handig.' Ze blijft zitten, doet geen pogingen Marina te helpen, laat haar knoeien om de kruimels schuin van de krant op een schoteltje te laten glijden. Zou haar eigen moeder dat ook zo gedaan hebben? Vast niet. Het pakje zou uit haar handen gerukt zijn. 'Doe niet zo stom. Niet boven de tafel. Kijk nou wat je doet.'

Liesbeth eet het koekje voorzichtig op, wil niet veel kruimelen. Ze krijgt nog een kop thee en dan gaan ze naar Marina's kamer. Liesbeth kijkt opnieuw haar ogen uit. Een rommelig bed, kleren op de grond, boeken schots en scheef op een paar kromme planken. Heel even ziet ze haar eigen keurige Tomado-rekje voor zich, maar verdrijft dat beeld als Marina foto's laat zien van zichzelf met haar zusjes, vader en moeder. Ze stralen allemaal, zien eruit of ze heel gelukkig zijn. Liesbeth wilde dat ze Marina was. En 's avonds zitten ze allemaal samen aan tafel. Nog nooit was een maaltijd zo gezellig.

Het klassenfeest is zoals ze verwacht had: spelletjes, muziek, grapjes. De hele klas is er. Het mag van Liesbeth nog veel langer duren dan het duurt. En dan fietst ze met Marina mee naar huis, ligt even later naast haar in dat grote bed. Marina slaapt meteen. Liesbeth ligt stil naast haar, luistert naar haar rustige ademhaling. Na het lawaai, de drukte, de opwinding komt er nu een grote rust over haar. De hele avond trekt aan haar voorbij. Af en toe rijdt er een auto langs, glijdt er een lichtstraal door een kier van de gordijnen, over het plafond, over de muur. Mooi is dat, dat bewegende licht door die donkere kamer. Ze draait haar hoofd naar Marina, wacht tot er weer een lichtstraal komt, ziet dan het slapende gezicht. Ze glimlacht, ze is gelukkig, het kan dus toch.

In de klas worden folders uitgedeeld van een dansschool. Zorgvuldig vouwt Liesbeth het papier dubbel, legt het in haar agenda. De klassenvertegenwoordigster port hen allemaal op.

'Als we allemaal gaan, mogen we vast wel van thuis.'

Ze heeft gelijk. Als iedereen naar dansles mag, dan mag Liesbeth er ook heen. Zo gemakkelijk kan het zijn.

Aan de ene kant van de zaal zitten de meisjes, aan de andere kant de jongens. De slanke dansleraar moedigt hen aan: 'Vooruit jongens, dansen doe je met een meisje, zoek er maar eentje uit!' en schoorvoetend staan ze op, lopen op de rij meisjes af, maken hun keuze. Ze wordt bij de hand genomen zoals de leraar het heeft voorgedaan en doet blozend de eerste passen naast een even blozende jongen, net zo groot als zijzelf. Het gaat meteen goed, ze hebben allebei ritmegevoel, mogen algauw bepaalde passen voordoen omdat het zo goed gaat. Jur heet hij en hij zit in de parallelklas. Zijn ene hand houdt de hare vast terwijl hij zijn andere arm om haar heen geslagen heeft. Liesbeth laat haar hand op zijn schouder rusten. Ze heeft nog nooit iemand anders zo vastgehouden, laat staan een jongen die even oud is als zijzelf. Door haar hele lichaam verspreidt zich een weldadige warmte. Zijn bruine ogen lachen in de hare en ze laat zich ronddraaien en weer terugvallen in zijn armen. Aandacht krijgen zoals hij die haar geeft, dat kent ze niet en ze geniet ervan. Hij maakt haar duidelijk dat ze bestaat, dat ze niet zomaar meeloopt in het leven van alledag. Al dansend vergeet ze de ellende van thuis, de ruzies, de haatdragende blikken, de achteloze omgang met elkaar. Het hele jaar blijven ze elkaars danspartner, ook al zegt de dansleraar dat ze ook eens met iemand anders moeten dansen.

Jur woont langs de route die zij elke dag twee keer fietst met haar groep. Als ze het huis passeert waar hij woont, durft ze niet opzij te kijken of hij er misschien juist op dat moment aankomt. Victor doet dat in haar plaats en heeft dan het grootste plezier. Meestal ziet ze Jur pas op school bij de wisseling van lokaal of als het pauze is. Dan loopt hij met zijn vrienden en zij met haar vriendinnen en hun contact blijft bij een groet, bijna achteloos. Maar na schooltijd wacht hij haar vaak op en fietst naast haar mee tot hij thuis is, een zwaai en weg is hij. De hele weg naar huis houdt ze een warm gevoel en kijkt al weer uit naar de volgende dag. Of nog liever: de volgende dansles.

Thuis ervaart ze de stilte tussen haar ouders als steeds beklemmender. Hebben zij nooit gevoeld wat zij nu voelt? Gaat zoiets helemaal over als je volwassen bent? Ze kan het zich niet voorstellen en koestert zich in de belangstelling van Jur. Voor het eerst ziet iemand wie ze is, voor het eerst houdt iemand rekening met haar, voor het eerst vindt iemand haar belangrijk. Over de ruzies tussen haar ouders vertelt ze niets. En thuis vertelt ze niets over Jur. Zoals altijd maakt ze haar huiswerk, meestal in haar kamertje. Niemand kan zien waar ze aan denkt. Soms gaat ze in de huiskamer zitten. Ze doet dat alleen als er niemand thuis is. Aan de grote tafel heeft ze veel meer ruimte dan aan haar kleine bureau en dat is eigenlijk wel fijn. Dan kan ze alle boeken voor zich uitspreiden.

Op een warme dag zit ze in de huiskamer te worstelen met Duitse woordjes, met een oefening, met die vreselijke grammatica. Zodra ze denkt dat ze het weet, is ze alles weer vergeten. Ze probeert haar aandacht erbij te houden, maar dat lukt niet best. Misschien kan ze beter op haar kamer gaan zitten. Nee, dat doet ze niet. Ze is alleen thuis, dus kan ze huiswerk maken waar ze wil. Ze wiebelt op haar stoel heen en weer, denkt aan Jur. Ze ziet hem te weinig naar haar zin. Als ze na schooltijd later thuiskomt dan gebruikelijk, is haar moeder altijd meteen ongerust. Eigenlijk kun je het niet zozeer ongerustheid noemen. Ze is achterdochtig, vertrouwt haar niet, gelooft niet dat ze gewoon nog een poosje met Jur heeft staan praten. Ze denkt meteen aan de meest verschrikkelijke dingen. En Liesbeth weet niet zo goed wat dat dan voor dingen zijn. Dat vertelt haar moeder er niet bij en ze durft er niet naar te vragen. Jur heeft haar gezoend. Is dat dan zo verschrikkelijk? Zo erg is dat toch niet? Dat doen zoveel meisjes met hun vriendjes. Als ze het doet, voelt ze zich wel eens geniepig en achterbaks, want ze vertelt het natuurlijk niet aan haar moeder. Die zou het hele huis bij elkaar schreeuwen en haar meteen huisarrest geven als ze erachter kwam. En haar vader zou er nog een schepje bovenop doen.

Ze denkt aan die keer, een paar maanden geleden. Ze kwam van het toilet en zag haar moeder achter de wc-deur staan. Ze zag de boze, achterdochtige ogen die haar aankeken of ze een minderwaardig schepsel was. Ze was net ongesteld geworden, een paar dagen te laat. Te laat in de ogen van haar moeder. Dat hield ze allemaal nauwkeurig bij. Maar het gebeurde bij haar nu eenmaal niet met de regelmaat die daarvoor staat. Het kwam wel eens vaker een paar dagen te laat. Ze had die ellendige buikpijn gevoeld, ging naar de wc. En toen stond haar moeder daar.

'En?' Het klonk als een snauw.

'Ik ben ongesteld.'

Haar moeder slaakte een diepe zucht. Van opluchting? Maar waarom dan? Daar was toch geen reden voor? Dacht haar moeder echt dat ze wel eens in verwachting zou kunnen zijn? Wat een onzin! Ze durfde niet in te gaan tegen die wanhoop, wanhoop die helemaal niet nodig was, wanhoop waar zij geen raad mee wist.

'Je vader zou je de deur uit schoppen!' Het was bijna een hysterisch schreeuwen.

In verwarring had ze zich teruggetrokken op haar kamer. Het liefst was ze gevlucht. Ze had best naar Marina gekund. Maar ze durfde niet, bang voor de woede omdat ze weggelopen was en woede om de schande, de schande wat anderen ervan zouden zeggen. Zij, de dochter van de schoolmeester.

Ze schudt de akelige herinneringen van zich af, wil er niet meer aan denken. Die Duitse woordjes moet ze uit haar hoofd leren. Stampen, stampen, stampen. Het lukt. Alleen die oefening nog maken. Ze spant zich in het zo goed mogelijk te doen. Af en toe kijkt ze even opzij naar het fotootje van Jur, drukt er een kus op. In dezelfde beweging schrikt ze op, ziet haar grootvader buiten voor het raam staan. Hij kijkt naar haar. Hoelang staat hij daar al? Ze voelt dat ze een hoogrode kleur krijgt en stopt het fotootje haastig weg in haar agenda. Ze kijkt niet meer op, doet net of ze hard aan het werk is. Vanuit haar ooghoek ziet ze hem doorlopen.

Hij heeft gewandeld, gaat nu naar binnen. Ze hoort hem in de keuken zijn schoenen uittrekken, zijn pantoffels aandoen. Als hij nu maar meteen naar zijn kamer gaat. Ze wil niet uitleggen wat ze aan het doen was toen hij door het raam keek.

De kamerdeur gaat open, hij komt binnen, gaat achter haar staan. 'Wat ben je aan het doen?'

'Huiswerk maken. Duits.' Ze zit stijf rechtop, doet of ze nadenkt over de zin die ze vertalen moet. Waarom gaat hij niet weg? Waarom zegt hij niets?

Het is doodstil in de kamer. Beweging, ruisende kleren, dan een hand warm en zwaar op haar schouder. Ze verroert zich niet, voelt alleen hoe haar hart hevig klopt. Waarom doet hij dit? Wat wil hij van haar? Ze probeert haar schouder te bewegen om de hand van zich af te schudden. Maar de hand glijdt omlaag van haar hals naar beneden in haar blouse. De arm knelt tegen haar hals, ze ziet de stof omhoogkomen, de knopen strak staan, voelt hoe hij graait, knijpt en weer knijpt. Haar schouders trekken naar voren om zich aan de arm te onttrekken, maar daarmee zet ze de arm klem. Ze wil schreeuwen van pijn. Dan trekt hij terug. In de war kijkt ze naar hem op, voelt haar hart tekeergaan. Ze is bang, verschrikkelijk bang. Met grote stappen loopt hij weg. Een snauw: 'Waag het niet het aan je moeder te vertellen!' Ze zegt niets. Hij is de kamer al uit. Met haar hoofd op haar armen probeert ze tot rust te komen, wacht tot het hevige beven voorbij is. Is dit opa? De opa van de sprookjes van vroeger?

'Je moet hier maar niet meer komen. Je moeder wil het niet hebben.'

Als ze dit aan haar vader vertelt, of aan haar moeder, wat gebeurt er dan?

Eert uw vader en uw moeder. Die woorden staan scherp in haar geheugen gegrift. Schamper spreekt ze ze uit, zacht. Als het weer gebeurt, zal ze het vertellen. Het zou vreselijk zijn voor hen allemaal. Naast alle ruzies die ze zo vaak meemaakt zou er nog meer ellende om haar heen zijn. Ze zal zoveel mogelijk bij haar grootvader uit de buurt blijven. Studeren moet ze, des te sneller zal ze het huis uit zijn.

De vioolleraar is ook dirigent van het schoolorkest en vraagt of ze mee wil spelen. De repetities zijn op donderdagmiddag na schooltijd. Ze mag meedoen van thuis en laat haar viool na de vioolles op woensdag bij de vioolleraar. Hij neemt het instrument in zijn auto mee naar Terneuzen. Jur speelt ook in het orkest, met zijn trompet. Ze kunnen elkaar nu twee keer in de week langer zien. Liesbeth durft niet te vaak om te kijken vanaf haar plekje bij de tweede violen. Dat zou te veel opvallen. Maar ze voelt de ogen van Jur in haar rug. Een paar schoolvriendinnetjes uit haar klas spelen ook in het orkest. Ze hebben allemaal in de gaten hoe het zit tussen Liesbeth en Jur, maar doen er niet vervelend over. De zoon van de vioolleraar geeft celloles en speelt als versterking mee in het orkest. De warme, diepe klank van dat instrument raakt haar steeds opnieuw. Het donkere timbre grijpt haar veel meer aan dan de schrille, soms krasserige vioolklanken. Omzwaaien naar cello? Haar vader is onverbiddelijk als ze het bedeesd ter sprake brengt.

'Geen sprake van. Dan zijn die vioollessen weggegooid geld. We hebben een viool in huis, dan gaan we geen cello kopen. Die is veel te groot om mee te nemen. Bovendien moet je nu je tijd besteden aan je huiswerk voor school. Die viool kost al tijd genoeg. Dat moet niet meer worden.'

Ze legt zich erbij neer. Die keuze die niet haar eigen keuze was is dus een keuze voor het leven. Ze weet nu even niet hoe ze daar later nog verandering in kan brengen.

Johanna, een van haar schoolvriendinnen, woont vlak bij school. Het is om de hoek. Het wordt gewoonte om daar in de pauzes met de hele groep heen te gaan en er iets te drinken. Liesbeth raakt in de kleine keuken verslaafd aan koffie. Johanna's moeder zet al 's morgens vroeg een grote zwarte waterketel met een lange tuit op de ouderwetse buiskachel en zorgt ervoor dat in de pauze de koffie voor hen klaarstaat. Ze staan voor, naast en achter elkaar met hun handen om een mok koffie tegen elkaar aan en genieten van de knusse sfeer.

De schoolverhalen doen de kleine ogen van Johanna's moeder glimmen. Ze zit zwaar op haar stoel, getekend door vele bevallingen op een rij. Maar dat maakt allemaal niets uit. Liesbeth wordt warm als ze deze vrouw ziet met haar zorg voor haar grote gezin en ook nog eens elke dag voor hen allemaal. Dat zou haar eigen moeder nooit doen. Ze maakt mee hoe de ouders van Johanna met elkaar omgaan en beleeft de gemoedelijke plagerijen tussen Johanna en haar zusjes. Wat mist ze thuis veel. Dat schrijnt vanbinnen. Met behaaglijk warme handen denkt ze dan aan later, dat ze veel kinderen wil, in ieder geval niet maar eentje, en dat ze ook zo gezellig met haar man om wil gaan, niet steeds ruzie wil maken. Haar kinderen moeten net zo'n gezellig gezin krijgen als bij Johanna thuis. Ze ziet nu immers voor zich dat het kan.

Marina stoot haar aan, voorzichtig vanwege de koffie in haar handen. 'Liesbeth, vind je het ook niet jammer dat Hanneke gestopt is met vioolspelen? Ze speelt zo goed en nu stopt ze ineens. Zeg jij ook eens dat ze ermee door moet gaan.'

Hanneke leunt tegen de deurpost en staart met doffe ogen naar buiten. Was dat gisteren ook al zo, die treurigheid, die dofheid, dat grauwe? Ze kan het zich niet herinneren.

'Ik wil er niet over praten. Hou erover op.' Haar woorden zijn van een hardheid zoals ze onder elkaar niet gewend zijn.

'Je kunt het altijd weer oppakken.'

Maar Hanneke blijft stug voor zich uit kijken, geeft geen antwoord meer. Liesbeth begrijpt er niets van, ziet een heel andere Hanneke dan ze gewend is. Heeft ze dit verteld toen zij even niet oplette en met haar gedachten bij later was? Dat moet haast wel. Maar er moet toch een reden zijn waarom ze nu zo plotseling stopt met iets wat ze leuk vindt.

De eerstvolgende orkestrepetitie is Hanneke er niet en de keren daarna ook niet. En tijdens de koffiepauzes bij de moeder van Johanna wordt er niet meer over gesproken. Na een maand heeft iedereen het gewoon geaccepteerd: Hanneke speelt geen viool meer. Ze gaan over tot de orde van de dag, elkaars verjaardagen, de feesten op school. Die zijn belangrijk voor hen allemaal. Liesbeth gaat er steeds heen met Jur en kan dan bij Marina logeren. Dat ze daar mag overnachten maakt het gemakkelijker voor haar om toestemming te krijgen ernaartoe te gaan.

Op één keer na. Ze vraagt het net als al die andere keren. Achteloos bijna: 'Er is een feest op school. Mag ik erheen? De anderen uit de klas gaan ook allemaal.'

'Daar moet ik nog eens over denken.'

Haar ogen worden groot. 'Waarom?'

'Ik moet er gewoon nog eens over denken.'

De volgende dag vraagt ze het aan haar moeder: 'Mama, mag ik naar het schoolfeest?'

'Dat moet je aan je vader vragen.'

De dag daarna vraagt ze het haar vader opnieuw. Ze is op het voetenbankje naast zijn bureau gaan zitten. 'Papa, mag ik naar het schoolfeest?'

'Ik moet er nog eens over denken, hoor.'

Ze begrijpt er niets meer van. Ze krijgt altijd meteen te weten of het ja is of nee. Als ze het de volgende dag voor de derde keer aan hem vraagt, antwoordt hij: 'Nee. Je gaat er niet heen.'

Ze zit weer op dezelfde plek naast zijn bureau. 'Had je dat niet meteen kunnen zeggen? Dan had ik het niet steeds hoeven vragen. Nu dacht ik dat het uiteindelijk wel zou mogen.' Ze schrikt dat ze hem zo van repliek dient, dat ze het durft.

Verbaasd kijkt hij op van zijn schoolschriften. 'Ik vind het niet goed. Je gaat niet.'

'Waarom niet? Ik ben er nog altijd heen geweest.'

'Je gaat niet.' Hij zwijgt.

Ze mag er niet heen zonder dat ze weet waarom. Hoe moet ze het aan Jur vertellen? Zal hij nu ook thuisblijven? Hij piekert er niet over, is verontwaardigd dat ze niet komt, maar gaat wel.

Op de avond van het feest moet ze steeds aan hem denken. Met wie zou hij dansen? In gedachten is ze op het feest, ziet hem met andere meisjes, met Nelly, die steeds achter hem aan loopt. Zou hij wel haar vriendje willen blijven? Als ze er nu niet heen mag, mag het misschien wel vaker niet. Ze drentelt heen en weer in haar kamertje, naar de deur, naar het raam, staat stil bij haar bureautje. Een hamer klopt in haar keel. Dikke wolken vleien zich neer tussen Jur en haar. Trillend valt ze neer op bed, probeert haar tranen te bedwingen. Ergens ver weg hoort ze harde stemmen, een deur wordt dichtgesmeten. Nelly lacht uitdagend en danst in de armen van Jur over de bladzijden van haar boek.

'Je had er moeten zijn,' zegt Marina als ze naast haar in de bank schuift. 'Iedereen was er behalve jij.'

'Heb je veel gedanst?'

'Ja, eigenlijk de hele avond, heel leuk, steeds met iemand anders uit de klas. Ik heb ook met Jur gedanst, maar hij danste liever met jou, zei hij. Hij heeft overigens bijna de hele avond met Nelly gedanst. Ze profiteerde er duidelijk van dat jij er niet was en heeft hem niet losgelaten.'

Liesbeth buigt zich over haar boeken, wil het niet horen. Dit is waar ze bang voor was.

Na schooltijd staat Jur haar op te wachten. Haar wangen worden rood. Gelukkig, hij is haar niet vergeten.

'Ik rij nog een eindje verder met je mee,' zegt hij.

'O, goed.' Ze kleurt ervan. Dat heeft hij nog nooit gedaan. Dan komt het allemaal wel goed. Dan betekent het misschien niets dat hij zoveel met Nelly heeft gedanst. Marina kan het ook wel verkeerd gezien hebben. Die heeft met zoveel jongens gedanst, ze heeft heus niet steeds op Jur gelet.

De anderen van de groep zetten er de vaart in als ze merken dat Jur verder meerijdt dan anders. Jur en zij rijden te langzaam, daar willen ze niet op wachten, ze willen naar huis. Tot hoever wil hij eigenlijk mee? Ze zal het laatste stuk toch alleen moeten. Dat is vervelend, maar ze lacht al weer als Jur haar hand grijpt. Ze zal later thuiskomen dan anders. Geeft niet. Ze zal thuis zeggen dat ze na de les nog nagepraat hebben. Af en toe moeten ze even achter elkaar als er fietsers of bromfietsers in willen halen. Dan komt hij weer naast haar, maakt geen aanstalten om terug te keren.

Bij een zijweggetje zegt hij: 'Zullen we hierheen gaan? Daar is het rustiger.'

Haar keel klopt zo erg dat het bijna pijn doet. Weigeren? Nee zeggen? Nee zeggen tegen Jur? Een ommetje maken is toch zo erg niet? Vanaf het grote fietspad ziet ze in de verte de dijk door het land slingeren. De bomen aan weerskanten buigen door de jarenlange kracht van de westenwind hun takken allemaal naar het oosten. Ze heeft er wel eens gefietst met haar vader.

Even later rijden ze achter elkaar de dijk op. Ze zijn alleen. Hun fietsen rammelen over de kasseien. Daarbovenuit slaan de boomtakken hun bladeren tegen elkaar. Wat een lawaai! Of is het haar hart dat zo tekeergaat? Jur rijdt zwijgend voor haar, kijkt af en toe om of ze nog volgt. Hij glimlacht en ze lacht terug. Dan ziet ze weer alleen zijn rug. De plooien van zijn jas lijken wel een gezicht, ze veranderen in ogen, de boze ogen van haar moeder. Geschrokken kijkt Liesbeth omlaag. De kasseien schieten hobbelend onder haar voorwiel door, begeleiden harde, snauwende woorden: 'Waar kom je vandaan! Wat heb je uitgespookt?' Ze moet naar huis! Snel doorrijden? Of terug en dan met een omweg naar huis? En Jur dan? Hij zal boos zijn. Eerst met hem meegaan en dan weer niet, dat kan ze niet uitleggen. Misschien maakt hij het uit. Waarom neemt hij haar eigenlijk mee naar deze verlaten dijk? De schim van Nelly glijdt naast haar mee, kijkt haar schamper aan, krijst: je bent hem toch al kwijt.

Vlak voor een bocht stopt Jur, staat naast zijn fiets. Zij ook. Ze trilt als een riet. Waarom zegt ze niks? Bang is ze, vreselijk bang.

'Zullen we hier even gaan zitten?' Hij wijst naar de kant van de weg. Ze ziet hoe de berm zich daar naar een lager gelegen weiland uitstrekt. De zwartbonte koeien staan rustig te grazen, hebben er geen weet van hoe zij daar in tweestrijd staat. Even in het gras zitten, daar steekt toch geen kwaad in? Waarom aarzelt ze dan zo?

Jur heeft zijn fiets in het gras gelegd en staat al halverwege de dijkhelling. Dan draait hij zich om. 'Kom,' zegt hij en hij steekt zijn hand naar haar uit.

Haar fiets raakt wat harder de grond dan de bedoeling was. Trillend veegt ze wat loshangende haren achter haar oren. Dit is iets heel anders dan samen wang aan wang dansen tijdens een schoolfeestje. Halfglijdend gaat ze hem achterna.

'Hier kunnen we wel even zitten.'

Er is nergens iemand te zien. Ze hoort alleen de ruisende bomen, het gefluit van de vogels. Hij doet zijn jas uit, zij ook. Het is toch heel romantisch, zo samen in het gras. Een paar meeuwen laten een akelig gekrijs horen als ze naast hem gaat zitten. Ze zit doodstil, kijkt hem niet aan. Ze voelt zijn hand op de hare. Geen van beiden zegt iets, tot Jur haar omlaagtrekt.

'Kom.'

Ze kijkt omhoog. Wat is de lucht blauw. Dat ze dat ziet, terwijl ze zich zo bewust is van de nabijheid van die jongen naast haar. Het lijkt wel of hij dichter bij haar is dan wanneer ze samen dansen. Het gras prikt tegen haar blote benen en haar armen, kriebelt haar wangen.

Hij heeft zich op zijn zij gedraaid, zijn hoofd op zijn arm, en kijkt haar aan. Zijn gezicht is vlak bij het hare. Zijn vrije arm legt hij over haar heen. Het voelt zwaar. Ze glimlacht aarzelend naar de ogen die de hare zoeken, voelt dan zijn lippen op de hare, hard en dwingend, niet teder en voorzichtig zoals eerder als ze even ergens alleen waren. Zijn vingers graaien naar haar kleren, grabbelen tussen de knoopjes van haar blouse, maken ze dan ongeduldig los en woelen over haar lichaam.

Verstarrende krampen in haar buik, in haar maag. Haar beha schuift omhoog als zijn hand haar borst zoekt. Het doet pijn. Dat was het dus. Dat wilde hij. Ze ziet Nelly voor zich en weet instinctief: die vindt dit allemaal goed en misschien nog wel meer. Misschien heeft Jur haar ook al wel uitgeprobeerd. Het schoolfeest, weet ze ineens, in een van de donkere afgelegen gangen. Weg wil ze, weg.

Ze probeert los te komen. Hij heeft haar klem gelegd met zijn benen en graait nu met twee handen onder haar kleren. Ze woelt, worstelt tot hij het opgeeft en zich weer naast haar laat glijden. Als ze haar kleren rechttrekt en de knoopjes van haar blouse weer dichtdoet, ziet ze dat zijn broek half naar beneden hangt. Ze kan alleen nog een piepend geluid uitbrengen. 'Ik wil dit niet.'

'Ik dacht dat je wel zou willen. Je vond tot nu toe toch alles goed?' Hij snauwt bijna, teleurgesteld dat zijn plannen verstoord worden.

'Zoenen is iets anders dan dit.'

Hij geeft geen antwoord, zwijgt boos en staart voor zich uit. Op de dijk klinkt het geluid van een vrachtwagen, steeds nader,

nader. Als ze omhoogkijkt ziet ze dat het de melkboer is die altijd bij haar moeder thuis melk komt brengen. Heeft hij haar gezien en herkend? Dan vraagt hij zich vast af wat zij daar moet, met een jongen in het gras aan de dijk. Ze draait haar hoofd weer terug, de andere kant op. Houdt zo iemand zijn mond? Opnieuw slaat een vlaag van angst door haar heen, angst voor de harde woorden, voor de ruzies. Als de melkboer voorbij is, probeert ze op te staan. Het trillen van haar benen houdt niet op. Ze voelt tranen opkomen. Als Jur nu kwaad zou willen, zou ze geen verweer meer hebben. Ze wil hem niet kwijt. Maar hij is bezig grasssprieten uit zijn trui te plukken en merkt het niet. Pas boven op de dijk ziet hij haar natte wangen, weet er niet mee om te gaan.

'Ik ga weer terug.'

'Goed.' Hij keert zijn fiets, rijdt weg, draait zich geen enkele keer om. Ze kijkt hem na, ze is hem kwijt. Nelly's grijns begeleidt haar op weg naar huis.

Haar moeder hecht weinig geloof aan het verhaal dat de les is uitgelopen. Behuilde ogen horen daar niet bij. 'Waar was je?' Steeds weer: 'Waar was je? Zeg op, waar heb je uitgehangen?'

Liesbeth kan het niet uitleggen. Dit is van haar. Als haar vader en opa er niet bij zijn, zegt haar moeder hard: 'Je kijkt ons aan of we een stuk vuil zijn! Je trekt je niets meer van ons aan.' Met lege ogen staart Liesbeth haar moeder aan. Dat is niet waar. Dit is oneerlijk. Al die ruzies, dat geschreeuw, daar kan ze niet meer tegen. Zonder iets te zeggen loopt ze weg naar haar kamer. Kon de deur maar op slot, dan kwam ze er dagenlang niet meer uit.

Ze kan niet in slaap komen. Zal ze nog even wat lezen? Maar dan moet de lamp aan. Vanuit de gang kun je dat zien, omdat er dan licht onder de deur door komt en langs de deurposten. Ze waagt het erop. Met haar hand dicht bij het knopje van het bedlampje ligt ze te lezen. Als ze ook maar iets hoort, knipt ze meteen het licht uit.

En even later weer aan. Ze krijgt er een stijve arm van. Ze leest tot ze slaap krijgt, doet het licht uit en glijdt tevreden onder de dekens.

Bijna in slaap schrikt ze wakker. Geschreeuw, slaande deuren. Ze schiet overeind, laat verslagen haar hoofd weer op het kussen zakken. Het is weer zover. Ruzie. Hebben ze er dan helemaal geen idee van hoe erg ze er iedere keer van schrikt? Hoe vreselijk bang het haar maakt? De angst drukt op haar borst, laat haar naar adem happen. Ze wil naar een plek waar geen ruzie is, waar ze niet bang hoeft te zijn, een plek waar ze kan doen wat ze wil, waar ze echt vrij is. Ze kan wat spulletjes in haar schooltas doen en als haar vader en moeder slapen het huis uit sluipen. Misschien kan ze bij Marina in huis. Maar haar ouders zullen haar terughalen. Misschien moet ze verder weg. Waarheen dan? Ze heeft bijna geen geld. En waar moet ze dan slapen? Jur aan de dijk met zijn broek naar beneden. Ze durft niet. Ze is altijd veel te braaf. Om de beurt komen haar vader en moeder even bij haar voordat ze zelf naar bed gaan. Ze doet of ze slaapt. Als het stil is in huis komen de tranen.

Hij is foto's aan het kijken. De albums liggen uitgespreid op de tafel. Ze schuift een stoel naast hem. Het album ziet er grauw uit, heeft een bruine band. Echt een oorlogskleurtje. Ze herkent het, heeft het vroeger vaak bekeken met haar moeder. Daar staan de foto's in van Serooskerke op Schouwen-Duiveland.

'Dat was een mooie tijd. Serooskerke, daar was ik graag gebleven. Maar ja, de oorlog kwam ertussen. We moesten er weg, werden geëvacueerd. De Duitsers hebben alles onder water gezet.'

'Kon je na de oorlog niet terug?'

'Het duurde lang voor alles weer bewoonbaar was daar. En de inspecteur wilde me overplaatsen. In die tijd moest je doen wat de inspecteur zei. Je had niets in te brengen.'

'Maar papa, als je iets echt niet wilt, dan kunnen ze je toch niet dwingen?'

'In die tijd wel, hoor. En ik was getrouwd. We konden toch niet steeds bij onze ouders ingekwartierd blijven. Je wilt ook weer op jezelf zijn.'

'Ken je er nog mensen?'

'Weinig meer. Er zijn er veel dood. We zijn er nog wel eens geweest. Weet je dat nog? Was jij daar ook bij?'

'Ja, dat weet ik nog wel een beetje. Ik had daar ook wel willen wonen, hoor. Lekker vlak bij het strand.'

'Maar goed dat het allemaal niet is doorgegaan, want dan hadden we het misschien niet overleefd toen de ramp gebeurde, de stormramp in 1953. Alles is toen overstroomd. Zoveel mensen zijn verdronken, ook op Serooskerke. Wie weet waren we er nu dan niet meer geweest. Nee, het is goed zo. Maar ik zou er nog wel eens heen willen.'

'Dan doen we dat toch?' Ze loopt erover na te denken. Ze kan met hem naar Serooskerke rijden, maar het zou toch veel leuker voor hem zijn als hij dan ook wat mensen uit die tijd zou ontmoeten. Ze speurt op internet of ze iets vinden kan over Serooskerke en komt bij een website van de kerk terecht. Misschien weet een predikant welke mensen haar vader nog kennen.

Ze stuurt een e-mail, krijgt antwoord. Twee oud-leerlingen van hem willen hun vroegere meester graag ontmoeten. Ze schrijft hun allebei een brief, vraagt of het op een bepaalde dag schikt, maakt afspraken met hen, na elkaar. De een woont in een aanleunwoning van een zorgcentrum, de ander woont nog zelfstandig. Ook zijn leerlingen zijn oud, net als hij. Liesbeth vertelt hem niet dat ze afspraken heeft gemaakt in Serooskerke. Hij zou zich maar zenuwachtig maken. Ze hoopt dat hij zal genieten, dat het een grote verrassing voor hem zal zijn. Als het zover is doet ze 's morgens al bijtijds een paar boodschappen, haalt broodjes voor onderweg, heeft daarvoor al koffie gezet en in een thermosfles gedaan. Niet veel later gaan ze op weg, haar vader naast haar. Ze rijden door de Westerscheldetunnel, daarna de Zeelandbrug over.

Hij verbaast zich, geniet. 'Ik wil ook naar Serooskerke, hoor.'

'Eerst gaan we ergens wat eten. In de buurt van de duinen van Renesse is vast wel een aardig plekje te vinden om even te picknicken.' Ze doet of ze zijn zure gezicht niet ziet en rijdt door, speurend tot ze een geschikte picknickplek ziet. Het is een kleine parkeerplaats in een verhard duinpad. Er staan hoge, ondoordringbare duindoorns, een klein stukje gras. Daar kan ze haar vader niet laten zitten. Ze zou hem niet overeind krijgen. Ze zullen moeten staan. Leunend tegen de auto moet dat lukken.

'Kom, dan stappen we even uit. Dat is wat gemakkelijker als je een broodje moet eten en koffie moet drinken.'

'Het waait te veel, hoor. In de auto kan het toch ook?'

Ze wil hem niet dwingen de auto uit te gaan, verbijt zich dat ze zich nu voorzichtig in allerlei bochten moet wringen om hem van broodjes en koffie te voorzien. Die broodjes zijn het probleem niet. De koffie wel. Ze stapt uit, schenkt naast de auto een beker koffie voor hem in en doet het portier aan zijn kant open.

Verstoord kijkt hij op. 'Wat gaan we doen?'

'Koffiedrinken. Kijk maar. Pak je deze beker even aan?'

Hij doet wat ze vraagt maar kijkt er niet vrolijker door. 'Gaan we nou niet naar Serooskerke?'

Het klinkt boos, opstandig.

'Straks. Het komt allemaal goed.'

Stuurs kijkt hij voor zich uit terwijl hij zijn koffie drinkt, zegt nauwelijks dankjewel als ze hem daarna een broodje geeft.

Ze schenkt opnieuw koffie in zijn beker. 'Hier. Nog een beetje koffie.'

'Ik kan niet alles tegelijk vasthouden!'

Ze zet de beker op het plateau boven het dashboard. 'Zeg het maar als je wilt drinken.' Ze probeert een gesprek op gang te brengen, wijst hem op een paar vogels in de duindoorns voor de auto.

Hij kijkt er nauwelijks naar. 'Ja.' Dat is alles wat hij zegt. Als hij nu straks maar wat vriendelijker is.

'Gaan we weer rijden?'

'Even wachten, ik heb mijn broodje nog niet op. Ik ben niet zo vlug als jij.'

Hij zucht. Een zucht die van heel diep komt. 'Ik vind het maar niks, zo brood eten.'

'Vroeger vond je dat altijd leuk, picknicken onderweg. En nu ineens niet meer?'

Hij houdt zijn handen voor zich uit en ze geeft hem een papieren servetje.

'Naar een restaurant wil je ook niet,' kan ze niet nalaten te zeggen.

Stuurs geeft hij antwoord. 'Ik eet het liefst thuis.'

Ze kijkt op haar horloge, ziet dat ze wel weer kan gaan rijden om naar de eerste afspraak te gaan, heeft er eigenlijk geen zin meer in nu hij zo raar doet. Ach, ze kent hem toch. Als hij zijn zin niet krijgt, kun je geen goed meer doen. En de afspraken liggen vast. Ze moeten erheen.

'Ik moet je iets vertellen,' zegt ze dan en ze kijkt even opzij om te zien of hij haar gehoord heeft. Met een boos gezicht kijkt hij toch even vragend opzij. 'Ik heb een paar afspraken gemaakt voor vanmiddag.'

'Wat, afspraken.' Zijn stem is nog steeds nors, de woorden meer een snauw.

'We gaan eerst naar een paar oud-leerlingen van je. Ze verwachten ons. Hij heet Straaijer. Ik weet geen voornaam. Zijn vrouw heeft net als hij bij jou in de klas gezeten en op de korfbalvereniging. Ze vinden het heel leuk om je weer eens te ontmoeten.'

Zijn ogen veranderen, zijn stem ook. Net een verwend kind dat zijn zin krijgt. Ze schrikt van zichzelf, zo schamper klinkt het vanbinnen.

'Dat is toch niet waar, zeker. En gaan we daar nu naartoe?'

'Ja.' Ze start, rijdt de parkeerplaats af en zoekt de grote weg weer op. Op de heenweg heeft ze de bejaardenwoningen waar ze moeten zijn al gezien. Het is niet ver. Er is genoeg parkeerruimte. Ze haalt het cadeautje uit de kofferbak en zoekt naar het huisnummer dat haar opgegeven is. Het zijn lage woningen, klein, maar ze zien er vriendelijk uit. Woonde haar vader ook maar in zo'n aardig huisje.

Een voordeur gaat open, een oude dame komt naar buiten en lacht haar toe. Daar moeten ze zijn. Ze stond al op de uitkijk. 'Dag meester! Wat een verrassing om u weer te zien na zo'n lange tijd!'

Niets doet meer denken aan zijn boosheid. Ze ziet de vader, de meester, zoals hij altijd is tegenover anderen. Joviaal, vriendelijk, altijd een lach. 'Ja, dat hebben we aan mijn dochter te danken, hoor. Dat is toch zo'n geweldige meid. Die kan alles voor elkaar krijgen!'

Haar man is in de woonkamer, hij zit in een gemakkelijke leunstoel. Zijn gezondheid is duidelijk minder dan die van haar. Terwijl haar vader met zijn vroegere leerlingen in gesprek is, heeft Liesbeth alle tijd om hen goed in zich op te nemen. Meneer Straaijer lijkt ouder dan haar vader. Hij is ernstig ziek, vertelt zijn vrouw. Het gesprek vermoeit hem.

'De korfbal, dat was leuk, meester.'

'Meester', zegt hij. Nog steeds 'meester'. Herinneringen komen weer boven bij alle drie, maar ze weten niet alle namen meer. Het is zo lang geleden. Mevrouw Straaijer wenkt haar, geeft aan dat het haar man te veel wordt, dat hij moet rusten. Ze begrijpt het, gaat voor in haar stoel zitten, staat op.

'Gaan we nu al weg?'

'Ja, we moeten nog verder, papa.'

'O, maar we zijn nog lang niet uitgepraat, hoor.'

'Dat doen we een andere keer weer.' Ze beseft dat dat er waarschijnlijk nooit van zal komen.

Haar vader staat op, loopt met haar mee. Het verschil tussen hem en de broze man in de leunstoel is groot, te groot. Niet alleen in leeftijd. Haar vader, de oude meester, rijzig, groot, blozende wangen. Hij ziet er veel jonger uit dan zijn vroegere leerling, die bijna twintig jaar jonger moet zijn dan hij.

Mevrouw Straaijer loopt even mee naar de auto. 'Je hebt ons een groot plezier gedaan, Liesbeth. We hebben al zoveel herinneringen opgehaald de laatste dagen. Het gaf mijn man veel afleiding.'

Liesbeth omklemt haar oude handen, drukt ze ter bemoediging, ziet even later in de spiegel haar zwaaiende armen.

'Wat mooi dat je dat geregeld hebt, Liesbeth. Je bent me er toch eentje. En dat ik daar nu niks van wist!' Hij kan er niet over uit, herhaalt zijn woorden een paar keer tot ze hem onderbreekt.

'En weet je wat nou het mooiste is? We gaan nog iemand bezoeken.'

'Nog iemand?'

'Ja, iemand die op Serooskerke woont, de dochter van de vroegere bakker, Janna Reinhoud. Ze wacht op ons.'

Hij denkt na. 'Janna... Ken ik die? Ja, dat is waar ook. Nu herinner ik het me. Je bent me er toch eentje. En weet ze dat we komen?'

'Ja, ze weet dat we komen.'

Janna woont aan de Brink, een paar huizen voorbij het huis waar haar vader en moeder gewoond hebben. Er zit een groot raam aan de voorkant. Dat is de vroegere etalage van de bakkerij. De vensterbank onder het raam staat vol met kamerplanten.

Janna moet hen al lang gezien hebben, maar eerst kijken ze naar de kerk. Het schooltje heeft ertegenaan gestaan, maar is nu verdwenen. Liesbeth heeft haar vader stevig aan de arm. Hij leunt tegen haar aan. Als ze opzijkijkt, ziet ze geen boosheid, maar verdriet. Had hij verwacht dat het oude schooltje er nog zou zijn? Hij heeft haar toch zelf verteld dat het afgebroken is omdat er te weinig leerlingen waren en niemand er gebruik van maakte? Weet hij dat nu niet meer? Ze heeft medelijden met hem. Hij valt ook van de ene emotie in de andere. Net als zij, denkt ze erachteraan.

'De school is weg.'

'Ja, alleen de kerk is er nog.'

'Ik snap het niet, hoor. Waar is de school nou?'

'Kom maar mee. Ze wachten op ons.'

'Wie?'

'Janna Reinhoud.'

'O, ja.'

Hij loopt met haar mee. Janna heeft de deur al opengedaan en begroet hen hartelijk. 'Meester, wat is dit leuk.'

'Dat is me toch wat. Dat ik jou nou weer zie. Je was de beste leerling van de klas.'

'Dat viel wel mee hoor, meester. Zo goed was ik niet.'

Ze laat hen zitten, scharrelt met kopjes en een theepot. Anderen komen binnen, ook oud-leerlingen, opgetrommeld door Janna. Steeds opnieuw hoort ze: 'Dat is me toch wat. Je was de beste van de klas. Je deed toch altijd zo goed je best!' Dan lacht iedereen. Bij elke nieuwe naam denkt hij diep na. 'Ja, nu weet ik het weer.' En dan vertelt hij weer hetzelfde.

Na een halfuur zit de kamer van Janna helemaal vol. Ze heeft iedereen van wie ze wist dat hij of zij ooit bij haar vader in de klas heeft gezeten, gevraagd te komen. En ze zijn er allemaal. Ze vertellen over hun schooltijd, wat ze er nog van weten. Het is al zo lang geleden. En Liesbeth beseft hoe oud haar vader eigenlijk is nu ook zijn leerlingen oude mensen zijn en vertellen over andere leerlingen die er niet meer zijn. Ze maakt foto's, haar vader als stralend middelpunt. Hij vertelt over de school in de oorlog, zij vertellen erover en over alles wat daarna gebeurd is, de overstromingsramp in 1953. Zij zijn eraan ontsnapt, zoveel anderen niet. Hij vertelt dat hij in de kerkenraad heeft gezeten, altijd op dezelfde plaats voor in de kerkbank.

'Dan gaan we even kijken. Dat is er nog allemaal,' zegt Janna. 'Ik heb de sleutel, kijk!' En ze haalt een grote sleutel uit haar zak. 'Ik had er al op gerekend dat u dat wel leuk zou vinden.'

Liesbeth hijst haar vader in zijn jas. Aan haar arm steekt hij het straatje over, loopt naar de andere kant van het kerkgebouw. Janna is vooruitgelopen en heeft de deur al opengezet.

'Wat mooi! Wat is het hier mooi!' Vol bewondering kijkt hij in het rond. En Janna vertelt vol trots dat alles pas is gerestaureerd.

Hij loopt de kerk binnen en wijst naar de hoek van een hoge kerkbank. 'Daar was het. Daar zat ik.'

'Ga maar zitten. Kijk maar weer eens hoe dat voelt na al die jaren.'

Hij gaat zitten, kijkt rond. 'Dat ik hier nu toch weer zit. Liesbeth, Liesbeth, je bent me er toch eentje.'

Er moet veel door hem heen gaan. Ze laten hem even waar hij is. Liesbeth loopt rond door het kleine kerkje. Het zou dus gekund hebben dat ze hier geboren was, hier haar jeugd doorgebracht zou hebben. Zou alles dan anders gelopen zijn met haar vader en moeder? Zouden ze dan gelukkig zijn geweest?

Weer buiten lopen ze nog wat rond, komen langs het vroegere schoolhuis. Ze kan zich voorstellen dat het fijn was om daar te wonen. Een vriendelijke voordeur, ramen links en rechts, een dakkapel erboven. Het huis heeft een sfeer die ook bij haar en Anton past.

Meer dan dit is er nauwelijks. Nog een paar straatjes die allemaal op de Brink uitkomen, dat is het. Bij het begin van het paadje naar de kerk staat het monument. Ze leest de namen van de inwoners van Serooskerke die verdronken zijn bij de stormramp. Haar vader heeft die mensen gekend. Heeft het zo moeten zijn?

Ze neemt hem weer mee. Er is geen boosheid meer.

Hoofdstuk 3

Het is warm in de auto. Zuchtend draait ze het raampje iets naar beneden. Dom dat ze het indertijd niet nodig vond om airco erbij te bestellen. Te duur vond ze toen, nu heeft ze spijt. De lange autoritten in de bloedhete auto hangen haar de keel uit. Je zou eigenlijk drie weken van tevoren moeten weten of het op een bepaalde dag bloedheet is of niet. Dan kun je op een andere dag gaan. Het zwarte autootje schudt als een grote vrachtwagen haar in tegengestelde richting voorbijrijdt. Ze klemt haar handen om het stuur, herinnert zich de nachtmerries in vroeger jaren vlak voordat ze deze rit met de kinderen ging ondernemen, alleen, zonder Anton. Het is altijd goed gegaan, maar toch, de berichten in de kranten zijn geen verzinsels. Ze heeft nooit aan haar angsten toe willen geven. Opletten moest ze, dan zou ze wel veilig overkomen. Ze had het nooit aan Anton verteld, wist dat hij haar dan niet had laten gaan. En het gevaar is immers overal. Er had ook iets kunnen gebeuren als ze de kinderen naar een van hun clubjes bracht.

In de verte ziet ze de bekende contouren van de watertoren. Haar lippen plooien zich tot een glimlach als ze eraan denkt hoe de kinderen daar altijd naar uitkeken. Dan waren ze er bijna. Dan was die ellenlange rit bijna achter de rug. Ze lacht hardop bij de herinnering aan haar kleine meid die juist dan een plasje moest doen en voelt nog het gewicht van het hurkende kind in haar armen, de warmte van het kinderlijfje zo dicht tegen haar aan, het lange gras kriebelend aan haar benen. En haar stoere zoon, iets ouder, die van de gelegenheid gebruikmaakte om te laten zien dat hij heel ver kon plassen. En die andere keer dat de kinderen allebei in slaap vielen terwijl de watertoren al in zicht was. Toen was het net zo warm als nu. Drieënhalfuur rijden met kleine kinderen in een te warme auto, wat een dwaasheid.

Ze zijn al lang de deur uit. Meestal rijdt ze alleen. Even later draait ze de straat in en ziet aan het eind de hoge laurierhaag waarachter ze het huis van haar vader weet. De richtingaanwijzer tikt naar rechts. Alle parkeerplaatsen voor het huis zijn vol. Daar staan de auto's van de juffen en meesters van de lagere school, de school waar hij zo lang hoofd was. Dan moet ze maar vlak voor de garage parkeren, hij hoeft nu toch niet weg met de auto. Straks neemt ze hem mee om bij haar te logeren. Over een week brengt ze hem weer terug. Liever dit dan hem driehonderd kilometer met zijn eigen auto te laten rijden. Dat vertrouwt ze hem niet meer toe. En met de bus en de trein zou de reis voor hem op een ramp uitdraaien. Dat wil ze hem niet aandoen. Hij heeft het nooit gedaan en hij zou niet verstaan wat er in de trein werd omgeroepen. Dit is de enige optie als ze wil dat haar vader nog eens bij haar thuis komt.

Hij heeft haar zien komen en staat haar in de deuropening op te wachten. Zijn bagage staat klaar: een bruine koffer en twee weekendtassen, een groene en een zwarte. Die zwarte is de belangrijkste, weet ze. Daar zitten al zijn papieren in en extra geld. Hij neemt altijd veel te veel mee, wat ze ook zegt. Hij schakelt het koffiezetapparaat aan en zet even later een kop koffie voor haar neer. Daar is ze aan toe. Het bruine vocht is gloeiendheet, dat kan ze niet direct opdrinken.

'Heb jij al gegeten?' vraagt ze terwijl ze een zakje met twee boterhammen uit haar tas haalt. Ze heeft trek, merkt ze.

'Ja hoor, ik ben helemaal klaar. Maar nu moet je eerst maar eens goed uitrusten, want je hebt zo ver gereden.'

Ze kauwt, drinkt voorzichtig een slokje van de hete koffie en luistert naar zijn verhalen over de tuin, de auto, de hulp. Drie kwartier later wil ze weg. Misschien ontkomen ze dan aan de middagfiles en is ze nog redelijk op tijd thuis.

'Moeten we nu al weg? Wacht nog maar even, hoor. Je bent er net. Je moet toch echt uitrusten.'

Hij vindt het wel gezellig zo. Zij denkt alleen aan de rit die ze nog voor de boeg heeft. 'Nee, we gaan nu weg. Maak je maar klaar. We moeten nog zo ver. Als we nu niet gaan wordt het veel te laat vanavond en komen we in ieder geval in de spits terecht. Nu rijden we misschien net voor de spits uit.'

Hij gehoorzaamt, loopt dan het hele huis door, oplettend, speurend. De achterdeur wordt van het slot gedaan en dan weer op slot. Zijn hand voelt aan de klinken van de ramen, overal, in alle kamers. Dan loopt hij opnieuw naar de achterdeur.

'Die heb je al op slot gedaan.'

Hij kijkt haar vragend aan. 'Ja? Ik controleer het nog maar even voor de zekerheid.' En opnieuw doet hij de deur van het slot en weer op slot. Trekt er nog eens aan. Hij trekt zijn jas aan, voelt of zijn portefeuille in de binnenzak zit. Terwijl hij zich daarmee bezighoudt, wast ze de kopjes af, rijdt dan de auto naar het begin van het voordeurpaadje. 'Kom, we gaan.'

Ze wil de koffer dragen. 'Nee, dat doe ik. Die is veel te zwaar voor zo'n klein meisje.'

Ze laat hem begaan, neemt de twee weekendtassen en zet ze naast de koffer in de kofferbak. Het past net.

Hij legt zijn hand nog even op de koffer, op de ene tas, dan op de andere. 'Dat is alles, denk ik.' Hij loopt terug naar de voordeur, trekt hem dicht, doet hem op slot. Als ze denkt dat hij in de auto wil stappen draait hij zich nog eens om, loopt het paadje naar de voordeur weer op, voelt er nog even aan, trekt eraan. 'Hij is dicht.'

'Kom maar,' zegt ze terwijl ze het portier openhoudt.

Hij loopt weer naar de auto en draait zich langs haar heen om te gaan zitten. 'Ik zit. We kunnen gaan rijden.'

Ze slaat het portier dicht, daarna de kofferklep. Langzaam rijdt ze de parkeerplaats af.

Hij kijkt op zijn horloge. 'De school is al in, hoor.' Alsof hij zeggen wil: rij maar wat harder.

'Er kan er altijd eentje te laat zijn en dan letten ze helemaal niet meer op of er misschien een auto aankomt.' Haar stem klinkt luid om boven het geluid van de motor uit te komen.

'Ze moeten op tijd komen.'

'Dat zeg jij, maar zo vanzelfsprekend is dat niet.' Ze houdt de ramen dicht, bang dat hij kou zal vatten. 'Heb je het niet te warm met je jasje aan?'

'Nee hoor, ik heb nergens last van.' Wat kan hij goed tegen de warmte, altijd al.

Eenmaal op de rondweg maakt ze vaart. Het motortje ronkt, maakt behoorlijk lawaai. Hij kan slecht verstaan wat ze zegt, zit met zijn slechte oor naar haar toe. Ze heeft afgeleerd lange gesprekken met hem te voeren in de auto en zwijgt, vindt het wel best zo, denkt aan al die keren dat ze door het harde praten met keelpijn uit de auto kwam. De ademhaling naast haar wordt zwaarder.

Een week is hij bij haar. Dat vindt ze lang genoeg. Ze verzint uitstapjes, koopt nieuwe kleren met hem. Als het weer zich van zijn slechte kant laat zien, heeft ze een probleem. Wat moet ze met hem? Ze kan hem toch niet de hele dag in haar stoel laten zitten, hoe heerlijk hij het ook vindt dat alles bij hem neer wordt gezet, elk kopje koffie, elk kopje thee. Ze gaat normaal gesproken elke week naar het zwembad, baantjes trekken, haar spieren varen er wel bij. Zou hij mee willen? Het is lang geleden dat hij gezwommen heeft. Ach, zwemmen verleer je nooit. Als je lang niet gezwommen hebt, moet je even wennen maar dan lukt het weer.

'Heb je zin om mee te gaan? Er is hier een mooi zwembad.'

'Ja, hoor. Dat wil ik wel, maar ik heb mijn zwembroek niet bij me. Die ligt in de stacaravan.'

'Je kunt die van Anton aan. Die past wel.'

In het zwembad kijkt hij zijn ogen uit. 'Wat is het hier groot! Wat mooi!'

'Je kunt je daar verkleden. Als je klaar bent, wacht je hier maar even op mij. Ik verkleed me aan de andere kant. Kijk, daar.'

'O, ja. Ik wacht op je, want ik weet hier de weg niet.'

Als ze weer bij hem is, wijst ze hem op zijn hoorapparaat. Hij schrikt. 'Die kan niet tegen water. Waar laat ik dat ding nou?'

'Kom maar, ik doe het wel in mijn tas en dan stoppen we alles in een kluisje.'

Hij loopt met haar mee, schrikt even later terug bij het zien van het grote bad. Ze trekt aan zijn arm, wijst naar het ondiepe gedeelte. 'Zullen we eerst maar naar het ondiepe bad? Dan kun je even wennen.'

'Nee hoor, we kunnen toch wel meteen in het diepe? Ik kan goed zwemmen, hoor.'

Ze neemt het zekere voor het onzekere, trekt hem mee naar het ondiepe bad. Hij laat zich meenemen. Ze plaagt, spettert hem nat, een beetje maar. Hij laat zich drijven. Iets later vermoedt ze dat hij gewend is aan het water en wijst vragend naar het grote bad. Hij knikt.

'Prima, ik volg je.' Ze loopt voor hem uit, wijst dan naar het gedeelte vlak bij de kant. 'Blijf eerst maar aan de kant zwemmen, want het is behoorlijk diep,' zegt ze tegen hem. Hij verstaat haar niet, kijkt haar vragend aan. Ze gaat hem voor, het trapje af tot ze tot haar middel in het water is. Dan laat ze zich erin glijden en wenkt hem. 'Het water is lekker. Kom maar. Voorzichtig.'

Ze houdt zich vast aan de stalen buis terwijl hij vlak bij haar tree voor tree afdaalt. Dan laat hij het trapje los, spettert hevig met zijn armen, slaat wild om zich heen, gaat kopje onder, komt weer boven.

Ze grijpt een arm, klemt zijn hand aan het trapje. 'Wat is dat nou? Je moet zwemmen, niet spartelen!'

Hij proest en niest. 'Even wennen hoor, het is al zo lang geleden.'

'Denk je dat het zal gaan? Het moet niet, hoor. Als je niet wilt doen we het niet.'

Hij verstaat haar niet, maar lijkt wel te begrijpen wat ze zegt. 'Ik kan echt wel zwemmen. Kijk maar.' Opnieuw laat hij het trapje los. Het water om hem heen golft woest, zijn hoofd is meer onder dan boven water. Op zijn zij liggend komt hij langzaam vooruit, slaat het water met een klauwende beweging langs zijn lichaam weg, net of hij steeds opnieuw met veel moeite een zwaar gordijn opzijtrekt en even om de rand heen gluurt.

Ze volgt hem, duwt tegen hem aan, wijst dat hij naar de kant moet. Proestend grijpt hij zich vast aan de rand. Een badmeester is aan komen rennen, valt op zijn knieën bij hem neer. 'Rustig aan meneer, niet al te enthousiast. Waar heeft u leren zwemmen?'

Ze antwoordt in zijn plaats. 'Dat is lang geleden. Hij heeft het zichzelf geleerd, samen met zijn vrienden. Dat vertelt hij tenminste altijd.'

'Het lijkt een oude zeemansslag. Dat zie je nooit meer. Heel vroeger werd zo gezwommen. Nu niet meer. Het zal wel lukken, maar hij moet het wat rustiger aanpakken.'

Zijn handen bewegen van boven naar omlaag, nog een keer en nog een keer.

'Rustig, rustig!'

'Deed ik het te snel?'

De badmeester knikt, gebaart weer met zijn handen. Liesbeth zwemt iets van de kant af. Ze laat tussen haarzelf en de rand van het zwembad zoveel ruimte dat haar vader daar kan zwemmen, maar op elk moment de kant of haar kan grijpen. Durft hij verder te zwemmen? Wil hij het water uit? Ze krijgt er geen hoogte van. Ze grijpt zijn schouder, wijst met een vragend gezicht in de richting van de kleedcabines, maar hij schudt van nee.

'Wat denk je wel? Ik wil nog even zwemmen, hoor.'

'Laat hem maar,' hoort ze de badmeester zeggen. 'Ik blijf in de buurt.'

Haar vader laat de kant los en gaat meteen kopje onder. Ze heeft hem vast als hij briesend bovenkomt. 'Nee, laat los!'

Dan zwemt hij werkelijk, op zijn eigen manier, maar hij zwemt. De badmeester loopt langs de kant mee en zij volgt hem in het water tot de overkant bereikt is. Daar hangt hij hijgend aan de rand. 'Zie je nou wel! Ik kan echt wel zwemmen!' Hij zegt het met een brede lach. Het klinkt trots. 'Gaan we terug?'

Ze knikt, volgt hem opnieuw, net als de badmeester. Dan vindt ze het welletjes en wenkt hem. 'Kom, we gaan eruit.'

De badmeester knikt haar toe: 'Verstandig besluit.'

Hij trekt zich hijgend aan het trapje het water uit. Ze wacht tot hij weer adem heeft en wijst dan welke kant ze op gaan. Als hij nou maar niet valt op die gladde tegels. Ze houdt hem vast, de ogen van de badmeester prikken in haar rug. Had ze wijzer moeten zijn? Maar als iemand altijd zegt dat hij goed kan zwemmen, dan geloof je dat toch? Ze heeft hem als kind toch vaak genoeg in het water meegemaakt? Zeewater, zegt een stem in haar. Hij liet zich drijven op de golven en hield goed in de gaten dat hij niet ver van het strand vandaan kwam. En als hij zwom, klauwde hij op zijn zij het water met de ene arm weg terwijl de andere schuin onder zijn hoofd naar voren stak. Zwemmen noemde hij dat. Wat had ze hem bewonderd.

Ze geeft hem de spullen uit het kluisje, wijst weer waar hij zich kan verkleden. Als hij in een kleedcabine is, sluit ze haar eigen hokje af en valt neer op het bankje. Hoe heeft ze zo stom kunnen zijn? Hij had voor haar ogen kunnen verdrinken. Ze had dat zware lichaam nooit boven water kunnen houden. De badmeester zou geholpen hebben. Dat wel. Maar het was onverantwoord om hem hier mee naartoe te nemen. Haar stoere vader kent zichzelf niet meer. Ze heeft hem gezien als de vader van vroeger, die alles kon.

Als ze klaar is en hem de kleedcabine uit ziet komen geeft ze hem zijn hoorapparaat.

'Ik ben het nog niet verleerd. Dat zag je wel.'

Wat klinkt dat trots. Ze kan alleen zwijgen.

's Avonds kan ze de slaap niet vatten. Herinneringen aan woelig water dringen zich op. Ze voelt weer het gladde lichaampje van haar kleine dochter, jaren geleden in het wildwaterbad van Brig in Zwitserland. Ze had de sterkte van de stroming onderschat, had de kracht van haar kind onderschat, Mieke kon immers zwemmen? Het kind had een diploma! Om de tien minuten begon het water in het rondlopende zwembassin te bruisen en te golven om dan weer stil te vallen. Het had vrij onschuldig geleken tot ze ondervond hoe sterk de kracht van het water was. Ze zag Mieke onder water verdwijnen, graaide tot ze een arm te pakken had. Haar hart sloeg als een moker. 'Hou me vast!' Ze had het uitgeschreeuwd. De dunne armpjes knelden om haar hals. Ze draaide haar lichaam met de kostbare last naar de hoge rand waar ze zich vast kon grijpen aan een stang, probeerde haar zo te beschermen tegen de woeste kracht. 'Stil maar, het is zo voorbij,' zei ze kalmerend, in een poging daarmee ook haar eigen angst te kalmeren.

Iets verderop hing Anton. Hij wenkte: 'Kom, hier is een inham!' Hijgend worstelde ze langs de stang naar hem toe.

'Schuif maar door! Je bent er zo!'

'Waar is Marius?'

'Die is er al!'

Een bocht, de toegang tot de inham waar het ondiep was. De glinsterende ogen van haar zoon. 'Spannend, hè, mam!'

Het natte hoofdje tegen haar borst richtte zich op. 'Het is eng!' zei Mieke boos. Krampachtig bleef ze zich aan haar moeder vastklemmen.

'Kijk, je kunt hier zitten.' Anton deed het voor. Liesbeth schoof naast hem, het kind op haar schoot. Marius zeurde: 'Gaan we verder?'

'Nee, we wachten tot het water weer rustig is. Het eindpunt is niet ver meer. Dat moeten we kunnen halen voordat ze de wildwaterknop weer aanzetten.'

Samen hadden ze gewacht tot het water weer rustig werd en ze verder konden zwemmen naar het punt waar ze het water in waren gegaan. Mieke had haar niet meer losgelaten. Daarna kwam de droom, steeds dezelfde, elke nacht opnieuw. Dan zag ze haar kind op de bodem van een zwembad liggen en wilde het boven water halen. Benauwd hijgend werd ze dan wakker.

Alles staat haar weer scherp voor de geest. Ze voelt dezelfde angst als toen. Het is haar grootste angst: dat ze een kind zal verliezen. Meestal is ze nuchter, weet ellendige gedachten van zich af te zetten, maar deze droom heeft haar bijgelovig gemaakt, laat haar denken dat het een voorspellende droom is. Ze beleeft alles weer, net als al die andere nachten. De onrust drijft haar uit bed, naar beneden. De hond kijkt haar slaperig aan met een blik alsof hij zeggen wil: wat kom je in vredesnaam doen in het holst van de nacht? Een kop dampende thee verdrijft de angst. Pas na een uur durft ze het aan naar bed te gaan.

Een paar dagen later brengt ze haar vader naar huis, koffie en broodjes mee. En dan belt Ria. Liesbeth hoort hem opscheppen dat hij gezwommen heeft, dat iedereen ervan stond te kijken dat hij dat zo goed kon. Ria's schelle lach schalt blikkerig door de kamer. Liesbeth wil weg. Hij protesteert, ze moet nog een poosje blijven.

Eindelijk kan ze zich losmaken. Een oase van stilte nestelt zich om haar heen. Pas halverwege de reis zet ze de radio aan, sms't naar Anton hoe ver ze is. Hij is vrij die middag, zorgt voor de hond. Ze glimlacht als ze aan de hond denkt. Zwart-wit is hij en hij lijkt op Mikkie.

Twee lange maanden is haar moeder bijna onafgebroken bij opoe. Het gaat steeds slechter met haar. Elke nacht wordt er bij haar gewaakt, steeds andere leden van de familie, de kinderen en de schoonzoons en schoondochter. Ze waken tot opoe dood is. Liesbeth is dan vijftien. Het is de eerste keer dat de dood in haar leven komt. Ze ziet hen allemaal in de woonkamer zitten, de dominee aan het hoofd van de grote tafel, zwarte jas, kalend hoofd. Daar vlakbij zit opa, haar lieve opa, hoestend en rochelend door het vele roken. Hij heeft bij uitzondering nu eens geen sigaret in zijn mond. Daarnaast oom, mama's broer, die ongelukkig kijkt, zich geen houding weet te geven, en zijn vrouw, helemaal in het zwart gekleed, net als mama en haar zuster. Dat zwart staat hen niet. Ze lijken tien keer zo oud als ze zijn. Het zijn ouderwetse kleren, die alleen bij begrafenissen uit de kast worden gehaald en aan geen enkele mode onderhevig zijn. De kleinkinderen zitten achter hun ouders op een rij stoelen tegen de muur. Alleen de drie grotere, de kleintjes zijn ergens anders ondergebracht. De dominee leest: 'De mens is als gras, hij bloeit als een veldbloem. Het gras verdort en de bloem verwelkt wanneer de adem van de Heer erover blaast. Ja, als gras is dit volk. Het gras verdort en de bloem verwelkt, maar het woord van onze God houdt altijd stand.'

Hij weet niet wat hij zeggen moet, denkt Liesbeth. Ze ziet haar moeder met rode ogen een zakdoek uit haar zak halen en haar ogen dwalen naar de schuifdeur waarachter ze haar grootmoeder weet. De kleinkinderen hebben afscheid genomen. Dat hadden ze niet zelf bedacht. Hun ouders drongen erop aan, want je hoort afscheid te nemen van een dode. Alleen haar nichtje wilde niet. Ze huilde heel erg en hoefde dat kamertje toen niet in te gaan. Zij wel, ze moest gehoorzamen en braaf zijn. Voor het eerst in haar leven zag ze een dode in een kist. Ze zag de ingevallen wangen, de magere vingers verstrengeld op opoes buik. Er was van alles door haar heen gegaan. Zou ze weten dat we naar haar kijken? En wat zou er dan in haar omgaan?

Het verwarde Liesbeth. Opoes lange, grijze haar lag als een waaier over het kussen. Ze kende opoe alleen met glad achterovergetrokken haar en een knotje in haar nek. Haar hart klopte in haar keel. Maakt het iets uit of ze opoe nog gezien heeft? Nee, weet ze, het maakt niets uit. Opoe is er gewoon niet meer en heeft nu ook geen pijn meer.

Ze schrikt op. De dominee is klaar met zijn verhaal over het gemaaide gras. Het kan haar eerlijk gezegd gestolen worden. Hij gaat bidden, heel lang. Door haar oogleden kijkt ze stiekem de kamer rond en ziet haar vader even steels op zijn horloge kijken. Hij houdt altijd bij hoelang er gezongen en gebeden wordt in de kerk. Dat hij dat nu ook doet bij de begrafenis vindt ze eigenlijk heel erg. Het gebed duurt wel lang, dat moet ze toegeven. Er lijkt geen eind aan te komen. Ineens klinkt het 'Amen'. Ze schrikt en dwingt zichzelf haar gedachten niet meer te laten afdwalen. Het is de laatste keer dat opoe dicht in haar nabijheid is en dat wil ze zich voor altijd herinneren. Geduldig wacht ze tot de mannen de kist in de begrafenisauto hebben geschoven en ze een teken krijgt dat ze mee moet komen. Haar moeder staat vlak achter de auto naast opa, samen met haar broer en zusje. Daarachter komt de aangetrouwde familie met de kleinkinderen. Ze moet naast haar vader gaan staan en achter hen groeit een lange rij van buren en bekenden.

De begrafenisauto zet zich in beweging. Het is niet ver, maar het begint te waaien en te regenen en eenmaal op het kerkhof valt het water met bakken uit de lucht. In de stromende regen wordt de kist uit de auto getrokken en door de mannen van de familie naar een kuil gedragen. Ernaast ligt een grote bult zand. De kring bij het graf wordt steeds groter van alle mensen die de stoet hebben gevolgd. Het lijkt wel of het hele dorp uitgelopen is. Ze ziet mensen die ze nog nooit gezien heeft. Het grijze regengordijn ketst af op de paraplu's en ze hoort het hevig kletteren op die van haar. Begraven worden als het zo regent, dat wens je toch niemand toe. De regen maakt alles erger. Wat vreselijk dat natte gras, die natte grond, die donker geklede mensen.

De begrafenisondernemer geeft een teken aan een groepje stevige, donkere mannen, die de kist overnemen. Haar vader komt naast haar staan onder de paraplu. Ze schrikt. De mannen gaan aan weerskanten van de kuil staan met de kist in het midden. Ze houden hem precies erboven. Ze laten de kist toch niet zomaar vallen? Als ze loslaten lijkt het wel of de kist blijft zweven. Het doffe hout heeft een natte glans gekregen. Zou de kist waterdicht zijn? Ze huivert. De dominee begint weer te bidden, maar ze verstaat er niets van door het lawaai van de regen op de paraplu's. De donkere mannen pakken de uiteinden vast van de riemen waar de kist op staat en laten hem met schokjes naar beneden zakken.

Soppend door het drijfnatte gras loopt haar vader naar voren en zoekt een plek bij de kuil, waar iedereen hem goed kan zien. Hij begint te praten, bedankt de mensen namens de familie dat ze gekomen zijn. Zijn stem klinkt afstandelijk, er wordt geen gevoelig woord aan toegevoegd. Hij doet wat hem gevraagd is, de aanwezigen bedanken en niets meer. Hij is schoolmeester, hij weet hoe het hoort, daarom moet hij het doen.

De stoet zet zich weer in beweging en slingert langs het graf naar de uitgang van de begraafplaats. Hoe kun je iemand van wie je houdt nu zo in die koude, natte grond stoppen! Ze wil het wel uitschreeuwen als ze de natte kist in de diepte van het graf ziet liggen. Eromheen is alleen maar modder.

Op de terugweg wordt het droog. Waarom heeft het nu uitgerekend tijdens het begraven zo geregend? Toen had het droog moeten zijn. Nu ze weer teruglopen mag het wel regenen, denkt ze, maar niet juist op dat moment. Ze loopt weer naast haar vader. Voor hen loopt het nichtje dat geen afscheid wilde nemen. Ze huilt aan één stuk door, al sinds ze vanuit opoes huis achter de kist naar de begraafplaats vertrokken. Nu ze bijna terug zijn, huilt ze nog steeds.

Door de tranen van haar nichtje voelt ze ook haar eigen ogen nat worden. Ze heeft het tot dat moment, ondanks haar verontwaardiging en verwarring, droog weten te houden. Een snik werkt zich omhoog in haar keel, maar tegelijk voelt ze een scherpe vinger in haar zij en een sissende stem in haar oor. 'Geen flauwekul, hoor!' Dat is haar vader. Ze mag niet huilen. Woede raast ineens door haar heen. Waarom mag ze niet huilen? Heeft ze daar niet het recht toe? Ze is haar grootmoeder kwijt. Opa is nu alleen. Opoe ligt daar in die koude, natte kuil. Daar mag ze toch wel om huilen? Raakt dit overlijden hem dan niet? Heeft hij daarom geen enkel gevoelig woord gesproken, zojuist? Is dit alleen maar uiterlijk vertoon, dit aanwezig zijn bij de begrafenis?

Ze houdt haar mond, grijpt een zakdoek, slikt en droogt haar tranen. Met een rechte rug gaat ze het huis binnen. Het nichtje hangt snikkend tegen tante aan terwijl oom met een glaasje water aan komt lopen. Hij buigt zich over zijn dochter en vrouw heen. Ze lijken een te worden met elkaar. Liesbeth staat tegen de muur geleund toe te kijken. Haar moeder loopt heen en weer met kopjes koffie, terwijl haar vader met zijn zwager een gesprek begint over het weer. Ze is overbodig, voelt zich alleen. Niemand zal haar komen troosten. Haar moeder heeft verdriet, maar moet het alleen verwerken. Haar vader zegt: 'Zo is nu eenmaal het leven. Je kunt er toch niets aan veranderen.' En daarna gaat alles weer zijn gewone gang. Weggemaaid gras. Je wordt gewoon in een kuil gestopt en niets anders.

Thuis is haar andere opa. Hij wilde niet mee, houdt niet van begrafenissen. Haar moeder is er boos om en eigenlijk moet Liesbeth haar gelijk geven.

Elke dag fietst ze twaalf kilometer naar school en weer twaalf kilometer terug naar huis. Door weer en wind. 'Ga dan ook met de bus!' zegt haar moeder als ze moppert omdat ze haar regenpak aan moet. Maar daar heeft ze een hekel aan. Dan moet ze lopen naar het busstation en moet ze meestal staan in de overvolle, dampende bus.

Het is nog donker als Liesbeth op een mistige dag van huis gaat. De fietsgroep is door de verschillende lesroosters uit elkaar gevallen. Ze moet alleen naar school en kiest de binnenweg tussen de landerijen. Door de mist kan ze net genoeg zien om niet in de berm te belanden. De weg vliegt onder haar voorwiel door. 'Net als de dagen,' denkt ze. Nergens heeft ze tijd voor, geen boek leest ze meer. Vandaag proefwerk Engels, morgen Latijn, overmorgen natuurkunde. Ze begrijpt helemaal niets van natuurkunde. En schietgebedjes helpen niet, daar is ze langzamerhand wel achter. Misschien moet ze toch een andere richting kiezen, naar de MMS, zoals Marina. Of naar de kweekschool, onderwijzeres worden, het onderwijs in net als haar vader. Maar dan moet ze het huis uit, naar Middelburg. Het idee is aanlokkelijk: weg van het zwijgen, weg van de ruzies.

Ze moet iets harder trappen. De weg gaat omhoog, dan weer omlaag. Links weet ze de broeikassen van de tuinderij van oom. Hij is daar altijd al vroeg in de weer. Meestal zwaaien ze even naar elkaar. Door de muur van mist kan ze niet ontdekken waar hij is. De grote weg moet nu dichtbij zijn. Het fietspad naar Terneuzen ligt aan de andere kant. Als ze de stopstreep ontdekt hoort ze tegelijk het aanzwellende geluid van een tractor en stapt af. Het monster doemt links van haar op uit de grijze muur en dendert langs haar heen. Er hangt ook nog een rammelende aanhangwagen achter. Dan stapt ze weer op om de weg over te steken naar het fietspad. Het volgende moment ziet ze rechts witte figuren uit een auto springen. Engelen, dat zijn engelen. Ze hapt naar adem, voelt hevige kou aan haar wang, komt omhoog op haar armen, wil opstaan. Een engel buigt zich over haar heen. Een hand wordt op haar schouder gelegd. 'Rustig, blijf maar liggen.'

De woorden om haar heen dringen niet door. Dan de vragen: 'Hoe heet je? Waar woon je?'

Ze geeft antwoord, kan weer gewoon ademen. 'Mijn oom is daar in de kassen.' Ze ligt heel stil, voelt dat er een deken over haar heen wordt gelegd. Wat is er gebeurd?

'Wie bent u?'

'We zijn schilders, we zijn op weg naar ons werk. Je stak de weg over. Je hebt in ieder geval je been gebroken, zo te zien.'

Schilders, in witte pakken, geen engelen.

'Heb je pijn?'

'Nee.'

De stem van oom, vlak bij haar. 'Wat heb je nou gedaan?'

Ze grijpt zijn handen vast, voelt hoe ruw ze zijn, voelde die nooit eerder, wil ze niet loslaten. 'Ik dacht dat ik over kon steken, heb nog een tractor voorbij laten gaan. Door het lawaai heb ik die auto niet aan horen komen. Papa en mama...'

'Ik ga wel naar je vader en moeder. Je hebt je been gebroken. De ambulance komt er zo aan en dan komt alles weer goed.'

Hij drukt haar handen nog eens, laat dan los. Een donkere jas, een mouw met strepen voor haar ogen, vragen. Ze geeft antwoord, voelt dan koesterende, voorzichtige handen die haar optillen en neerleggen. Even later een gelijkmatig wiegen, een strelende hand op haar hoofd. Het voelt weldadig aan. Het is niet de hemel, maar zo is het ook wel goed.

In het ziekenhuis dringt pas tot haar door wat haar is overkomen. Een wond op haar wang, vlak bij haar oog.

'Je hebt geluk gehad: één millimeter verder en je was je oog kwijt geweest.'

Het is de stem van de vader van Jur. Weet hij van Jur en haar en dat... Hij zegt niets meer, laat zijn handen hun werk doen.

Een zuster zegt iets. 'Je vader en moeder zijn er. Als we hiermee klaar zijn, mogen ze even bij je en dan gaan we met je been aan de gang.'

Even later voelt ze de tranen van haar moeder, ziet de starre, beleefde houding van haar vader als de chirurg uitleg geeft. Het beeld van die twee staat op haar netvlies tot ze wegzakt in een geforceerde slaap.

Drie weken ligt ze in het ziekenhuis en ze betrapt zich erop dat ze het eigenlijk wel fijn vindt. De bezoekuren zijn vol plezier van de klasgenootjes die huiswerk komen brengen. Ze wordt overladen met bloemen en cadeautjes. 's Avonds komen haar ouders, opa komt ook wel eens mee, en oom met tante. Dan is ze blij dat het bezoekuur weer voorbij is en ze haar bed weer voor zichzelf heeft. Als er zoveel mensen zijn gaat er altijd wel iemand op haar bed zitten. Ze denkt erover na hoe het met de Sinterklaasavond moet nu ze in het ziekenhuis ligt. Ze heeft al cadeautjes gekocht vlak voordat ze in het ziekenhuis terechtkwam. Dat komt nu goed uit. Kunnen ze toch iets aan Sinterklaas doen. Haar vader vindt het onzin, wil er liever niets aan doen, maar haar moeder geeft toe omdat zij, Liesbeth, dat graag wil en al cadeautjes heeft. Ze vertelt haar moeder waar ze de cadeautjes heeft gelegd, zodat zij die mee kan nemen.

En dan zitten ze rond haar bed: hij, zij en de grootvader. Om de beurt pakken ze de pakjes uit die Liesbeth voor hen heeft gekocht en de pakjes die haar moeder voor iedereen heeft klaargemaakt. Haar vader zit op de harde stoel en heeft zijn benen over elkaar geslagen. Zijn rechterenkel rust op zijn linkerknie. Zijn handen houden het omhooggehouden onderbeen stevig vast. Hij doet geen moeite te verbergen dat hij het allemaal maar onzin vindt. Zijn bedankjes klinken plichtmatig. Als Liesbeth naar haar moeder kijkt, ziet ze een gezicht dat steeds strakker wordt. Voor haar op de deken ligt de schaar, het cadeautje van Liesbeth. Dat is alles. Haar vader krijgt verschillende cadeautjes, opa ook. Niemand heeft moeite gedaan een cadeautje voor haar moeder te kopen behalve de dochter die in het ziekenhuis ligt. Ze zakt dieper weg in haar kussen, doodmoe van het ophouden van de schijn. Haar moeder graait het pakpapier bij elkaar, vouwt het op, stopt het in haar tas. De cadeautjes van iedereen gaan erbovenop. Liesbeth ziet hen weggaan, zwijgend, met strakke gezichten. Starend naar het plafond hoort ze de verwijten over en weer, ook al is ze er niet bij. Ze weet hoe het zijn zal als ze thuiskomen.

Het duurt lang voordat ze beter is. Maar dan is eindelijk alles normaal. Dan gaat ze ook weer elke week naar vioolles. Ze oefent regelmatig, behalve als ze veel huiswerk heeft. En de repetities van het schoolorkest laat ze voor het gemak maar meetellen als oefening. Ze speelt in het orkest andere partijen dan voor de vioolles, maar haar vingers krijgen hetzelfde te verduren. Tijdens het spelen heeft ze goed zicht op Marina bij de eerste violen. Achterom kijkt ze nooit meer. Ze zit altijd midden in het orkest, recht tegenover de dirigent, haar vioolleraar. De blazers zitten allemaal achter haar op de verhoging. Jur zit daar ook met zijn trompet, weet ze. Ze hoort hem boven de anderen uit. Lastig, zo'n blaasinstrument. Dan kun je nooit eens smokkelen als je een stukje niet zo goed kunt spelen. Soms bloost ze als de dirigent Jur toeroept dat hij vals speelt, dat hij op moet letten. Dan is het net of zij zelf op haar kop krijgt. Als de orkestrepetitie voorbij is lopen ze elkaar gewoon voorbij, zonder een groet, zonder een gebaar. Het komt nooit meer goed. Ze laat haar viool achter bij de dirigent, die hem in de auto mee zal nemen. Hij woont in dezelfde plaats als zij. Ze heeft de kist de vorige dag naar zijn huis gebracht. Zo hoeft ze de viool niet onhandig op de fiets mee te sjouwen. En de dag na de orkestrepetitie heeft ze les, dus dan is het instrument meteen waar hij zijn moet. De vrouw van de vioolleraar doet open, wijst omhoog. 'Je viool ligt boven al klaar. Mijn man komt er zo aan. Ga maar vast.'

In het leskamertje ziet ze de vioolkist op het eenpersoonsbed liggen. Ze vermoedt dat de zoon van de vioolleraar daar slaapt als hij thuis is. Ze pakt haar viool uit, zet de vioolpartij op de lessenaar en wacht tot de leraar komt. Ze leest de ruggen van de boeken in het kastje tegen de muur. Ze kent ze niet, probeert een paar titels te onthouden. Dan hoort ze geluiden op de trap. 'Mooi. Je bent er al. Het spijt me dat ik je liet wachten. Ik was even aan de telefoon. Nou, laat maar eens horen.'

Ze klemt de viool onder haar kin, buigt haar rechterarm met de strijkstok naar de snaren en begint te spelen. Tonen omhoog, tonen omlaag. Een paar kruisen, dan weer niet. Er zit nooit eens een aardige melodie in die etudes. Ze speelt liever mooie concertjes in plaats van deze stukken waar alle moeilijkheden boven op elkaar gestapeld zijn.

De leraar onderbreekt haar een paar keer. Dan moet ze opnieuw die moeilijke maten spelen. En nog een keer. 'Hè,' moppert ze. De leraar lacht.'Het gaat nu eenmaal niet vanzelf.' Weer lukt het niet. Verontschuldigend lacht ze naar de leraar. 'Het spijt me. Het lukt niet vandaag.'

Hij lacht ook, staat op van zijn stoel, grijpt zijn eigen viool en komt dicht bij haar staan. 'Ik speel het je voor. Probeer te onthouden hoe het klinkt.'

Ze luistert. Dat klinkt heel anders dan daarnet toen ze het zelf speelde. 'O, moet dat zo,' zegt ze en ze lacht weer.

De leraar legt zijn viool op het bed. Dan neemt hij haar de viool uit handen, evenals haar strijkstok. Die legt hij ook op het bed. Ze begrijpt niet wat zijn bedoeling is. Moet ze droog spelen? Waarom is dit? Dan is hij ineens heel dichtbij, lacht naar haar, slaat zijn armen om haar heen. Ze verstart, voelt harde lippen op haar mond, dan een hand die over haar kleren graait, haar borst omklemt. Het doet pijn: zijn graaiende handen zijn hard en ruw. Als ze dat voelt verzet ze zich, probeert los te komen uit zijn greep. Nog een keer grijpt hij haar onbeheerst beet tot ze zich los kronkelt. Hijgend staan ze tegenover elkaar. Dan gaat hij zitten.

'Speel... speel dat laatste stukje nog maar een keer.'

Verward klemt ze de viool weer onder haar kin. Wat moet ze nu? Gewoon doorgaan? Bibberend speelt ze een paar regels.

Dan schrijft hij in haar schrift wat ze de voor de volgende les moet instuderen. 'Dag. Tot de volgende keer.'

Als ze buiten is, weet ze dat ze dat niet durft. Ze wil er niet meer heen. Die afschuwelijke graaiende handen. Stel je voor dat hij dat weer doet. Geen vioolles meer. Kan ze dan ook niet meer naar het orkest? Ineens ziet ze het strakke gezicht van Hanneke voor zich, in de keuken bij Johanna. Dat was het geweest. De vioolleraar had bij haar hetzelfde gedaan. Daarom speelde ze ineens geen viool meer. Ze had niet willen vertellen waarom ze gestopt was.

Maar zij kan niet zomaar ineens stoppen met de lessen. Ze zal tegen haar vader moeten zeggen waarom ze er niet meer heen wil. Daar ziet ze tegen op, durft het bijna niet. Ze wacht af, aarzelt, wil er een keer over beginnen, doet het dan toch niet. Gebogen over haar huiswerkagenda ziet ze alleen zijn bobbelige huid, zo dichtbij, hoort ze weer het gehijg, vlak bij haar oor, voelt de graaiende handen. Opa, Jur, de vioolleraar: alle mannen graaien. Een herinnering schiet door haar heen. De hoge duikplank in het zwembad, de trap, de pijn. 'Die krijg jij ook!' Toen dus ook al. Zoveel huiswerk, juist nu. Ze kan haar gedachten er niet bij houden. Hoe moet ze het vertellen? Haar vader zal razend zijn. Wat zal hij doen?

Ze hoort hem weggaan. Hij moet weer naar een vergadering. Het Rode Kruis, het Groene Kruis, de kerk, ze kan het niet bijhouden wat hij allemaal doet na schooltijd. Er is iedere keer wat. Vandaag hoeft ze dus niets meer te vertellen. Morgen dan maar. Ze moet er ook weer niet te lang mee wachten. Er is zo weer een week voorbij.

De volgende dag vat ze moed. Na schooltijd zit haar vader schriften na te kijken aan zijn bureau. Ze hoort de rode pen vastberaden strepen zetten onder de sommen. Af en toe mompelt hij: 'Die weet het nog steeds niet.' Het bureau staat in de woonkamer sinds opa bij hen woont. Gek eigenlijk. De logeerkamer is er toch ook nog. Er komt nooit iemand logeren. Vier slaapkamers zijn er, een voor haar vader en moeder, een voor haar, een voor opa en dan de logeerkamer. Naast het bureau staat het voetenbankje. Ze gaat erop zitten, kan zo haar vader schuin in het gezicht kijken. Hij let niet op haar, blijft bezig met de schriften en de sommen.

'Papa?'

'Ja?' Het klinkt een beetje ongeduldig. Ze haalt hem uit zijn concentratie.

'Ik wil je wat zeggen.'

Hij kijkt op, ziet aan haar gezicht dat het ernstig is wat ze te zeggen heeft en legt de pen neer.

'Wat is er, meid.' Hij vraagt het niet, zegt het.

En dan vertelt ze. Hoe de vioolleraar haar begon te zoenen, haar niet losliet, haar betastte. Dat ze daarna gauw weer weg mocht, maar dat ze niet terug wil. Ze begint te huilen, alle spanning komt los.

'En jij hebt niets gedaan? Jij bent niet begonnen?'

'Nee, natuurlijk niet!' Het huilen stopt, met natte ogen kijkt ze hem verontwaardigd aan. Hoe kan hij dat nou denken? Ze moet opnieuw alles vertellen en nog een keer. Dan is hij overtuigd.

'Ik zal met hem praten, want dat kan natuurlijk niet.'

Nee, dat weet ze ook wel. 'Wanneer dan?'

'Ik bel hem morgen om te vragen wanneer hij bij me kan komen. En dan hoor je wel of je teruggaat naar vioolles of niet.'

Hij pakt zijn rode pen weer op. Ze blijft nog even naar zijn gezicht kijken terwijl hij streept en krullen zet. Begrijpt hij dan niet hoe ze zich voelt? Dat ze dat niet nog een keer wil? Hoe zou hij gereageerd hebben als ze hem van opa had verteld? Dat opa ook zo had gedaan? Opa raakt haar niet meer aan, gelukkig maar. En Jur. Dat vertelt ze maar niet. Hij zou meteen denken dat ze een kind moest krijgen. Van Jur, dat zijn haar eigen zaken. Van opa, daar weet ze zich geen raad mee. Van de vioolleraar, daar moet hij haar mee helpen.

De volgende dag vertelt hij haar dat hij een afspraak heeft gemaakt met de leraar. Hij zal bij hem op school komen. En dan wil hij nog een keer precies weten wat er is gebeurd. Het is moeilijk om het nog een keer te vertellen. Het ging allemaal zo snel dat ze nauwelijks kan geloven dat het werkelijk is gebeurd. Maar als ze denkt aan de harde mond, de ruwe mannenwangen, dan weet ze dat ze het niet gedroomd heeft. Dat was de akelige werkelijkheid. Het houdt haar steeds bezig.

En dan komt de dag dat haar vader haar vertelt hoe het gesprek is gegaan. De leraar was schuldbewust geweest, had beloofd het niet meer te doen. Hij wilde graag dat ze toch weer op les zou komen. Als ze daar nu ineens mee zou stoppen, zou iedereen zich afvragen waarom dat was.

Hanneke was toch ook gestopt, schiet het door haar heen. Waarom zij dan niet? Intuïtief begrijpt ze dat het grote gevolgen zou kunnen hebben voor zijn baan als duidelijk zou worden dat hij opnieuw zijn handen niet thuis had kunnen houden. Haar vader weet niet van Hanneke, denkt dat dit van haar het enige geval is. Had ze het hem moeten vertellen? Nee, dat doet ze niet. Ze luistert hoe hij uitlegt dat ze gewoon naar vioolles kan gaan, dat er niets meer zal gebeuren, dat het beter is dat dit niet bekend wordt.

En zo brengt ze de week daarna haar viool weer naar de vioolleraar thuis en geeft hem af aan zijn vrouw. En ze speelt weer mee in het schoolorkest, waar ze de dirigent niet aankijkt. De dag erna is het moeilijkste. Dan moet ze naar les. Beschroomd kijkt ze hem even aan. In zijn ogen ziet ze iets wat op onzekerheid lijkt. Onzekerheid hoe zij zal reageren? Ze zegt niets, speelt gespannen de oefening die hij haar opdraagt. Hij corrigeert, kort, correct, speelt voor hoe het moet, maar raakt haar niet meer aan. In de weken daarna wordt de situatie geleidelijk weer zoals voorheen. Maar ze heeft geen plezier meer in haar viool, studeert weinig. De vioolleraar zegt er niets van, laat haar in de les de moeilijke passages oefenen. Soms gaat het wonderwel goed, maar dan komt er weer een nieuwe moeilijke oefening. Zo moddert ze door, wil eigenlijk niet meer, zit vast in de dagelijkse sleur van school, huiswerk, vioolles, schoolorkest, afgewisseld met ruzies, stiltes, beklemming.

Stijf van het zitten staat ze op en hangt haar tas over haar schouder. Het koffertje rolt achter haar aan tot de trap. Daar duwt ze het handvat omlaag, hoort de klik en grijpt het gewone handvat. De trein schudt hevig. Bijna valt ze, weet nog net de trapleuning te grijpen en schuift steun zoekend tegen de wand de laatste treden omlaag. Sissend en schuddend komt de trein tot stilstand. Zouden de deuren weer gehoorzaam opengaan? En in een flits: als ze niet opengaan? Wat moet ze dan? Het gapende gat tussen de trein en het perron voorkomt een antwoord. Daar heeft ze al haar aandacht voor nodig.

Bij de eerste stap voelt ze de frisse wind in haar gezicht. Ze haalt diep adem, meent iets te bespeuren van de zee die een heel eind verderop moet zijn. Het station is klein. Eén spoor de ene kant op en één spoor de andere kant op, meer niet. Het handvat van de koffer glijdt gehoorzaam weer omhoog. De wielen ratelen over de stoeptegels. Ze ontwijkt een groepje bejaarden dat elkaar luidkeels begroet en voor niemand oog heeft. Omlaag moet ze, naar de onderdoorgang, smal, donker, naargeestig. Graffiti op de muren, hol geschreeuw, een duw, van wie? Ze zijn al weer voorbij. En dan omhoog, omhoog waar de wind weer is en het licht. De bus staat klaar. Eerst werkt ze de koffer en de tas naar binnen, daarna hijst ze zichzelf omhoog, zegt tegelijk waar ze heen moet.

De chauffeur drukt al tellend een stempel op haar kaart. Er blijven een heleboel vakjes leeg tussen het nieuwe stempel en het vorige. Een paar banken verder gaat ze bij het raam zitten en klemt haar koffer tussen de stoelen. Nu maar weer hopen dat de bus niet te vol wordt, want dan moet ze de koffer op schoot nemen. In haar zak voelt ze haar telefoontje. Ze kan haar vader al wel even bellen dat ze in aantocht is. Dat vindt hij altijd leuk.

Het duurt even voor hij de telefoon aanneemt.

'Papa, met Liesbeth.'

'Ah, leuk dat je belt! Hoe is het ermee?'

'Goed hoor, ik zit nu in de bus.'

'In de bus?'

'Ja, het duurt nog wel even, maar ik ben al iets dichterbij. Tot straks, hoor.'

'O, dan kan ik nog wel even douchen, hè?'

'Ga je nu douchen? Nou ja, het kan nog wel. Tot straks, hoor.'

Verbaasd staart ze naar haar mobiel. Douchen, op dit tijdstip van de dag? Dat doet hij anders nooit. Dit is raar. Zonder iets te zien kijkt ze uit het raam, schudt dan het vervelende gevoel dat over haar komt van zich af. Ze verbeeldt het zich. Hij kan toch gaan douchen wanneer hij wil? Misschien heeft hij in de tuin gewerkt. Ze zal net als anders vlak voor de halte waar ze eruit moet weer even bellen dat hij de koffiepot aan kan zetten.

De busrit lijkt langer te duren dan gewoonlijk. De gifgroene kleur van de stoelbekleding is giftiger, lelijker. Buiten is alles grauw, het land kaal. Na het overstappen wordt het druk in de bus. Bij elke halte stappen er meer mensen in dan uit en met haar koffer op schoot zit ze klem tussen het raam en een dikke vrouw met een grote boodschappentas. Ze rijdt dwars door lelijke nieuwbouwwijken, klemt in de bochten haar handen rond de stang van de stoel voor haar.

Bij het ziekenhuis stapt haar buurvrouw uit en kan ze weer een beetje ademhalen. Nog even. Ze houdt haar mobiel alvast gereed en toetst een paar kilometer voor ze moet uitstappen het nummer van haar vader in. De bel gaat over, heel lang, tot hij uit zichzelf stopt. Een tweede keer, weer geen antwoord. Dat is nog nooit gebeurd. Hij zit altijd te wachten tot ze belt, is erop gespitst dat ze zal bellen als hij weet dat ze naar hem onderweg is. De bus mindert vaart. Ze staat op, struikelt over haar eigen koffer, valt half tegen de stangen naast de deuren. Bij de onderste tree glipt het handvat uit haar handen. Het koffertje klettert de bus uit op de trottoirtegels, ligt dwars over de stoep. Een diepe zucht ontsnapt aan haar lippen. Gaat nu alles mis? Is dit een voorteken van wat haar te wachten staat? Ze zet het koffertje recht, loopt ratelend de laatste honderd meter naar zijn huis, stelt zichzelf gerust. Hij zal in de tuin geweest zijn, daarom heeft hij de telefoon niet gehoord.

Daar is de laurierhaag, hoog en dicht, daarachter het huis, laag, een enkel raam aan de voorkant, de voordeur. Ze belt aan. Niets. Er wordt niet opengedaan. Haar vingers trillen als ze de sleutel van de voordeur uit haar portemonnee pakt. Die heeft ze altijd bij zich. Binnen zet ze behoedzaam het koffertje neer, luistert tegelijk gespannen of ze iets hoort. Uit de badkamer komt gerammel van een zinken emmer en ze haalt verlicht adem. Die gebruikt hij om de ruimte na het douchen schoon te maken, net als vroeger haar moeder deed. Een deur gaat open en weer dicht. Niets aan de hand, behalve dan dat deze douchebeurt wel erg lang geduurd heeft, gerekend vanaf het moment dat ze uit de trein stapte. Of vergist ze zich en heeft hij helemaal niet op het punt gestaan om te douchen, heeft ze dat er zelf maar van gemaakt, is hij pas veel later begonnen? Dan is het ook raar, want hij gaat nooit douchen als hij weet dat ze elk ogenblik kan komen.

Ze laat de deur van de keuken naar de gang open en zet koffie. Nooit eerder heeft ze dat zelf moeten doen als ze bij hem kwam. Ze hoort zijn voetstappen in de gang, ziet dan hoe zijn ogen haar verbaasd aankijken.

'Maar maar maar, dat is een verrassing. Wat fijn dat je er bent!' Het lijkt wel of hij niet weet dat ze zou komen. Hij geeft haar een stevige zoen op allebei haar wangen, zoenen die lang aangehouden worden.

'Nu eerst koffie,' zegt ze terwijl ze zich losmaakt uit zijn omhelzing. Ze houdt niet van zijn overduidelijke liefdesbetuigingen. Ze schenkt de koffie in en loopt met het dienblad naar de woonkamer. 'Je wist toch wel dat ik zou komen?'

'Ja, ja hoor.' Het klinkt weifelend. Hij heeft het niet geweten.

'Het staat in de agenda dat ik vandaag zou komen.'

'Ja natuurlijk, dat is zo. Heb je de koffie al klaar? Dat heb je vlug gedaan.' Hij praat eroverheen. 'Is alles goed bij jullie? Hoe is het met Anton? En hoe is het met de kinderen?'

'Prima, hoor. Heb je nog koekjes, papa?'

'Jazeker, kind,' en hij stuift op uit de stoel waarin hij net was gaan zitten, grijpt de koektrommel in de kast. 'Die zijn lekker,' wijst hij. 'Dat zijn kletsmajoors. Wist je dat, dat die zo heten?'

Ze nemen er allebei een en hij begint weer te vragen. 'Hoe is het met Marius?'

'Goed, hoor.'

'En met Mieke?'

'Ook goed, het gaat met allebei goed.'

'En met Anton? Heeft hij het nog druk?'

'Ja, dat gaat altijd door.'

Ze vertelt wat de kinderen doen, wat ze meemaken, grappige dingen uit hun leven, daar geniet hij altijd van. En over Anton wil hij het liefst horen dat hij het druk heeft, dan gaat het pas echt goed. Alles lijkt heel normaal en ze zet van zich af dat er iets niet in orde zou zijn. Ze zal maar doen wat ze altijd doet: opruimen, boodschappen doen, de tuin fatsoeneren, koffiedrinken en hem verwennen met lekkere dingen.

'Ik ga nog even boodschappen doen. Heb je de autosleutels even voor me?'

'Natuurlijk kind, ga je gang. Weet je wat je hebben moet?'

Ze rijdt de auto naar buiten, bedenkt dat ze de lege flessen vergeten is, haalt die nog even op. 'Dag hoor, ik ben zo terug.'

'Ja dag!'

De tas is zwaar, sleept bijna op de grond. Achterin maar met die handel, dat is het beste. Ze steekt de sleutel in het slot van de achterklep, klapt hem open. Een stinkende walm valt over haar heen.

Vleeswaren, brood, eieren, alle geuren door elkaar heen. Ze staat verstijfd. Dat moeten de boodschappen van de week daarvoor zijn. Hij heeft boodschappen gedaan, maar ze niet mee naar binnen genomen. Heeft hij ze dan niet gemist? Of heeft hij andere gehaald? Met de fiets misschien? Ze haalt alles eruit, gooit het meeste weg, houdt alleen de limonadeflessen over. Limonade hoeft ze dus niet te halen. Intussen piekert ze. Is dit al eerder gebeurd? Moet ze tegen hem zeggen wat ze gevonden heeft? Of juist niet? Ja, hij moet het weten, dan let hij de volgende keer beter op.

'Papa, al je boodschappen lagen nog in de kofferbak, de boodschappen van vorige week!' Terwijl ze het zegt, voelt ze de twijfel. Dit heeft helemaal geen zin.

'Welnee, hoe kom je daar nou bij?'

'Kijk dan!' Ze neemt hem mee naar de vuilnisbak, doet het deksel omhoog.

'Ik heb net alles weggegooid. Het lag vreselijk te stinken. Het moeten je boodschappen van vorige week zijn.'

Verwonderd staat hij haar even aan te kijken, kijkt dan weer omlaag naar de inhoud van de vuilnisbak. 'Dat kan toch niet? Nou ja, ik zal erop letten.'

In haar hoofd buitelen allerlei gedachten door elkaar heen. Er gaat nog veel meer gebeuren. Wist ze maar hoe ze hem en zichzelf moet beschermen. Ze zal dit tegen Hanna zeggen, vragen of ze wil opletten of de boodschappen in huis zijn.

Hoofdstuk 4

'We gaan er een paar dagen tussenuit,' heeft Anton gezegd. 'Laten we weer eens naar Damme gaan.' Ze herinnert zich de langgerekte vaart met de hoge, dunne bomen aan weerszijden, strakke lijnen tegen een heldere lucht. Dat beeld heeft ze haarscherp op haar netvlies. Ze hebben dat gebied eerder samen doorkruist, de vaart aan de ene kant en het weidse, Vlaamse landschap aan de andere, iets verderop de zee. Je ruikt aan de wind dat de zee niet ver weg kan zijn. Eeuwen geleden klotsten daar de golven. Je ziet nog de lage dijken, die zich ellenlang uitstrekken. Hij houdt van dat verzande landschap, misschien meer nog dan zij, terwijl zij er toch niet ver vandaan geboren is. Hij heeft er ooit een boek over gekocht. Door het onhandige formaat paste het in geen enkele boekenkast. Bedrukte, doorzichtige bladen waren het. Als je het boek doorbladerde en de bladzijden een voor een over elkaar heen liet vallen, zag je geleidelijk hoe het landschap ontstaan was, de vaarten, de dijken. Hij was het kwijtgeraakt, dat boek. Uitgeleend? Aan wie? Niemand had het. En het was niet meer te krijgen. Antiquarisch misschien. Tijdenlang stond hij ingeschreven bij een antiquariaat in Brugge, de stad aan het eind van de vaart. Ze zouden voor hem op zoek gaan. Het leverde niets anders op dan prachtige catalogi van oude handschriften, kaarten en boeken waar ze allebei van genoten. Sindsdien houden ze bij aan wie ze iets uitlenen. Een paar jaar later vond ze het boek op zolder terug, verdwaald bij een verhuizing.

Ze hebben allebei een drukke tijd achter de rug en ze vindt het best om even weg te gaan, even ertussenuit, even iets anders zien.

'Op de terugweg kunnen we bij je vader langsgaan.'

Waarom nou? Ze zal er steeds aan moeten denken. Ergernis kruipt omhoog. Ze wil gewoon weg, onbezorgd weg, waarheen dan ook. Als ze haar vader niet vertelt dat ze een paar dagen in de buurt zijn, hoeven ze op de terugweg ook niet bij hem langs te gaan. Een stem vanbinnen zegt spottend: 'Braaf meisje.' Zou ze dat echt doen? Niet bij hem langsgaan terwijl ze zo dichtbij is? Het ligt op de route.

Er ligt een steen in haar maag. Waar is toch die vrijheid die ze zo graag wil? Die is er niet. Ze zou zich schuldig voelen als ze niet bij haar vader langs was geweest. Zonder Anton aan te kijken geeft ze toe: 'Goed.' Maar diep in haar hart blijft ze het liefst thuis.

Ze vinden een aardige B&B, zwerven een paar dagen door het gebied, door het middeleeuwse Brugge, het open veld eromheen, langs de vaarten, de rechte wegen, zo recht dat ze af en toe niet meer weten waar ze zijn, tot ze weer een bordje zien naar het stadje van Tijl en Maerlant of naar Brugge. Liesbeth vergeet het bezoek aan haar vader.

Antons jaszakken zijn gevuld met allerlei mysterieuze briefjes, die alleen voor hem leesbaar zijn. Het zijn de namen en adressen van restaurants en aardige bezienswaardigheden. Op stap zijn met Anton is altijd een feest. Met zoveel voorstudie maakt ze zich nooit zorgen dat ze niet op leuke adresjes terecht zullen komen.

Hoe anders is haar leven nu, hoe anders dan vroeger. Deze dagen zijn daar opnieuw het bewijs van. Ze wijken af van elk van vroeger bekend patroon. De smalle, onbekende straatjes van Brugge, geen drukke winkelstraten. Heel even ziet ze zichzelf daar weer lopen met haar vader en moeder. Vanaf de caravan in Cadzand waren ze er zo, dezelfde route, altijd dezelfde, steeds weer. Ook Damme is anders, niet meer alleen het standbeeld van Van Maerlant voor het stadhuis en dan weer weg. Ze eten de tweede avond bij Luna Piena, al is de maan verborgen achter dikke wolken. Aan het tafeltje voor het raam met de zware gedrapeerde gordijnen lijken ze een jong verliefd stel. In de vensterbank staat een schemerlamp in de vorm van een halvemaan. Hier geen vervelende herinneringen die haar bestormen, alleen genieten. Tot het buiten wel erg donker wordt en er een hevig onweer losbarst. Ze lachen erom, zien alleen elkaar.

De laatste ochtend is ze vroeg wakker. Het is overal stil, naast haar klinkt de ademhaling van Anton, gelijkmatig, rustig. Ze wil een boek pakken, doet het niet, bang hem wakker te maken. Het is of ze al maanden weg is van huis, zoveel hebben ze gezien, zo anders is de hele omgeving, zo anders zijn de mensen. Ze zou nog willen blijven, maar weet dat het onmogelijk is.

Anton knort wat, schuift naar haar toe, slaat zijn arm over haar heen. Ze glimlacht, haar vingers glijden door zijn haar. Het beeld van haar vader dringt zich aan haar op. Het ergert haar. Waarom nu? Juist nu wil ze niet aan hem denken. Dit moment is zo teer, zo helemaal van haarzelf, geen vader nu. Ze probeert het beeld weg te duwen, maar het blijft komen, steeds opnieuw. Haar ogen vullen zich met tranen. Driftig veegt ze die weg. Anton schrikt op door de beweging van haar arm, zucht en draait zich grommend weer om. Ze moet iets doen om haar vader te verdrijven, anders blijven haar gedachten om hem heen draaien.

Voorzichtig glijdt ze uit bed, tast naar haar boek, haar bril, en sluipt ermee naar de badkamer. De deur piept, ze blijft even staan om te luisteren of Anton toch niet wakker wordt. Nee, hij slaapt door. Zo voorzichtig mogelijk sluit ze de deur achter zich en knipt dan pas het licht aan. Ze doet het deksel van het toilet omlaag, zo heeft ze een stoel. Door die kleine handelingen komt het beeld van haar vader al op afstand. Even later is ze verdiept in haar boek. Ze leest tot de kou haar weer naar bed drijft.

'Waar was je nou. Alles goed?' bromt Anton.

'Ik heb wat gelezen.'

'Je moet slapen, niet lezen.'

Ze grinnikt. Anton en boeken, op dat punt hebben ze niets gemeen. Maar zoals Anton zich verhoudt tot boeken, zo verhoudt zij zich tot muziek. En dan vullen ze elkaar toch weer aan. Hoelang kent ze hem nou? Ze rilt nog van de kou in de badkamer, het doet haar denken aan die ijzige, mistige novemberavond. Hij bracht haar naar huis. Steeds opnieuw hadden hun ogen elkaar gevonden, elke keer opnieuw. Steeds sterker werd het gevoel dat bij hem haar toekomst lag. Als dit houden van was, dan was het goed. Ze gaf zich er volledig aan over. Dat had ze bij niemand gehad. Jur, een kramp vanbinnen. Dan is het weg, dat was lang geleden. Dat was verlangen naar geborgenheid die ze thuis miste. Die had Jur haar nooit kunnen geven. Nooit sprak ze toen over hoe het thuis was, raar eigenlijk. Die mist, met Anton, potdicht en daarin zij tweeën. Ze glimlacht in het donker. Groene handschoenen droeg ze. Hij fietste naast haar, legde aarzelend zijn bruine handschoen op de hare. Wiebelend reden ze verder, tot bij haar kamer. Ze voelden geen kou, liepen nog minstens een uur door de straten, de armen om elkaar heen. Ze durfde hem niet meteen mee te nemen naar haar kamer, vreesde haar hospita. Later misschien. Eenmaal in bed, alleen, minachtte ze zichzelf erom. Wat was ze toch vreselijk braaf. Het deerde Anton niet. Hij had geduld. Zijn woorden: 'Ik hou van je. Je bent zo lief.' En zij liet zich door hem kussen, hun armen om elkaar heen. Ze hadden over elkaar verteld, hun achtergrond, wie ze waren. Hij studeerde medicijnen, woonde nog bij zijn ouders, speelde piano. Raar eigenlijk wat ze toen had gezegd, dat ze nooit ouders in huis zou nemen. Wie zegt dat nou, zo'n eerste keer. Zo diep zat dat dus bij haar. Hij zou het liefst hele dagen piano spelen, gaf zelfs concerten. Ze ziet zichzelf weer naast hem zitten, op een ongelukkig stoeltje om de blaadjes om te slaan. Een wereld van klanken ging voor haar open, zoals ze nooit gekend had, een wereld van harmonie. Anton vermeed ruzie, kon dat niet verdragen, was gevoelig. Na zoveel kinderjaren van strijd was dit een openbaring voor haar. Langzaam liet ze hem toe in haar gekwetste ziel, ontdekte wat liefde was. Een leven zonder Anton kan ze zich niet meer voorstellen.

Het wordt lichter langs de randen van de gordijnen. Ze heeft het niet koud meer. Ze had nog willen wandelen langs de vaarten, Brugge voor de zoveelste keer willen doorkruisen, langs het Minnewater naar de weldadige rust van het Begijnhof. Maar Anton rijdt resoluut richting haar vader. En onderweg verandert de sfeer, worden Damme en Brugge verre oorden om alleen nog naar te verlangen. Ze horen niet meer bij de dagelijkse dingen.

Een uurtje later parkeren ze de auto voor het huis van haar vader. Heeft hij gezien dat ze er zijn? Ze ziet geen beweging, grabbelt in haar tas, zoekt de sleutel van de voordeur. Hij draait soepel in het slot. Tussen tientallen sleutels kan ze deze er altijd feilloos uithalen. De oorspronkelijke kleur was goud. Nu niet meer. Het is dof metaal.

Ze speelt met een pen, zet streepjes in haar schoolagenda, klein in de hoek, een iets langere ernaast en zo steeds meer streepjes tot het strepen zijn. Zoveel huiswerk, dat krijgt ze nooit af, zoveel vakken op een dag. Regel voor regel schuift de pen omlaag, omhoog weer. Waar zal ze mee beginnen? Een zucht, zo krijgt ze het nooit af. Gewoon bovenaan beginnen. Moeilijke Duitse woordjes, die allemaal op elkaar lijken maar net een andere betekenis hebben. Ze krijgt ze er niet in gestampt, begint steeds opnieuw. Gebrom, stemmen aan de andere kant van de gang, in de kamer van opa. Het stoort haar, nou haalt ze weer die betekenissen door elkaar. Ze stopt haar vingers in haar oren, dreunt de woordjes op. Dan slaat ze het boek dicht, morgenochtend moet ze alles nog maar een keer nakijken. Dat wordt weer een vroege wekker.

Zoekend in haar tas naar een boek vangt ze woorden op, een paar maar, geen hele zinnen. Dan een gloed die haar middenrif samentrekt en zich verspreidt over haar hele lichaam. Hoort ze het goed? Bejaardenhuis? Er wordt een bejaardenhuis gebouwd. Wil opa daarheen? Zou dat waar zijn? Wie is erover begonnen? Opa zelf, of haar vader? Geen opa in huis, hoe zou dat zijn? Met z'n drieën koffiedrinken, met z'n drieën aan tafel. Wordt alles dan anders? Het is te mooi om waar te zijn. Ze krijgt kippenvel. Als dat bejaardenhuis klaar is, doet ze eindexamen, gaat ze bijna de deur uit. Het maakt voor haar geen verschil meer. Haar ouders zullen opnieuw moeten leren hoe ze met elkaar om moeten gaan. Kunnen ze dat wel? Is na al die jaren nog een normaal leven mogelijk? Kun je dan opnieuw van elkaar gaan houden, zoals vroeger? Hebben ze eigenlijk ooit van elkaar gehouden? Liesbeth huivert. Ze zoeken het maar uit, ze wil het niet meer meemaken. Alleen is ze, alleen met drie dwarse mensen. Was ze maar al klaar met school, dan kon ze weg. Studeren wil ze, op kamers wonen. Dan zal ze ook alleen zijn, maar anders, een oase zal het zijn. En ze stampt weer woordjes, Engels deze keer.

Niemand zegt de dagen daarna iets over het bejaardenhuis, haar vader niet, opa niet en ook haar moeder niet. Weet ze er eigenlijk wel iets van? Als haar moeder een paar dagen later boodschappen doet ziet Liesbeth haar kans schoon. Haar vader zit aan zijn bureau. De stapel schriften links van hem wordt langzaam kleiner terwijl rechts van hem de stapel groeit. Een resolute, rode krul, een cijfer, tien. Dan slaat hij het schrift dicht.

Terwijl hij het volgende schrift pakt zegt ze snel: 'Gaat opa naar het bejaardenhuis? Ik hoorde jullie praten.'

Hij kijkt op, verbaasd. 'Heb je dat gehoord?' Stilte. Dan: 'Misschien wel. Hij moet nog gekeurd worden. Dat is volgende week.' Hij slaat het schrift open, corrigeert weer. Niet storen, betekent dat.

Een week later hangt Liesbeth nog wat rond in de huiskamer. Ze is net thuis van school en bladert wat in een krant voordat ze aan haar huiswerk zal beginnen. Haar moeder zit te naaien. 'Er staat nog een beetje soep van gisteren. Dat mag je wel even opwarmen,' zegt ze. Het is snel warm en ze gaat met het hete vocht bij haar moeder aan tafel zitten. Ze schuift een paar stapeltjes opzij, theedoeken waar lusjes aan moesten, ondergoed waarvan naadjes los waren, en de dingen die nog moeten. In de gang wordt aan de kapstok gerommeld, het geluid van metaal op metaal. Het moet opa zijn. Met gespitste oren lepelt Liesbeth haar soep. Gaat hij nu nog weg? Hij gaat altijd aan het begin van de middag wandelen en nu is het al halfvier. De keuring, hij gaat natuurlijk naar de keuring! De deur naar de keuken gaat open, weer dicht en dan de achterdeur, open en weer dicht. Een donkere schim schuift langs het raam, de wandelstok tikt op de stenen.

Haar moeder kijkt op van haar werk. 'Waar gaat die nou heen op dit tijdstip?' Het klinkt geërgerd.

'Opa moet gekeurd worden.' Ze flapt het eruit, weet haar moeder dat niet?

'Gekeurd?' Verbaasd klinkt het, het naaiwerk wordt neergelegd.

'Voor het bejaardenhuis. Hij gaat naar het nieuwe bejaardenhuis.'

Op haar moeders gezicht verschijnt een felle blos en in haar ogen leest Liesbeth verwarring, ongeloof, felle vreugde. Ze heeft er niets van geweten. Als zij, Liesbeth, het niet toevallig gehoord had, had ze er ook niets van geweten. Hoe zouden zij tweeën er dan achter gekomen zijn? Zou opa dan op een dag gewoon verdwenen zijn? Ze recht haar rug, kijkt omlaag om haar gevoelens te verbergen.

'Dan had hij wel eens schone kleren aan mogen trekken.'

Wat klinkt dat snibbig. En ze weet er echt helemaal niets van. Maar er komt geen enkele opmerking over haar lippen dat er met haar niet over gesproken is, geen klacht, geen verwijt. Er wordt nooit iets samen overlegd, dat is dus ook nu niet gebeurd. Haar moeder moet op dat moment hetzelfde bevrijdende gevoel ervaren als haar is overkomen toen ze het hoorde, nog wel meer misschien.

Het naaiwerk wordt aan de kant gelegd. Ze rommelt wat, pakt iets op, legt het weer neer. 'Weet je het zeker?'

'Ja, papa heeft het me zelf verteld.'

'Dan zal het wel zo zijn.'

Ze hoort weer de woorden die ze niet had mogen horen, voelt de felle gevoelens weer door haar hele lichaam gaan, ziet nu hetzelfde bij haar moeder, ziet eigenlijk zichzelf. Dan een flits... Heeft opa haar ook...? Zou dat werkelijk waar zijn? Waarom is ze niet eerder op dat idee gekomen, waarom drong dat niet eerder tot haar door? Ze durft het niet te vragen. In dit huisgezin leeft ieder voor zichzelf. Zij ook. Ze is alleen bezig om zo snel mogelijk het huis uit te kunnen, studeert zo hard ze kan, hoeveel moeite het haar ook kost om redelijke cijfers te halen. Ze ziet zichzelf weer bij opa in bed, het kleine meisje, hunkerend naar verhalen. 'Je moet hier maar niet meer komen. Dat wil je moeder niet.'

Was het toen al gebeurd, opa en haar moeder? Daarom wilde ze niet dat haar kind bij de oude man kwam. Het moet wel zo zijn. Maar dan moet haar vader dat geweten hebben, ze moet het hem verteld hebben! Liesbeth begrijpt er niets meer van. Daar gingen die ruzies dus over. Waarom heeft haar vader dat geduld! Is zijn vader voor hem belangrijker dan zijn vrouw? Eert uw vader en uw moeder. Waarom heeft hij zijn huwelijk op het spel gezet? Kunnen plichtsgevoelens ten opzichte van je ouders zo ver gaan? Ze ziet hem weer zitten aan zijn bureau, zij op het voetenbankje ernaast, toen ze hem vertelde over de vioolleraar. Ze hoort weer zijn vragen, steeds weer, net of hij haar niet wilde geloven, steeds weer zijn vragen. Ze moest weer naar vioolles, alsof er niets gebeurd was. Niemand mocht het weten. Wat haar overkwam is een schande. Wat zijn vrouw overkwam is een schande. En dat moet je voor de buitenwereld verborgen houden. Het is haar overkomen, het is haar moeder overkomen. Hoe langer ze erover nadenkt, hoe meer ze ervan overtuigd raakt dat het zo was. En dan weet haar vader nog niet eens alles. Even wenst ze dat ze het hem verteld had van opa en haar, voelt zich een zwakkeling, even zwak als haar vader. Misschien had ze daarmee hun huwelijk kunnen redden. Zou dat werkelijk zo zijn? Nee, het kwaad zit te diep. Hoe moet dat ooit nog goed komen? Hoe kunnen ze weer vertrouwen hebben in elkaar na zoveel verraad en dat jarenlange zwijgen? Hun huwelijk is één grote leugen.

Een paar maanden later is het voorbij: tien jaar inwoning, tien jaar ellende. Tien jaren van haar jeugd zijn verdwenen in ruzie en haat. Ze lopen alle drie onwezenlijk langs elkaar heen. Praten haar ouders met elkaar over hoe het was? Liesbeth merkt er niets van. Met haar praten ze er in ieder geval niet over. Heel langzaam wordt de sfeer in huis beter. Er wordt af en toe zelfs gelachen. Dat is in jaren niet gebeurd.

Het is te laat. Het verlangen blijft. Weg wil ze. Alle aandacht is gericht op haar eindexamen. Ze moet slagen, anders zit ze nog een jaar thuis. Keihard werkt ze, wordt aangespoord met opmerkingen als: 'Doe maar goed je best. Ik ben trots op je.' Maar dat wordt gezegd uit andere motieven dan de hare. Zakken voor je eindexamen is een schande. Wat zal de buitenwereld ervan zeggen, zij, de dochter van de bovenmeester, gezakt! Ze laat de woorden over zich heen komen, reageert er niet op, drukt haar ergernis de kop in. Ze wil weg. Ze moet een herexamen doen, vreest even nog dat de weg naar de vrijheid versperd wordt, dat ze het diploma niet halen zal. Dan eindelijk: ze is vrij!

Eenmaal alleen op kamers heeft ze de eerste maanden tot haar eigen verbazing heimwee. Hoe kan dat? Elke drie weken gaat ze een weekend naar huis. Vaker gaan is te duur. Haar moeder heeft een ziekenhuisopname uitgesteld tot Liesbeth de deur uit is. Ze heeft haar niet willen confronteren met allerlei huishoudelijke klussen terwijl ze voor haar eindexamen zat. De operatie aan haar spataderen loopt uit op een ziekenhuisverblijf van drie maanden. De wonden genezen niet omdat ze suikerziekte blijkt te hebben. Heeft ze heimwee omdat haar moeder in het ziekenhuis ligt? Haar vader klaagt, hij heeft het zo druk nu hij er alleen voor staat. En haar moeder heeft leedvermaak: 'Dan weet hij nu ook eens wat er allemaal te doen is in een huishouden. Hij kan nog geen blik openmaken. Hij kan niet omgaan met de blikopener. Weet je hoe hij een blik openmaakt? Met een hamer en een spijker!'

Maar de eindeloze stiltes zijn voorbij, er wordt gepraat. Ook over vroeger? Ze vermoedt van niet. Het blijft bij de alledaagse dingen. *Hou je maar taai hoor, pop. Dat moeten wij ook doen,* schrijft haar moeder. *En je moet maar denken dat we veel over je praten en aan je denken en je in onze gedachten op je kamer bezig zien.* In een andere brief schrijft ze: *We vinden het zo fijn dat je het naar je zin hebt, dat kun je gewoon niet geloven, kind. We hebben ook niets anders dan jou, pop. We hopen dat je beseft dat we altijd het beste met je voorhebben.* De brieven verbazen haar. Er staan zinnen in die nooit uitgesproken zijn. Haar vader brengt een roos naar haar moeder, een witte roos, uit de tuin. De toon van de brieven is intiemer dan welk gesprek ook toen ze nog thuis woonde. Gesprek? Het kwam nooit tot een gesprek, alleen tot mededelingen.

Liesbeth is jarig, precies in een weekend, zodat ze naar huis kan en haar moeder kan bezoeken in het ziekenhuis.

'Kind, ik heb geen cadeautje, dat moet je maar met je vader regelen.' Hij doet geen moeite, is blij met haar voorstel geld te geven voor een paar studieboeken. Ze doet zoveel ze kan om het haar vader, als ze weer weg is, een paar dagen iets gemakkelijker te maken. Zonder verjaardagsgevoel vertrekt ze weer, duikt onder in haar studentenkamer.

Een maand later mag haar moeder eindelijk naar huis. En dan wordt de situatie thuis weer normaal. Tenminste, ze denkt dat dat normaal is. Haar moeder moet zichzelf in acht nemen. Voor haar vader is al het leed geleden. Hij gaat naar zijn werk en steekt geen vinger meer uit. Opa in het bejaardenhuis wordt regelmatig bezocht, behalve door haar moeder. Liesbeth durft niet aan haar te vragen ook eens mee te gaan. Alleen als hij jarig is komt ze een kop koffie drinken. Het is Liesbeth die dan overal voor zorgt, omdat ze toch vakantie heeft. Dan is ze het grootste deel van de dag in het bloedhete kamertje, waar de hele dag de zon op staat te branden. Wat er ooit in de huiskamer gebeurde heeft ze uit haar gedachten verdrongen. Er is na die ene keer immers nooit meer iets gebeurd. Dit is gewoon haar opa, die ze bezoekt als een kleinkind wanneer ze het weekend bij haar ouders doorbrengt en aan wie ze regelmatig een briefje schrijft. Hij schrijft terug. Zijn briefjes zijn kort, mededelingen hoe het weer is en dat hij blij is met haar brief. Hij schrijft op kladblaadjes.

Ria moet weer komen.

'Laat mij haar even ophalen.'

'Nee, dat doe ik zelf!'

Intussen maakt Liesbeth koffie. Als haar vader terug is met Ria zitten ze bij elkaar. Het lijkt bijna of dit al hun hele leven zo gebeurt: een man, een vrouw en een dochter. Haar vader heeft iets gezien in een ouderenkrantje. Hij heeft het bewaard voor Ria, zoekt tussen de kranten op het tafeltje naast hem, kan het niet vinden. Dan staat hij op. 'Het zal wel in mijn kantoor liggen.'

'Drink eerst even je koffie op,' zegt Ria.

'Nee, ik wil weten waar het is.' Met grote stappen loopt hij de kamer uit.

'Zo gaat het nou altijd,' zegt Ria. 'Hij is altijd alles kwijt.'

Liesbeth neemt een slokje van haar koffie en dan gaat het ineens over haar moeder. Haar vader heeft met Ria over haar moeder gesproken. 'Hij vertelde dat ze lief was, maar door haar ziekte ook wel eens moeilijk.'

Zo kijkt hij dus tegen zijn huwelijk aan. Zo brengt hij het aan de buitenwereld. Mama's ziekte krijgt de schuld. Niets over opa, niets over hoe zijn aanwezigheid het huwelijk van haar ouders kapotmaakte. Ze zet haar kopje neer, het trilt te veel. Ze zou hem willen slaan. Verraad is het, verraad aan haar moeder. Zijn eigen rol, halsstarrig, dwingend, ziet hij niet. Het verleden trekt als een film aan haar voorbij. Ze ziet weer het duinpad waar ze als klein meisje tussen haar ouders in liep, hun handen vastpakte en ze naar elkaar bracht. Alsof ze vreemden waren voor elkaar, zo hadden ze allebei een andere kant op gekeken. En die andere keer, die keer dat ze aan de keukentafel zat te lezen, die zal ze nooit meer vergeten, die kan ze op elk moment tevoorschijn roepen, steeds dezelfde beelden, dezelfde woorden, dezelfde pijn. Verloren in de boekenwereld was ze daar ruw uit wakker geschud door de harde woorden van haar vader, van haar moeder, door haar moeders tranen. Wat vertelde hij Ria? Weet hij niet meer hoe het eraan toeging in zijn huwelijk voordat haar moeder ziek werd? Wil hij het niet weten? Schone schijn is het, een leugen, net als vroeger. Een ander mag niet op de hoogte zijn van de minder mooie dingen in je leven.

Ze schrikt op van Ria's schelle stem. 'Wat is er, Liesbeth?'

'Niets, ik zat even te denken. Eh... Mama heeft het erg moeilijk gehad.'

'Als je ziek bent is alles anders.'

Hoort ze geluiden in de gang? Komt haar vader er weer aan?

Ria drinkt haar koffie. 'Hij is zo vaak iets kwijt. Je raakt jezelf nog eens kwijt, heb ik tegen hem gezegd.' Haar knalroze truitje lacht hard. 'Je vader is lief voor me, echt waar hoor. We hebben gezelschap aan elkaar. Niet altijd, dat zou ik niet willen. Ik begin er niet meer aan.'

Gelukkig, niet samenwonen dus. Liesbeth glimlacht. 'Dan is het zo toch goed?' Ze kan het gezelschap van Ria tegenwoordig beter verdragen, ziet meer haar goede eigenschappen.

Ria kleurt, veegt haar zakdoek over haar voorhoofd. Dan zet ze haar kopje neer. 'Ik weet het niet hoor, je vader is wel eens moeilijk. Hij wil met me naar bed en dat wil ik niet. Dat doe ik niet, heb ik gezegd en dan gaat het een poosje goed, maar na een tijdje begint hij weer. En dan grijpt hij naar mijn borsten en ik wil het echt niet en dan is hij boos. Wat vind jij daar nou van? Ik had het misschien niet moeten vertellen, maar ik vind het zo vervelend. Het is voor jou ook erg. Het is per slot van rekening je vader. Maar je moet het toch weten.'

Over haar rug kruipt een koude slang omhoog, tot in haar nek. Waarom moet zij dit weten? Ze wist het liever niet, walgt ervan. Dan een deur, voetstappen in de gang. Ze gebaart naar Ria dat haar vader eraan komt.

'Zeg maar niet dat ik het gezegd heb.'

Liesbeth staat op. 'Je koffie is koud geworden,' zegt ze, hoort zelf hoe koel haar woorden klinken. Ze kan niet anders. Is dat haar vader? Kent ze hem eigenlijk wel? Ze kijkt toe terwijl hij de koude koffie drinkt. Huiverend schenkt ze opnieuw koffie in.

Twee dagen later stapt ze doodmoe weer in de bus en laat zich meenemen, het dorp uit. Zijn vragen dreunen in haar oren, steeds opnieuw dezelfde vragen, de woorden galmen na als in een gewelf: 'Hoe is het met Marius? Hoe is het met Mieke? Hoe is het met Anton?' Bijna geeft ze hardop antwoord, houdt zich nog net op tijd in. Het landschap en de lucht lijken te veranderen. Alles lijkt lichter, ondanks de bewolking. Het licht is anders dan op de heenreis. Ze haalt diep adem, tast naar haar mobiel, maakt woorden. *Ik zit weer in de bus. Tot vanavond!* Even later een sms-signaal: *Ik heb wat lekkers straks. Goede reis!* Achteroverleunend glijdt de spanning uit haar weg. Ze denkt aan thuis, hoe het zijn zal, Antons armen om haar heen, zo veilig, zo vertrouwd.

Er zitten jongens op de stoep, precies voor zijn deur. Er zijn ook meisjes bij. Liesbeth kan niet verstaan wat ze naar elkaar roepen. Wat zijn ze dichtbij! Ze leest een stukje, dezelfde zinnen als even geleden. Wat lachen die jongens hard! Ze staat op, kijkt door het raam. Zien ze haar? Lachen ze om haar angst? Het maakt haar nerveus. Als ze weg wil, moet ze langs dat groepje en wie weet wat ze dan naar haar hoofd geslingerd krijgt. Zouden ze opzij gaan zodat zij erlangs kan? Hoort haar vader dit nou niet?

'Wat vervelend, papa, die jongelui daar op de stoep.'

'Ach, dat is niet zo erg. Ze zitten daar wel vaker. Ik heb er geen last van. Ze moeten toch ergens zitten. Het is hier een hangplek geworden. Eerst zaten ze ginds bij de vijver, maar dat mag niet meer. De bewoners van de huizen ertegenover hebben de politie erbij gehaald.'

'En dan vind jij het goed dat ze hier voor jouw deur zitten.'

'Als ik er geen last van heb geeft dat toch niet?' Hij haalt zijn schouders op. Misschien klinkt dat geschreeuw met zijn slechte oren minder angstaanjagend. 'Ze zitten daar gewoon. Ze moeten toch ergens zitten. Ze doen geen kwaad. Ik heb ze laatst gevraagd niet onder het afdak bij mijn voordeur te gaan zitten, want dat is vervelend. Ik kon er niet eens meer door. En toen zijn ze weggegaan.'

'Ze zitten aan het begin van het paadje, daar moeten we langs!'

Denkt hij dat hij nog evenveel gezag heeft als vroeger op school? Iedereen keek tegen hem op, alle leerlingen waren een beetje bang voor hem. Hij, de bovenmeester, die alles zag en je zo hard in je schouder kneep als hij tegen je sprak. Of die met een harde, kromme vinger op je schouder klopte als hij iets goeds over je te vertellen had. 'Deze jongen doet toch zo goed zijn best!' Dan had je een compliment te pakken en een blauwe plek. Je best doen, dat was belangrijk. Gevoel kwam pas daarna. Hij kon ineens geraakt worden door ellendige sociale omstandigheden en wist dan de schrale verjaardag van een kind tot een feestdag te maken. 'Jaap is vandaag jarig, jongens!' Dan begon hij te zingen: 'Lang zal hij leven... En omdat Jaap jarig is gaat hij trakteren! Nietwaar, Jaap?'

Grote schrikogen van het kind dat niets bij zich had. 'Nee, meester. Dat... dat...'

'Jawel, je hebt iets lekkers voor ons meegebracht. Dat heb ik zelf gezien. Het ligt in je vakje!'

Een rood hoofd dat omlaagdook en nog roder weer omhoog kwam. Een zakje dat ritselde terwijl het tevoorschijn werd gehaald.

'Zie je wel! En nu trakteren, Jaap!'

Gelukkige, dankbare kinderogen zagen de snoepjes een voor een uit de zak verdwijnen. Het papier verfrommelde steeds meer, net zo lang tot bijna alles op was. Nog twee, een voor de meester en een voor hemzelf.

'Alsjeblieft meester, dankjewel meester.'

De harde hand omsloot de tengere schouder. 'En nu zingen we nog een keer. Dat heeft Jaapje wel verdiend.'

Vele jaren later lag Jaap in het ziekenhuis en zag daar zijn vroegere bovenmeester, opgenomen, net als hij. Op een dag stond die grote Jaap aan het bed van zijn vroegere meester en gaf hem een doorzichtige plastic zak vol snoep in allerlei zoete kleuren. 'Eindelijk kan ik iets terugdoen, meester. Ik ben nooit vergeten wat je toen voor mij hebt gedaan.'

Ze gaven elkaar de hand, allebei ontroerd door de herinnering. De snoepjes werden nooit aangeraakt. Alles moest bewaard worden. Zelfs de kleinkinderen mochten er niet van proeven. Gek dat ze daar nu aan denkt. Het is zo'n mooi verhaal. Zo is haar vader ook.

Een halfuur later is de stoep weer vrij. 'Zie je wel, ze zijn al weer weg,' zegt hij. Het klinkt opgelucht. Hij hield die jongens dus ook in de gaten. Maakt hij zich er meer zorgen over dan hij wil toegeven? En hoe is dat als zij er niet is, als hij alleen thuis is?

'Zou het niet beter zijn als je je zou inschrijven voor een aanleunwoning? Er zijn zulke leuke woningen gebouwd. Dan hoef je je over dit soort dingen geen zorgen meer te maken.'

'Zeg, wat denk je wel! Zo oud ben ik nog niet! Hou je mond erover! Geen sprake van!'

'Maar je zou je toch in kunnen schrijven?'

'Dat doe ik niet. Daar is geen plaats voor mijn auto.'

'Dan kun je toch een garage huren?'

'Als ik hier mijn eigen garage heb? Ik zou wel gek zijn om hier weg te gaan.'

'Je moet toch ook vooruitkijken? Ik woon ver weg en kan hier niet elk ogenblik naartoe komen.'

'Zwijg erover! Ik doe het niet!'

'Het zou toch veel veiliger zijn.'

'Er gebeurt mij heus niets. Zwijg erover, zeg ik je!'

'Maar als jou hier iets overkomt, ziet niemand dat.'

'Er gebeurt mij niets! Waarom zou er iets gebeuren?'

'Die struiken zijn ondoordringbaar en die haag is vreselijk hoog.'

'Onzin! Hou erover op!'

Dat ze het durfde, over een aanleunwoning beginnen. Ze heeft het zichzelf wel moeilijk gemaakt. Zijn gezicht staat op onweer. Ze trekt zich terug op haar vroegere kamertje tot het tijd is om tafel te dekken. Het is beter dat hij haar even niet ziet.

Zwijgend eet hij zijn boterham. Zwijgende maaltijden, boze gezichten, ze gilt in stilte, net als toen.

Eenmaal bij Ria ontdooit hij. Hij kust haar luid en duidelijk terwijl Liesbeth zijn jas weghangt. Bij Ria is hij anders.

'Er staat hier een flat te koop, die op de hoek, mooi hoor,' zegt Ria. Wat een toeval. Het lijkt wel afgesproken werk.

'Ik woon daar goed. Ik ga daar niet weg. Ik kan de televisie zo hard zetten als ik zelf wil. Niemand heeft daar last van.'

'Nee dat is waar, maar ik vind het zo eenzaam bij jou. Je ziet niemand.'

'Daar heb ik geen last van. Dat vind ik wel fijn.'

Ria draait zich om naar Liesbeth. 'Ik heb het al vaker tegen hem gezegd, maar hij wil niet. Jammer toch. Het zou voor jou ook beter zijn als hij ergens anders meer beschermd zou wonen. Want jij maakt je vast wel eens zorgen en dat hoeft dan niet meer.'

Hij verstaat niet wat ze zegt.

'Laat maar, ik heb het geprobeerd. Hij wil niet.'

Koffie, zoete limonade en aapjes op tv.

'Zullen we weer teruggaan?'

'Nou al?'

'Het is halfelf. Ik wil Anton nog even bellen.'

'Vooruit dan. Ik blijf altijd tot over elven, hoor.'

'Maar deze keer dus niet.'

Hij rijdt niet soepel. 'Moet ik hierheen?'

'Nee, nog even rechtdoor.'

'Ben ik er al?'

'Nee, de volgende straat rechts.' Een schok, een stoeprand. 'Kijk uit!' Een tik van de buitenspiegel tegen een andere. 'Kijk uit!'

'Hou je mond. Je maakt me aan het schrikken!'

Hij draait het pleintje op, langzamer nu, stopt ineens. Ze vliegt bijna tegen de voorruit. Verstijfd kijken ze allebei naar het huis. In de woonkamer gaat een fel licht aan en uit, steeds maar door. De bloemen in de bloembak bij de voordeur lichten op, zijn dan weer verdwenen. Aan – uit – aan – uit. Dat moet het flitslicht zijn dat in verbinding staat met de voordeurbel en de telefoon. Telkens als de bel gaat of de telefoon, wordt ook het flitslicht in werking gezet. Het systeem is ooit aangelegd voor haar moeder, die de voordeurbel en de telefoon nooit hoorde en nu heeft haar vader er gemak van.

Tegelijk met haar vader stapt ze de auto uit, hoort dan de voordeurbel rinkelen, luid, zonder er ook maar even mee op te houden.

'Wat is dat?' Zijn stem klinkt schor.

Ze kijkt rond, meent een beweging te zien bij de struiken. Dan niets meer. Bevend graait hij in zijn zak naar de sleutel van de voordeur. Zijn hand danst hevig op en neer tot hij eindelijk het sleutelgat vindt.

Ze wacht, kijkt om zich heen. Daar, opnieuw beweging. Ze geeft een schreeuw. 'Daar. Papa, daar!' Een wegrennende schim. Ze zet een paar stappen om erachteraan te gaan, stopt dan. Het heeft geen zin. De gestalte is al verdwenen.

Pesterij, pure pesterij van de hangjongeren. Natuurlijk hebben ze het flitslicht gezien elke keer als ze daar rondhingen. Ze hebben iets gedaan zodat het niet meer stopt.

'Kun je de bel afzetten?' Ze maakt het gebaar van een sleutel omdraaien.

Even later is het donker en stil. Bij het licht van de gewone lamp inspecteren ze het belknopje. Het ronde knopje zit scheef. Daar zit iets tussen, een stukje lucifer. Met de punt van een mes peuteren ze het eruit.

'Tsja, ik kan er ook niks aan doen.' Hij haalt zijn schouders op en trekt terneergeslagen de voordeur achter zich dicht. Ze zijn opgewacht om zoveel mogelijk plezier te hebben van de grap. Misschien staan er nog wel een paar, is alleen die ene weggerend.

Terwijl hij de auto in de garage zet, sluit ze de gordijnen. Waarom schuift hij die toch altijd open voordat hij weggaat? Dat is nergens voor nodig.

De voordeur gaat op het nachtslot. Hij trekt er nog een keer aan alsof hij extra wil controleren of hij wel goed dicht is.

'Even iets drinken tegen de schrik.'

'Ja, dat hebben we wel nodig.' Bleek staart hij voor zich uit. Voordat ze gaan slapen schuift hij de gordijnen weer open.

'Laat ze toch dicht.'

'Nee, dat doe ik altijd. Je moeder deed dat ook.'

Die nacht hoort ze hem een paar keer door het huis lopen, aan de deur trekken, voelen of hij dicht is. Hij doet de deur van het slot, opent en sluit hem weer, doet hem opnieuw op het nachtslot. Haar hart slaat als een moker tegen haar ribben. Straks is hij alleen, alleen met angst die net zo groot moet zijn als bij haar, nog wel groter misschien.

'Mijn fiets is gestolen.' Zijn stem klinkt zielig door de telefoon, krachteloos als een te zacht staande radio. Ze hoort haar vader, maar toch ook weer niet. Hij verwacht iets van haar, een toverwoord waarmee alles weer is als voorheen.

'Heb je hem ergens laten staan?'

'Nee, hij is weggehaald uit de garage. Ik laat de deuren altijd openstaan als ik Ria ga halen. Want zo heel erg lang duurt dat niet. Toen ik terugkwam, was de fiets weg.'

Afbrokkeling van zijn gezag is het. Dat moet voor hem bijna nog erger zijn dan het stelen van zijn fiets. Aan de spullen van de meester kom je niet, vroeger niet en nu niet.

'Je moet het bij de politie aangeven, en ook bij de verzekering.'

Het is geen oplossing. Wat gebeurd is, wordt er niet mee uitgewist. Een week later zit ze naast hem en hoort het verhaal opnieuw.

'Ik kan niet zonder fiets. Ik heb meteen maar een nieuwe gekocht, een damesfiets. Dan kan ik gemakkelijker opstappen.'

Zo herkent ze hem weer, hij laat zich niet kennen. Ze lacht heel even, maar verstart bij de volgende scheur in zijn waan van veiligheid.

'Toen ik met mijn nieuwe fiets thuiskwam liep er een man in de tuin. Hij stond aan de keukendeur te rukken.' Met geschreeuw en grote afwerende armbewegingen had hij hem weggejaagd. Zijn verhaal klinkt heel stoer, maar voelde hij zich ook zo op dat moment? 'Ik heb me vergist,' had de man gezegd en hij was verdwenen. En nu moet er een poort komen, dan kan niemand meer achterom.

Liesbeth protesteert, ze huivert: 'En al die verhalen dan van inbrekers die met gemak over schuttingen klimmen?'

Hij luistert niet, redeneert tegen zichzelf. Een poort in een schutting, dat is de oplossing. Het gevaar komt vanbuiten. En zijn nieuwe fiets zet hij voortaan 's avonds in de keuken.

Ze ziet hem al schutteren om de fiets door de achterdeur de keuken in te krijgen, wat een gedoe. Dit kan niet meer. Alleen wonen is te gevaarlijk voor hem geworden, het is niet verantwoord meer. Ze voelt haar hart tekeergaan. Dit is het moment om erover te beginnen. Ze durft niet, probeert de brok in haar keel weg te slikken. Was Anton er maar, hij kan dat veel beter. Ze begint: 'Als ik jou was, zou ik toch eens uitkijken naar een appartement.'

Het valt verkeerd, ze ziet het meteen aan zijn ogen. Afschuw leest ze erin, en afweer. Ze heeft het veel te plompverloren gezegd. Maar wie A zegt, moet B zeggen.

'Dan heb je van dit soort dingen geen last meer. En het zou toch ook niet erg zijn als je geen tuin meer had.'

Hij buigt voorover in zijn stoel, tikt met woedende ogen met zijn wijsvinger op het hout van de salontafel, als een hamer. 'Ik blijf hier. Hoe kom je op het idee! Dan heb ik geen tuin meer en geen garage. En dan heb ik natuurlijk buren aan alle kanten. Ik wil geen buren. Ik wil de televisie zo hard zetten als ik zelf wil. Je hoeft er niet meer over te beginnen. Ik doe dat niet.' Dan legt hij zijn hand plat neer, gebruikt de salontafel als steun om op te staan. Met grote stappen die doordreunen in de vloer loopt hij naar zijn kantoortje, om er de eerste uren niet meer uit te komen.

Liesbeth vindt het wel even best zo, heeft op haar beurt genoeg van hem. Eigenlijk zou ze nu haar koffer willen pakken en vertrekken. Of is het laf om weg te gaan en hem aan zijn lot over te laten? Of is het laf om te blijven en zijn woede over haar heen te laten komen? Als ze het avondeten klaar heeft, haalt ze hem op. Haar moeder moet zich vroeger ook zo gevoeld hebben, zo onbetekenend, alleen goed voor het eten en de was. Of komt hij nu ook niet aan tafel? Zwijgend komt hij zijn kamer uit, kijkt alleen naar zijn bord.

'Wil je nog thee?'

Een stug knikje, geen woord verder. Alles gaat volgens het vaste ritueel en ze beseft dat ze zelf ook niets meer zegt. Als je geen antwoord krijgt, hou je vanzelf je mond. Zelfs het ritje naar Ria verbreekt zijn zwijgen niet. Pas als ze daar binnenkomen blijkt hij toch een stem te hebben, is hij ineens weer de aardige meneer. Ria lacht en kirt, ze krijgt een zoen van hem. 'Daar ben ik weer! Wat heb je een mooi vestje aan!'

Het klinkt onecht, gespeeld. Liesbeths keel wordt dik, haar hart gaat tekeer. Ze kan beter gaan! Een stem binnen in haar zegt: Bedaar, wees wijs! En ze houdt zich in. Of is ze nu toch laf? Ria merkt niets, alles lijkt heel gewoon. Aan het eind van de avond lijkt haar vader alles vergeten te zijn, doet hij ook tegen haar zijn mond weer open. Er wordt niet meer over een appartement gesproken, ook de volgende dag niet.

Een paar weken later troont hij haar mee naar de zijkant van het huis. Er staat een houten schutting met een poort erin tussen de garage en het huis. Triomfantelijk kijkt hij haar aan. 'Niemand kan meer achterom komen. Niemand kan erin.'

Ze kijkt omhoog naar de bovenkant van de schutting. Een lenige jongen die kwaad wil, klimt er zo overheen. Veiligheid door die schutting is maar schijn. En de andere kant van de tuin lijkt ondoordringbaar vanwege alle struiken, maar is dat natuurlijk niet. Je zou daar best doorheen kunnen. Vastberaden gaan haar ogen van de poort naar de struiken en weer terug. Het kan haar niet meer schelen dat hij boos zal worden. Ze gaat het weer proberen.

Even later zet ze een kop koffie op het tafeltje naast hem en gaat dicht bij hem zitten. Ze trilt. Wat zijn haar handen koud. Dan haalt ze diep adem, legt haar hand op zijn arm. 'Papa, je moet nu niet boos worden, maar ik wil toch even iets zeggen. Natuurlijk is het heel moeilijk om hier weg te gaan, maar het is beter dat je naar een veiliger omgeving verhuist.'

Zijn arm schudt haar hand weg. Een strakke mond geeft antwoord. 'Ik blijf hier. Er is niets aan de hand met mij.'

'Met jou is niets aan de hand, maar het is hier niet veilig meer, na alles wat er gebeurd is.'

Hij gaat stijf rechtop zitten. 'Onzin.'

Zinloos is het, volkomen zinloos, maar ze gaat door. 'Je bent niet piepjong meer. Alles gaat nog goed, maar je bent wel een dagje ouder. Die hangjongeren van laatst en die insluiper, daar zou je je geen zorgen over moeten maken.'

Driftig staat hij op. 'Zwijg erover!'

Het is een snauw. Ze kijkt hem na, wacht op de dreun waarmee hij de deur achter zich dichtslaat, krimpt dan toch in elkaar. Daar zit hij weer aan zijn bureau, rommelend met papiertjes en schriftjes, zich begravend in de wereld van vroeger. Moet ze hem nu zijn tweede kop koffie achterna brengen? Dat doet ze niet. Ze laat hem in zijn sop gaarkoken. Hij is boos en blijft boos, kijkt 's avonds strak naar de televisie. Ziet en hoort hij dat programma wel?

Ze blijft niet bij hem zitten, zegt om tien uur: 'Welterusten' zonder antwoord te krijgen en gaat naar bed, vroeg voor haar doen. En dan is zij boos, verschrikkelijk boos, een boosheid die strak tegen haar slapen staat. Urenlang ligt ze zich te verbijten. Wat doet ze hier eigenlijk? Huishoudster spelen, daar is ze goed genoeg voor. Naar huis wil ze. En ze zal volhouden!

Bij het ontbijt zegt ze het: 'Ik ga naar huis.'

Dan geeft hij antwoord, schamper: 'Zo, ga jij naar huis.'

De tranen branden in haar ogen. Ze verbijt zich, zal ze toch blijven? Nee, ze gaat! Is dit nu dapper? Kan dat samengaan, dapper zijn en je ellendig voelen?

Eenmaal thuis belt ze hem, zoals altijd. 'Papa ik ben weer thuis.'

'Goed. Dag, hoor.'

Drie woorden, meer niet. Dan is de verbinding verbroken. Ook de dagen daarna blijft hij stug als ze hem opbelt.

'Zal ik hem een brief sturen en alles nog eens op een rij zetten? Dan ziet hij het voor zich en kan er rustig over nadenken. Dan hoeft hij niet direct antwoord te geven.'

Anton ziet er geen heil in. Toch doet ze het. Zorgvuldig zet ze alle argumenten overzichtelijk onder elkaar. Terwijl ze zit te schrijven ziet ze weer de beelden van vroeger, hoort weer de ruzies. Ze rilt. Wat moet er gebeuren als hij ineens niet meer alleen kan zijn om wat voor reden dan ook? Moet zij hem dan in huis nemen? Dat nooit!

Ze neemt haar pen weer op. *Voorkom dat anderen besluiten voor je gaan nemen die jij niet wilt,* schrijft ze, neemt dan geen blad meer voor de mond. *Gebruik je gezond verstand. Wij willen jou niet in huis nemen als je niet meer zelfstandig kunt wonen. Zo ging het vroeger. Jij nam je vader in huis, maar het kostte je je huwelijk, ook al zijn jullie bij elkaar gebleven. Van mijn achtste tot mijn achttiende was er alleen maar ruzie in huis.*

Ze leest de woorden over. Wat een harde woorden. Anton leest over haar schouder wat ze geschreven heeft. 'Zou je dat nou wel doen?'

En dan hoort ze weer de woorden van haar moeder, woorden die nog steeds schrijnen in haar hart: 'Ik was al lang weggeweest als het niet om haar was.'

De herinnering maakt haar vastbesloten. 'Misschien helpt het. Hij weet dat toch net zo goed als ik? Hij praat er wel nooit over, maar het bestaat niet dat hij dat vergeten is.' Ze smijt haar pen op tafel, schreeuwt het uit, opstandig als toen. 'Hij mag blij zijn dat ik me altijd zoveel om hem bekommerd heb. Na alle ellende vroeger had ik ook kunnen zeggen: bekijk het maar, ik ga mijn eigen gang, jullie zoeken het maar uit. Je netjes gedragen, braaf zijn, ervoor zorgen dat anderen nooit rare dingen over je kunnen vertellen. Het was een hersenspoeling. Een product van onze opvoeding zijn we. Jij net zo goed als ik. Ik zou het niet gedurfd hebben om niets meer van me te laten horen.'

Anton sust: 'Zo ben jij niet. Dat had je nooit over je hart kunnen verkrijgen.'

Ze geeft hem gelijk, al weer iets kalmer nu, en leest over wat ze geschreven heeft. Met strakke kaken likt ze de brief dicht.

Er komt geen antwoord. Hij schrijft niet en belt niet. Een paar keer staat ze met de telefoon in haar hand om hem op de man af te vragen wat zijn antwoord is. Ze staart naar het apparaat terwijl ze met de dag nerveuzer wordt. Bang is ze, bang voor zijn antwoord, voor zijn boosheid en ze voelt zich een dwaas. Vijfenvijftig jaar is ze, een klein kind, bang voor haar vader.

Ze spreekt zichzelf moed in: het moet afgelopen zijn. Laat je toch niet door hem in een hoek drukken. Jij kunt alle problemen voor hem oplossen. Je bent enig kind, geen broer of zus kan je helpen. Anton weet het ook niet. Ze ziet hem voor zich, haar Anton. Hij wordt steeds grijzer. Zijn werk neemt hem helemaal in beslag. Hij probeert haar zo goed mogelijk te steunen, maar de werkelijke zorg komt op haar neer. Ze móét bellen, ze moet weten hoe het met de oude man is. Met trillende vingers toetst ze het telefoonnummer in. Hoe belachelijk is dit, waarom beeft ze zo? Aan de andere kant van de lijn gaat de telefoon over.

'Ja!' Het klinkt bars en luid, maar dat kent ze wel van hem. Zo neemt hij altijd de telefoon op. Dat is niet iets om van te schrikken.

'Dag papa.'

'O, ben jij het.'

'Ja. Hoe is het?'

'Goed, hoor.'

Hij zegt niets meer. Wat moet ze nu zeggen? Ze legt haar vrije hand op haar borst, voelt hoe het daar tekeer gaat, het lukt haar niet om te kalmeren. 'Heb je mijn brief gekregen?'

'Ja, ik heb een brief gekregen.'

'Kun je me zeggen wat je ervan vindt?'

'Ik heb een brief gekregen en ik vind het schandalig. Het is een klap in het gezicht van je moeder en mij.'

'Er staan geen onwaarheden in.'

'Je hoeft er niet meer over te beginnen. Ik blijf wonen waar ik woon. Ik ga hier niet weg. Ik voel me heel veilig. Er gebeurt me hier niets.'

'Dan moet je het zelf weten. Ik heb mijn best gedaan.'

'Je moet erover ophouden. Ik ga hier niet weg.'

Afgemeten tonen, steeds dezelfde, een schril duet met haar bonkende hart. Hij wil blijven waar hij is. Hoe kon ze denken dat hij zou zwichten voor haar argumenten? Hij deed altijd wat hij zelf wilde, dreef altijd zijn zin door. Haar hele jeugd is daar het bewijs van. Ze zou er wat voor geven dat het anders was, dat hij naar haar zou luisteren, dat hij naar een veiliger woonplek zou gaan. Maar de opmerking dat haar brief een klap in het gezicht is van haar moeder en hem, begrijpt ze niet. Er was immers alleen maar ruzie toen opa bij hen in huis woonde. Dat kan hij toch niet ontkennen?

Ze huilt. Al het verdriet uit haar kinderjaren komt weer boven. Ze is het nooit kwijt geweest. En hij, hij heeft het verdrongen, hij heeft alles verdrongen. Als je het verleden verdringt, als je alles ontkent, dan bestaat het niet meer.

Ze reist vaker naar hem toe, steeds vaker. Elke drie weken wordt elke twee weken. Waarom eigenlijk? Ze wil helemaal niet, voelt met de dag de tegenzin groeien tot ze toch weer gaat. Ze moet wel. Van wie? Ze is het verplicht. Waarom? 'Eert uw vader en uw moeder', 'Heb eerbied voor de ouderdom', de zwart-witprent met de twee zwarte koppen, ze ziet hem weer voor zich. Ze gaat, in weerwil van haar boosheid en drift, wil weten of het echt wel goed met hem gaat, vertrouwt het niet. Hij vergeet dingen, schrijft alles op. *Goede reis wensen, bedanken voor de foto's, in de tuin gewerkt, nieuw hoortoestel, motor slaat af als ik langzaam een bocht neem.* Alles staat in een blauw schoolschriftje, alles wat hij wil vragen als ze hem belt, wat hij haar wil vertellen, wat ze gezegd heeft, wat hij moet doen. Dat is toch niet zo gek? Ze vergeet zelf toch ook wel eens iets? Ze stelt zichzelf gerust, zegt tegen zichzelf dat het niets is.

Ze gaat een paar dagen samen met Anton naar haar vader. Heerlijk, alles is gemakkelijker. Er is helemaal niets aan de hand. Haar vader klinkt beter, vrolijk. Hij is wel erg vroeg op. Ze wordt er wakker van, luistert wat hij aan het doen is, een kraan die loopt, weer dichtgedraaid wordt, deuren gaan open, worden weer gesloten, gerommel in de keuken. Slaperig graait ze naar haar wekker. Ziet ze het goed? Zes uur nog maar. Wat doet hij zo vroeg? Ze draait zich om, trekt de deken over haar schouder. Hij zal wel weer zijn bed in duiken.

Uit het andere bed stijgt gebrom op: 'Wat doet hij toch?'

De geluiden houden nog een tijdje aan. Dan is het stil. Ze dommelen nog een poosje, staan dan op. Haar vader zit in de woonkamer de krant te lezen en de ontbijttafel staat gedekt. Was hij daar zo vroeg mee bezig? Dat moet wel.

'Je hebt alles al klaar! Wat geweldig!'

Hij lacht trots. 'Ik kan nog wel wat, hoor! Jij doet al zoveel.'

Wat lief van hem. En alles staat op tafel, alles wat hij in huis aan eetbaars heeft kunnen vinden staat op het dikke, wollige tafelkleed, de zogenaamde pers. Geen tafellaken? Niets van zeggen, het is geweldig dat hij dit doet.

De volgende dag gaat het precies zo en ze laten hem zijn gang gaan, staan zelf iets vroeger op om hem te helpen. Ze willen naar Scheveningen, dan kan hij zien waar zijn kleinzoon Marius sinds kort woont. Dat is toch algauw twee uur rijden. Anton houdt het portier voor hem open, voorin, zoals altijd. Liesbeth zit achter een hoofdsteun, ziet een paar korte grijze haren erbovenuit.

'Kijk daar eens, die rijdt hard. Anton, dat je dat durft, zo ver te rijden. Dat durf ik toch niet meer, hoor.' Hij ziet van alles, verbaast zich, valt dan stil. Anton gebaart, hij slaapt. Bij Delft schrikt hij wakker. Zijn hoofd gaat van links naar rechts, dan weer naar links. 'Wat een drukte. Waar zijn we?'

Liesbeth haalt adem om te antwoorden, laat de lucht dan weer ontsnappen. Anton heeft zijn dovenstem al aangezet. 'We zijn bijna in Den Haag.'

Haar vaders stem schiet uit: 'Den Haag?'

Opnieuw klinkt Antons stem boven het lawaai van de motor uit. 'We gaan naar Marius in Scheveningen, weet je nog?'

Het oude hoofd blijft naar links gedraaid. Op de achterbank buigt Liesbeth even opzij, zo kan ze haar vaders gezicht zien: zijn ogen groot, de mond open. 'O, ja, natuurlijk.'

Dan zijn ze er, ze vinden nog net een parkeerplaats in een volle zijstraat. Ze houdt hem stevig aan de arm, bepaalt zijn looprichting. Haar hart zwelt als ze de winkel van de edelsmid ziet, de tweedehands boekwinkel op de hoek. Het doet al vertrouwd aan. Ze komt hier zo graag.

'Moeten we hierin?' Stokstijf staat hij voor het blauwe hek waar ze hem doorheen wil loodsen, kijkt het smalle straatje in.

Ze knikt. 'Daar bij die roze bloemen moeten we zijn.'

Achter elkaar lopen ze over het smalle pad, links en rechts lage hekjes, ondiepe voortuintjes, tuinbankjes en potten, veel potten met bonte bloemen, de vissershuisjes van vroeger. Anton loopt voorop. Hij blijft staan bij een stokroos, die uitnodigend zijn bloemen tegen het lage hekje aan vlijt. Hij is laag gebleven tussen de harde tegels, nog een wonder dat hij het daar doet. Ze gaat voor, tikt op het raam waarachter ze het gebogen achterhoofd van Marius ziet.

Ze gaan naar binnen, Marius maakt koffie. De oude man kijkt verwonderd rond, alles is zo anders dan bij hem thuis. Marius heeft het huisje zo goed mogelijk opgeknapt. Met drukke gebaren vertelt hij erover, trots, dat mag ook wel.

'Heb jij dat allemaal zelf gedaan? Dat jij dat kunt, daar snap ik niks van,' verzucht hij.

'En in de schouw wil ik nog een houtkachel plaatsen, opa,' vertelt Marius.

'O, ja? Dat is mooi, jongen. Je woont hier mooi hoor, zo midden in de stad. Dat is toch heel mooi. Je moet er nog wel een kachel in zetten, hoor.'

'Ja opa, daar komt een houtkachel te staan.'

Ze gaan naar de boulevard, willen poffertjes eten in een strandtent, met warme chocolademelk.

'Moeten we daarin?' Ongelovig kijkt hij Marius aan. Dat zou hij zelf nooit gedaan hebben. Maar met Marius en hen erbij durft hij wel, geniet van die onbekende wereld die zo ver van zijn eigen leven af staat. Als een klein kind kijkt hij om zich heen naar al dat onbekende. Liesbeth moet steeds bij hem zijn, naast hem zitten, uitleggen wat Marius bedoelt omdat hij hem niet verstaat.

'Je praat toch zo vreselijk vlug. Ik kan je niet volgen.'

Of begrijpt hij Marius gewoon niet, die leefwereld die zo veraf staat van de zijne, ook van Anton en haar, beseft ze op hetzelfde moment. Zo gaat het steeds door. De kleine wereld van haar vader met al die kleine zorgjes is niet hun wereld. En hun wereld is niet meer die van Marius. Wat liggen die oude en die jonge generatie ver uit elkaar! Dan heeft hij alle aandacht bij de poffertjes, ziet hen niet meer. Ze stoot Anton even aan, kijkt van hem naar haar vader. Kijk eens hoe hij geniet. Terwijl ze teruglopen naar het huisje van Marius zegt haar vader: 'Het is toch wel ver hoor, vier uur rijden hierheen.'

Ze trekt haar wenkbrauwen op. Wat is dat nou? Vier uur? Hierheen?

'Nee hoor, het is geen vier uur rijden bij jou vandaan. We waren er in nog geen twee uur. Heen en terug is het vier uur, maar vanaf ons is het iets verder.'

Hij kijkt haar ongelovig aan. 'O ja?' Zijn ogen glijden naar de holle ruimte onder de schouw. 'Marius, dat is veel te koud. Je moet daar een kachel neerzetten.'

'Ja, opa. Dat gaat ook gebeuren.'

'Heb je het hier naar je zin?'

'Jazeker. Ik heb alles in de buurt wat ik nodig heb en de tramhalte is heel dichtbij.'

'Dat zou niks voor mij zijn hoor, zo'n grote stad. Ik zou verdwalen. Maar je hebt geen kachel hier. Je moet daar een kachel neerzetten.'

'Ja opa, dat ga ik ook doen.' Geërgerd staat Marius op om nog iets te drinken in te schenken. Liesbeth maakt een sussend gebaar. 'Hij zegt ook steeds hetzelfde!'

'Zo vaak heb je daar geen last van. Even volhouden nog.'

'Ja, oké, oké.' Zijn handen weren af in een verontschuldigend gebaar. 'Die ouwe tv van jou doet het niet goed hoor, papa.'

Gelukkig, een ander onderwerp.

'Laat eens kijken.'

Marius zet de tv aan. Elke zender is een en al streep.

Haar vader gaat recht zitten, schuift dan wat onrustig heen en weer op zijn stoel. 'Zet de tv nou eens een keer goed. Ik kan niets zien.'

'Hij doet het niet goed, opa.'

'Doet hij het niet goed? Dan moet je een nieuwe kopen.'

'Daar heb ik nu even geen geld voor.'

'Dan krijg je er een van mij. Je gaat morgen een tv kopen en je stuurt de rekening naar mij. Heb je dat goed gehoord?'

'Ja, opa. Dat is heel mooi.' Hij grijnst om de onverwachte meevaller. Opa mag nog wel even blijven.

Vanuit haar hoekje op de bank neemt Liesbeth alles in zich op: de zelfgemaakte boekenkast, het oude verveloze kastje, het draaddesign aan de muur, alles zo kenmerkend voor haar zoon. De ogen van de oude man zijn dichtgevallen, gaan weer even open, vallen dan opnieuw dicht. Liesbeth wenkt naar Anton: 'Zullen we gaan?' Ze wijst op haar vader. Eenmaal in de auto naast Anton valt hij opnieuw in slaap.

Pas voor de deur van zijn huis wordt hij wakker. Slaperig kijkt hij om zich heen, wankelt dan aan haar arm naar binnen. 'Ik ben stijf van het zitten,' zegt hij. Het klinkt stoer. Hij wrijft in zijn waterige ogen, laat zich dan in zijn stoel vallen. 'Hè, hè, ik zit.' Liesbeth trekt zich terug in de keuken om nog iets eetbaars te maken. Ze loopt een paar keer heen en weer om de tafel te dekken. Dan opeens: een harde bel, een fel licht, flitsend, steeds opnieuw. Ze schrikt er elke keer weer van. Haar vader staat op en loopt haastig naar het kastje waar de telefoon op staat. Is het de telefoon? Het kan ook de voordeur zijn. 'Ha, Ria,' hoort ze hem zeggen. Het geluid staat erg hard, ze kan woordelijk verstaan wat er aan de andere kant van de lijn wordt gezegd. Er zit een extra microfoon in, ooit aangelegd voor haar dove moeder in de hoop dat ze dan zou kunnen telefoneren. Het is nooit gelukt.

'Hoe was het in Scheveningen?'

Zijn stem is vol verbazing als hij Ria antwoord geeft. 'Daar was ik niet! Ik was een paar dagen bij Liesbeth en Anton en ze hebben me nu weer thuisgebracht.'

Het bestek in haar handen blijft zweven, haar ogen zoeken die van Anton. Alles in de kamer ziet er anders uit. Het einde, dit is het einde.

'Maar je ging toch naar Scheveningen?'

'Nee, nou moet je eens goed luisteren: ik was een paar dagen bij

Liesbeth en Anton. Ze hebben me nu weer thuisgebracht.' Het klinkt alsof hij een kind ergens van wil doordringen, een kind dat zijn les niet begrijpt.

Liesbeth loopt naar hem toe en neemt de hoorn van hem over. Vreemd dat hij dat goedvindt. Nooit eerder stond hij dat zomaar toe.

'Ria, we waren inderdaad in Scheveningen.'

'O, dat dacht ik al, maar waarom zegt hij dan dat hij bij jullie was?'

Ria klinkt geschrokken. Natuurlijk is ze geschrokken, dat is Liesbeth ook. En toch is ze merkwaardig kalm. Gek eigenlijk. Alleen vanbinnen, diep vanbinnen hoort ze harde woorden, steeds luider en luider: alles zal voortaan anders zijn.

'Hij is waarschijnlijk moe en daardoor een beetje in de war,' zegt ze. Ze weet dat dat onzin is. Het is veel erger. Maar wat moet ze anders? Ria laat zich geruststellen. Zo lijkt het.

Haar vader zit gespannen op het uiterste puntje van zijn stoel. Anton zit op de bank vlak bij hem, pakt zijn hand en kijkt hem indringend aan. Langzaam en duidelijk begint hij te praten: 'We zijn vandaag in Scheveningen geweest, bij Marius in zijn nieuwe huisje. En we hebben poffertjes gegeten op de boulevard.'

Een hulpeloze blik, verloren, als een verdwaald kind. Er is iets helemaal mis, hij weet het, ze ziet het aan zijn ogen. De poffertjes, het huisje van Marius, de houtkachel, de tv, alles is weg uit zijn herinnering.

Hoofdstuk 5

Moe is ze en gammel. Waar zijn haar sleutels nou? De zware tas glijdt weg, ze bukt even, laat hem dan op de grond glijden. In die andere zak? Haar vingers zoeken, vinden het bolletje van de sleutelhanger, het lieveheersbeestje, glad nu: de stippen zijn eraf gesleten. Ze trekt, voelt het harde staal in haar handpalm. Ze steekt de sleutel in het slot, doet de deur open, op een kier nog maar. Een baal wol schiet langs haar benen naar buiten. Die was ze vergeten. Eerst maar even lopen, het is nog licht buiten.

Liesbeth pakt de riem, sluit de deur weer af, roept. Met een noodgang rent de hond naar het tuinhek. Altijd hetzelfde ritueel. Nikka weet dat ze straks los mag en trekt haar arm bijna uit de kom. Op de es klikt Liesbeth de riem los. Als een pijl uit een boog schiet de hond ervandoor. Ze haalt diep adem, voelt hoe de frisse lucht vol in haar longen stroomt, voelt haar moeheid verdwijnen. Haar ogen volgen de zwarte lijn die door het weiland schiet. Niet bij te houden. Je ziet nauwelijks meer dat het een hond is. Een rondje, en nog een rondje. Nikka raast voorbij, zet nog een keer de spurt erin. Ze zijn tegelijk op de plek waar het weiland ophoudt. Dan raast de hond verder, rent tien keer het zandpad op en neer. De bomen strekken hun kale takken naar de grijze hemel, een paar steken hun vinger naar haar uit. Jij daar, wat doe je hier?

'Vrij zijn, helemaal vrij zijn, dat doe ik hier!' Ze zegt het hardop, zuigt de frisse lucht in, haar armen wijd. Boven de stoppels van het maïsveld vliegen wilde ganzen op. Zijn ze op de vlucht voor de kou, zou het gaan vriezen? Iets verder steekt een haas het zandpad over. Hier zijn alle problemen ver weg en minder erg, hier komt ze tot rust. Als ze nu dood zou gaan, zou ze zich vanaf hier door de wind mee willen laten voeren. 'Strooi mij maar uit over de es,' heeft ze ooit gezegd. Of bij die bomen daar, die vier bij elkaar. In het voorjaar kriebelen er narcissen aan hun voeten. Die moet iemand daar toch neergezet hebben.

Nikka is bij de driesprong het brede pad op gelopen. Iets verder staat ze stil, kijkt om, vragend: gaan we deze kant op? 'Nee, hierheen.' Ook goed, ze rent terug de goede kant op. Het weiland gaat ze niet meer in, dat doet ze alleen op de heenweg.

En dan zit de hond met de kop omhoog naast haar, volgt al haar bewegingen tot ze klaar is met het vullen van de etensbak. Even later is ze alle aandacht kwijt, hoort alleen nog schrokkende geluiden. Uit gewoonte controleert ze de nummermelder van de telefoon. Is er nog gebeld? Heeft haar vader gebeld? Haar wenkbrauwen trekken samen. Hanna heeft gebeld, trouwe Hanna, steun en toeverlaat van hem, ook van haar. Ze zet eerst thee, neemt voorzichtig een slokje, laat het warme vocht door zich heen stromen alsof ze er kracht uit wil putten. Er moet iets aan de hand zijn. Met de hete beker voor zich pakt ze opnieuw de telefoon. Haar hand trilt. Wat nu weer.

'Fijn dat je zo snel terugbelt, Liesbeth. Er is een groot probleem. Ik hoop niet dat je het erg vindt, maar ik heb me er toch even mee bemoeid.'

Als een waterval buitelen de woorden van Hanna over haar heen, dringen bij haar binnen. Haar vader kreeg steeds betaalopdrachten terug van de bank en hij begreep maar niet waarom, had alles goed ingevuld, zei hij. Hij bleef maar staren wat er fout kon zijn. Tot Hanna zich ermee bemoeide. Hij had zijn telefoonnummer ingevuld in plaats van het nummer van zijn bankrekening. Ze probeerde hem duidelijk te maken wat er fout was, probeerde hem te helpen. Nutteloos was het. Hij begreep er niets van. 'Jij moet dit soort dingen over gaan nemen, Liesbeth.'

Indringend is die stem, meelevend ook, vol begrip. Maar hij zal zijn geldzaken nooit uit handen geven.

'Heeft hij jou al gemachtigd voor zijn zaken?'

Streng klinkt het. Hanna heeft gelijk. Wat moet ze nu? Schor geeft ze antwoord. 'Dat wil hij niet. Als ik erover begin, wordt hij boos.' Ze hoort het hem zeggen: 'Wat denk je wel! Denk je dat ik dat niet meer kan!' Dat was een paar maanden eerder gebeurd, verontwaardigd was hij, hoe kwam ze op het idee! En zij: 'Als er iets met je gebeurt, weet ik nergens van, kan ik niets overnemen.' Zijn vuist op tafel: 'Je hoeft niks over te nemen. Dat kan ik allemaal zelf.'

Hanna's indringende stem: 'Je moet toch proberen door te zetten, Liesbeth.'

'Je weet toch ook hoe hij is!'

'Dat weet ik. Ik wens je veel sterkte.'

Striemende regen op de ramen doet haar opkijken. Ze was net nog buiten! Een hondensnuit duwt tegen haar arm: schuif eens op, dan de vacht, woelend door haar vingers. 'We hebben geluk gehad.' De hond kijkt trouwhartig naar haar op. De ganzen, vliegen die nu gewoon door? Kon ze maar mee, het doet er niet toe waar ze heen gaan.

Steeds harder regent het. Het lijkt een ondoordringbaar gordijn, net zo ontoegankelijk als haar vader. Nooit zal hij accepteren dat zij zich met zijn geld bemoeit. Hoe pak je zoiets aan? Gewoon zeggen: 'Papa, je kunt het niet meer. Ik doe het voortaan voor jou'? Dan is het huis te klein! Hij doet alles goed, iedereen vergist zich wel eens. Maar hoe moet het dan? De thee golft in het glas.

Met lood in de schoenen stapt ze een week later bij hem binnen. 'Hallo, hoe is het?' Het klinkt geforceerd vrolijk, alsof ze toneelspeelt. Dat doet ze immers ook.

Hij zucht, schudt zijn hoofd. 'Slecht kind. Ik ben blij dat je er bent. Ik heb problemen.'

'Die zijn er om opgelost te worden.' Stoer klinkt het, heel erg stoer. 'Ik berg eerst mijn spullen weg. Ga maar vast de koffie inschenken, dan hoor ik zo wel wat er aan de hand is. Bij een kop koffie gaat het allemaal beter.' Zoveel woorden, nietszeggend, het moet allemaal nog komen.

En dan is het zover. Hij laat een formulier zien waarop staat dat hij een verkeerde overschrijving heeft gedaan. Het telefoonnummer, weer het telefoonnummer in plaats van het banknummer. Daar gaat ze: 'Papa, je doet je best en tot nu toe is het allemaal goed gegaan. Het was niet nodig dat ik me ermee bemoeide. Maar je gaat fouten maken en dat kan niet.'

'Ik kan het best zelf. Ik heb me vergist, dat kan iedereen gebeuren.'

Hij maakte zich toch zorgen? Nu ineens niet meer?

'Het zou toch wel fijn zijn als je bij de bank een machtiging voor mij zou regelen.'

Zijn lichaam verstart, zijn stem is donker: 'Mijn zaken handel ik zelf af. Dat kan ik heel goed. Daar heb ik niemand voor nodig.

Wat denk je wel. Ik hoor goed, ik zie goed en mijn hoofd is ook nog goed, hoor. Als ik je nodig heb zeg ik dat wel.' Tussen zijn ogen verschijnt een dwarse rimpel.

Ze ziet het, hoort tegelijk de stem van Hanna: 'Je moet doorzetten!' En ze gaat door. Niet opgeven! Hanna, dit is moeilijk!

'Hou je mond! Ik regel mijn zaken zelf, begrepen?' Dan milder: 'Je moet alleen zeggen wat ik fout heb gedaan. Dit is toch goed? Dit is immers mijn nummer?'

'Het is je telefoonnummer, niet je banknummer.'

'Wat? Nee, toch. Nee, dit is het banknummer.'

'Geef maar, ik verander het even voor je.'

Hij geeft de papieren, aarzelt, alsof hij nog iets zeggen wil.

'We gaan in ieder geval een afspraak bij de bank maken, papa. Dan kunnen we daar overleggen hoe we het zo kunnen regelen dat we er allebei een goed gevoel over hebben.'

'Ik denk er niet over. Het gaat goed zo. Er is niets aan de hand.' Weer die norse blik, die stroeve mond, wat is hij boos! Maar kijk: het boze verdwijnt. Langzaam, maar het verdwijnt. 'Hoe is het met de kinderen?'

'Goed, hoor.'

'Gaat het goed op school?'

'Ze zitten niet meer op school. Ze werken allebei.'

'O, ja? De tijd gaat ook zo vlug.'

'Nog koffie?'

'Ja graag, wat is het fijn dat ik het een keer niet zelf hoef te halen, dat jij dat voor me doet. Het lijkt wel of ik vakantie heb.'

Op weg naar de keuken ziet ze de agenda open liggen. Belasting, Telgenkamp, de volgende dag. Hij helpt haar vader met de belastingaangifte. Dat komt goed uit!

Telgenkamp is klein en kaal. Zijn ronde hoofd gaat schuil achter een plastic krat met een doos erbovenop. 'Ik heb de papierversnipperaar maar meegebracht.' Het jaar daarvoor had hij de overbodige papieren al op willen ruimen, zegt hij. Het mocht niet. Nu moet het. Vastbesloten gaat hij aan de gang, kijkt alles na. Liesbeth helpt, ziet wat hij ziet: het is een warboel.

'Goed dat u er bent. Dit kan zo niet langer.'

Harder dan nodig is legt hij papieren opzij, mompelt: 'Ik had het toch vorig jaar al moeten doen.'

Haar vader staat erbij, zijn handen in zijn zakken, een stuurse mond.

Telgenkamp barst los: 'Het wordt tijd dat u een machtiging afgeeft voor uw dochter.'

Boze ogen vol wantrouwen vindt hij tegenover zich. 'Waarom? Het gaat toch goed zo?' Het liefst zet hij de man de deur uit. 'Ik zal er eens over denken.'

Als hij dat zegt, gebeurt er helemaal niets. 'Papa, mag ik naar het schoolfeest?' 'Ik zal er eens over denken.' En twee weken later: 'Papa mag ik nou naar het schoolfeest? Ik moet het langzamerhand weten, hoor.' 'Nee, je mag niet.' 'Heb je daar zo lang over moeten denken? Dat had je ook wel meteen kunnen zeggen.'

Er zal niets gebeuren. Maar Telgenkamp, de vreemde, houdt vol. 'U voorkomt een hoop problemen als u uw dochter inschakelt bij de financiële zaken.'

'Het gaat goed zoals het nu gaat.' Stug kijkt hij voor zich uit. Hij is boos.

Telgenkamp ziet het niet of het kan hem niet schelen. Driftig tikt hij met zijn wijsvinger op de harde omslag van de bankafschriften. Liesbeth staat er machteloos bij, een schoolmeisje dat haar huiswerk niet heeft gedaan. 'U moet het echt over gaan nemen. Kijk hier eens. Er klopt helemaal niets van. Alles zit door elkaar. En hij had het altijd allemaal zo goed in orde. Heeft u er dan nooit naar gekeken?'

'Ik heb steeds aangenomen dat het goed ging. Hij vroeg nooit of ik wilde helpen. En bovendien, hij zou het niet geaccepteerd hebben. Ik mag nergens iets van weten. Hij regelt alles zelf.'

'Dat kan nu dus niet meer!'

Dat moet buiten te horen zijn. Telgenkamp laat haar de wanorde van de afschriften zien. Haar vader heeft er een hoop dingen bij geschreven en alles zit in verkeerde mappen. Het is een lange middag.

Sindsdien wacht ze 's avonds in bed op de klik van de lichtschakelaar in zijn slaapkamer, alle dagen dat ze bij hem is. Zijn deur heeft een bovenlicht, die van haar niet. Schijnt er geen licht meer door de kier onder de deur? Slaapt hij al? Een kwartier nog, voor de zekerheid. Haar hart gaat tekeer. Niet aan toegeven! Het moet! Hanna, Telgenkamp. Dan laat ze zich in het donker uit bed glijden, sluipt naar de deur. Wat kraakt die deurkruk. Als ze met haar linkerhand boven de kruk tegen de deur duwt terwijl ze met haar rechterhand de kruk omlaagduwt, gaat het goed. Recht tegenover haar kamertje doet ze hetzelfde. Pas als ze daar de deur achter zich dicht heeft gedaan, durft ze het licht aan te doen.

Ze opent de klep van de kast waar ze haar vaders administratiemappen weet. Terwijl ze de mapjes opstapelt op de grond blijft ze alert luisteren. Hij komt toch niet uit bed? Ze houdt met een hand de kast vast terwijl ze de klep sluit, duwt er nog eens tegenaan. Wat een gammele kast is dat toch. Toen hij nog in de woonkamer stond, stonden er glaasjes in. Je kon de glaasjes op de klep zetten en ze dan inschenken. De deurkruk van de deur naar de gang buigt omzichtig omlaag, kraakt toch even. Heeft haar vader dat gehoord? Wat een onzin, hij hoort niets, hij draagt in bed geen hoorapparaat. Op dezelfde manier doet ze de deur van haar kamertje open, keert onmiddellijk om, pakt de stapel mappen van de grond en legt ze in haar eigen kamer op bed. Pas als ze de deuren gesloten heeft, doet ze de lamp aan.

Haar armen trillen, haar benen doen mee – wat doet er eigenlijk niet mee, alles trilt. Ze ordent de afschriften, kijkt of er rekeningen betaald moeten worden, vult de overschrijvingsformulieren alvast voor hem in. Hij zal het niet merken, niet zien dat dat haar handschrift is, hij zal denken dat alles al van tevoren voor hem is ingevuld door de bank. Als ze klaar is brengt ze in het donker alles weer terug naar de kast in het kantoor en duwt met een zucht de klep dicht. Ze sluipt terug naar bed, ligt dan met kloppend hart bij te komen. Zouden inbrekers zich ook zo voelen?

Zo doet ze het iedere keer. Soms hoort ze even later haar vader naar het toilet gaan en knijpt dan in haar handen, blij dat het weer goed is afgelopen.

Hanna belt steeds vaker. Er zijn meer problemen: vervelende, lastige problemen die Liesbeth als dochter behoort te weten. De ene keer moeten de radiatoren ontlucht worden en kan haar vader met het speciale sleuteltje de moeren niet omgedraaid krijgen. Dat is niet zo erg, Hanna doet het voor hem als ze toch bij hem is voor de wekelijkse schoonmaak en de was. Maar het komt ook voor dat haar vader Hanna belt omdat hij een kraan niet dicht kan krijgen. 'De warmwaterkraan zit vast. Het water blijft maar stromen.'

Hanna weet dan niet hoe snel ze erheen moet om de kraan weer dicht te draaien. Er is niets mee aan de hand, hij heeft alleen de kracht niet meer. Dezelfde dag belt hij opnieuw. De kraan van de douche wil niet meer dicht. En weer rent Hanna erheen. Hij belt een loodgieter, die er weinig aan kan doen. Hanna vertelt ook aan Liesbeth dat ze hem heeft zien fietsen. Kan dat nog wel? Ze heeft er een vervelend gevoel bij. In een schriftje schrijft hij steeds vaker zijn naam en adres, soms twee keer onder elkaar. Telefoonnummers worden steeds opnieuw opgeschreven. En is hij toch bang voor inbraak? Hij heeft de naam van een contactpersoon van Inbraakpreventie genoteerd. Maar hij schrijft erbij dat hij het niet zal doen. Hij vindt het te duur, wil geen geld uitgeven aan zijn huurwoning en vindt zichzelf te oud.

Zijn energiemaatschappij haalt dubbele bedragen van zijn bankrekening. Hij belt, schrijft precies op hoe laat hij steeds belt, dat hij geen gehoor krijgt, en om hoe laat hij daarmee ophield. Heeft hij de telefoon aan de andere kant van de lijn wel horen overgaan? Heeft hij wel het goede nummer gebeld? Steeds vaker klaagt hij erover dat telefoonnummers niet in gebruik zijn. Wat zijn de goede nummers dan? Hanna vertelt dat ze hem geholpen heeft met de brief naar de energiemaatschappij. 'Als ik bij hem ben, ben ik de halve ochtend aan het zoeken, alle dingen die hij kwijt is, meestal zijn autosleutels. Ze komen op de gekste plekken tevoorschijn.'

Hij begint brokken te maken. Op de parkeerplaats achter de flat van Ria rijdt hij een lantaarnpaal omver. 'Ik reed helemaal niet hard. Het ding lag ineens op de grond.'

Buiten ligt sneeuw, heel veel sneeuw. Ze heeft haar vader beloofd dat ze de volgende dag zal komen, heeft het in zijn agenda geschreven. Maar het kan niet, met al die sneeuw. Wie weet hoeveel ellende ze zich op de hals haalt. Ze ziet zich al staan op een station, geen zitplaats te krijgen, wie weet hoelang, tot eindelijk weer een trein de sneeuw trotseert. Of op het busstation, nauwelijks beschut tegen sneeuw en wind. Ze gaat niet. Nog even de komende nacht afwachten, de weerberichten van de volgende ochtend. Misschien valt het mee.

De telefoon gaat over. 'Het is je vader,' fluistert Anton. Hij luistert, antwoordt verbaasd: 'Ze is helemaal niet weggeweest! Nee hoor, ze was de hele dag thuis. Er ligt zoveel sneeuw dat ze niet naar je toe is gekomen.' Anton sust, babbelt nog wat met hem en verbreekt de verbinding. 'Hij vroeg of je al thuisgekomen was. Hij dacht dat je vandaag de hele dag bij hem was geweest.'

Ze kijken elkaar aan, zeggen niets, weten allebei: het is heel erg fout met hem.

De volgende ochtend melden de nieuwsberichten seinstoringen, wisselstoringen en kapotte treinen. Ze besluit definitief thuis te blijven. Nog voordat ze hem daarover kan bellen, belt hij zelf.

'Je komt toch niet, hè. Het weer is veel te slecht. Ik hoor zoveel ellende op het nieuws! Je moet niet komen!'

Alles klinkt heel normaal, alsof er de vorige avond niets aan de hand was. Het houdt haar de hele ochtend bezig. Wat doet hij, loopt hij zich opnieuw ongerust te maken? Weet hij nog dat ze niet zal komen vandaag? Ze moet het weten, draait zijn nummer. Gek dat hij haar door de telefoon vaak goed verstaat, terwijl dat zoveel moeilijker is als ze bij hem zit.

Er is niets aan de hand. Nu heeft zij zich ongerust gemaakt terwijl het helemaal niet nodig was. Ze lijkt haar vader wel. Na wat heen en weer gepraat over het weer begin hij over de maaltijden van Tafeltje Dekje. Hoe heerlijk het is dat hij zelf niet hoeft te koken en dat het eten echt goed is. Meteen probeert ze hem over te halen Tafeltje Dekje ook in het weekend te laten komen. Daar had ze beter even mee kunnen wachten. Hij is er nog maar pas aan gewend om doordeweeks zijn eten te krijgen. En nu ook in het weekend? Nee, dat wil hij niet.

Ze dringt aan: 'Laat ze toch ook in het weekend komen! Je bent zo mager de laatste tijd.'

'Vind je? Nee hoor, alles is goed met mij.'

Ze blijft aandringen en tot haar verbazing stemt hij toe. Tien minuten later heeft ze het voor hem geregeld.

Een dag later gaat 's morgens om kwart over acht de telefoon al. 'Waar ben je?' vraagt hij.

'Ik ben thuis.'

'Kom je vandaag?'

'Nee, niet vandaag, want de treinen rijden nog steeds niet normaal. En het weer is zo slecht dat ik er ook niet veel voor voel om met de auto te komen. Ik bel je als ik naar je toe kom.'

'Heel verstandig. Daar ben ik blij om.'

En dan is het vrijdag. Met volle boodschappentassen komt ze thuis. Nikka schiet langs haar heen de sneeuw in. Geen wandeling deze keer, de tuin is groot genoeg. Ze schopt haar laarzen uit, buigt haar armen, strekt ze weer. Eerst koffie. Het koffiekopje rammelt op het schoteltje, goed dat ze twee handen heeft. Ze zet het op tafel naast de telefoon, die op hetzelfde moment ratelend over de houten tafel van haar wegschuift.

'Waar ben je nu? Ik maak me toch zo ongerust!'

'Ik ben gewoon thuis.'

'Wanneer kom je?'

'Het weer is nog steeds te slecht om te komen. Daar hebben we het vanmorgen over gehad door de telefoon.'

'Ik weet het niet meer. Ik vergeet nog wel eens wat tegenwoordig. Neem me niet kwalijk hoor, kind. Maar jij bent mijn alles. Dan maak ik me toch zo ongerust.'

'Geeft niet, hoor. Je belt maar als je iets niet meer weet. Dat is beter dan in ongerustheid zitten.' Haar maag krimpt samen van medelijden. Hij zit daar ook maar helemaal alleen. Niemand die hem op zo'n moment uit zijn verwardheid en onzekerheid haalt. Niemand die hem gerust kan stellen. 'Ik kom volgende week, dan is het vast wel beter weer.'

'Goed, kind. Dag.'

De volgende dag, zaterdag, belt ze hem aan het begin van de middag. 'Is Tafeltje Dekje geweest?'

'Ja hoor, die komen altijd, ook op zaterdag en zondag.'

'Dat is fijn.'

'Wat fijn dat je belt. Ik hoor je stemmetje zo graag. Je bent alles wat ik heb, dat weet je wel.'

Alles normaal dus, gelukkig. Hoewel, die sentimentele woorden, is dat normaal?

Die avond om halfzeven: opnieuw telefoon. 'Dag meneer,' zegt hij tegen Anton. 'Is Liesbeth daar ook?' Kent hij Anton niet meer?

'Ik zal haar even geven, hoor.'

'Ah, daar ben je. Wat fijn dat ik je stem hoor. Wanneer kom je? Ik dacht dat je vanmiddag zou komen. Ik was zo ongerust!'

'Ik kom volgende week woensdag. Schrijf het maar op in je agenda.'

'Even wachten hoor, ik leg de agenda op de tafel. Dan kan ik beter schrijven.'

Ze hoort gerommel, zuchten. Het hoorapparaat kraakt in de telefoon als hij de hoorn weer opneemt. 'Daar ben ik weer. Zeg het maar. Wanneer kom je, zei je?'

'Volgende week woensdag.'

De bladzijden van de agenda ritselen. 'Woensdag. Hier heb ik het. Woensdag. Liesbeth komt vandaag. Dat staat er.'

'Lees nog eens voor wat er op de bladzijde staat?'

'Woensdag. Liesbeth komt.'

'En welke datum is het dan?'

Alles lijkt te kloppen.

'Je vader is hier. Zijn jas is kapot en hij is alles kwijt: zijn portemonnee en al zijn pasjes.' Ria klinkt nerveus. 'Drink nou eerst maar je koffie op.' Ze zegt het afgewend van de telefoon, haar stem valt bijna weg.

Liesbeth ziet het voor zich: de twee oudjes bij elkaar, hij heel erg zenuwachtig terwijl hij steeds in zijn zakken voelt, en zij even nerveus. Wat er echt is gebeurd, weet Ria niet. Ze komt er niet achter. Er zit een grote scheur in zijn jas. Hij wilde pinnen bij de bank en nu is hij alles kwijt. Het zal wel gestolen zijn, dat kan bijna niet anders. Hoe dat nou moet. De telefoon staat bol van wanhoop.

Liesbeth sust, stelt gerust, ze zal alles blokkeren. Het is vrijdagmiddag, laat al. De bank is telefonisch niet meer bereikbaar. Gelukkig is er internet. 'Tel uw zegeningen.' Dat schiet er door haar heen als ze via internet de verschillende banken opzoekt waarbij hij een rekening heeft. Welke pas had hij bij zich en welke niet? Hij draagt altijd alles bij zich. Voor de zekerheid laat ze alles blokkeren. Binnen tien minuten is alles geregeld. Niemand kan meer geld van zijn rekening afhalen.

'Alles is geregeld, de pasjes zijn geblokkeerd.'

Ria juicht. Met de hoorn van haar oor af hoort Liesbeth de loftuitingen aan. 'Hij heeft zijn portemonnee weer gevonden, maar er zitten geen pasjes in, alleen een beetje geld.'

Ze krijgt haar vader aan de telefoon, probeert hem gerust te stellen. Natuurlijk verstaat hij niet wat ze zegt. Ria vertaalt, tot hij het begrijpt. 'Kind, als ik jou toch niet had! Je bent mijn alles. Je bent een grote schat.'

Wat een zegen dat er een Ria is. En een Hanna. Ze moet die twee koesteren. De telefoon is als lood.

'Hij drinkt nog een kopje koffie en dan gaat het wel weer. Hè, jongen? Dan gaat hij weer naar huis.' Ria's scherpe lach. Ze mag zo hard lachen als ze wil.

Op maandagmorgen belt ze de bank. Een vriendelijke stem, een luisterend oor, Peggy heet ze. 'Ik help uw vader altijd,' zegt ze. Dat scheelt, dan is het gemakkelijker om te vertellen hoe hij steeds meer hulp nodig heeft, steeds minder zelf kan doen en nu van zijn pasjes is beroofd.

'Ik weet er alles van,' is het antwoord. Hij is bij haar gekomen die vrijdag en heeft verteld dat hij zijn portemonnee kwijt was en ook zijn pasjes. 'Maar die bewaart hij altijd in zijn portefeuille. Dat weet ik omdat ik hem vrijwel altijd help als hij geld wil pinnen. Ze konden niet weg zijn.' Ze onderbreekt haar verhaal, zegt iets onverstaanbaars tegen een collega. Dan vertelt ze verder. 'De pasjes zaten er inderdaad in. Maar hij maakte een verwarde indruk. Ik heb hem geholpen met het opnemen van geld en hij is weer weggegaan. Kort daarna was hij er weer. Hij was zijn portemonnee kwijt en zijn sleutel. Ik bood aan hem te helpen, maar dat wees hij af. Hij zou naar een bekende gaan die vlakbij woont. Daarna heb ik hem niet meer gezien. Het gebeurde vlak voor sluitingstijd, dus dat kon ook niet meer.'

De creditcard wordt niet meer opnieuw aangevraagd, een zorg minder. Hij gebruikte die kaart toch nooit. En op zijn bankpas komt een vaste limiet. Hij zal nooit meer dan een bepaald bedrag op kunnen nemen.

'Probeer te voorkomen dat hij geld opneemt, al zal dat moeilijk zijn. En vraag voor uzelf een machtiging aan. Het gebeurt steeds vaker dat er dingen misgaan.'

'Daar moet hij voor tekenen en dat wil hij niet!' Ze ziet zijn strakke, ondoorgrondelijke, afwerende gezicht voor zich en huivert.

'Volhouden,' zegt Peggy.

'Doorzetten, doorzetten!' Dat zijn Hanna, Telgenkamp en Anton.

Liesbeth krijgt een idee: 'De blokkade van de pas kan een mooie smoes zijn om hem samen met mij bij de bank te krijgen. Misschien kunt u hem dan overhalen. Hij durft waarschijnlijk niet tegen u in te gaan.'

De afspraak is gauw gemaakt. Een bank waar men zijn klanten kent, waar is die nog te vinden? Daarvoor moet je in zo'n klein plaatsje wonen.

Twee weken later is het zover. 'Papa, we gaan vanmiddag naar de bank.'

'Naar de bank? Wat moeten we daar doen?'

'Het gaat over je pasje. Ze hebben gevraagd of we even willen komen.'

'Wat is er met mijn pasje? Ik heb toch een pasje?'

'Ja, maar laatst was je het kwijt, weet je nog wel?'

Hij haalt zijn schouders op. En deze keer kan Liesbeth zich voorstellen dat hij er niets van begrijpt. 'Als ze dat gezegd hebben, dan moet het maar. Hoe laat moeten we er zijn?'

'Om twee uur.'

'Moet ik nog iets anders aantrekken?'

'Nee hoor. Het is wel goed zo.'

In afwachting van Peggy worden ze in een kamer gelaten. De ruimte heeft ondoorzichtige ramen naar de gang, het daglicht komt er niet binnen. Zijn gezicht staat strak, haar hart ook. IJskoude handen heeft ze.

'Wat duurt dat lang. Wat moeten we hier nu komen doen? Alles gaat toch goed?'

'Het gaat om je pasje. We horen het straks wel.'

De komst van Peggy verdrijft de spanning. Ze is jong, mooi, heeft aandacht voor hem, hij smelt. Liesbeth zwijgt, voelt zich onzichtbaar. Het gaat alleen om haar vader en Peggy.

'We zien dat er af en toe problemen zijn, meneer. We hebben het er hier op de bank over gehad, want we willen niet dat er van alles gaat gebeuren waardoor u in de problemen komt. Dat willen we voorkomen. Daarom hebben we een voorstel voor u, waarmee alles wat gemakkelijker voor u wordt. We geven een machtiging aan uw dochter, dat zij ook uw zaken mag doen. Zij kan dan geld voor u halen als u het zelf niet kunt. En zij mag ook uw rekeningen betalen.'

'Ja, maar dat kan ik toch zelf allemaal! Daar heb ik haar toch niet voor nodig.'

'Natuurlijk kunt u dat allemaal zelf, maar het is verstandiger wel iets te regelen voor als u ziek zou zijn. Als het later geregeld moet worden is dat veel moeilijker, voor u, voor haar en voor ons. En dan is er te veel gebeurd. Dat willen we voorkomen. Er verandert niets voor u. We regelen alleen dat alles gewoon door kan gaan als u even niet in staat bent uw geldzaken te doen.'

Hij kijkt opzij naar Liesbeth, zijn ogen vol wantrouwen.

'U vertrouwt me toch wel? Ik help u immers altijd als u op de bank komt?'

'Ja, natuurlijk. Het is niet dat ik u niet vertrouw, maar... Ik begrijp niet waar het voor nodig is. Alles gaat toch goed? Ik rij nog auto, ik fiets nog, ik doe mijn boodschappen zelf. Ik mankeer niks. En ik hoor goed, ik zie goed en mijn verstand is ook nog goed. Of niet soms?'

'Natuurlijk, meneer. Daar is niets op aan te merken.' De mooie ogen blijven hem aankijken. 'Wij nemen als bank onze voorzorgen als een cliënt een respectabele leeftijd heeft bereikt, zoals dat bij u het geval is. Daar kunt u toch niets op tegen hebben?'

'Nee, natuurlijk niet.' Hij schuift naar voren op zijn stoel, van top tot teen gespannen, toch niet overtuigd.

Peggy gaat door met haar verhaal, legt uit hoe het werkt, dat hij alleen maar een handtekening hoeft te zetten onder het papier dat ze voor zich heeft liggen en dat er niets verandert.

'Ik begrijp het niet hoor, het gaat toch goed allemaal, waar is dat nou toch voor nodig! Maar goed, als u het beter vindt, vooruit dan.' Dan, heftig: 'Maar ik hou toch zelf de zeggenschap over mijn geld?'

'Ja natuurlijk, daar verandert niets aan.' Vanachter haar bureau schuift ze de formulieren in zijn richting.

Hij haalt ze naar zich toe. 'Waar moet ik tekenen?'

Ze staat op, loopt om het bureau heen, gaat naast hem staan.

‘Kijk, hier: waar dat kruisje staat. En dan ook nog even op de volgende bladzijde.’

Liesbeth kijkt ademloos toe. Hij tekent.

Dan draait Peggy zich om naar haar. ‘Wilt u hier ook even tekenen?’

‘Natuurlijk.’

‘Waarom moet zij nou weer tekenen!’ Wantrouwen ziet ze, en ook de boze schoolmeester van vroeger. Hij vertrouwt het opnieuw niet. Peggy heeft even geen antwoord. ‘Waarom moet zij nou tekenen? Het gaat toch om mijn pasje?’

‘Uw dochter en u moeten allebei tekenen. Zo zijn nu eenmaal de regels van de bank.’

‘Maar ik ben zelf steeds de baas over alles?’

‘Natuurlijk.’

Hij lijkt zich gewonnen te geven. Liesbeth tekent.

‘Ik heb begrepen dat uw dochter ver weg woont. Wat fijn voor u dat ze toch vaak naar u toe komt.’

‘Ja, mevrouw, als ik haar niet had, dan zou ik het niet weten, hoor. Ze is mijn alles.’

‘U belt maar als er iets is of als u iets niet begrijpt. Als ik er niet ben wordt u geholpen door een van mijn collega’s. Iedereen kent u hier. Iedereen wil u helpen.’

Ze staan op, schudden haar de hand. Terwijl hij Liesbeth aankijkt, legt hij zijn hand op Peggy’s schouder: ‘Dit is toch zo’n aardig meisje, dat is waar hoor, dat zeg ik niet zomaar. Ze helpt me altijd als ik hier kom, ze is altijd even vriendelijk.’

‘Dat is fijn. Het maakt het allemaal wat gemakkelijker voor je.’ Ze pakt hem bij de arm. Kom, we gaan nog even boodschappen doen.’

‘Weet je wat we moeten hebben? Nou ja, je regelt het maar. Dat is toch zo fijn, mevrouw! Als zij er is hoef ik nergens aan te denken. Dan gaat alles vanzelf.’

Ze lacht lief naar hem. 'Wat fijn voor u.' En tegen haar, zachter: 'U krijgt het pasje thuisgestuurd. De bankafschriften komen voortaan naar u.'

Hij hoort het niet, merkt niet dat de schrik haar om het hart slaat. Hij zal die afschriften missen en zich afvragen waarom hij die niet meer krijgt. Hoe moet ze dat nu weer oplossen? Kopieën maken, dat is voorlopig de beste oplossing. En alles blijven nazoeken. Elke keer als ze bij hem is zal ze moeten zoeken of er rekeningen liggen die betaald moeten worden. Ze moet proberen te voorkomen dat hij zelf rekeningen betaalt. Als hij die rekeningen niet ziet, zal hij ook geen poging doen ze te betalen. Het moet gebeuren zonder dat hij het merkt. Stiekem. Dat is het goede woord: stiekem.

Elke twee weken ligt ze klaarwakker in het donker naar de geluiden in het huis te luisteren. Soms hoort ze ineens de klik van de lamp die aan gaat, het kraken van de slaapkamerdeur, zijn voetstappen in de gang. Hij loopt naar de woonkamer, doet de deur open. Ze hoort opnieuw de deur kraken en zijn voetstappen. Even later doet hij de voordeur open en weer dicht. Wat doet hij toch? De deur van de wc, daarna zijn slepende tred naar de slaapkamer, de deur, het lichtknopje. Alles is weer donker.

Ze blijft wachten, tien minuten, een kwartier, staat dan op. Hij zal de krakende slaapkamerdeur niet horen, niet merken dat ze zijn kantoor in sluipt. Als ze de lamp maar niet aandoet. Elke keer is als de eerste keer, voelt ze zich stijf van de spanning tot ze met een zucht van verlichting met alle mappen in haar kamertje op bed zit. De kopieën van de afschriften gaan in de ordner. De aanpassing van het adres is niet helemaal goed gelukt. Ze heeft er een papiertje overheen geplakt met zijn adres en dat gekopieerd. Het heeft strepen achtergelaten. Natuurlijk ziet hij dat. Op een origineel papier zie je zulke strepen niet. Zou hij argwaan krijgen? Wat een dwaasheid is dit. Waarom accepteert hij toch niet dat zij zijn zaken doet?

Ze stapelt de mappen weer op en doet het licht uit. In het donker opent ze zo zacht mogelijk de deur van haar kamer en brengt alles terug naar het kantoor. In het donker legt ze de mappen op de grond, sluit de deur achter zich en doet de lamp aan om ze op de goede plek terug te leggen. De klik van het lichtknopje in zijn slaapkamer, krampen van angst. Ze graait naar het lichtknopje, dat moet uit! Haar voet raakt de op elkaar gestapelde mappen, die wegglijden. Ze heeft geen adem meer, haar hart klopt overal. Wat moet ze doen als hij binnenkomt en haar daar zo aantreft? Ze hoort zijn voetstappen op de treden van het kleine trapje, vlak bij de deur. De deur van de wc. Nu! Ze knipt de lamp weer aan, legt snel alles in de kast, doet het licht uit en maakt dat ze in haar slaapkamer komt.

Met bonkend hart kruipt ze hijgend in bed. Doortrekken, de wc-deur, zijn voetstappen, hij loopt naar de woonkamer, naar de keuken, opent de voordeur en sluit hem weer. Dan het geluid van de slaapkamerdeur, de klik van de lamp, hoesten, stilte. Het duurt lang voordat ze zich kan ontspannen. Wat een stiekem gedoe. Wie is er nou gek, haar vader of zij? Hij moet en zal alles zelf regelen. Zijn wereld moet intact blijven. Hoelang houdt hij dit vol? Hoelang houdt zij dit vol? En dan ineens, waar komt dat vandaan: het beeld van haar moeder. Wat zou haar moeder hiervan gezegd hebben? Ze voert een gevecht tegen dat eigenzinnige karakter, net als haar moeder. Ze rolt zich op, vol wroeging, maakt zich klein. Nu pas begrijpt ze hoe de gebeurtenissen van vroeger konden gebeuren zoals ze gebeurden.

Later brengt ze bloemen bij haar moeders urn. Maar de muur is hard en ze kan er geen bloemen kwijt. Ze prutst ze tussen het gaas dat over de muur gespannen is, probeert ze naar de steen toe te buigen waar haar naam op staat. ECHTGENOTE VAN... staat er. Dat is misplaatst. Alleen haar naam, dat was genoeg geweest. Haar moeder is onbereikbaar geworden, wat heeft ze haar vaak tekortgedaan, ze had haar veel vaker moeten steunen tegen haar vader. De harde muur maakt haar machteloos. Het lijkt wel of het verboden is hier bloemen te brengen. En toch brengt ze die de volgende keer weer mee, ook al zijn ze na een dag verlept, ook al hangen er dan wekenlang dorre, dode bloemen naast haar steen, tot ze die bij haar volgende bezoek weghaalt. Haar vader komt er niet, hij vindt er niets, zegt hij. Ze wilde gecremeerd worden. Hij heeft die wens gerespecteerd. Dat dat betekende dat ze in die muur terecht zou komen, dat besefte ze niet. Ze wilde weg van de aarde, weg van alles en iedereen, ziek en machteloos als ze was. De dood was een verlossing voor haar. Je hoefde niet bij haar graf te treuren. Jaren voor haar dood zonk voor de kust van Oostende de *Herald of Free Enterprise* naar de zeebodem. Wat was ze bitter, haar moeder: 'Ik wilde dat ik daarop gezeten had. Dan waren jullie van me af geweest.' En haar ongeloof toen ze had geantwoord: 'Wij zijn er toch voor je. Betekenen wij dan niets voor je?'

'Jullie hebben het goed. Jullie hebben mij niet meer nodig en zo is het geen leven. Ik heb pijn, ik kan niks, ik hoor niks, ik zie niks, ik kan niet meer lezen, ik ben jullie alleen maar tot last.' Liesbeth had haar hoofd gebogen voor die harde werkelijkheid.

'Ik was toch zo duizelig onderweg.'

Ze luistert gespannen. 'Wat is er dan gebeurd?'

'Ik kwam uit de kerk en toen voelde ik me ineens helemaal niet lekker. Alles draaide.'

'Ben je gevallen?'

'Nee, dat gelukkig niet.'

'Hoe is het nu?

'Nu gaat het wel weer. Ja, het is nu wel over.'

'Papa, je moet morgen de dokter bellen en het met hem bespreken, hoor.'

'Ja, goed, dat zal ik doen.'

Als ze hem de volgende dag belt is er niets meer aan de hand. Naar de huisarts gaan? Waarom zou hij?

Een paar weken later. 'Is het goed met je?'

'Ja, met mij het is het wel goed, maar mijn auto is weg en mijn fiets is weg.'

Verbijsterd hoort ze hem aan, drukt de hoorn van de telefoon steviger tegen haar oor.

'Dat kan niet. Je moet je vergissen.'

'Het is echt waar.'

'Ga nog eens kijken in de garage. Ik wacht wel even.'

'Wacht je even? Dan ga ik kijken.'

Ze hoort hem weglopen, stelt zich voor wat hij doet, ziet hem in de keuken de sleutel van het dienblad nemen, de achterdeur opendoen, langs het terras naar de garage lopen. Daar staat hij te rommelen om de deur van het slot te krijgen en kijkt om zich heen. Ze voelt zich vreemd kalm. Het kan niet waar zijn. Wat moet ze doen als de auto en de fiets er inderdaad niet staan?

Ze hoort hem terugkomen. 'Mijn auto is weg en mijn fiets is ook weg.'

'Is de garagedeur geforceerd?'

'Nee, alles is gewoon als anders.'

'Ik bel de politie voor je. Niet schrikken als de politie bij je aan de deur komt, want ze zullen van alles van je willen weten.'

'Dan moet ik het maar zonder auto doen. Hij is weg. Ik weet niet waar hij is.' Het klinkt gelaten.

Ze sust, stelt hem gerust, klinkt vastberaden. Was ze dat maar. Een auto en een fiets, die raak je toch niet zomaar kwijt! Is de auto gestolen? Heeft hij hem ergens laten staan? Heeft hij niet meer geweten waar hij de auto parkeerde? Maar zijn fiets dan? Een treiterende stem vanbinnen: dan is alles opgelost, geen auto meer en geen fiets. Weg, weg die gedachte, zo mag ze niet denken, dat is gemeen. Ze zoekt het telefoonnummer van het politiebureau, vindt alleen een algemeen nummer, wordt doorverbonden met een vriendelijke mannenstem, doet haar verhaal.

'Ach, de meester. Ik heb nog bij hem in de klas gezeten. Het gaat inderdaad niet goed met hem als ik u zo hoor. We gaan er even heen. Ik bel u straks terug.'

Ze belt haar vader, vertelt dat de politie bij hem langskomt. Wat een opluchting, zijn stem klinkt meteen compleet anders, vrolijk bijna. Zijn probleem is overgenomen door anderen.

En dan kan ze niets meer doen. Ze zoekt afleiding in de tuin, knipt dode bloemen weg, bindt een paar wilde takken vast. Er spookt van alles door haar hoofd. Wat heeft hij gedaan? Is er bij hem ingebroken? Zijn de autosleutels ook weg?

Twee uur later krijgt ze antwoord. 'De auto is gevonden en de fiets ook.' Triomfantelijk klinkt het. 'Je vader had de autosleutels thuis en heeft die aan ons meegegeven. Hij vertelde waar hij meestal parkeert als hij boodschappen gaat doen. Daar zijn we gaan zoeken, maar we vonden zijn auto heel ergens anders, op een parkeerterrein bij de schouwburg. Hij had hem niet op slot gedaan. Het is een wonder dat hij er nog stond. We hebben hem weer in de garage gezet.'

Opgelucht haalt ze adem, ze wil weten hoe het gebeurd is. Vermoedelijk kon hij geen parkeerplaats vinden bij de supermarkt en parkeerde toen bij de schouwburg. Na het boodschappen doen heeft hij niet meer geweten dat hij met de auto was, die stond er immers niet. De auto moet daar al wat langer gestaan hebben. Omdat hij geen auto had, pakte hij de fiets en liet ook die ergens staan. De fiets moet ze zelf even ophalen, hij staat tegen de gevel bij de drogist op het marktplein, op slot. Haar vader heeft het sleuteltje thuis. Liesbeth bedankt, wil de verbinding verbreken.

'Mevrouw!' De vriendelijke stem klinkt heel serieus. 'Uw vader zou eigenlijk niet meer auto moeten rijden. Als dit soort dingen gebeuren, kan dat niet meer.'

De nekslag, alles doet pijn. Ze antwoordt met strakke keel dat ze het weet, dat ze zich zorgen maakt, dat haar vader weigert de auto te laten staan, dat hij hem niet kan missen.

De stem dringt aan: 'Blijf het alstublieft proberen. We kunnen het hem niet verbieden, ook niet nu dit gebeurd is. Pas als er iets ernstigs gebeurt kunnen we stappen ondernemen om hem uit de auto te halen. Als hij ongelukken veroorzaakt of iemand doodrijdt bijvoorbeeld, dan kunnen we pas iets doen. Dan kunnen we hem zijn rijbewijs afnemen.'

De kinderen, de kinderen die langs zijn huis naar school gaan. Ze zijn in gevaar, iedere keer als hij de auto de garage uit rijdt zijn ze in gevaar.

'Ga met hem naar de huisarts. Misschien dat die een goede invloed op hem heeft.'

Ze zegt niets meer. Een onmogelijke opgave is het. Beseft die agent dat wel?

'Mevrouw, bent u daar nog?'

'Ja.'

'U moet het echt proberen. Er mogen geen ongelukken gebeuren.' Ze slikt. 'We maken dit vaker mee. We weten best hoe moeilijk het is. Bel ons gerust als er weer problemen zijn.'

Een merel zit boven op de haag, pikt insecten. Voelt hij dat ze naar hem kijkt? Heel even zit hij doodstil, heel even houden zijn zwarte kraaloogjes haar blik vast, dan vliegt hij op. Dat kleine leven weet zich in de natuur staande te houden. En zij kan zo groot als ze is geen kleine mensenlevens beschermen? Ze is het verplicht! Ze moet haar vader uit de auto praten. Maar zijn woede, zijn onbeschrijflijke woede, kan ze die aan? Naar de huisarts? Hoe krijgt ze hem daar? Hij mankeert immers niets? Wanneer houdt dit allemaal een keer op? Wanneer is ze aan het eind en hoe ziet het er daar uit? IJskoude handen vouwen zich over haar ogen. 's Nachts droomt ze van het sleutelrekje, dat het onvindbaar is, dat ze het overal moet zoeken. Of dat het monsterlijk groot is en er reuzensleutels aan hangen.

De fietssleutel hangt naast de autosleutels aan het rekje in zijn kantoor. Dat rekje is bijna een obsessie, alles draait om dat houten plankje, of liever: om wat eraan hangt. Ze laat de fietssleutel in haar zak glijden. 'Ik ga boodschappen doen. Tot straks.'

'Waarom neem je de auto niet? Dat is toch veel gemakkelijker.'

'Nee, het is mooi weer. Ik ga lopen.'

'Dan moet je het zelf weten.'

Als de fiets er nou nog maar staat. Misschien is hij wel in elkaar getrapt. Hadden die agenten nou niet even die fiets terug kunnen brengen? Ze kent zijn fiets helemaal niet. Hoe weet ze nou welke fiets van hem is?

Het trottoir voor de drogisterij staat vol fietsen. Welke is van haar vader? Er hangen fietstassen aan zijn bagagedrager, weet ze. Hoe zien die eruit? Ze had het hem moeten vragen. Haar ogen glijden van de ene fiets naar de andere. Die ene tegen de pilaar, waar een heleboel andere fietsen voor staan, die moet het wel zijn. Haar klamme hand voelt het sleuteltje in haar jaszak: hard, glad. En als het die fiets nou niet is? Als hij nou niet van het slot gaat met het sleuteltje? Dan lijkt het net of ze die fiets wil stelen. Onrustig loopt ze door, keert weer om. Het is een damesfiets, ziet ze. Dat klopt. Sinds zijn vorige fiets uit de garage is gestolen rijdt hij op een damesfiets, dan kan hij beter op- en afstappen.

Zo komt ze niet verder. Ze moet iets doen. Kom op. Niemand

kent haar hier. Haar vader wel. Die kennen ze overal. Gewoon proberen, net doen of die fiets van haar is. Ze schuift tussen de fietsen door, buigt zich over het zadel en morrelt het sleuteltje in het slot. Het past! Haar hand duwt in een draaibeweging. Niets, geen klik. Met een rood hoofd kijkt ze om zich heen of iemand het gezien heeft. Welke fiets is het dan? Ze loopt weg, staart niets ziend in de etalage van de drogist, draait zich dan om en stapt de winkel binnen. Eerlijk zijn. Gewoon zeggen wat er aan de hand is, dat is het beste.

'Ik heb een vreemde vraag. Maar misschien kunt u mij helpen. Is het u opgevallen dat er vanmorgen vroeg een fiets voor de drogisterij stond?'

Ogen als schoteltjes die haar aankijken alsof ze niet goed bij haar hoofd is. Nee, het meisje heeft daar niet op gelet. Er staan zo vaak fietsen. Liesbeth legt uit waarom ze het vraagt, ziet steeds meer begrip in de eerst argwanende ogen.

'Misschien wilt u even met mij meelopen. Als ik al die fietsen ga proberen word ik nog beschuldigd van diefstal. Ik heb één sleuteltje en dat hoort maar bij één fiets.'

'We proberen ze gewoon allemaal,' lacht het meisje. Voor Liesbeth uit loopt ze naar buiten.

'Weet je echt niet meer of er vanmorgen een fiets stond? Ik dacht dat het die fiets moest zijn tegen die pilaar, maar ik kon het slot niet openkrijgen.'

'We proberen het gewoon nog een keer. Je weet maar nooit.'

Onhandig probeert ze opnieuw of het sleuteltje past, slaakt dan een kreet: 'Hij past!'

Waarom lukte dat zonet niet? Door de zenuwen natuurlijk. Waarom heeft ze zichzelf zo gek gemaakt? Dankbaar kijkt ze het meisje aan. 'Dankjewel voor de hulp.'

Het meisje grinnikt. 'U boft dat het ding er nog staat.'

Met de fiets aan de hand loopt ze naar de supermarkt iets verderop en zet hem daar weer op slot. Het slot gaat stroef, daarom kon ze hem natuurlijk niet direct open krijgen. Ze haalt de paar boodschappen die ze nodig heeft en rijdt dan onwennig naar haar vader. Hij ziet haar komen en doet de voordeur open. Is hij ongerust geweest? Heeft hij al op haar staan wachten? Ze vraagt niets, zegt alleen: 'Is dit jouw fiets?'

Ongelovig kijkt hij haar aan. 'Hoe kom je daaraan?'

'Hij stond bij de drogist voor de deur.'

Hij loopt eromheen, bekijkt hem van alle kanten. 'Ja, ik geloof dat je gelijk hebt. Dat is hem. Hoe kan dat nou? Hoe komt die fiets daar nou?'

'Dat weet ik ook niet. Je zult hem er zelf wel neergezet hebben.'

'Ik vergeet toch zo vaak wat. Als ik jou toch niet had, dan zou ik het niet weten. Je bent een grote schat.' Hij wil haar een zoen geven.

Ze wendt zich van hem af. 'Ja, het is wel goed. En dat vergeten, daar gaan we het zo meteen eens over hebben.'

Hij vraagt zich niet eens af hoe zij wist dat die fiets van hem was. Het klopt allemaal niet. Ze zet de fiets binnen en ruimt de boodschappen op. Onderwijl denkt ze na hoe ze beginnen zal, hoe ze hem zal bijbrengen dat er iets moet gebeuren. Ze zet koffie, dat praat misschien wat gemakkelijker. Dicht bij hem, zodat hij haar goed zal begrijpen, vertelt ze wat er gebeurd is, ze vertelt over de auto en de fiets, allebei teruggevonden door de politie. Hij luistert gespannen. Ja, de politie is geweest. Dat weet hij nog. Nu moet ze doorgaan. Nu moet ze het vervelende onderwerp aanpakken. 'En de politie dringt er heel erg op aan dat je geen auto meer rijdt.'

Ze ziet hoe hij schrikt, hoe haar woorden hem overvallen. Medelijden giert door haar heen.

'Ik moet erover denken.'

'De agent die hier is geweest toen je je auto en je fiets kwijt was, heeft me gevraagd er met je over te praten. De politie zegt dat niet zomaar, papa. Dan moeten ze er een goede reden voor hebben.'

Hij denkt na. Triest staart hij voor zich uit. 'Wat voel ik me nu oud.' Even veert hij op. 'Ik rij toch maar kleine stukjes, naar Ria, naar de supermarkt en af en toe een boodschap.'

'Dat maakt niet uit, je overziet het verkeer niet meer. We willen niet dat je iemand aanrijdt nu je zo oud bent geworden.'

'Ik begrijp niet hoe je daarbij komt. Ik rij nog goed auto, ik fiets nog, ik doe alles nog zelf.'

Ze zwijgt, haalt weer koffie, gaat opnieuw bij hem zitten. 'Natuurlijk is het moeilijk. Dat begrijp ik heel goed.'

'En hoe moet het dan als ik 's avonds naar Ria wil?'

'Dan neem je een taxi. Die rijden overal, dus ook hier.'

'Wat een onzin. Wie gaat er nu met een taxi als hij een auto heeft.'

'Laten we vanavond maar eens met de taxi naar Ria gaan. Dan zie je hoe dat gaat. Je zult zien dat het helemaal niet erg is.'

'Dat lijkt me nergens voor nodig. We gaan gewoon met de auto.'

'Ik ga toch een taxi bestellen. We proberen het vanavond.'

'Waarom, als we hier een auto hebben staan?'

'De politie raadt je af om auto te rijden.'

'Ze kunnen zoveel zeggen. Ik zou niet weten waarom ik dat niet meer kan doen.'

Opnieuw vertelt ze wat er gebeurd is. Hij kijkt haar aan of hij het voor het eerst hoort, of dit verhaal iemand anders overkomen is.

De taxi is op tijd.

'Kom, de taxi is er.'

'De taxi? Waarom?'

'We gaan met de taxi naar Ria.'

'Maar we gaan toch met de auto?'

'Nee, we gaan vanavond met de taxi.'

Mopperend gaat hij mee. Het is een busje. De chauffeur doet een schuifdeur open en laat hem voorin zitten. Liesbeth zit achter de chauffeur en heeft goed zicht op haar vader. Hij is boos, heel erg boos. Zijn mondhoeken hangen zo ver naar beneden als maar mogelijk is en hij kijkt strak voor zich uit. Ria is verbaasd als ze hoort dat ze met een taxi gekomen zijn. Maar als Liesbeth vertelt wat er allemaal gebeurd is, begrijpt de oude dame dat het ernst is, dat het inderdaad beter is dat hij geen auto meer rijdt.

Hij protesteert heftig. 'Wat een onzin. Dat is helemaal niet waar. Ik heb toch een auto? Hoe kan ik die nou kwijtraken!' Hij weet niet meer wat er allemaal gebeurd is. Ze moet hem alles weer opnieuw vertellen.

Ria valt haar bij. 'De politie heeft gelijk, Liesbeth. Weet je dat hij vorig weekend hier zonder bril aankwam? Hij was zijn bril kwijt en is toch met de auto gekomen. Dat kan toch niet?'

'Nee, dat is levensgevaarlijk.'

'Ik ben de volgende dag naar hem toe gegaan en toen hebben we na lang zoeken eindelijk zijn bril weer gevonden.'

Iets later bekent ze: 'Het is niet altijd leuk meer, hoor. Hij loopt maar te zoeken, steeds maar te zoeken. En hij is vaak zo pakkerig, grijpt naar mijn borsten. En hij wil met me naar bed. Dat wil ik niet. Ik ben oud.'

Een dreun, de zoveelste. De schaamte. Haar vader, haar ooit zo keurige vader. Wat moet ze zeggen? Hij hoort niet wat Ria zegt.

'Je moet het me maar niet kwalijk nemen hoor, Liesbeth, maar ik moet het toch kwijt. Ik wil hem niet in de steek laten. We hebben veel plezier en gezelligheid gehad samen. Alleen dat gedoe, dat wil ik niet. Je begrijpt wel wat ik bedoel, hè?'

Ze knikt. 'Niet aan toegeven als je het niet wilt, Ria.'

'Nee, hè? Ik ben blij dat jij er ook zo over denkt. Het is toch zo'n lieve man. Alleen dat ene, dat is vervelend.'

Ze kijken televisie, een of ander spelprogramma. Liesbeth ziet alleen haar vader. Graaiende armen, graaiende handen, houdt het dan nooit op?

Om halfelf staat de taxi weer voor de deur. Tot haar verbazing protesteert hij niet. Als ze thuiskomen zegt ze haar vader welterusten en gaat naar haar slaapkamer, probeert nog even wat te lezen. Ria's stem klinkt door het verhaal heen, steeds opnieuw, en haar vader, steeds opnieuw dringen de beelden zich op: de groteske borsten van Ria, de handen van haar vader, grijpende tentakels. Ze doet geen oog dicht, slaat een paar bladzijden terug in haar boek.

Dan de klik van de lichtschakelaar, zijn deur, spanning van top tot teen. En ze is niet eens met zijn administratie bezig, heeft niets te verbergen!

Ineens staat hij in haar slaapkamer. 'Heb je de auto binnengezet?'

'De auto staat binnen, maar we waren vanavond met de taxi naar Ria.'

Hij verstaat haar niet, heeft zijn hoorapparaat niet meer in. 'O.'

Weet hij niet meer dat ze die avond bij Ria geweest zijn? 'Ga maar slapen. Alles is in orde.'

Een magere nek, het korte, steile haar in de war, zijn pyjama open omdat er een knoop af is: wat een zielig beeld. Die knoop, morgen aan denken.

'Welterusten.'

De kamerdeur: open, dicht, de voordeur: open, dicht. Ze krult zich op, het boek glijdt op de grond.

De volgende ochtend zit hij in de woonkamer aan een geldkistje te morrelen. Hij kan het niet open krijgen. 'Ik heb geen geld in huis.'

'Jawel, dat heb je wel.'

Ze ziet het voor zich: een dikke enveloppe vol bankbiljetten in een koffer. Ze kan zich niet meer herinneren waar ze toen naar zocht – hij was weer eens iets kwijt –, alleen dat de enveloppe in de koffer zat en dat ze die er maar in had gelaten omdat hij er anders misschien weer naar zou gaan zoeken.

Ze haalt de koffer uit de kast in zijn slaapkamer, legt hem op bed, doet hem open. Haar hart slaat over. Niets, helemaal niets. Een paar ritsen van zijvakjes, daarachter misschien? Ook niet. De koffer is leeg. Waar is dat geld? Het was beslist een paar honderd euro. Waar heeft hij dat gelaten? Ze haast zich naar de woonkamer waar hij nog steeds met zijn kistje aan tafel zit.

'Ik kan het niet open krijgen, hoor.'

'Laat mij eens proberen.'

Het sleuteltje zit vast en blijft vast. Het zit scheef in het slot. Ze morrelt, blijft morrelen. Intussen vliegen haar gedachten alle kanten op. Is er ingebroken? Maar dat zou dan toch al lang duidelijk moeten zijn. Of heeft hij het ergens anders opgeborgen? Ze staat nergens meer van te kijken langzamerhand. En dan toch: het deksel springt open!

'Als ik jou toch niet had!'

'En je ogen niet, dan was je stekeblind.'

Opgelucht haalt ze adem. Er zit een enveloppe met geld in het kistje. Dat zal de enveloppe uit de koffer zijn. 'Zie je wel dat je geld in huis hebt? Maar eigenlijk is het wat veel.'

'Nee, dat heb ik nodig. Ik moet toch boodschappen doen? En ik moet Hanna betalen.'

'Het kan ook wel met wat minder geld. Doe er een elastiekje omheen, dan hou je het in ieder geval bij elkaar.'

'Dat is een goed idee.'

'Ik haal er wel een voor je.'

Ze laat hem alleen met zijn kistje en trekt in zijn kantoor een lade van het bureau open. Dan wankelt ze even, grijpt zich vast aan de rand van het bureau. In de lade ligt net zo'n enveloppe als er in zijn geldkistje zat. Weer vol met geld.

Ze belt de huisarts dat er problemen zijn met haar vader. Er wordt wat meer tijd voor hen gereserveerd dan gebruikelijk. En dan wachten ze. Hij schuift heen en weer op zijn stoel, legt met een zucht zijn rechterbeen over het linker, even later andersom. De wachtkamer is klein, te klein voor zoveel mensen. Ongeduldig staat hij op en kijkt naar het loket van de assistente. Niemand schenkt aandacht aan hem.

'Nou zeg, als dat nog lang duurt, ga ik weg. Waarom moet ik hier zijn? Mijn bloeddruk is goed, hoor. Die is pas nog opgemeten.'

Zijn stem klinkt luid. Een mevrouw tegenover hen glimlacht. Twee anderen kijken hem chagrijnig aan. Hij stoort. Ze zijn te veel met hun eigen problemen bezig.

'Rustig nou maar, nog even. Je bent zo aan de beurt.'

Hij blijft mopperen. Ze geneert zich, kan hem niet remmen. Zo was hij nooit. Eindelijk zijn ze aan de beurt.

'Zegt u het eens, wat is er aan de hand?' vraagt de arts.

'Dokter, ik weet niet wat ik hier moet komen doen, hoor. Mijn bloeddruk is pas geleden toch nog opgemeten? Dan hoeft het toch niet zo snel opnieuw? Mijn dochter zei dat ik hier moest komen, maar ik vind dat helemaal niet nodig.' Terwijl hij dat zegt staat hij op, trekt zijn jasje uit en hangt het over een stoel. Met zijn rechterhand maakt hij de knoopjes van de manchet van zijn overhemd los en stroopt zijn mouw op. 'Zo.' Hij steekt zijn arm uit.

De dokter lacht. 'Nou, dan doen we dat maar even.'

Liesbeth vertelt intussen over het autorijden, zijn vergeetachtigheid, over al die dingen die gebeuren.

Haar vader verstaat niet wat ze zegt. Hij let alleen op wat de dokter aan het doen is. 'Is het goed?'

'Ja hoor. Prima.'

'Zie je wel, het is pas nog gebeurd.'

De arts legt de bloeddrukmeter weg, gaat achter zijn bureau zitten en kijkt haar vader indringend aan. 'We doen een klein testje. Weet u wat voor datum het is, vandaag?'

Hij aarzelt, kijkt zijn dochter aan. Zijn ogen vertellen haar dat hij het niet weet. Maar dan lichten ze op. Hij buigt zijn pols tot vlak voor zijn ogen en leest de datum af van zijn horloge. Slim van hem. Wat was hij blij toen hij dat horloge kreeg van Anton en haar.

De dokter lacht mee, vraagt dan verder. 'Wat voor jaar is het nu?'

Hij aarzelt. '1967?'

Nee dus. Regelmatig gaat hij de mist in, zegt maar iets. Hij moet iets tekenen, zich de volgorde van woorden herinneren. Het gaat niet allemaal feilloos. Zijn geboortejaar weet hij nog en daar is ze al blij om.

'Logisch, dat verandert niet,' zegt de huisarts. Hij heeft zijn conclusie al getrokken: 'Het kan nog wel,' zegt hij, 'maar we moeten toch aan beschermd wonen gaan denken.'

Dat weet Liesbeth ook wel, maar hoe krijgen ze haar vader zover?

'Ik laat een afspraak maken voor de geheugenpoli. Dan krijgen we een completer beeld van hoe hij eraan toe is.'

Wat is een geheugenpoli? Het is haar allemaal vreemd. Weer een extra reis.

De dokter staat op en gaat op de punt van zijn bureau zitten, vlak voor de oude baas. 'Zou u langzamerhand niet eens stoppen met autorijden?'

De vraag komt voor hem als een donderslag bij heldere hemel. Vol verontwaardiging kijkt hij de dokter aan. 'Dokter, daar hoef je niet over te beginnen. Ik kan die auto niet missen. En ik rij goed. Ik hoor goed, ik zie goed en ik mankeer niks. En mijn hoofd is ook nog goed.'

'Ik zeg het u omdat ik u graag mag. Ik heb tegen mijn eigen vader ook op een gegeven ogenblik gezegd dat het beter was de auto te laten staan. Hij wilde eerst niet, net als u nu, maar hij ging erover nadenken en twee weken later zei hij tegen me dat ik gelijk had. Ik heb u altijd een verstandig mens gevonden. Denkt u er eens over na.'

Een vernietigende blik is zijn deel. 'Dokter, je mag zeggen wat je wilt, maar ik blijf autorijden.'

Ze staan op, reikt een hand en verlaten de spreekkamer. In de gang ze haar vader zijn jas aan en hij wankelt even. Hij zoekt zijn mouw, ze helpt hem, hoort zijn gemopper aan: 'Wat een flauwekul, wat een onzin.'

Op dat moment loopt de dokter hen voorbij om de volgende patiënt binnen te halen. Een glimlach, een blik van verstandhouding. Het gemopper blijft aanhouden terwijl ze met de assistente praat. Er worden afspraken geregeld met de neuroloog en de geheugenpoli. De moed zinkt haar in de schoenen. Hoe vaak moeten ze daarheen? Een hele reeks ziekenhuisbezoeken wordt dat, haar buikspieren trekken samen in verzet.

Twee weken later gaan ze erheen. Bij de geheugenpoli is hij beleefd, probeert de aandacht naar haar te verschuiven. Het lukt maar heel even. Dan komen de vragen. Hij doet zijn best alles te beantwoorden, maar begrijpt niet altijd wat er bedoeld wordt, kijkt haar dan hulpeloos aan. De vragen lijken op die van de huisarts. Hoe oud hij is, vragen ze. Hij zit er een paar jaar naast. En wie is onze koningin? Volgens hem is dat Juliana. En opnieuw steekt hij de loftrompet over haar, zijn dochter. Is hij vergeten hoe boos hij soms op haar kan zijn? 'Dit is mijn dochter. Ja, u begrijpt wel, ze is mijn alles.'

Er wordt een scan gemaakt van de hersenen. Bepaalde delen blijken niet meer te functioneren, liggen gewoon stil. En dan vertelt ze: over de auto, het schooltje vlak bij zijn huis, het zoeken, de afstand tussen hem en haar. Ze hoort zichzelf, luisteren die mensen wel? Ze zitten te kijken of ze dit verhaal al honderd keer gehoord hebben. Machteloos is ze. Het heeft allemaal geen zin.

De neuroloog onderbreekt haar, gaat harder praten zodat haar vader zijn woorden zal verstaan. 'U moet er toch eens over gaan denken de auto te laten staan. U mag geen gevaar voor uw omgeving worden.'

'Wat zegt u?' De vraag wordt herhaald. 'Ik ben geen gevaar voor mijn omgeving. Hoe komt u erbij? Dat is flauwekul. Ik rij nog auto, ik fiets nog, ik hoor goed, ik zie goed en mij mankeert niks.' Die laatste woorden zegt hij steeds harder.

Vanachter zijn bureau kijkt de neuroloog Liesbeth onderzoekend aan. 'Dit is het begin van een langdurig proces. Kunt u het aan? U komt hier niet voor niets. Er moet al heel wat gepasseerd zijn.'

'Tot nu toe is dat wel gelukt.'

'Alzheimer valt niet mee voor de omgeving. Het kortetermijngeheugen is volledig verdwenen en het wordt alleen maar erger. Uw vader kan er niets aan doen. Hopelijk kunt u het opbrengen hem steeds vriendelijk te benaderen. Boosheid helpt helemaal niets. Probeer een vast dagprogramma aan te houden en schrijf alles op in een grote agenda of op een duidelijke kalender.'

'Dat doen we al heel lang.'

'Hij zal blijven zeggen dat hem niets mankeert. Dat hoort er helemaal bij.'

'Ik maak me erg veel zorgen om zijn autorijden.'

'Hij mag eigenlijk niet meer autorijden. Hij zit net op de grens. Het is beter de auto weg te doen.'

'Dat wil hij niet. U heeft het gehoord. Hij wil er geen afstand van doen.'

'Als hij dat werkelijk niet wil, dan moet u het CBR inlichten.'

'Dat zal ik doen.'

'En ook nog even dit. Zorgt u ervoor dat er niet te veel geld in huis is. Niet meer dan hij echt nodig heeft.'

'Hoort dat ook bij alzheimer, veel geld in huis hebben?'

'Ja: hij vergeet immers dat hij geld heeft gehaald en gaat het opnieuw halen.' Hij steekt zijn hand uit om afscheid te nemen. 'Ik zie u over een paar weken terug.'

Ze neemt haar vader bij de arm. Hij leunt zwaar tegen haar aan. 'Gaan we weer weg?'

'Ja, we zijn klaar.'

Buiten de spreekkamer helpt ze hem in zijn jas.

'Moeten we nog terugkomen?'

'Ja, ga hier maar even zitten, dan maak ik een nieuwe afspraak bij de secretaresse.'

'Dat is nergens voor nodig, hoor. Ik weet niet wat ik hier kom doen. Het is allemaal flauwekul. Die dokter ziet me zeker graag. Je weet wel waarom.' Hij wrijft zijn duim en wijsvinger een paar keer over elkaar.

Op dat moment komt de arts zijn spreekkamer uit. Hij moet gehoord hebben wat haar vader zei. Ze weet het zeker, maar met een strak gezicht verdwijnt hij in de kamer van de secretaresses en doet of hij hen niet ziet. Is hij boos? En zij mag niet aan haar boosheid toegeven omdat haar vader er ook niets aan kan doen. Ze haalt haar schouders op, zegt haar vader nog even te blijven zitten terwijl ze een nieuwe afspraak maakt.

Zodra ze thuis is zoekt ze via internet contact met het CBR, legt de situatie uit, vraagt advies.

Na drie dagen krijgt ze antwoord: *Uw vader moet zelf melding maken van zijn gewijzigde gezondheidstoestand. Wil hij dat niet, dan kan een arts een melding doen van ongeschiktheid. Er zal dan een verplicht onderzoek ingesteld worden naar zijn geschiktheid. Wil hij hieraan niet meewerken of blijkt uit onderzoek dat hij ongeschikt is, dan wordt zijn rijbewijs ongeldig verklaard.*

Denken ze echt dat haar vader zelf zal zeggen dat hij beter geen auto meer kan rijden? De huisarts zit op dat besluit te wachten, de neuroloog wacht tot hij dat besluit uit zichzelf zal nemen. Maar dat zal hij nooit doen. En als de huisarts of de neuroloog aan het CBR meldt dat hij niet meer geschikt is om achter het stuur te zitten, hoelang duurt het dan voordat er actie wordt ondernomen en hij een rijverbod krijgt? Maanden, vele maanden, zo snel werken die instanties niet. Razend is ze, razend dat er niets gedaan wordt, dat haar vader gewoon zijn gang kan gaan, dat ze wachten tot hij een kind heeft doodgereden. Ze moet er niet aan denken. Dat moet ze voorkomen.

Ze belt het CBR. Wachten moet ze, lang wachten. Steeds opnieuw wordt ze doorverbonden. Hopen ze aan de andere kant van de lijn dat ze de verbinding zal verbreken?

Uiteindelijk wil iemand haar aanhoren. 'Er wordt pas ingegrepen als er daadwerkelijk iets gebeurd is, mevrouw.'

'Moet hij dan eerst iemand doodrijden, een kind bijvoorbeeld? Die lopen heel vaak bij hem in de buurt rond, ook daar waar hij zijn auto de garage uit rijdt.'

'Laten we hopen dat het niet zo ernstig zal zijn.'

'Laat hem toch weten dat autorijden gevaarlijk voor hem is!'

'Mevrouw, dat kunnen wij niet doen. U kunt wel iemand met kwade bedoelingen zijn. Wij kennen u niet.'

'Kwade bedoelingen? Hoezo?'

'We maken dat hier wel mee, mevrouw. Dan wil iemand bijvoorbeeld zijn buurman een hak zetten en strooit allerlei praatjes over die buurman rond. Zo iemand probeert ons er dan toe te bewegen de buurman zijn rijbewijs af te nemen, zodat hij ernstig gedupeerd is. Maar die buurman heeft dan helemaal niets op zijn kerfstok. We mogen u niet zomaar op uw woord geloven.'

Ze is verbijsterd. Moedeloos verbreekt ze de verbinding. Het CBR zal wachten tot er iets gebeurt. Dus zal ze zelf iets moeten doen. Er mogen geen vreselijke dingen gebeuren. Het is niet voldoende om het CBR in te lichten. Ze laten alles op hun beloop. Eerst moet er iemand dood, pas dan pakken ze hem zijn rijbewijs af. En hoe moet het met zijn fiets? Een instantie die fietsen verbiedt bestaat niet.

Hij stoot zijn been aan een stoel, krimpt ineen van de pijn.

'Wat heb je?'

Hij bukt, doet zijn broekspijp omhoog. Ze verwacht een wit been, schrikt dan hevig. Grote korsten ziet ze. En dan vertelt hij dat hij met de fiets is gevallen. Hij weet niet hoe het kwam, ineens lag hij op de grond toen hij afstapte.

Ze pakt door, dringt aan: 'Laat die fiets toch staan! Straks breek je een heup en dan zijn we verder van huis.'

'Ik zal wel eens kijken.'

'Nee, niet wel eens kijken. Je moet het me beloven.'

'Goed, ik zal niet meer fietsen.'

Een belofte, het is een belofte. Vastbesloten pakt ze de fietssleutel van het rekje en stopt hem in haar koffer. Op de plek waar de sleutel hoort te hangen, hangt ze een briefje. *Ik heb beloofd niet meer te fietsen. De fietssleutel is bij Liesbeth.* Zo'n zelfde briefje legt ze op zijn bureau. Een uur later stuift hij op haar af, staat woedend voor haar. 'Geef me mijn fietssleutel terug!'

'Nee, papa, je hebt me beloofd dat je niet meer zult fietsen. Straks breek je nog een heup.'

'Dat heb ik helemaal niet beloofd. Ik heb die fiets veel te hard nodig!' Razend is hij, zo erg dat ze het sleuteltje weer terug aan het rekje hangt en zich machtelozer voelt dan ooit. Een hevige onrust woelt binnen in haar: dit is verkeerd! Maar wat moet ze dan? Zijn er andere manieren om hem te beschermen? Hij heeft een afspraak bij de kapper en moet en zal met de fiets. Ze verbiedt het. 'Nee, ik breng je met de auto en haal je ook weer op.'

Ze voelt het als een overwinning als hij naast haar in de auto stapt. Boos zit hij daar, zegt geen woord. De kapper is een oud-leerling van hem. Ze kennen elkaar al zoveel jaren dat ze haar vader er met een gerust hart achterlaat.

'Tot straks, ik doe even een boodschap. Ik kom je zo weer halen.'

'Dat is mijn dochter. Die ken je toch wel?'

'Jazeker ken ik die.'

Dan haalt ze bloemen voor Ria, bij wie ze na de kapper thee zullen drinken. Ze legt ze even in de auto en loopt naar de kapsalon. Hij staat bij de balie, is aan het betalen.

'Liesbeth, je vader heeft wel erg veel geld bij zich.'

'Je hebt gelijk, maar ik krijg het niet voor elkaar hem met minder geld weg te laten gaan.'

'Hij staat er veel te veel mee te schutteren. Er zijn genoeg mensen die kwaad willen. Hij is het zo kwijt, met alle gevolgen van dien.'

'Je hebt helemaal gelijk,' zegt Liesbeth nog een keer. 'Ik doe mijn best.' De strijdpunten stapelen zich op. De berg wordt steeds hoger.

Ria is blij met de bloemen. Ze moet vaker een bloemetje voor haar meenemen. Ze heeft zoveel geduld. Ze zal zich het verloop van de vriendschap met haar vader heel anders voorgesteld hebben.

Liesbeth vertelt het verhaal van de fietssleutel en dat haar vader beloofd heeft niet meer te fietsen. En dan zegt ze wat ze helemaal niet zeggen wil: dat hij zo heel erg boos op haar is. Maar het zit haar zo verschrikkelijk hoog.

Verontwaardigd steekt Ria haar arm naar voren, wijst naar hem met een strakke vinger. 'Ben jij boos op je dochter? Je moest je schamen zoveel als ze voor je doet. Je moet niet zo boos op haar zijn.'

Hij kijkt haar verbaasd aan. 'Ik, boos? Ik ben helemaal niet boos. Waarom?'

'Denk erom dat je niet meer gaat fietsen. Het is veel te gevaarlijk. Je bent lelijk gevallen.'

'Geen denken aan. Ik fiets veel te graag. Dat was gewoon een ongelukje, anders niet.'

Liesbeth vult Ria aan: 'Het is niet voor het eerst dat dit gebeurd is. Het is nu voor de zoveelste keer goed afgelopen, maar straks gebeurt het vlak voor een auto, of je breekt een been, een heup of nog erger.'

'Mij gebeurt niks. Ik hoor goed, ik zie goed en mijn hoofd is ook nog goed. Jij denkt dat ik niks meer kan.'

'Ik probeer alleen maar ongelukken te voorkomen, papa.'

'Zwijg erover. Ik wil er niks meer over horen.'

Bijna elke week maakt ze de reis naar haar vader, meestal met de trein, met opzet. Elke keer hoopt ze dat hij tot inkeer gekomen is en als ze weggaat de auto aan haar mee zal geven. De bezoeken worden steeds moeizamer. Ze ziet er als een berg tegen op. Weer alles nazoeken, steeds maar zoeken, zoeken naar alles wat hij kwijt is en rust op de gekste plekken tevoorschijn komt.

De conciërge van zijn vroegere school komt langs. 'Hebben jullie nog foto's van vroeger? De school bestaat vijftig jaar. We gaan een groot feest organiseren en een fototentoonstelling. Je vader heeft vast nog wel foto's. Hij is zo lang hoofd van de school geweest.'

De albums komen op tafel. Samen bladeren ze alles door, bladzij na bladzij gaat zijn leven aan hem voorbij. Zijn ouders, haar moeder, familie. Hij lijkt niet meer naast haar te zitten, hij ís in die verleden tijden. Voorzichtig maakt Liesbeth de foto's die met de school te maken hebben uit het album los. Ze schrijft alles op wat hij erover vertelt. Elke foto doet ze met alle gegevens die ze ervan te weten is gekomen apart in een envelop. Het wordt een dik pakket

'We krijgen ze toch wel weer terug, hoop ik?' Ze vraagt het een beetje ongerust. Die foto's zijn belangrijk. De geest van haar vader wordt helderder als hij het verleden in foto's aan zich voorbij ziet gaan. Dan wordt hij weer de vader van vroeger, is hij weer het hoofd van de school. Dan kent ze hem weer.

'Natuurlijk krijg je de foto's terug. Ik ga ze scannen voor de website en maak er kopieën van voor de fototentoonstelling.' Een website. Hij zal er niets van begrijpen. 'We hebben een commissie gevormd die het hele feest gaat organiseren. We zouden het fijn vinden als jij daar ook in zou zitten.'

'Waarom ik? Dat kan toch niet. Ik woon hier niet.'

'Je zou toch dingen op afstand kunnen doen? En je komt toch regelmatig bij je vader? Jij bent de dochter van, en dat maakt jouw deelname aan de commissie belangrijk.'

'Ik kan waarschijnlijk niet alle vergaderingen bijwonen.'

'Dat is niet zo erg. Als je de gegevens over wat jij doet maar aan ons doorgeeft.'

'Wat zou ik moeten doen?'

'Alle aanmeldingen voor de reünie zouden bij jou binnen kunnen komen. Via de e-mail geef je de lijsten dan aan ons door.'

Ze gaat akkoord.

'Moeten we nou weer naar het ziekenhuis? Wat moeten we daar gaan doen?'

'Je hebt een afspraak bij de neuroloog.'

'Maar ik mankeer niks! Ik rij nog auto, ik fiets, ik hoor nog goed, ik zie goed en ik ben nog goed bij mijn hoofd.'

'Laten we er toch maar heen gaan.'

Hij haalt zijn schouders op, gaat met een verongelijkt gezicht met haar mee. Redelijk dicht bij de ingang draait ze in een parkeerplaats.

'Pas op, dat is veel te klein, daar past de auto niet in!'

Ze geeft geen antwoord, laat hem zuchten, helpt hem uitstappen. Hij leunt zwaar op haar. Ze houdt hem stevig vast aan zijn arm, de draaideur door en het hele eind door een lange gang tot ze het bordje ziet dat verder wijst: NEUROLOGIE. Dan is het nog maar een klein eindje.

'Ik zou de weg hier niet weten, hoor. Ik ben blij dat je meegaat.'

'We komen er wel.'

Ze worden algauw binnengeroepen. 'Hoe is het met u, meneer?'

'Wat zegt u?' Hij buigt zijn hoofd iets naar voren om de arts beter te kunnen verstaan.

'Hoe gaat het met u?'

'Hoe het met me gaat? Goed, dokter. Ik weet niet wat ik hier moet komen doen, hoor. Ik rij nog auto, ik fiets nog, ik hoor goed, ik zie nog goed en ik ben nog goed bij mijn hoofd. Wat wil je nog meer. Het gaat allemaal goed met mij.'

'De dagen gaan voorbij met zoeken, dokter. Zoeken, zoeken en nog eens zoeken. Hij zoekt de hele dag naar van alles en nog wat. Als ik bij hem ben zoek ik ook, steeds opnieuw. Want wat hij kwijt is kan overal liggen, overal waar je het niet verwacht.' Ze vertelt, ziet zichzelf rondlopen in het huis van haar vader. Al dat zoeken, het is om wanhopig van te worden. Maar ze vindt altijd alles terug.

'Als ik jou toch niet had!' Ze hoort hem dat weer zeggen.

De neuroloog draait zijn balpen om en om. En ze voelt zich als al die andere keren: machteloos. Die ziekenhuisbezoeken hebben geen zin, haar vader wordt er niet beter van.

'Uit alles blijkt dat de situatie zorgelijker is dan de vorige keer. Er moet iets gebeuren. Hij zou eigenlijk niet meer zelfstandig moeten wonen en niet meer moeten autorijden.'

Haar vader haalt zijn schouders op terwijl hij haar vragend aankijkt. Hij heeft niet verstaan wat de dokter zei.

'Heeft u er wel eens over nagedacht hoe het zou zijn om in een beschermde omgeving te wonen?'

'Hoe bedoelt u dat? In een bejaardenhuis? Geen denken aan. Ik kan nu doen wat ik wil en de televisie kan zo hard staan als ik wil. Niemand heeft last van mij. Dokter, daar hoef je niet over te beginnen, want dat doe ik niet.' Verontwaardigd kijkt hij opzij naar Liesbeth alsof hij zeggen wil: zo, dan weet jij dat ook.

Meteen wordt het tweede probleem aangeroerd: 'U moet echt stoppen met autorijden.'

'Dat doe ik niet. Ik heb mijn auto nodig.'

'Waarom houdt u daar toch zo aan vast? Het wordt gevaarlijk voor u op de weg.'

'Hoor eens dokter, die auto is van mij en ik moet toch mijn boodschappen doen en ik wil ergens heen kunnen. Ik ben toch nog goed. Ik hoor goed, ik zie goed en mijn hoofd is ook nog goed. Er mankeert mij niks.'

Het dringt tot de arts door dat hij geen enkele invloed heeft. 'Heeft u het CBR ingelicht?' Hij kijkt haar vragend aan.

Liesbeth laat hem het antwoord van het CBR lezen. 'Volgens het CBR moet er eerst iets gebeuren. Pas dan grijpen ze in. De melding van een arts kan misschien iets uitrichten.'

'Wat een dwaasheid. Ik zal een melding doen. Maar verwacht er voorlopig geen resultaat van. Die molens draaien heel langzaam.'

'Wilt u op een briefje schrijven dat hij eigenlijk niet meer mag rijden, dokter?' Ze vraagt het in een opwelling. 'Dan kan ik dat aan hem laten zien en misschien accepteert hij dan dat het echt niet meer mag.'

De arts schrijft iets op een receptbriefje. Ze pakt het van hem aan, leest. *De heer is niet in staat een auto te besturen.* Is dat rechtsgeldig? Nee, natuurlijk niet, maar ze heeft iets in handen.

'U zou hem de sleutels van de auto af kunnen nemen.' Haar adem stokt. 'En ook van zijn fiets.'

Die fietssleutels, die heeft ze al een keer weggenomen. Ze huivert, ziet weer zijn woedende ogen, de verbeten mond. De autosleutels, dat is nog erger. Ze heeft er al eerder aan gedacht, zette het idee van zich af, wilde er niet meer aan denken. En nu spreekt de neuroloog uit waar ze bang voor is, wat haar zo heel erg tegenstaat. Ze sluipt 's nachts al achterbaks rond in zijn huis. Moet ze zich nu ook nog gaan verlagen door hem zijn sleutels af te nemen? Het is stelen. Ze zal haar vader bestelen. Zij, het brave meisje, het brave kind.

'Denk er eens over. Maar niet te lang.' Hij steekt zijn hand uit. 'Veel sterkte ermee.'

Ze staan weer op de gang.

'Wat zei hij nou? Moeten we nog terugkomen?'

'Nee, we hoeven niet meer terug te komen.'

'Mooi, dan zijn we daar vanaf. Dat werd tijd. Dat geloop naar dat ziekenhuis, ik heb er genoeg van.'

Hoofdstuk 6

Door de telefoon wordt een wanhopige waterval van woorden over haar uitgestort: 'Liesbeth, het is zo erg, om gek van te worden. Hij is steeds alles kwijt. Nu is zijn hoorapparaat weer verdwenen. We hebben overal gezocht, maar het is nergens te vinden. Ik dacht ik bel je nu maar even, want ik weet ook niet meer waar het kan zijn. Misschien heb jij nog een idee. En weet je, vrijdagavond was hij weer bij me, dan komt hij altijd, dat weet je wel en toen hij weg was stond hij een poosje later weer voor mijn neus. Hij belde heel hard aan. Gelukkig lag ik nog niet op bed, want ik weet niet of ik hem anders gehoord zou hebben. Hij had de voordeur van zijn huis niet van het slot kunnen krijgen en toen heb ik hem een kaars en lucifers meegegeven om een beetje licht te maken bij de voordeur, want hij had de buitenlamp niet aan gedaan. Ik was ongerust en heb hem een poosje later gebeld en toen was hij binnen. Liesbeth, het kan echt niet meer. Hij kan niet meer alleen wonen. Ik zie nu ook wel in dat het niet meer kan.'

Ze probeert Ria te kalmeren. 'Ria, ik doe er alles aan om hem zover te krijgen dat hij inziet dat het zo niet meer kan en dat hij de zorg van een bejaardenhuis nodig heeft. Iedere keer als ik bij hem ben heb ik het erover. Maar hij wordt alleen maar boos op mij als ik erover begin. Misschien lukt het als ook jij tegen hem zegt dat het beter voor hem is. Maar bereid je erop voor dat hij boos wordt en dat is niet gemakkelijk. Je weet hoe hij reageert als ik het over de auto en de fiets heb, dat heb je meegemaakt. Ook daar moeten we steeds opnieuw over beginnen.'

'Ik zal je helpen. Het kan niet meer.'

De telefoon ligt in haar schoot. Ze ziet hem in het donker stuntelen met het kaarsje en de lucifers, ziet hem hannesen met de sleutel in de ene hand en de brandende kaars in de andere. Ze rilt, voelt tegelijk een hondenpoot op haar arm, ziet de donkere ogen, vragend.

'Ja, je moet eruit, lieverd. Eerst jij. Straks gaan we verder met dit drama. Weet jij niet hoe het verder moet?' Ze staat op. De hond danst om haar heen.

Hij is zijn hoorapparaat kwijt en is niet meer aanspreekbaar. Via de telefoon kan Liesbeth haar vader geen enkele aanwijzing geven waar hij nog eens zou kunnen zoeken. Ze belt naar Hanna. 'Weet jij waar zijn hoorapparaat is?'

'Er liggen er drie achter de klep van de kast in zijn kantoor. Maar ik weet niet welke de goede is.'

De volgende dag stapt ze weer in de trein. Ze neemt haar vader en de drie apparaten mee naar de audiciën om uit te laten zoeken welke goed is en welke niet.

‘Daar ben ik maandag ook al geweest,’ protesteert hij boos. ‘Moeten we daar nu weer heen?’

‘Laten we het toch maar even doen.’

Ze gelooft hem niet. Zou hij zo ver gereden hebben? Dan mag ze blij zijn dat hij nog heel naast haar staat. Maar het meisje bevestigt dat hij inderdaad al in de winkel was. Door de apparaten met de gegevens in de computer te vergelijken, kan ze nagaan welk apparaat de goede moet zijn. Kon ze dat een paar dagen eerder niet doen? Hij had natuurlijk niet alles bij zich. Ze stopt de slechte apparaten in haar koffer en klemt het goede vast achter zijn oor. Dat probleem is in ieder geval opgelost.

’s Avonds brengt ze hem naar Ria. Ze wil alleen terug naar zijn huis.

Hij protesteert: ‘Je kunt hier toch wel even blijven? Wat moet je nou thuis doen?’ Ze zet door. Even zonder hem erbij, dan gaat wat ze doen moet tien keer zo snel. En ze hoeft dan ook niet ’s nachts door het huis te spoken om zijn financiën in orde te maken.

Ze vindt een briefje dat hij die dag achthonderd euro op heeft willen nemen. Deed hij dat voordat zij er was? Waar is dat geld dan? Ze kan het nergens vinden en neemt aan dat hij toch niet weggeweest is.

De volgende dag doet ze boodschappen voor hem, zoveel mogelijk, zodat hij in ieder geval in de periode dat er ze er niet is geen boodschappen hoeft te doen. Misschien kan ze zo voorkomen dat hij in de auto stapt. Hij rijdt nog steeds twee keer per week naar Ria, haalt haar op zondagavond met de auto op en brengt haar dan ook weer terug. Het voorstel van de neuroloog blijft rondspoken in haar hoofd.

De agenda ligt niet op het ladekastje. Er is zoveel dat niet ligt waar het hoort. Liesbeth is eraan gewend geraakt. Niets gaat meer vanzelf. Je moet altijd eerst zoeken.

Ze trekt de bovenste lade open. Geen agenda. De tweede lade. Ze tilt een paar brieven op. Daar is de agenda. Haar oog valt op een logo, een blauw logo, letters, CBR. Ze schrikt. Ze had het niet meer verwacht. Het zijn twee dezelfde enveloppen. Ze haalt de brieven eruit, twee dezelfde brieven, alleen is de ene aangetekend en de andere niet. De ontvanger zal nooit kunnen zeggen dat hij of zij de brief niet gekregen heeft. Een paar zinnen zijn met potlood onderstreept. Hij heeft de brieven dus gelezen, is ermee bezig geweest. *Informatie over vermoeden van ongeschiktheid,* staat erboven. *Uit een rapport van de neuroloog blijkt het vermoeden dat u niet langer geschikt bent voor het besturen van motorrijtuigen. Indien daartoe aanleiding is zult u zich moeten onderwerpen aan een verplicht onderzoek naar de geschiktheid.*

'Heb je dit gelezen?'

'Wat is dat?' Hij leest. 'O, ja.' Hij wrijft met zijn vinger langs zijn neus. 'Tsja. Hoe kan dat nou? Hoe weten ze dat nou?' Zijn stem trilt.

Dit is de gelegenheid. Misschien hoeft ze zijn sleutels niet te stelen. Misschien geeft hij ze uit zichzelf wel aan haar.

'Zou je het zover willen laten komen? Zou je het zover willen laten komen dat je rijbewijs afgepakt wordt? Je kunt toch veel beter zelf aangeven dat je stopt met autorijden? Het gaat niet goed meer. Wees wijs en geef het toe voordat er ongelukken gebeuren.'

'Nee, dat doe ik niet. Ik rij goed, er mankeert mij niets. Ik zie goed, ik hoor goed en ik ben goed bij mijn hoofd.'

Hij doet de brief in de envelop en stopt hem weer in de lade, uit het zicht.

Ze wil net boodschappen gaan doen als Ria belt.

'Heb je al gezien dat er een deuk in zijn auto zit?'

'Nee.'
'Rechtsvoor. Niet zeggen dat ik het gezegd heb, hoor.'
'Ik zal niks zeggen.'
Ze rijdt de auto de garage uit, ongerust wat ze te zien zal krijgen. Rechtsvoor is de auto lelijk geschaafd, het metaal is omhooggebogen, gescheurd. Dat wordt een flinke reparatie.
'Weet je dat de auto schade heeft?'
Hij kijkt van haar weg, aarzelt. 'Dat is bij het inrijden van de garage gebeurd.'
Ze kan aan de garage geen beschadigingen vinden. Je zou aan het hout toch moeten zien dat er iets gebeurd was. Het moet ergens anders gebeurd zijn. Ze rijdt bij het autobedrijf langs waar een reparateur de schade op minstens duizend euro taxeert. Het is beter alles maar even te laten voor wat het is. Wie weet wat er nog meer bij komt.
'Duizend euro kost het om het te laten repareren. Daarvoor kun je heel wat keertjes met de taxi naar Ria.'
Ze zit op de bank met de krant, hoort hem tellen, fluisterend, vergeten dat zij bij hem zit. 'Zestien kilometer per week, zeg maar twintig. Een paar keer naar Ria en de boodschappen.' Dringt het toch tot hem door hoe waanzinnig het is om voor zo weinig kilometers per week een auto aan te houden? Hij kijkt triest voor zich uit. Ze heeft medelijden, ziet hem worstelen met het idee geen auto meer te hebben. Geen auto meer betekent het einde van zijn zelfstandigheid. Daar zal hij nooit aan wennen.

Het aantal medicijnen groeit gestaag. De pilletjes beginnen te zwerven. Ze vindt ze los op het dienblad in de keuken waar hij altijd zijn koffiekopje en de suikerpot op zet. Ze liggen in de kast, zelfs in de koelkast. Er bestaan doosjes met vakjes voor elke dag, hoort ze. Dat is de oplossing. Het is echt iets voor een schoolmeester om iedere dag een ander vakje open te moeten maken. Dat zal wel goed gaan. Ze vult de vakjes en legt hem uit hoe het werkt. Het lijkt hem wel wat. Maar de week daarna zit de helft van de pillen nog in het doosje, heeft hij andere pillen bij elkaar in een vakje gestopt en zwerven opnieuw op allerlei plekken in huis pillen rond.

Ten einde raad belt ze de huisarts. 'Hoe los ik dit op?'

'Ik zorg ervoor dat er iemand van de thuiszorg komt om hem elke dag zijn medicijnen te geven.'

'Als hij dat maar wil!'

'Daar went hij wel aan. Die meisjes zijn handig genoeg. En het is meteen een controle om te zien hoe het met hem gaat.'

Ze is erbij als er voor het eerst een meisje langskomt. 'Hij wil het niet hoor, dat u komt.'

'O, wacht maar, dat is zo over. Is hij hier?' Het meisje wacht niet op antwoord, neemt aan dat hij in de kamer is en loopt door. 'Dag meneer. Hoe is het met u?'

'Goed.' Hij staat op uit zijn stoel, geeft een hand.

'Ik ben Marian.'

'Gaat u zitten.'

Rechtop, voor in de bank zit ze bij hem en ze laat hem vertellen.

'Wat woont u hier mooi.'

'Ja, dat is fijn hoor. Ik woon hier mooi rustig, heb met niemand iets te maken, geen buren en ik kan de televisie zo hard zetten als ik zelf wil.' Hij lacht achter zijn hand, vindt het een goeie grap. 'Ik hoor niet alles meer zo goed, ziet u. En de buren hebben er helemaal geen last van.'

Geleidelijk stuurt ze aan op zijn medicijngebruik. 'Laat eens zien welke medicijnen u gebruikt? Waar liggen die?'

Hij staat op en ze loopt achter hem aan naar de keuken. Tegelijk wendt ze zich naar Liesbeth. 'Heeft u een kopje of een glaasje?' Het klinkt als een fluistering na de harde stem die ze tegen de oude man heeft moeten gebruiken.

Liesbeth wijst haar waar de kopjes en de medicijnen staan.

'Weet u, dan nemen we ze meteen maar even in. We zijn nu toch hier.' Ze schudt de medicijnen uit het doosje en legt ze op de keukentafel. Een kopje met water zet ze ernaast.

Liesbeth verwacht gemopper, maar dat komt niet. Ze begrijpt er niets van. Is dit het voordeel van vreemde ogen die dwingen?

'Dag meneer, tot morgen. Dan kom ik weer.'

'Kom je dan weer? Waarom? Wat kom je dan doen?'

'Ik kom morgen weer kijken of u uw medicijnen inneemt.'

'Daar hoef je niet speciaal voor te komen, dat doe ik heus wel.'

'Tot morgen, meneer.'

Weg is ze. Boos kijkt hij Liesbeth aan. 'Wat is dat voor flauwekul! Ik moet geen geloop van vreemden hier hebben. Ik kan heus wel voor mezelf zorgen.'

'Het gaat niet altijd goed met je medicijnen. Het is prima dat er iemand komt om erop te letten of je ze inneemt. Ik ben hier immers niet altijd.'

'Je zegt dat meisje maar af. Ik kan zelf heus wel mijn medicijnen innemen. Daar heb ik niemand voor nodig.'

Ze antwoordt niet meer, laat hem razen. De deur van de keuken wordt met een harde klap dichtgegooid en de deur van de woonkamer volgt er net zo hard achteraan. Ze laat hem maar even alleen, zet koffie, wacht tot die klaar is.

Als ze de koffie bij hem neerzet, bedankt hij haar zoals altijd. 'Wat is dat toch fijn als jij er bent. Dan hoef ik helemaal niets te doen. Het lijkt wel of ik vakantie heb in een hotel.'

Iedere dag komt er een zuster langs om hem zijn medicijnen te geven en algauw hoort Liesbeth er geen gemopper meer over. Het begint erbij te horen. Het betekent ook afleiding voor hem. Braaf neemt hij de medicijnen in die hem aangereikt worden. Tegen elke verpleegster zegt hij terwijl hij haar op de schouder klopt: 'Je bent de liefste zuster die er bestaat!' Dan lachen ze, laten zich het compliment aanleunen en vertrekken weer.

Nog steeds rijdt hij tweemaal per week 's avonds naar Ria. Als Liesbeth er is, spreekt ze met Ria af dat zij haar 's avonds op zal halen in plaats van haar vader. Als hij dat merkt wordt hij woedend. Hij haalt haar zelf op en brengt haar ook weer terug naar huis. Om eraan te ontkomen neemt ze hem 's middags mee voor een bezoek aan Ria. Dan hoeft het niet 's avonds. Ria vindt dat zelf ook een prima oplossing. Liesbeth loodst hem in de smalle gang langs de elektrische invalidenwagen en laat hem doorlopen naar de woonkamer. Daar helpt ze hem uit zijn jas en loopt terug naar de gang om die aan de kapstok te hangen. De deur blijft openstaan. Terwijl ze zelf haar jas uitdoet hoort ze de smakkende geluiden van zijn lange zoenen, zoekt steun. De koele stof is als ijs tegen haar verhitte wangen. Zo blijft ze even staan, loopt dan met een strakke rug de kamer in. Even later gebeurt het opnieuw. Om Ria te helpen schenkt ze de thee in, met de rug naar hen toe. Vanuit haar ooghoeken ziet ze hoe hij vanuit zijn stoel naar haar toe buigt.

'Je bent zo'n lieve vrouw. Ik hou zoveel van je.' Hij fluistert op zijn manier. Denkt hij werkelijk dat ze er niets van merkt? Ria kijkt haar wat verlegen aan als ze de volle kopjes bij hen neerzet. Liesbeth kookt inwendig, maar doet of er niets gebeurd is. Kan hij zich niet even inhouden? Moet dat nou met haar erbij? Is dit haar vader? Ze kan het niet rijmen met de man zoals ze die gekend heeft. Hij zorgde er altijd voor dat er niets op hem aan te merken was. Een nette man was hij. Dat zijn huwelijk slecht was, daar heeft hij nooit met wie dan ook over gesproken. En nu maakt ze mee dat hij flirt met de verpleegsters die hem zijn medicijnen komen geven en dat hij het niet laten kan zijn vriendin in haar aanwezigheid langdurig te zoenen. Het woord 'decorumverlies' valt haar in. Daar heeft ze over gelezen. Valt dit daar ook onder? Ze kan geen begrip voor hem opbrengen. Het is haar allemaal te veel. Zo gauw het voor de beleefdheid kan maakt ze een eind aan het bezoek en neemt hem weer mee naar zijn eigen huis. Ze verlangt naar Anton.

Bij elk bezoek hoopt ze dat haar vader verstandig zal zijn en zal zeggen: 'Kind, neem jij alsjeblieft die auto. Het is verstandiger dat ik niet meer rijd.' Maar dat gebeurt niet. Ze praat op hem in: 'Papa, het gaat niet goed met autorijden. Je reageert niet goed meer in het verkeer. Het wordt gevaarlijk.'

'Je kletst, wat weet jij daar nu van. Die auto heb ik nodig. Zwijg erover!'

'En als je een kind aanrijdt als je de garage uit rijdt? Daar lopen vaak kinderen. Je ziet ze niet als je achteruitrijdt. Wil je dat op je geweten hebben?'

'Dat gebeurt niet.'

Elke dag worden er kinderen door hun moeder of vader naar school gebracht die langs de uitrit van de garage naar de schoolingang lopen. Het is een wonder dat er nog steeds niets gebeurd is.

Anton praat op haar in: 'Het kan niet langer zo. Je moet iets doen! Neem de sleutels mee naar huis. Ja, hij zal boos zijn, maar dan gebeuren er tenminste geen ongelukken!'

Ze belt de huisarts. 'Wil hij nog steeds niet? Dan zul jij het moeten doen. Neem hem de sleutels af! Jij bent de enige die dit kan doen! Je moet hem tegen zichzelf beschermen.'

'Steunt u mij, als ik dat doe?'

‘Ik sta achter je. En heeft hij zich nu al ingeschreven voor het bejaardenhuis?’

‘Ook dat wil hij niet. Hij wil er niet eens over praten.’

‘Ik leg de formulieren klaar. Heb je nog tijd om die op te halen voordat je weer teruggaat?’

‘Ja natuurlijk, dat moet gewoon.’

‘Zorg dat je ze altijd bij je hebt als je bij hem bent. Dan kun je er meteen gebruik van maken als het moment daar is.’

Ze hebben allemaal gemakkelijk praten. Hij wil niet weg uit zijn huis en hij wil zijn auto en zijn fiets niet kwijt. Zij, zijn dochter, moet hem van alles beroven waar hij zoveel waarde aan hecht: zijn zelfstandigheid en zijn auto. Iedereen verwacht dat van haar. Niemand begrijpt wat dat voor haar betekent, zelfs Anton niet. Voordat ze weer naar huis gaat, fietst ze op de damesfiets van haar vader langs de huisarts. De formulieren liggen inderdaad klaar, de klus voor de volgende keer.

Ze zitten naast elkaar buiten op het terras. Dat doet hij niet zo vaak, maar ze heeft hem overgehaald buiten koffie te drinken, om toch nog even van het mooie weer te kunnen genieten. Hij blijft altijd maar binnen zitten, omdat hij ertegen opziet de tuinkussens op te halen en op de stoelen te leggen. Dat is te veel werk. Nu heeft zij dat gedaan en wil hij wel naar buiten.

Ze legt de inschrijvingsformulieren op tafel naast de kopjes. ‘Zullen we hier eens naar kijken?’

‘Wat is dat?’

‘Papieren van het bejaardenhuis.’

‘Daar is toch geen plaats.’

‘Als je niks invult, is er nooit plaats.’

‘Dat is waar.’

‘Zullen we het dan maar invullen?’

‘Als jij dat wilt. Maar er is geen plaats.’

'Dat zien we dan wel weer.'

Ze leest de vragen voor, denkt na wat er ingevuld moet worden, kijkt hem aan of hij ermee akkoord gaat, schrijft. Hij blijft rustig.

'Hoe wil je genoemd worden? Meneer? Of meester?'

'Meester.'

Ze vult het in, glimlacht even. Meester. Dat blijft hij zijn hele leven. 'Dat is het. Kijk. Hier moet je tekenen.'

Het papier ligt voor hem. Terwijl ze hem de pen geeft, wijst ze met haar wijsvinger aan waar hij tekenen moet.

'Hier?'

'Ja, daar.'

Hij tekent. Is het zo gemakkelijk? Stil zitten ze bij elkaar. Er valt een last van haar af. Hij is een hoge drempel overgegaan.

'Denk maar niet dat daar voorlopig plaats is.'

'Je bent nu in ieder geval ingeschreven.'

Voorlopig heeft ze een probleem minder.

Ze ontdekt dat zijn paspoort bijna verlopen is. 'Je hebt eigenlijk geen paspoort meer nodig. Je gaat toch geen buitenlandse reizen meer maken? Een identiteitskaart is genoeg. Dat is ook veel goedkoper.'

'Geen sprake van. Ik wil een paspoort. Dat heb ik altijd gehad.'

'Dat hoeft niet per se. Een identiteitskaart is ook goed.'

'Ik wil een paspoort.'

'Dan gaan we een paspoort halen.'

Ze weet dat hij nog pasfoto's heeft. Op zoek naar wat dan ook is ze die tegengekomen. 'Kom maar, dan gaan we meteen op pad.'

Hij staat op, gaat zich gereedmaken. Het duurt een hele tijd voordat hij terugkomt, net als vroeger. Als hij ergens heen gaat geeft hij zichzelf eerst een complete poetsbeurt. Ze houdt het portier van de auto voor hem open en rijdt met hem naar het gemeentehuis. Het uitstappen kost moeite en hij leunt zwaarder op haar dan anders. Het trapje voor het gemeentehuis is een lastige hobbel.

'Laten we maar langs de hellingbaan naar boven lopen,' stelt ze voor en ze wijst wat ze wil.

'Nee, ik kan die trap wel op, hoor. Wat denk je wel?'

Ze moeten wachten. 'Ga hier maar even zitten,' wijst Liesbeth. Ze helpt hem, zodat hij op de stoel terechtkomt en niet ernaast.

'De pasfoto's zijn niet goed. Uw vader kijkt niet recht in de lens en zijn hoofd vult niet helemaal het oppervlak van de foto.'

'Maar dan moet ik met hem op stap om nieuwe te laten maken.' Ze klinkt boos, net als haar vader, maar het kan haar niet schelen.

'Ja, het is niet anders. Ik mag deze foto's niet goedkeuren.'

Wat een gedoe, wat een muggenzifterij. Ze loopt naar haar vader. 'Ga je mee?'

'Is het al gebeurd?'

'Nee, we moeten pasfoto's laten maken. We gaan het meteen doen. We zijn hier nu toch.'

In de buurt van de fotograaf zijn geen parkeerplaatsen. Ach, haar vader kan dat kleine stukje waarschijnlijk wel lopen als ze hem stevig vasthoudt. Ze pakt hem bij de arm.

'Waar gaan we naartoe?'

'Naar de fotograaf.'

'Waarom?'

'Om pasfoto's te laten maken.'

'Die hebben we toch?'

'Ze vinden ze niet goed. Je moet andere hebben.'

Het duurt eindeloos lang voor ze er zijn. Voetje voor voetje schuifelen ze verder. Het valt Liesbeth tegen. Haar arm en schouder doen pijn van de krampachtige houding waarmee ze haar vader overeind houdt. En het begint te regenen.

'Ook dat nog.' Het ontsnapt aan haar lippen voordat ze het beseft.

'Wat zeg je?'

'Niets.' Ze helpt hem zijn jas uittrekken, ziet nergens een kapstok om zijn jas aan op te hangen en legt hem dan maar op de grond.

'Komt u hier maar zitten.'

Ze neemt haar vader bij de hand en leidt hem een hokje binnen: kaal, licht. In de hoek staat een zwarte paraplu, in het midden een krukje. Moet hij daarop zitten? Als hij er maar niet afvalt. Ze wijst ernaar en hij begrijpt wat de bedoeling is. Ze ondersteunt hem zo goed mogelijk terwijl hij zijn lichaam omlaagbeweegt. Hij zit. De fotograaf zet alles in stelling.

Schiet op, denkt ze. Het moet niet zo heel lang duren. Dat houdt hij niet vol! Ze ziet het oude, gerimpelde gezicht strak voor zich uit kijken, wezenloos. Wat sjouwt ze met hem rond voor een paar pasfoto's. Het was niet nodig geweest, hij had die dingen immers. Nieuwe waanzinnige regels zijn het die het haar moeilijk maken, die het haar vader moeilijk maken. Hij beseft nauwelijks waar hij is, wat er met hem gebeurt.

Eindelijk is het voorbij. Terwijl de foto's gedroogd worden, helpt ze hem in zijn jas.

'Ik moet nog betalen.'

'Dat doe ik wel voor je.' Als hij dat zelf moet doen, zijn ze weer een halfuur verder. Ze wil naar huis, weg, weg, weg.

De tocht terug naar het gemeentehuis duurt eindeloos lang. Als die foto's weer niet goed zijn neemt ze een taxi op kosten van de gemeente. Ze zet haar vader op dezelfde stoel als de eerste keer, wacht opnieuw op haar beurt, houdt haar vader in de gaten. Ze transpireert hevig, voelt hoe rood haar wangen zijn, schrikt van een luidruchtige stem ergens achter haar.

'Hé, daar is de meester!' Een man met een woeste haardos staat over haar vader gebogen. Hij wil opstaan en ze schiet toe.

'Blijf maar zitten.'

De man praat haar na: 'Ja, blijf maar zitten. We kunnen zo ook wel praten.'

Terug in de rij doet ze haar jas open en haar sjaal af, hangt hem over haar arm. Haar vader lijkt geen last van de warmte te hebben. Eindelijk is ze aan de beurt.

'Ja, die foto's zijn goed. Wat is hij toch mager geworden. Ik heb nog bij hem in de klas gezeten.'

'O, ja? Wat leuk.' Het kan haar niets schelen. Ze wil hier zo gauw mogelijk weg.

'Hij moet even komen tekenen.'

De man staat nog steeds verhalen te houden, houdt niet op.

'Hij moet even tekenen,' zegt ze verontschuldigend.

'Natuurlijk. Ga maar even tekenen. Dag meester, tot ziens en hou je goed, hoor!'

'Ja, dag. Tot ziens.' Het klinkt joviaal en toch ook weer niet. Iets plichtmatigs heeft het ook.

Ze helpt hem overeind en dan schuifelt hij mee aan haar arm. 'Ik zou niet weten wie dat is. Ken jij hem?'

'Nee, hoe moet ik dat weten?'

De ambtenaar wijst een vakje aan. Daar moet hij tekenen. Dat gaat nog steeds goed. Zijn handtekening is onveranderd gebleven.

'Dag meester, over een week is hij klaar.'

Weer die tocht ondernemen? Dat moet toch anders kunnen.

'Ik haal zijn paspoort wel op, mag dat? Ik hoef mijn vader toch niet weer helemaal hierheen mee te sjouwen?' Ze weet best dat een ander dat niet mag doen.

'Eigenlijk moet hij zelf zijn paspoort ophalen. Maar komt u maar, hoor. We geloven wel dat het goed zit als we het aan u meegeven.'

'Dank u wel.'

Als ze met hem thuiskomt heeft ze een dreunende hoofdpijn, waar ze die dag niet meer van afkomt.

Af en toe komt er iemand van het bejaardenhuis bij hem op bezoek om kennis te maken en er met hem over te praten, hem vertrouwd te maken met het idee dat hij daar op een gegeven ogenblik zal wonen. En er verschijnt een maatschappelijk werker als vertegenwoordiger van de indicatiecommissie.

Liesbeth kan zich helemaal op de problemen van de auto en de fiets richten. Zonder schroom begint ze er iedere keer weer over. 'Heb je nagedacht over de auto?'

'Over de auto nagedacht? Wat moet ik daarover nadenken?'

'Je hebt problemen met autorijden. Het gaat allemaal niet meer zo goed. En met de fiets ben je al een paar keer gevallen. Je had laatst een heleboel kapotte plekken.'

'Dat is helemaal niet waar. Dat was zo weer beter. Ik hoor nog goed, ik zie nog goed en ik ben ook nog goed bij mijn hoofd. Je moet erover ophouden!'

Zo verloopt het gesprek iedere keer. Hij wil van geen wijken weten. Liesbeth zet door, blijft erover beginnen, blijft volhouden, maar hij ook. Onveranderd klinkt steeds opnieuw de riedel van horen, zien en verstand. Steeds vaker merkt ze dat hij gevallen moet zijn, steeds vaker heeft hij een kapot been of een kapotte elleboog. Het is een wonder dat hij nog niets gebroken heeft. Steeds opnieuw probeert ze hem over te halen de fiets te laten staan. Maar zijn reactie is dezelfde als wanneer ze over de auto begint. Stuurs kijkt hij voor zich uit. Er is niet door zijn dwarsheid heen te breken. Hij ziet totaal niet in dat hij met vuur speelt, dat er vreselijke ongelukken kunnen gebeuren met hemzelf en met anderen. Zijn zwijgen kan wel een paar uur duren, uren die alle ellende uit haar kindertijd naar boven halen. Maar ze blijft het proberen. 's Nachts loopt hij te dolen door het huis, loopt naar zijn kantoor, weer naar bed en weer eruit. Liesbeth slaapt slecht, net als hij.

Zijn fietssleutel hangt nog steeds aan het sleutelrekje in het kleine kamertje, zijn 'kantoor'. Daar staat het oude bureau met de twee grote vakken links en de zes laden rechts. Daarin liggen al zijn rommeltjes, pennen, potloden, elastiekjes en nog een heleboel andere rommeldingen. Die laden gaan ontelbare keren per dag open en dicht als hij op zoek is naar iets en even later vergeet wat hij zoekt. Naast de fietssleutel hangen de autosleutels. Zou ze het doen, zou ze het durven?

Haar hand reikt naar het rekje. In de gang hoort ze een deur, weg die hand! Haar hart gaat hevig tekeer. Ze wacht tot ze zeker weet dat hij in de woonkamer is, voelt zich slecht, misdadig. Zo voelt dat dus als je op het punt staat dit soort dingen te doen. Maar ze moet het doen, ze voorkomt er immers ongelukken mee! Ongelukken van hem en ongelukken van anderen. Wie anders kan hem tegen ongelukken beschermen? De ambtenaren van het CBR doen het niet. Die wachten tot er een ongeluk gebeurd is, dan komen ze pas in actie. Ze denkt aan Anton. Hij staat achter haar, evenals de huisarts en de neuroloog. Ze zullen haar altijd verdedigen, altijd zeggen dat dit het enige is wat ze heeft kunnen doen, ter bescherming van de rest van de wereld. Het brave kind als wereldbeschermer. In gedachten ziet ze hem in zijn stoel zitten, lang geleden. 'Ik hou van drie dingen het meest: mijn auto, mijn caravan en mijn scheerapparaat, in die volgorde!' Verbluft hadden ze hem aangekeken. Alleen Anton wist woorden te vinden. 'En ik hou het meest van Liesbeth.'

Het staal voelt koel in haar hand. Trillend laat ze alle sleutels in haar zak glijden. Hoe moet hij nu naar Ria? De taxi. Ze belt, heeft in een oogwenk geregeld dat hij opgehaald zal worden en ook weer thuisgebracht. Maar hij zal alleen zijn als de taxi aan de deur komt. Zal hij meegaan? In de agenda, waarin alle afspraken genoteerd worden en die altijd openligt bij de juiste datum, schrijft ze wat ze voor hem geregeld heeft. Ze legt er geld bij, gepast.

'De taxi komt je vanavond halen om naar Ria te gaan en haalt je ook weer op.'

Tijdens de lange reis naar huis voelt ze steeds of de sleutels nog in haar zak zitten, trekt dan snel haar hand terug. Gloeiend heet zijn ze. En iedereen staart haar aan. Iedereen weet het, al zegt niemand wat. Dief, je bent een dief! hoort ze, als een spreekkoor. In de armen van Anton komt ze pas weer een beetje tot rust.

'Het is goed wat je gedaan hebt. Het kon niet langer zo.'

'Maar het is stelen.'

Ze belt Hanna, trouwe Hanna. 'Ik heb vanmiddag de autosleutels en de fietssleutel meegenomen.'

'Gelukkig. Dat werd tijd.'

'Ik heb er zoveel moeite mee.'

'Het moest. Dat moet je altijd blijven onthouden.'

Ze belt Ria, hoort haar snikken. 'Het is goed kind, het kan niet anders.'

Liesbeth is aan het werk. Er blijft te veel liggen nu ze bijna elke week naar haar vader gaat. Als de telefoon gaat neemt ze die automatisch aan, haar gedachten nog bij haar bezigheden. De stem van haar vader maakt haar meteen alert. Iets daarin zet haar onder spanning. Hij klinkt rustig, maar anders rustig, niet gewoon rustig. 'Heb jij mijn fietssleutel? Heb jij mijn autosleutels?'

'Ja, papa.'

'Ik moet mijn sleutels terug! Je geeft me ogenblikkelijk mijn sleutels terug!' Hij schreeuwt nu. Hij is boos, verschrikkelijk boos.

Ze begrijpt het zo goed. Ze heeft hem zijn zelfstandigheid ontnomen. Ze wil zo graag doen wat hij vraagt, maar ze mag niet toegeven. 'Het kan niet papa, het is te gevaarlijk. Met de fiets val je steeds en met de auto dreigen er ongelukken te gebeuren.'

'Ik wil mijn sleutels terug. Nu!'

'Nee, papa.'

Hij verbreekt de verbinding. En de volgende dag belt hij weer. Zijn stem klinkt vriendelijk: 'Ik kan mijn fietssleutel niet vinden. Heb jij die misschien?'

'Ja, papa, want het is beter dat je niet meer fietst.'

'Ik kan wel fietsen.' Alle vriendelijkheid is verdwenen. Dwingend klinkt het: 'Geef me de sleutel terug. Ogenblikkelijk!'

'Nee, papa.' Ze zegt het kalm, begrijpt nauwelijks dat ze het durft. Maar in de dagen daarna staat ze te trillen elke keer als de telefoon gaat, de handen over haar oren. Ze laat hem meestal rinkelen. Hij blijft bellen, elke dag, op de gekste tijden. Elke keer hoort ze hem razen en tekeergaan en wil ze de sleutels terugsturen. Anton praat op haar in: 'Dat moet je niet doen. Dan begint het opnieuw.' Hij heeft gelijk, maar hij kan makkelijk praten. Het gaat niet om zijn vader, maar om de hare. Dat voelt anders. Ze is weer bang voor haar vader, net als ze vroeger als kind bang kon zijn. Zo voelt ze zich ook: een klein kind dat niet naar huis durft uit angst voor haar vader.

Maar ze wil weten hoe het met hem is, hoe hij zijn boodschappen doet, hoe hij naar Ria gaat. Daarom grijpt ze toch de telefoon, voelt nauwelijks hoe koud haar handen zijn, en vraagt het Hanna, haar vaders steun en toeverlaat, niet alleen voor hem, maar ook voor haar, Liesbeth.

'Hij zoekt, steeds opnieuw, in de laden van zijn bureau, in de laden van de kastjes in de woonkamer, in zijn zakken, urenlang. Wat ik ook zeg, hij blijft ermee doorgaan.'

Liesbeths ogen staan vol tranen. Het is nog erger met hem dan ze dacht.

'En elke keer als ik hem zeg dat de autosleutels bij jou zijn omdat hij te oud is om een auto te besturen, barst hij uit in razernij. Kom nog maar even niet hierheen. Dat is beter voor jou en misschien ook voor hem. Ik red het hier wel. Ik ga een paar keer extra in de week naar hem toe.'

Anton slaat zijn armen om haar heen, warmt haar ijskoude handen, praat op haar in: 'Volhouden, toe nou, volhouden!'

Weer gaat de telefoon. 'Heb jij mijn sleutels?'

'Ja.'

'Hoe durf je! Ik wil ze terug!'

'Dat kan niet, papa.'

'Dat kan wel!'

Twee weken later is ze murw, stuurt de sleutels naar hem terug. Ze doet er een brief bij.

Hier heb je ze terug. Ik had ze meegenomen omdat het niet verantwoord is dat je autorijdt. Ik voelde me verantwoordelijk als er iets zou gebeuren. Iedereen was blij dat ik dat had gedaan. Je scheldt me uit, je bedreigt me. Niemand zal begrijpen dat ik ze nu terugstuur, maar ik wil de verantwoordelijkheid voor jouw autorijden niet dragen. Waarom ben je toch zo eigenwijs!

Een kopie gaat naar Ria. De reservesleutel van de auto houdt ze bij zich. Hij rijdt weer auto, hij fietst weer en alles gaat door zoals het altijd was.

Een paar maanden verstrijken en het wordt herfst. Regelmatig heeft ze telefonisch contact met Ria. Haar vader doet er soms lang over om bij haar te komen. Hij gaat altijd op hetzelfde tijdstip weg en als het weer niet te slecht is komt hij lopend naar haar toe. Hij moet toch wat lichaamsbeweging hebben, zegt hij dan. En dan is hij een keer wel erg lang weg en vertelt dat hij de weg niet meer wist, dat hij verdwaald was. Ze spreekt met hem af dat hij haar altijd moet bellen als hij weer thuis is. Ook dat duurt wel eens erg lang. Dan belt zij hem angstig op om te horen of hij er is.

Het wordt steeds vroeger donker en de verhalen van Ria maken dat Liesbeth geen rust meer kan vinden als ze weet dat haar vader zijn vaste bezoekavond heeft.

'Hij is er nog steeds niet,' zegt Ria op een avond. 'Hij had er al lang moeten zijn.'

'Misschien is hij het vergeten.' Natuurlijk is dat niet zo. Het Ria-programma zit er zo ingebakken bij hem, dat vergeet hij niet.

'Nee, dat kan niet. Ik heb al een paar keer gebeld en hij neemt niet op.'

'Wacht nog even, misschien komt hij zo wel.'

'Ik vertrouw het niet. Vind je het goed dat ik mijn dochter en haar man vraag bij hem te gaan kijken?'

'Ja, goed. Zouden ze dat willen?'

'Ja, natuurlijk willen ze dat.'

Ria heeft een sleutel van het huis. Die geeft ze aan haar dochter mee. Ongerust wacht Liesbeth het volgende telefoontje af. Wat voor bericht staat haar te wachten? Ria's dochter belt, vanuit het huis van haar vader. 'Hij is er niet. Alles was donker toen we hier aankwamen. We gaan nu rondrijden om te kijken of we hem zien.'

Een halfuur later belt ze opnieuw vanuit zijn huis. 'Hij is er, hoor.' En ze vertelt hoe ze hem niet konden vinden en terugreden naar zijn huis. Daar brandde licht: hij was er. Maar hij was verward. Ze komen er niet achter wat er gebeurd is. Ze drinken koffie met hem en blijven nog even.

Liesbeth huilt, met Antons armen om haar heen. Hoe moet dit verder? Wat zal er nog allemaal gaan gebeuren? En wat is er al allemaal gebeurd waar zij helemaal geen weet van hebben? Is hij lopend weggeweest of met de auto? Ze weten het niet. Ria's dochter heeft niet in de garage gekeken of de auto er stond. Het enige wat haar vader kon vertellen, was dat een oud-leerling hem naar huis heeft gebracht. Maar wie dat was weet hij niet.

De volgende dag krijgt Liesbeth een e-mail van Rudy, een van de leden van de feestcommissie voor het jubileum van de school. Terwijl ze leest, zegent ze het moment dat ze ja zei op de vraag om hierin zitting te nemen. Daardoor heeft Rudy haar e-mailadres en komt ze er nu achter wat er gebeurd is. Hij is de bewuste oud-leerling over wie haar vader sprak.

Ik moet dit toch even aan jou laten weten. Het is niet direct zorgwekkend, of toch? Mijn vrouw en ik waren aan het wandelen. Bij de drukkerij stond een auto aan de kant met een oudere meneer ernaast. Het bleek je vader te zijn. Hij vroeg de weg naar de Markt. Ik had meteen de indruk dat het niet goed ging. Ik heb hem de auto laten parkeren en ben met hem naar de Markt gelopen. Maar daar moest hij niet zijn. Hij was verward. Een zijweg van de Hoofdstraat moest hij hebben, zei hij. Ik vertrouwde het niet en heb je vader aangeboden hem naar huis te brengen. Dat hoefde niet zei hij, maar ik ben toch maar bij hem in de auto gestapt. Hij wist helemaal niet waar hij heen moest. Ik heb het stuur van hem overgenomen en hem naar huis gebracht. Ik moest je dit toch echt laten weten. Ik hoop niet dat ik je erg ongerust heb gemaakt.

Wat een geluk dat hij Rudy tegen het lijf liep en niet een of andere wildvreemde. Ze heeft geen rust meer, wil weer naar hem toe. Als ze de volgende dag bij hem komt, draagt hij een pyjamajasje in plaats van een overhemd. De stropdas hangt scheef. Overal in huis vindt ze de tekenen van zijn verwardheid. Niets ligt nog op de plaats waar het hoort. Hoe krijgt ze de auto uit zijn handen? Toch saboteren? Toch onklaar maken? Maar hoe moet dat? Geen idee, een auto gebruik je, je weet niet hoe hij werkt, zij tenminste niet.

Anton weet het ook niet. 'Gewoon meenemen die sleutels,' zegt hij.

Was het maar zo gemakkelijk. Als haar vader even niet in de kamer is neemt ze het dikke boek dat altijd op het tafeltje naast zijn stoel ligt in haar handen. Blauw is het, met een omslag van plastic. Ze wordt er niet wijs uit. Daar staat alleen in hoe alles werkt, niet wat je moet doen om te voorkomen dat hij rijdt. Ze klapt het boek weer dicht en legt het terug op het tafeltje. Ze wil het proberen, al was het alleen maar om te kunnen zeggen dat ze een poging heeft gedaan. Waar is hij? Kan ze ongezien met de autosleutels naar de garage? De auto staat altijd op slot, ze heeft de sleutels nodig als ze iets wil doen. Het slot van de badkamer staat op rood. Daar is hij dus.

Ze grist de sleutels van het sleutelrekje in zijn kantoor, pakt de sleutel van de garagedeur van het dienblad in de keuken en loopt naar buiten. De wind rukt de deur uit haar handen. Ze had een sjaal om moeten doen. De garagedeur kraakt, het bonken van haar hart komt erbovenuit. Als hij het maar niet merkt, als hij maar niet achter haar aan komt. 'Wat ben je aan het doen?' zou hij vragen. 'Wat moet je met de auto? Is er iets mee?' En wat moet ze dan zeggen?

Ze kijkt achterom, niemand. De motorkap springt open. Onhandig morrelend aan het schuifje krijgt ze de klep omhoog. Waar kan ze het beste aan trekken? Hij belt natuurlijk het autobedrijf als de auto niet start, of de ANWB. Als ze iets doorknipt, waar moet ze dat dan mee doen? Het gereedschap in de garage is allemaal verroest. Met een zucht slaat ze de motorkap weer dicht. Dit kan niet. Ze doet de auto op slot, sluit de garage af en loopt langs het raam van de woonkamer weer terug. Hij zit in zijn stoel. Voordat hij op kan staan, hangen de sleutels weer terug op de plek waar ze horen. Hij vraagt niet wat ze in de garage deed, heeft het vermoedelijk niet eens gemerkt. Hij staart wat voor zich uit, dan vallen zijn ogen dicht.

Twee dagen later zet Liesbeth haar koffertje in de hal. Het is nog te vroeg om al naar de bushalte te gaan. Ze ruimt nog wat op, controleert voor de zoveelste keer of alles in orde is. Dan piept haar mobiel. Het is Anton. 'De treinen rijden niet meer op het laatste traject waar je langs moet. Er is een goederentrein ontspoord. Je zult er veel langer over doen. Ik kom je vanavond na mijn werk wel ophalen. Laat me even weten waar je uiteindelijk strandt.'

'Maar dan wordt het erg laat. En je bent al zo druk.'

'Dat geeft niet. Ik zal blij zijn als je weer thuis bent.'

'Ik ook.'

Haar vader is wakker geworden, hoort haar praten aan de telefoon.

'Wie was dat?'

'Dat was Anton.'

'Was er iets?'

'De treinen rijden niet. Er is een goederentrein ontspoord en die blokkeert alles.'

'Dan blijf je toch hier?'

'Nee, dat kan niet. Ik heb afspraken morgen en daar moet ik heen.'

Het is niet waar. Ze liegt, maar ze verlangt hevig naar Anton, wil weg uit het benauwende huis, weg van al dat vergeten en zoeken en vragen en weer zoeken. Er komt een vraag in haar op, ze flapt het eruit zonder er verder over na te denken: 'Kan ik de auto lenen?' Het is een opwelling waar ze zelf van schrikt.

'Natuurlijk kind, dat is goed.'

Is het zo gemakkelijk? Het kan bijna niet waar zijn. Hij leent zijn auto aan haar uit? Ze kan met zijn auto naar huis? Maar hoe moet hij dan naar Ria? De taxi, het telefoonnummer van de speciale taxi voor ouderen, heeft ze nog in haar agenda staan. En Ria kan zelf wel een taxi regelen als ze op haar beurt bij hem op bezoek gaat. Dat doet ze vaker als ze ergens heen moet.

Het is snel geregeld. Wat zijn sommige dingen toch gemakkelijk. Ze schrijft voor de komende twee weken op de dinsdagen en de vrijdagen in zijn agenda dat hij door een taxi naar Ria gebracht wordt en dat de taxi hem ook weer thuisbrengt. Ze legt er wat geld bij, schrijft in de agenda waar dat geld voor is, in de hoop dat hij het mee zal nemen. Dan pakt ze de autosleutels. Geen stiekem gedoe nu. Ze pakt ze terwijl haar vader naast haar staat. Ze voelen vreemd aan in haar hand. Zal het dan echt gaan gebeuren? De papieren, ze heeft de autopapieren nog nodig. Zal dat goed gaan? Zal hij ze geven?

Hij aarzelt even. Ja natuurlijk, als ze in de auto rijdt moet ze ook de papieren bij zich hebben. Hij rommelt in zijn portefeuille, schuift het mapje met de autopapieren eruit. Onhandig gaat het. Gemeen is ze. Geforceerd vrolijk, geforceerd normaal neemt ze afscheid, zet haar koffertje in de kofferbak en rijdt weg. Het raampje heeft ze opengedaan om te zwaaien. In de achteruitkijkspiegel ziet ze zijn heen en weer gaande arm. Zwaait hij zijn dochter uit of zijn auto?

Felle vreugde bonkt in haar borst, zoekt een uitweg. Het is gelukt: ze rijdt naar huis in zijn auto en heeft ook de autopapieren. Op de eerste parkeerplaats buiten het stadje zet ze de auto neer. Wat is het stuur hard in haar handen. Daar zit ze, in de auto van haar vader, alleen, zonder hem. Is het werkelijk waar dat ze in zijn auto naar huis rijdt? Even bijkomen. Haar hoofd valt op het stuur. Onrust golft door haar heen. Het is gemeen, ze heeft hem bedrogen. En zo moeiteloos ging het. Nee, ze heeft hem niet echt bedrogen, het is immers waar dat er geen treinen rijden en dat ze dan moeilijk thuis kan komen. 'Je kon niet anders, je moest wel,' hoort ze Anton al zeggen.

Ze toetst zijn nummer. 'Je gelooft het niet! Ik bel je vanuit de auto. Ik heb de auto meegekregen, geleend zogenaamd. Hij vond het onmiddellijk goed. Het leek wel alsof ik een potlood van hem mocht lenen. Hij beseft het niet, dat het om zijn auto ging.'

Anton klinkt opgelucht, maar even later bezorgd. 'Het is geweldig, maar doe alsjeblieft voorzichtig. Is met jou alles goed?'

'Ik kan het niet geloven, maar het is zo gemeen. Die auto betekent zoveel voor hem.'

'Bedenk dat je hiermee waarschijnlijk akelige ongelukken hebt voorkomen.'

Natuurlijk heeft hij gelijk, natuurlijk heeft de huisarts gelijk, iedereen heeft gelijk. Maar al die anderen hoefden het niet te doen. Zij is het, zijn eigen dochter, die hem zijn liefste bezit heeft afgenomen. Hoe moet ze daarmee in het reine komen? Waarom heeft het CBR niet eerder ingegrepen?

De volgende dag doet ze per e-mail opnieuw een beroep op het CBR. Opnieuw legt ze de situatie uit en geeft de ernst ervan aan. *Als zijn enige dochter voel ik de verantwoordelijkheid zwaar op mij drukken. Ik wil voorkomen dat er ongelukken gebeuren, zowel voor hem als voor eventuele andere personen. Mijn verantwoordelijkheid en de langzame, aarzelende werkwijze van het* CBR *hebben mij ertoe gedwongen hem zijn auto af te nemen. Dat is voor hem onverteerbaar. Het is ook veel beter als een officiële instantie een dergelijke maatregel neemt dan dat een naast familielid dat moet doen. Ik kan niet toezeggen dat ik de auto bij mijn vader weg kan houden gezien zijn reactie daarop. Ik verzoek u dringend zo snel mogelijk actie te ondernemen en mijn vader het rijbewijs af te nemen.*

De telefoon rinkelt en Liesbeth ziet het telefoonnummer van haar vader op het display staan. 'Heb jij mijn auto?'

'Ja, papa.'

'Ik wil mijn auto terug.'

'Dat kan nu niet. Ik heb hem naar de garage gebracht om hem te laten repareren. De bumper was helemaal kapot.' Het is waar. Ze liegt niet. De auto staat echt bij een garage. Na overleg met de verzekering wordt alle schade gerepareerd.

'O, en wanneer is hij dan klaar?'

'Ze zullen bellen, maar het kan wel even duren.'

'Als hij terug is, breng je hem dan weer naar mij toe?'

'Dat zien we dan wel.' Ze praat eroverheen, heeft niet de moed hem weer voor het hoofd te stoten door te zeggen dat ze de auto nooit meer terug zal brengen.

'Je kunt gewoon met de taxi gaan. Die komt je halen op de dagen dat we afgesproken hebben en brengt je ook weer terug.'

'Daar hou ik niet van. Ik ben dan veel te afhankelijk.'

'Er gaan zoveel mensen met een taxi, dat kun jij ook wel en het is toch een mooie manier om overal te komen waar je maar heen wilt?'

'Ik hou er niet van.' Hij verbreekt de verbinding.

Een week later reist Liesbeth met de trein en de bus weer naar hem toe. Hij ziet er moe uit.

Ze zet snel koffie en gaat bij hem zitten. 'Hoe is het allemaal?'

'Goed, hoor.' Wat klinkt hij mat. 'En met jou?'

'Ook goed.'

'Hoe is het met de kinderen?'

'Ze maken het goed.'

'Gaat het goed op school?'

'Ze zitten niet meer op school, papa. Ze werken allebei. Ze zijn al groot.'

'O ja, dat vergeet ik wel eens. Het is zo fijn als je er bent. Dan hoef ik helemaal niets te doen. Je bent zo'n lieve meid.'

Ze schaamt zich, voelt zich keihard. Wat is het moeilijk om hem tegen zichzelf te beschermen. Wat is het erg als anderen voor je gaan beslissen wat er moet gebeuren, als anderen zeggen wat beter voor je is en dat je het daar dan helemaal niet mee eens bent, dat je dan uit alle macht vast wilt houden aan alles waar je vertrouwd mee bent. Zal dat haar later zelf ook overkomen? Zal wat ze nu doet zich later ook tegen haarzelf keren?

De bel gaat. Het is Menno, de maatschappelijk werker. 'Dag meneer, hoe gaat het ermee?'

Hij had ook toneelspeler kunnen worden, daar was hij misschien geschikter voor geweest. Hoelang komt hij hier nu al, iedere keer een halfuur, langer niet. Van de een naar de ander gaat hij, alleen om te kijken hoe het met iemand gaat, of hij of zij nog een poosje thuis kan blijven, of er meer thuiszorg ingeschakeld moet worden, of de familie regelmatig komt om problemen op te vangen.

'Het gaat prima met mij. Met u ook?' En even later: 'Je bent vast een oud-leerling van mij. Je komt me zo bekend voor.'

'Nee, ik ben geen oud-leerling van u, ik kom alleen maar even kijken hoe het met u gaat.' Hij drinkt koffie mee, vraagt Liesbeth hoe het is en ze vertelt het verhaal van de auto, van de taxi en dat ze vindt dat haar vader er niet goed uitziet. Menno is het met haar eens. 'Ik zal nog eens informeren of er toch echt geen plaats voor hem is. Hij gaat nu toch wel erg hard achteruit.'

Hij neemt afscheid en ze loopt met hem mee naar de gang. Terwijl hij zijn jas aantrekt, hoort ze haar vader mopperen: 'Wat die kerel komt doen weet ik niet, hoor.'

Menno glimlacht. Hij heeft het ook gehoord. Dat soort reacties is hij wel gewend. 'U hoort gauw van mij.'

Zijn agenda ligt open. Hij heeft er met potlood opmerkingen in geschreven. *Auto weg, portefeuille weg, te veel medicijnen.*

'Is je portefeuille weg?' vraagt ze ongerust.

'Dat weet ik niet. Is hij weg?'

'Dat staat hier.' Ze voelt in de binnenzak van zijn jas. Nee, hij is er nog, maar wat is hij dun. Hij bewaart er altijd zijn paspoort en zijn rijbewijs in en extra geld. Je kunt immers niet weten of je geld nodig hebt? Ze heeft het hem nooit uit zijn hoofd kunnen praten. Er zit helemaal niets in de portefeuille: geen paspoort, geen rijbewijs, geen geld, zelfs het kaartje met zijn naam en adres is eruit.

'Weet je dat er niets meer in je portefeuille zit?'

'Nee, dat weet ik niet. Is dat zo?'

Ze zoeken overal, hij en zij. Ze vindt altijd alles terug. Nu niet. Zijn paspoort, rijbewijs, geld, niets komt tevoorschijn. In de vuilniszakken misschien. Ook niet. Dat wordt weer een nieuw paspoort. En hij heeft net sinds drie weken een nieuw. Het rijbewijs mag zoek blijven, dan kan hij tenminste ook geen auto meer rijden. Ze kan moeilijk een nieuw rijbewijs aanvragen. Zou hij dat nog krijgen? Op die leeftijd met alles wat er bij het CBR van hem bekend is? Straks laten ze hem nog examen doen. Maar ze moet aangifte doen bij de politie. Zonder een politieverklaring zal hij ook geen nieuw paspoort krijgen. Hij heeft eigenlijk geen paspoort nodig, maar hij moet wel een identiteitskaart hebben, anders mag hij het bejaardenhuis niet in.

Met lood in de schoenen gaat ze naar het politiebureau. Het is eigenlijk een gewoon woonhuis. Ze loopt er altijd langs als ze uit de bus is gestapt en het laatste stukje naar haar vader gaat. Vanbuiten ziet het er kaal uit. Nu ziet ze het vanbinnen. Ook al zo kaal. Het lijkt op gebouwen in de DDR.

Ze wordt binnengelaten in een klein kantoortje.

'Het gaat om de meester.' Ze noemt hem maar zoals hij overal in de omgeving bekendstaat.

'De meester? Ik heb nog bij hem in de klas gezeten!' De agent gaat op zijn praatstoel zitten. 'De meester...' zegt hij mijmerend en even glimlacht hij voor zich heen. Dan herneemt hij zich. 'Hoe gaat het met hem? Ik heb gehoord dat er problemen zijn met zijn auto. Laatst was er iets. Hij was hem kwijt, geloof ik. Stond hij onafgesloten en met de sleutels erin op een parkeerterrein. Was het zo niet?'

'Ja, dat is een poosje geleden gebeurd.' Ze vertelt hem wat ze gedaan heeft, dat ze de auto heeft weggenomen om ongelukken te voorkomen, dat de procedure via het CBR zo lang duurt, dat er eerst iets moet gebeuren. Ze heeft de politie al eens gevraagd de auto in beslag te nemen. Dan zou de auto weg zijn en hoefde ze hem niet weg te halen. Maar dat doen ze niet. Alleen auto's van ernstige verkeersovertreders en criminelen worden in beslag genomen. Daar is kennelijk genoeg plaats voor. Zij moet het zelf maar uitzoeken. Schamper klinkt het, ze hoort het zelf.

'Ik begrijp uw frustratie, maar het kan nu eenmaal niet. De politie mag alleen bezittingen innemen op grond van een misdrijf.'

'Ik heb ook gevraagd of ze hem in de gaten wilden houden op de tijdstippen dat hij in de auto stapte op weg naar zijn vriendin. Dat waren altijd vaste tijdstippen. Weet u of dat gebeurd is? Ik heb er nooit iets over gehoord.'

'Dat weet ik niet, maar het zou best kunnen. Ik zal het nog eens navragen.'

'Dat hoeft nu niet meer, want ik heb de auto met een smoesje weggehaald. En nu zitten zijn paspoort en zijn rijbewijs niet meer in zijn portefeuille. Ze zijn nergens meer te vinden. Er moet ook geld in die portefeuille gezeten hebben, maar hij weet niet meer hoeveel. Een paar briefjes van vijftig euro zijn het zeker wel geweest.'

De ambtenaar noteert alles, wil weten hoe het gebeurd kan zijn. Natuurlijk weet ze dat niet. Ze was er niet bij. Misschien is er iets tijdens de taxirit gebeurd. Haar vader zit altijd te voelen of hij zijn portefeuille en zijn portemonnee nog heeft. Dat kan opgevallen zijn tijdens het taxivervoer. Heeft een taxichauffeur er misbruik van gemaakt, het van hem afgenomen, of is alles eruit gegleden en op de vloer van de taxi gevallen? Ze heeft het kantoor van het taxibedrijf gebeld, maar men weet van niets. Misschien is ze wel net zo achterdochtig aan het worden als haar vader.

Ze krijgt de papieren met de vermelding van het verlies van het paspoort en het rijbewijs.

'Vraagt u het rijbewijs maar niet meer aan. Ik doe een melding naar het CBR. Dan wordt dat daar aan het dossier toegevoegd.'

Van het politiebureau gaat ze naar het gemeentehuis om een nieuw paspoort aan te vragen. Het moet en zal weer een paspoort zijn en geen identiteitskaart.

'Maar je gaat toch niet meer naar het buitenland?'

'Hoor eens. Ik wil een paspoort en niet iets anders.'

Ze heeft hem niets meer gevraagd, in die paar weken zal er niets aan zijn mening veranderd zijn. Ze gaat alleen, probeert eerst maar eens of ze de aanvraag zonder hem voor elkaar kan krijgen.

'Ach, de meester? Is hij zijn paspoort kwijt? Het is toch wat. Nou, geef alles maar hier. Heeft u goede pasfoto's?'

'Ja, nog van een paar weken geleden.'

'Prima. Ik kom het wel brengen als het klaar is. Hij hoeft hier niet heen te komen om zijn handtekening te zetten.'

'Dank u wel. Dat is geweldig.'

'Het gaat niet zo goed met de meester, heb ik gehoord.'

'Nee, inderdaad. Hij vergeet zoveel.'

'Rijdt hij nog steeds auto?'

'Dat wil hij wel, maar eigenlijk kan het niet meer.'

'Ja ja, zie ze maar eens uit de auto te krijgen. Dat valt ook niet mee. Die mensjes hebben altijd overal heen gereden en dan kunnen ze dat ineens niet meer. Maar ze veroorzaken zoveel ongelukken, daar heb je geen weet van!'

Zo raast de man nog een poosje door en ze laat hem praten, is alleen maar blij dat het zo opgelost wordt. Haar gedachten blijven om haar vader draaien, ook als ze weer thuis is.

'Hier staat: "Elke dinsdag en vrijdag komt een taxi je halen en brengt je weer thuis." Maar dat is niet de bedoeling!'

Ze houdt de telefoon iets van haar af, zo hard klinken haar vaders woorden.

'Ja, papa, dat is wel de bedoeling.'

'Nee, dat is niet de bedoeling. Ik wil mijn auto terug!'

'Dat kan niet, papa.'

'Dat kan wel! Ik moet mijn auto terug. Zo spoedig mogelijk! Dit is diefstal!'

'Papa, dat kan niet! Iedereen zegt dat dat niet kan. De huisarts, de neuroloog, Hanna, Ria, wij, iedereen!'

'Ik moet mijn auto terug. Je hebt mijn auto van me afgepakt.'

'Papa, het kan niet!'

'Dat kan wel, verdomme!'

'Papa, weet je tegen wie je praat en vloekt?'

'Weet jij dat ook? Je hebt mijn auto gestolen!'

'Papa, luister nu eens naar me. Het kan niet meer.'

'Het kan wel! Ik moet mijn auto terug!'

'Nee, papa.'

'Ik wil niks meer met je te maken hebben!'

Ze probeert kalm te blijven, wil geen ruzie maken. Maar hij heeft nog nooit gezegd dat hij niets meer met haar te maken wil hebben. Ze slaat haar armen om haar schouders, er schiet een krimpende pijn door haar heen.

Hij belt opnieuw. Het staat op de nummermelder: PAPA. Ze kan het niet, neemt niet aan. Weer iets om zich schuldig over te voelen, de pijn blijft kwellen, haar hart bonkt of het uit haar lichaam wil. Ze is bang, bang voor haar eigen vader.

De hele week door belt hij, meestal eind van de middag of 's avonds. Een enkele keer neemt ze met trillende handen op, maar meestal niet. Wat zal er gebeuren als ze hem weer bezoekt? Zal hij dan weer tegen haar tekeergaan? Ze moet naar hem toe, er is een afspraak gepland met Menno. Zijn auto is gerepareerd, maar ze durft hem niet te gebruiken. Ze neemt haar eigen kleine autootje.

Onderweg hoort ze de nieuwsberichten, de files, het weerbericht. Wat zeiden ze nou precies? Straks maar weer luisteren. Luisteren? Ze luistert helemaal niet. Best mogelijk dat ze dan weer niet weet wat er gezegd is. De radio begint te kraken. De ontvangst wordt steeds slechter, hoe verder ze komt. Een voorteken van hoe het bij haar vader zal zijn? Driftig geeft ze een klap op de aan-en-uitknop. Haar hart klopt hevig. 'Rustig nou, hou je nou kalm.' Dat zegt ze hardop. Ze wordt steeds nerveuzer naarmate ze dichter bij zijn huis komt. Hem bellen dat ze onderweg is of dat ze er bijna is, doet ze al lang niet meer.

'Dag papa. Daar ben ik weer.' Ze probeert het zo luchtig mogelijk te laten klinken.

'O, maar dat is fijn! Wat ben ik blij dat ik je zie.'

Geen lelijke vader, alleen maar een blije vader, blij dat hij haar ziet. Of er niets gebeurd is.

Hij richt zijn blik op het straatje. 'Ben je met mijn auto?'

'Nee, met de mijne.'

'Heb ik geen auto meer?'

'Jawel. Die staat in de garage. Hij was kapot. Er moet een nieuwe bumper op.'

'O. En wanneer is hij klaar?'

'Dat duurt nog wel even.' Het lijkt zo normaal, dit gesprek tussen een vader en zijn dochter over gewone zakelijke dingen, maar hij draagt alweer een stropdas over een pyjamajasje.

'Ik heb een ander overhemd voor je klaargelegd.'

'Moet ik dat nu aantrekken?'

'Ja, doe dat maar.'

'Als jij het zegt, vooruit dan.'

Het lijkt ook heel normaal dat ze naar Ria gaan, alleen doen ze dat in Liesbeths auto en niet in die van hem.

'Is dit mijn auto?'

'Nee, die van mij.'

'O.'

De volgende ochtend klaagt hij dat zijn weerstation het niet doet. Dankzij alle zoektochten weet Liesbeth waar de batterijen liggen en kan ze ze vervangen. Terwijl ze daarmee bezig is komt Hanna langs. Hanna vertelt hoe ze Liesbeths vader al een paar keer heeft weggehaald bij de geparkeerde auto's van de leerkrachten van school. Hij bleef daar maar rondlopen in de koude wind, op zoek naar zijn auto. Bij elke auto bleef hij stilstaan om hem vervolgens van onder tot boven en van voor naar achter te bekijken.

'Ik kan er niet meer tegen, Hanna. Wat moet ik in vredesnaam doen?'

'Volhouden. Als je dat niet doet gebeuren er ongelukken.'

'Ik ben zo blij dat jij hem in de gaten houdt.'

Hanna kijkt haar even aan, staart dan naar buiten. Ze wil iets zeggen, doet het toch niet.

'Ik kom zo vaak mogelijk, maar het moet niet lang meer duren.' Dan kijkt ze Liesbeth strak aan. 'Hij wordt vervelend, maar dat hou ik nog wel even vol. Hij moet opgenomen worden. Het gaat niet meer zo alleen in dit huis. Dat zie ik waarschijnlijk nog beter dan jij, omdat ik hier zo vaak kom.'

Vervelend, het woord blijft hangen, wat bedoelt ze?

'Wat is er?' Zijn stem.

'Niets, we babbelen maar wat.'

Als Hanna weg is, belt Menno. Hij komt niet, er is iets tussen gekomen. En daar heeft ze de hele reis voor ondernomen. Menno wil altijd graag dat ze bij het gesprek met haar vader aanwezig is. Ze is nijdig. Menno weet toch dat ze van ver komt.

Ze ziet zijn verjaardag naderen. Negentig wordt hij. Hoe moeten ze dat in hemelsnaam vieren? Ze denkt aan zijn vijfentachtigste verjaardag, beseft dan pas goed hoe erg zijn gezondheid achteruit is gegaan. Zonder dat hij het wist hadden ze alle mogelijke vrienden en bekenden uitgenodigd om hem in een restaurant aan zee te komen feliciteren. Aan zee, omdat hij daar zo van hield. Het kon wel eens de laatste keer zijn, hadden Anton en zij tegen elkaar gezegd.

Ze namen hem mee, een eindje rijden, ergens een kop koffie drinken. Argeloos liep hij het restaurant binnen en werd meteen overvallen door bekenden die hem feliciteerden. Hij had nauwelijks tijd om zich te realiseren wat er gebeurde, moest meteen handen schudden, reageren op de felicitaties. Mensen die hij jarenlang niet had gezien stonden ineens voor zijn neus. Wat had hij genoten.

Hoe anders is alles nu. Het is ondenkbaar om weer zoiets te organiseren. Maar ze wil zijn verjaardag vieren. Alleen met de familie, dat is genoeg, en Hanna, Ria natuurlijk. Samen koffiedrinken en iets eten. Misschien brengt het een opleving in zijn geheugen. Geen drukte thuis, dat is beter, ergens anders moet het. Haar vaders verjaardag valt op een zaterdag. Dat moet voor iedereen gemakkelijk zijn. Ze herinnert zich het restaurant met uitzicht op het binnenwater waar hij in zijn jeugd vaak ging zwemmen. Ze rijdt erheen, legt aan de bedrijfsleider – 'Zeg maar Dave' – uit waar het om gaat. Graag tafels die wat apart van de andere tafels staan. Een groep, iets meer dan twintig personen, zo groot is de familie niet.

'We zullen ervoor zorgen dat alles prima voor elkaar is, mevrouw.'

Ze heeft nog een foto van hem, voluit lachend, een foto van een paar jaar geleden. Die verwerkt ze in de uitnodiging. Ze beloven te komen: de kinderen, de neven en nichten en de achternichtjes en achterneven. Sommigen heeft ze jaren niet gezien.

'We gaan je verjaardag groots vieren, papa.'

'Hoe dan? Wat ga je doen? Ik weet het niet, hoor. Ik vind alles goed. Jij moet het maar regelen.'

En als ze het er weer over heeft: 'Ben ik al zo gauw jarig? Dat wist ik niet, hoor. Zorg jij voor de gebakjes?'

'We gaan het ergens anders vieren. En de hele familie komt.'

'O ja? Dat is mooi. Maar dan moeten er toch gebakjes zijn?'

'Daar zorgen ze in het restaurant wel voor.'

'O ja.'

Een paar dagen voor hij jarig is rijdt Liesbeth in haar eigen auto naar hem toe. Anton moet de hele week werken en komt samen met de kinderen op de dag zelf in de Toyota van haar vader. Er zit een nieuwe bumper op. Hij parkeert de auto een straat verder. Haar vader moet die auto niet te zien krijgen, dan zouden de problemen opnieuw beginnen. Hoe Anton en de kinderen nou eigenlijk gekomen zijn, dat vraagt de oude man zich niet af. Ze zijn er gewoon, dat is genoeg.

Liesbeth legt nette kleren klaar voor haar vader. 'Deze moet je aantrekken. Op je verjaardag moet je netjes zijn.'

'Ben ik dan jarig?'

'Ja, je bent jarig. Je wordt binnenkort negentig jaar.'

'Dat is toch niet waar zeker? Je houdt me voor de gek.'

'Nee hoor, het is echt waar.'

En als de dag daar is nemen ze hem mee, in hun eigen auto, samen met Ria. De kleinkinderen rijden in de Toyota van opa naar het restaurant.

'Denk erom dat opa de auto niet te zien krijgt, want dan is het hek van de dam. Parkeer hem alsjeblieft een heel eind verder weg op het parkeerterrein. Dat is groot genoeg.'

Marius kijkt verwonderd, vindt het overdreven. De teleurstelling kruipt vanuit haar tenen omhoog. Ze heeft hem toch verteld wat ze met opa meemaakte, is dat dan niet tot hem doorgedrongen? Haar mond wordt een streep. Geen discussie nu, alsjeblieft!

Een diepe zucht verdrijft het vervelende gevoel. Hij maakt zijn grootvader immers niet zo vaak mee. Maar goed ook. De kinderen leiden hun eigen leven.

Ze helpt haar vader met uitstappen, pakt hem stevig vast aan zijn arm en stuurt hem in de goede richting. Terwijl ze hem naar binnen loodst, ziet ze haar zoon de auto een heel eind verderop parkeren. Binnen zijn een paar neven en een nichtje. Daar moet ze zijn. Ze schuifelt haar vader erheen, tussen de tafeltjes door.

De tafel is veel te klein voor het hele gezelschap. Er klopt iets niet. Onrustig kijkt ze om zich heen. Is er een ober of wie dan ook? Ze zet haar vader op een stoel bij de familie en gaat op zoek. Ze lopen allemaal druk heen en weer, kijken niet eens naar haar. Midden in het gangpad blijft ze staan, verspert duidelijk de weg. 'We zijn straks met vijfentwintig mensen. Waar had u ons gedacht?' Het voelt alsof ze schreeuwt. Of ze afgesproken heeft? Natuurlijk heeft ze dat. Ze is hier zelf geweest.

De ober loopt naar een balie, slaat een groot boek open, ze noemt haar naam.

'Hier staat niets.' Hij denkt dat zij het mis heeft. Ze ziet het aan zijn ogen, maar ze blijft hem strak aankijken. Dit zal haar niet gebeuren. Waar moet ze anders heen met de familie?

'Ik heb met Dave gesproken toen ik een paar weken geleden hier was. Hij verzekerde me dat alles in orde zou komen. En drie dagen geleden heb ik nog telefonisch doorgegeven met hoeveel personen we zouden komen.'

'Maar hier staat niets.'

'Mijn vader is vandaag negentig geworden. Ik heb dit besproken. Ene Dave heeft dit aangenomen. U zult iets moeten regelen voor ons.' Ze blijft hem strak aankijken, ziet hem twijfelen als ze Dave noemt. Dringt die naam nu pas tot hem door?

'U zult wel gelijk hebben. U noemt de naam van de baas. Dan

heeft hij de afspraak niet genoteerd. We gaan ons best doen, maar u moet even geduld hebben.'

'Dat zou mooi zijn, maar ik wil wel zolang ergens bij elkaar zitten. Dit kan natuurlijk niet, een paar hier en een paar daar. Het is per slot van rekening een familiefeestje.'

Met haar vader aan de arm sjouwt ze achter de ober aan naar een zaaltje. Koud is het er, koud, kaal en hol. Ze rilt, trekt haar schouders op. De ober ziet het: 'Het is maar even, hoor.' Het moet maar, ze heeft geen keus. Gezellig doen tegen iedereen, dan lijkt het allemaal zo erg niet. Ze zullen de situatie toch wel begrijpen? En anders begrijpen ze het maar niet!

De familie heeft haar vader lange tijd niet gezien. Het besef dat het niet goed met hem gaat dringt langzaam ten volle tot hen door.

'Wat goed dat je dit georganiseerd hebt, Liesbeth. Vijf jaar geleden, dat was een geweldige bijeenkomst. Je kunt elkaar beter bij zoiets als dit ontmoeten dan bij een begrafenis.'

Ze hoort het aan. Misschien was het aardig geweest als ze tussendoor haar vader ook eens bezocht hadden. Niet zo denken, gezellig doen. Er zijn cadeautjes, veel chocola, bonbons en pantoffels van Ria.

'Waarom zijn we hier?'

'Je bent jarig vandaag.'

'Ben ik jarig?'

'Ja. De hele dag.'

'Hoe oud word ik dan? Zesentachtig? Zevenentachtig?

'Nee, nog ouder.'

'Negenentachtig?'

'Nee, nog iets ouder.'

'Negentig?'

Ze knikt.

'Dat is toch niet waar, zeker? Je houdt me voor de gek.'

'Nee, hoor. En daarom zijn we hier met z'n allen. Kijk eens hoeveel cadeautjes je gekregen hebt.'

Zo gaat het nog een paar keer. Waar blijft die ober? Heeft hij nou nog niets geregeld? Het hele restaurant zit vol en zij zitten in dit koude zaaltje op koude stoelen aan formica tafels. En maar vrolijk doen. Alles loopt in het honderd, zijn laatste verjaardag met de hele familie. Zou dit werkelijk zijn laatste verjaardag zijn? Even draait alles om haar heen, monden lachen, gaan open en dicht, geluidloos. Zijn magere wangen, fletse ogen. De waarheid staat vol voor haar. Dit is zijn laatste keer met de hele familie. De volgende keer is bij zijn begrafenis. Met driftig lawaai schuift ze haar stoel achteruit, zoekt opnieuw de ober.

'Nog tien minuten, mevrouw.'

In het restaurant worden tafels gedekt aan het eind van de zaal. De tafel loopt door in een kleine zijruimte. Als je daar komt te zitten zie je niemand, alleen degenen die vlak bij je zitten. Ongezellig is dat. Maar een andere mogelijkheid is er niet. Ze mag nog blij zijn dat ze niet weggestuurd zijn en dat er kennelijk genoeg te eten is. Er worden steeds meer schalen aangevoerd. Met een zucht van verlichting schuift ze even later de stoel van haar vader dichter bij de tafel. Met zijn bord voor zijn neus let hij nergens meer op, eet alleen maar. Zijn mond gaat open en beverig stuurt hij een vork naar binnen. Het is maar goed dat hij met zijn rug naar de andere gasten in het restaurant zit. De familie weet intussen wel hoe het met hem gesteld is. En per slot van rekening is hij officieel hun gastheer.

'Hij laat het zich nog goed smaken.'

'Hij kan nog steeds lekker eten.'

Dat geldt ook voor hen. Steeds opnieuw worden de borden gevuld.

'Dat was lekker.'

'Fijn.'

'Zouden we niet eens naar huis gaan?'

'Nee, nog niet. Je bent jarig en er komt nog een toetje.'

'Ben ik jarig? Maar dan moet ik trakteren.'

'Dat doe je ook. Je trakteert de hele tijd al.'

'Dit allemaal?' Zijn duim en wijsvinger glijden over elkaar heen in een gebaar van betalen. 'Dat kost wat.'

'Dat kun je wel betalen, hoor. Je wordt maar een keer negentig.'

'Negentig? Word ik negentig? Een hele leeftijd.'

'Dat kun je wel zeggen, ja.'

Alle wetenswaardigheden zijn uitgewisseld en iedereen valt een beetje stil. De ogen van haar vader vallen dicht. Het is goed zo. Hij is tevreden. Iedereen heeft elkaar weer eens gezien, ze hebben hem weer eens gezien en ze begrijpen allemaal dat het voorbij is. Deze oom heeft zijn leven gehad. Het staat in hun ogen, net als het medelijden, met hem, met haar als ze hem bij een gesprek wil betrekken en het niet lukt. Alleen heel dicht bij zijn gezicht lukt het om je verstaanbaar te maken.

Ze nemen afscheid van elkaar. Haar vader zal een aantal van hen nooit meer zien. Eenmaal in het bejaardenhuis wordt zijn familie minstens gehalveerd. Ze zullen niet meer komen.

'Zuster, dit is mijn dochter.'

'Ja, maar we kennen haar wel, hoor.'

'Dat is toch zo'n lieve dochter. Ze is mijn alles, dat begrijpt u zeker wel.'

'Natuurlijk begrijp ik dat. Wat geweldig voor u dat ze zo vaak naar u toe komt.'

'Ja, ik kan me geen betere dochter wensen.'

Twee keer per dag komen ze nu, in plaats van één keer. En de medicijnen nemen ze mee, omdat hij er steeds mee rommelt.

'Moet ik die allemaal innemen? Dat is veel te veel, zuster!'

'Nee, het is goed zo hoor. Neemt u ze maar in.'

'Dan moet u het zelf maar weten. Maar het zijn er veel te veel.' In een oude gewoonte slaat hij zijn hoofd achterover, gooit de tabletten als het ware naar binnen.

Zoals altijd moet ze zoeken, alles zoeken, de hele dag. De gekste dingen is hij kwijt en het komt op de gekste plekken tevoorschijn. Alle laden gaan weer open. In een van de laden in de woonkamer ligt weer een brief van het CBR. Ze roept hem erbij.

'Papa, hier ligt een brief van het CBR. Je hebt hem niet opengemaakt.'

'O, ja? Dat weet ik niet, hoor.'

De brief moet een week eerder gekomen zijn. Haar handen trillen, de envelop scheurt.

U ontvangt binnenkort een oproep. Wanneer u niet meewerkt, verklaart het CBR uw rijbewijs ongeldig ... blijkt het vermoeden dat de heer niet langer voldoet aan de eisen van geschiktheid, waaraan hij gezien het aan hem afgegeven rijbewijs moet voldoen. Totstandkoming besluit: verwardheid, geheugenstoornissen, oriëntatiestoornissen. Voorenstaande diagnose is gesteld door een neuroloog.

Net als de keer daarvoor is er een tweede brief met dezelfde inhoud. De ene is aangetekend en de andere niet. Hij moet die brief zelf aangenomen hebben.

'Je moet gekeurd worden.'

'Ze doen maar.'

'Als je een brief schrijft dat je afziet van je rijbewijs, hoef je ook niet gekeurd te worden.'

'Ik blijf autorijden. Ze kunnen wel zoveel zeggen.'

'Maar je hebt je rijbewijs niet meer. Dat ben je kwijt.'

'Ik heb een auto en ik rij erin.'

Ze probeert zijn gedachten af te leiden door de televisie aan te zetten. 'Waar is de afstandsbediening?'

'Die ligt hier toch?'

'Nee, ik zie hem niet.'

'Dan weet ik het ook niet, hoor.'

Ze zoekt een uur lang, vindt het ding uiteindelijk op zijn nachtkastje en legt het bij hem neer.

'Heb je hem gevonden? Als ik jou toch niet had!'

Hij legt de afstandsbediening naast het klokje op het tafeltje naast zijn stoel.

'Ik heb het weerstation laten maken. Er was iets met de batterijen.'

'Waar heb je dat laten doen?'

'Bij Ruitenburg.'

Ze zwijgt, de firma Ruitenburg bestaat al twintig jaar niet meer.

'Zullen we nog een eindje gaan rijden? Dat kan nog wel voordat het avond is.'

Hij vindt het goed. Ze verwacht niet anders. Het is een halfuur rijden naar het dorp waar hij geboren is en opgroeide. Haar moeder kwam er ook vandaan. Langzaam rijdt ze door de straatjes en langs de plekjes die hij nog van vroeger moet kennen, dezelfde route die ze altijd met hem rijdt. Hij herkent niets.

'Ik ben hier in 1940 weggegaan en sindsdien is alles natuurlijk veranderd. Ik ben hier nooit meer geweest.'

Ze heeft niet de moed ertegen in te gaan. Het heeft geen zin hem te vertellen dat ze heel vaak terug zijn geweest, dat hij er regelmatig familie en bekenden heeft bezocht. Hij weet het niet meer.

Hoofdstuk 7

De mevrouw van de indicatiecommissie komt weer op bezoek, samen met Menno. Het zoveelste bezoek in een lange reeks. Vervelende bezoeken. Ze heeft er genoeg van. Het is tijdverspilling. En ze moet erbij zijn, elke keer. Hoe vaak heeft ze de lange reis al niet gemaakt? Ze is meer bij haar vader dan bij haar man. Haar vader wordt niet beter van die bezoeken, is alleen onrustiger de uren daarna.

Maar dan is ineens alles anders, alles staat stil. 'Uw vader kan opgenomen worden, maar niet meer op een gewone afdeling. Hij moet achter gesloten deuren.' Harde ogen kijken haar aan, vastbesloten.

Ze is blij, en ook weer niet, verdriet voelt ze. Waarom, ze wist toch dat dit eraan zat te komen?

'Hij is te erg achteruitgegaan. Zodra er plaats is wordt u gebeld.'

De boodschap is hard, maar ze hield er rekening mee. Het gaat niet goed met hem. Dat ervaart ze bij elk bezoek. Ze haalt nog een keer koffie. Hoelang zal ze dat nog doen in dit huis? De deur voelt anders aan, de kast ziet er anders uit. Zelfs de meubels begrijpen wat er gaat gebeuren. Ze moet zich erop voorbereiden. Als het bewuste telefoontje komt, moet in heel korte tijd alles geregeld worden. Begin maar vast na te denken hoe je het allemaal gaat aanpakken, zegt ze tegen zichzelf. Wat kan er mee, wat moet weg? Waar moet ze ermee naartoe? In haar dromen stapelt het meubilair zich hoog op, valt om. De ravage is niet te overzien.

Hij belt. Steeds opnieuw voert Liesbeth hetzelfde gesprek.

'Heb jij mijn auto?'

'Ja.'

'Ik wil mijn auto terug.'

'Nee, papa. Dat kan niet meer.'

'Ik wil mijn auto terug, zeg ik je!'

'Dat kan niet, papa. Het gaat niet goed. Je verdwaalt.'

'Ik verdwaal niet! Ik wil mijn auto terug. Begrepen!'

Als de telefoontjes eenmaal beginnen houden ze niet meer op, dan hoort ze hem vijf minuten later weer. PAPA ziet ze op het display staan. Ze laat de telefoon rinkelen in haar hand. En weer en weer. Schuldig is ze. Ze heeft de auto gestolen. Het is haar schuld dat hij zo doet. Zij, zijn dochter, heeft hem zijn auto afgepakt. Stel je voor dat Marius of Mieke haar auto zou afpakken. Maar met haar is niets aan de hand. Met hem wel. Ze begint de auto te haten. Wat een ellende heeft ze door dat ding. Het CBR beschouwt haar waarschijnlijk al als een crimineel, verdenkt haar van oneerlijke praktijken, dat ze met opzet zegt dat haar vader niet meer geschikt is om auto te rijden, om hem dwars te zitten. Dat komt wel eens voor en zo zal het met haar ook wel zijn. Die auto moet weg. De politie, misschien als ze nog een keer alles eerlijk tegen de politie vertelt, misschien wil die de auto dan toch wel ergens in een garage neerzetten. Als hij maar bij haar weg is. Opgelucht haalt ze adem bij dat idee. Dat gaat ze doen. Als ze het voor de tweede keer vraagt, moet toch duidelijk zijn dat ze die auto niet voor haarzelf heeft weggenomen, dat ze het alleen gedaan heeft voor hem, om ervoor te zorgen dat hij niet zal verdwalen en geen kinderen dood zal rijden. Ze belt, doet haar verhaal.

'Nee, mevrouw, dat doen wij niet. Daar hebben we geen ruimte voor. Wij hebben hier wel auto's staan, maar die zijn in beslag genomen.'

'Maar dan weet u nu dus dat de auto van mijn vader bij mij staat. Als hij aangifte doet van diefstal, dan weet u hoe de situatie is.'

'Ja, dat is helemaal duidelijk. Ik noteer het in het rapport over uw vader.'

'Heeft u dan gegevens over hem?'

'Ja, er zijn allerlei meldingen.'

Ze vraagt niet meer wat voor meldingen dat dan zijn. Ze wordt wat rustiger nu de politie op de hoogte is van haar probleem.

Even later gaat weer de telefoon. ANONIEM staat er op het display. Het is het bejaardenhuis. 'Er is plaats voor uw vader met ingang van 1 februari.'

'Dat... dat... ik moet het even verwerken.'

'Het komt altijd nog onverwacht, mevrouw.'

'Je wacht zo lang en dan ineens is het zover. Dank u. Dank u.'

Ze zit nog een hele tijd uit het raam te staren, de telefoon in haar hand. De takken van de linden zijn kaal, ze strekken zich zielloos uit naar de grauwe hemel. Ze zijn zonder ziel, net als haar vader. Alleen is zijn ziel voorgoed verloren en de bomen zullen over een paar maanden weer groen zijn.

Het moet binnen een maand gebeuren. Geen broers, geen zussen, alles komt op haar neer. Anton wil zoveel mogelijk helpen, maar kan niet lang vrij nemen. Ze schakelt de kinderen in en dankt de hemel dat ze die heeft. Ze beloven te komen helpen met de verhuizing. Dan maakt ze een lange lijst van alles wat er moet gebeuren. Punt een: hoe vertel ik het mijn vader?

'Er is gebeld. Er is een kamer voor je vrij.'

'Dat kan niet. Daar is een heel lange wachtlijst. Ik ben nog niet aan de beurt.'

'Het is toch echt zo. Per 1 februari. Ik heb erover nagedacht hoe het allemaal moet. We willen je op 3 februari verhuizen. Dan zijn Anton en de kinderen vrij om te komen helpen.'

'Dat is mooi.'

Verbaasd kijkt ze hem aan. Is het zo gemakkelijk? Na alle protesten van het afgelopen jaar kan ze het zich bijna niet voorstellen. Maar prima, als hij zo reageert dan beseft hij kennelijk dat hij eraan toe is.

Hanna is opgelucht dat er een eind aan gaat komen. Ze klaagt dat hij steeds alles op andere plekken legt, dat ze alleen maar bezig is met zoeken en bijna niet aan de gewone dingen toekomt. En dat terwijl er steeds meer te doen is.

'Het is de hoogste tijd. Eindelijk. Het is zielig voor hem, maar het kan niet anders. En o ja. Er ligt weer een brief van het CBR. Ik was er toevallig toen de postbode kwam. Volgens mij heeft hij hem nog niet eens opengemaakt. Hij ligt in de la in de kamer.'

Hanna wacht even terwijl Liesbeth de brief opent. Verbijsterd leest ze de woorden, onbegrijpelijke woorden na alle brieven en telefoontjes aan het CBR. Haar vader wordt opgeroepen voor een keuring op 28 februari. Dan zit hij al bijna een maand achter gesloten deuren in het bejaardenhuis. Ze ziet het voor zich: de lange autorit, het nutteloze gedoe, want hij wordt afgekeurd, dat weet ze zeker, de uitleg aan een arts die van niets weet, 'Ik zie nog goed, ik hoor nog goed en mijn hoofd is ook nog goed'. Ze doet het niet, ze heeft het er niet voor over.

Ze laat Hanna de brief lezen. Hun ogen vinden elkaar en lezen woede en onbegrip bij de ander over zoveel bureaucratie. 'Ik zal de afspraak afzeggen.'

'Meer kun je niet doen.'

Geachte heer, In uw brief van 16 januari jl. liet u mijn vader weten dat hij zich moet onderwerpen aan een onderzoek naar zijn geschiktheid wat betreft het autorijden. Het onderzoek zou moeten plaatsvinden op 28 februari. U kunt deze afspraak schrappen. Mijn vader is dan inmiddels opgenomen in het zorgcentrum in zijn woonplaats en verkeert in fase 4 van de ziekte van Alzheimer. Nu hij opgenomen wordt, is het gevaar dat hij nog achter het stuur plaats zal nemen geheel geweken. Zoals ik het CBR al eerder meegedeeld heb, had ik de auto al weggehaald. Bovendien is enige tijd geleden zijn portefeuille ontvreemd, zodat hij inmiddels niet meer in het bezit is van een rijbewijs. Er is geen nieuw rijbewijs aangevraagd.

Uit het bovenstaande kunt u concluderen dat het CBR veel te traag heeft gereageerd op de eerste melding van de neuroloog. Als over een persoon van 89 jaar een dergelijke melding wordt gedaan, zou het bij het CBR duidelijk moeten zijn dat haast is geboden om ongelukken te voorkomen. Een alzheimerpatiënt heeft niet meer het vermogen in te zien dat zijn rijvaardigheid veel te wensen overlaat. Ik heb er alles aan gedaan om het CBR tot spoed te manen, helaas zonder resultaat. Dat er geen ongelukken gebeurd zijn, behoudens wat lichte schade aan de auto, is niet te danken aan uw optreden, maar aan gelukkige omstandigheden en het feit dat ik ertoe over ben gegaan de auto weg te halen.

In de hoop dat u uw procedures voor dit soort meldingen zult herzien en ten zeerste zult versnellen, verblijf ik, hoogachtend,

De brief glijdt door de gleuf van de brievenbus en zoekt een plek boven op andere brieven. Het lijkt of er een zucht uit opstijgt, maar die komt uit haarzelf.

Twee weken voor de verhuizing pakt ze haar koffer en verlaat alles wat haar lief is. Iemand die om wat voor reden dan ook onderduikt moet zich ook zo voelen, alsof je jezelf gaat begraven. Er zal niets anders zijn dan haar vader, twee weken lang.

Op de eerste dag verlangt ze al naar Anton. Het weekend zal hij er zijn en dan de dag voor de verhuizing. Voor het eerst rijdt ze erheen met de auto van haar vader. Daar kan ze meer dozen tegelijk in kwijt om naar de vuilstort te brengen. Het is een waagstuk. Zal hij het zien? Gaat het aan hem voorbij? Als ze de watertoren ziet, gieren de zenuwen door haar keel.

Ze parkeert, stapt uit, begroet haar vader geforceerd vrolijk.

'Wat fijn dat je er bent!' Dan tuurt hij over haar schouder naar buiten, laat haar los en schuift het gordijntje naast de voordeur opzij. Met zijn nek vooruit blijft hij naar buiten kijken. 'Is dat mijn auto?'

'Ja.' Gespannen wacht ze af. Wat zal hij doen? Wat zal hij zeggen? Er komt niets, helemaal niets. Het leven lijkt weer normaal voor hem. Zij is de vrouw in huis die overal voor zorgt en zo hoort het ook.

'Je moest hier maar altijd blijven.'

'Dat vindt Anton niet goed, denk ik.'

'Dat moet hij dan maar goedvinden.' Hij meent wat hij zegt. Het heeft geen zin antwoord te geven. Zijn denkwereld is niet realistisch meer.

Die twee weken zijn voor hem een paradijs op aarde. Ze kookt, wast af, zorgt voor alles, doet alles wat een vrouw in zijn ogen behoort te doen. De verpleegsters van de thuiszorg stellen voor dat zij haar vader de medicijnen zal geven. Ze weigert. Vreemde ogen dwingen, zij zal niet voor elkaar krijgen dat hij ze inneemt.

'Ik denk dat u gelijk heeft,' besluit de zuster uiteindelijk.

'Zuster, dit is mijn dochter.'

'Ja, maar die ken ik wel, hoor.'

'Ken je die al? Hoe kan dat nou?'

'Ja, echt. Ik ken haar al.'

'Ze moet maar wat dichterbij wonen, vind ik.'

'Dat gaat nu eenmaal niet. Maar je wordt hier goed geholpen door de zusters en Hanna is er ook nog.'

'Ja, maar er gaat niks boven je eigen dochter. Je blijft hier maar.'

Ze laat het zo. Over het bejaardenhuis praat hij niet. Terloops laat ze het woord vallen. 'Als je straks in het bejaardenhuis woont gaat alles helemaal goed. Daar kunnen ze jou veel beter verzorgen dan ik.'

'Bejaardenhuis? Maar daar ga ik niet naartoe. Ik woon hier. Ik heb hier alles en ik rij nog auto en ik fiets nog en ik doe mijn boodschappen nog zelf en ik ben nog goed bij mijn hoofd.'

'Er is plaats voor je. Over twee weken is de verhuizing.'

'Daar weet ik niks van. En hoe moet dat allemaal met de spullen?'

'Er gaat zoveel mogelijk mee. En de rest, daar zorgen wij voor.'

'Hoe moet dat dan met de meubels?' Hij kijkt rond alsof hij ze voor het eerst ziet. Geschrokken: 'De kast!' En even later: 'Mijn kleren!'

'We zorgen overal voor. Zit er maar niet over in. Alles komt goed.'

'Maar ik kan toch veel beter hier blijven? Het gaat toch goed hier? Ik heb hier alles en ik rij nog auto en ik fiets nog en ik doe mijn boodschappen nog zelf en ik ben nog goed bij mijn hoofd.'

'Je zult zien. Alles is veel beter voor je als je daar bent. Dan hoef je je helemaal nergens meer zorgen over te maken.'

Wezenloos kijkt hij haar aan, kan zich er niets bij voorstellen, pakt dan zijn krant. Kast voor kast, plank voor plank gaat ze na, ruimt op, gooit weg, pakt in wat ingepakt kan worden. Dozen voor de kinderen, spullen die ze misschien nog kunnen gebruiken. Dozen voor haarzelf met spullen die hij niet mee kan nemen, die overbodig zijn. Ze stapelen zich op. En dan nog de dozen vol rommel voor de vuilstort. Die brengt ze alvast weg.

'Wat ben je aan het doen?'

'Inpakken voor als je gaat verhuizen.'

'Verhuizen? Ga ik verhuizen?'

'Ja, er is een kamer voor je in het bejaardenhuis.'

'Daar weet ik niks van. Je moet het maar eens voor me opschrijven.'

Met grote letters op een groot vel schrijft ze wat er gaat gebeuren: JE GAAT VERHUIZEN NAAR HET BEJAARDENHUIS. Rondom de datum zet ze dikke strepen. Het papier legt ze op het tafeltje naast hem, zodat hij het steeds zal kunnen zien.

De dagen rijgen zich aaneen. Het voelt alsof ze in een vacuüm zit, alsof er nooit een eind aan zal komen. Het zal altijd zo blijven. Rommelen, zijn vragen beantwoorden, steeds dezelfde, steeds dezelfde antwoorden. 'Hoe is het met Anton? Hoe is het met de kinderen?' En drie minuten later weer dezelfde vragen en dezelfde antwoorden.

Dan staat hij ineens weer voor haar met het papier in zijn hand dat ze op zijn tafeltje had gelegd en vraagt verbaasd: 'Liesbeth, wat is dit nou?'

'Je gaat begin februari verhuizen.'

'Maar daar wist ik niks van. Dat had je me wel eens kunnen vertellen.'

'Dat heb ik gedaan.'

Hij gelooft haar niet, ze ziet het aan zijn ogen. Op zijn polshorloge leest hij de datum. 'Dat is al gauw.'

'Ja, dat is al gauw.'

'Maar ik kan toch veel beter hier blijven? Ik heb hier alles en ik rij nog auto en ik fiets nog en ik doe mijn boodschappen nog zelf en ik ben nog goed bij mijn hoofd.'

'Papa, geloof me. Het is echt veel beter voor je. Je kunt niet meer alleen wonen.'

Hij haalt zijn schouders op. 'Flauwekul!' Boos loopt hij terug naar de woonkamer, smijt de deur achter zich dicht. Iets harder dan nodig is zet ze de volgende doos boven op een paar andere. Haar mobiel vormt letter voor letter de woorden die maar één mens zal begrijpen: *ik mis je.* Even later het piepsignaal: *morgen kom ik bij je.*

De laatste dag laat ze een opkoper komen. Dan is ze alle spullen die over zijn in één keer kwijt. Het is een grove man, gezet, slordig haar, een blocnote met ezelsoren en een reclamepen.

Ze loopt met hem door het huis, prijst aan: 'Dat is een goede kast en die bedden zijn nog niet zo oud.' Gebrom, geen antwoord. Ze wijst op het fornuis. 'Dat moet ook weg, het doet het nog wel, al is het erg oud.' Het hele huis lopen ze door, zwijgend ten slotte, ze wijst alleen nog. Wat moet ze nou? Ze kan dit niet! Al die verhalen altijd van mensen die alles zo goed kunnen verkopen, ze gelooft ze niet meer. Opschepperij is dat.

'Wat wilt u overnemen?' Ze verwacht geen antwoord meer, is bijna verbaasd als hij geluid geeft.

'Mevrouw, het is moeilijke handel tegenwoordig. Dat fornuis, dat wil ik wel van u overnemen. En dat plastic tuinstoeltje ook wel. Heeft u er daar nog meer van?'

Op het terras staan er nog een paar. Een paar euro levert het op, niet meer. En vijftig euro voor het verroeste fornuis. Dat gaat naar een oudijzerhandelaar.

De rest van de dag rijdt Anton heen en weer naar de vuilstort met alle mogelijke dingen waar ze geen raad mee weten. Moe vallen ze 's avonds naast elkaar op de bank. Haar vader lacht schamper: 'Gaat het niet goed, Anton? Wat is dat nou? Zo'n jonge kerel.'

'Nou, het was aardig sjouwen vandaag. Dat gaat je niet in je koude kleren zitten.'

'Wat heb je dan allemaal gedaan? Je hoeft hier toch niets te doen?'

'Maar je gaat verhuizen morgen. Er moest veel gebeuren vandaag.'

'Verhuizen? Ik?'

'Ja, je gaat morgen naar het bejaardenhuis. Daar is een kamer voor je vrij.'

'Daar wist ik niks van. Dat had je me dan wel eens eerder kunnen vertellen!' Hij staat op, loopt de kamer uit, smijt de deur achter zich dicht.

'En dat was dat. Het is toch niet te geloven? Hij weet het nog steeds niet.'

Even later komt hij de kamer weer in en lijkt zijn boosheid verdwenen. Hij weet alweer niet meer wat er staat te gebeuren. Dit is haar stoere vader, alles draaide vroeger om hem, om wat hij deed en wat hij wilde. Ze kijkt naar hem. Vanbuiten lijkt hij nog wel op de man van toen, maar dat is dan ook alles. Dit is haar vader niet meer.

En dan komt de verhuisdag. Mieke is er al vroeg met haar paardentrailer. Daar kan heel veel in. Ze heeft hem helemaal schoongespoten. Niet veel later verschijnt ook Marius. Sterk en doortastend zijn ze.

'Wanneer is opa hier weg?'

Ze vertelt dat ze hem naar Ria zal brengen en hem daar later op zal halen.

'Breng hem meteen maar weg, dan kunnen we aan de gang.'

Ze brengt haar vader zijn jas.

'Waar gaan we naartoe?'

'Je gaat naar Ria, en dan haal ik je daar vanmiddag weer op.'

Hij draait zich om naar Anton en de kinderen. 'Gaan jullie niet mee? Dan zien jullie Ria ook eens.'

'Nee, wij blijven hier. We gaan een andere keer wel eens mee.'

Zijn schouders gaan vol onbegrip omhoog en weer omlaag.

Ria laat haar niet direct gaan, ze moet vertellen hoe het allemaal is. Voorzichtig loopt ze naar de voordeur, steeds iets verder, half afgewend.

'Om twee uur haal ik hem weer op. Goed?'

'Ja hoor, doe maar rustig aan.'

Ze had veel eerder in de auto willen zitten. Maar Ria is speciaal. Ze vangt de oude baas toch maar weer op. Waar zou ze anders met hem naartoe moeten? Ze kan hem toch niet in zijn stoel laten zitten terwijl ze het hele huis om hem heen afbreken? Zie je wel, daar zijn ze al druk mee bezig. In de paardentrailer staan planken, die moeten van het logeerbed zijn, en een paar kastjes. De voordeur staat wagenwijd open. Als ze bijna binnen is deinst ze terug, hoort geschreeuw, harde slagen, rinkelend glas. Het komt uit de woonkamer.

Antons stem: 'Zo, dat is nog eens goed werk!' Als ze doorloopt ziet ze Marius met een grote moker in zijn hand. De plaats waar de grote kast stond is een ravage van planken, deurtjes, glas.

Marius grijnst. 'Je bent eigenlijk te snel terug, mama. Hoe moeten we die kast anders weg krijgen? Het is niet anders.'

Ze haalt haar schouders op, helpt mee de stukken naar de trailer te dragen. Als de anderen ermee naar de vuilstort zijn loopt ze door de rommelige kamers. Als de muren hier konden spreken, wat zouden ze veel te vertellen hebben, veel meer dan ze weet. Ze haalt het bed van haar vader af. Hij mag er niets van meenemen, niet eens zijn eigen dekbed.

Daar hoort ze de anderen. De tijd vliegt. Geen tijd om na te denken. Wat naar de kamer in het bejaardenhuis moet is te overzien. Een stoel, zijn stoel, dat is eigenlijk het belangrijkste, de televisie, een paar kastjes, een tafeltje en een paar rechte stoelen, zijn kleren en wat keukenspul. Met de trailer is het allemaal snel verhuisd. Dat blijft er dus van je over, alleen het hoognodige, en dan mag haar vader nog blij zijn dat hij een kamer voor zich alleen krijgt. Dat is te danken aan een experiment van het bejaardenhuis: meer mensen hun zelfstandigheid laten behouden op een eigen kamer, zolang ze dat aan kunnen. Haar vader zou zich geen raad weten met andere mensen op één kamer.

'Haal hem toch hierheen!' Hoe vaak hoort ze dat niet als ze anderen vertelt over de lange reizen naar haar vader. Ze kan het niet over haar hart verkrijgen, weet dat hij in het bejaardenhuis bij haar om de hoek met drie anderen een kamer zou moeten delen. Dan heeft hij alleen nog een bed en een stoel en een kast. Ze rijdt wel naar hem toe. Iedere dag bij hem op bezoek gaan kan ze niet, de onrust kruipt door haar heen bij de gedachte alleen al. Ze kent ze, de mensen die dat iedere dag doen. Ze doet het niet, nu niet, nooit. Laat anderen maar van haar denken wat ze willen. Ze wil haar vrijheid. Koste wat kost. Waarom moet je daar toch altijd voor vechten? Waarom gaat dat niet gewoon vanzelf? Even een zwak moment en je bent je vrijheid kwijt. Alert moet ze zijn, niemand neemt haar haar vrijheid af.

Ze haalt haar vader op bij Ria.

'Het is erg hoor, Liesbeth. Hij zegt steeds hetzelfde. Ik ben er doodmoe van. Eerlijk waar. Ik ben blij dat je er bent.'

'Het is niet anders, Ria. Kom papa, ga je mee?'

'Gaan we naar huis?'

Gemeen is ze, onvoorstelbaar gemeen. 'Ja, we gaan naar huis.'

Stilte, een doodstille stilte. Ria's ogen in die van haar, dan zacht: 'Je hebt gelijk. Hij gaat naar huis.'

Hij steekt zijn rechterarm in de mouw die ze voor hem ophoudt.

Daarna glijdt met wat moeite de andere arm in de jas. 'Dag, tot ziens.' Zijn getuite lippen smakken een zoen op Ria's wang. Zijn stem verandert, sentimenteel zachte woorden hoort ze: 'Je bent toch zo'n lieve vrouw. Ik hou zoveel van je.' Haar benen verstarren in een kramp.

'Zo gaat het de hele tijd door. En ik moet steeds zijn handen wegduwen.'

Een ijshart heeft ze, alles knelt in een benauwde ademhaling.

'Het is goed, jongen. Ga nou maar met Liesbeth mee.'

Een natte wang raakt haar ijskoude lippen. Zo oud, en dan dit verdriet. Het is oneerlijk. Dat heeft ze niet verdiend.

'Ik blijf hem opzoeken, Liesbeth. Het is zo'n lieve man. Hij kan er ook niks aan doen.' De oude ogen zwemmen in die van haar, ze voelt ze in haar rug.

Bij de auto draait hij zich om, zwaait. Ze zwaait mee. Staat ze er nog?

'Wat heb je een mooie auto. Die had ik nog niet gezien.'

'Ja, het is een mooie auto.'

'Wat rijdt hij zacht. Die van mij maakt heel wat meer lawaai.'

Heel even kijkt ze opzij, rilt, strekt haar pijnlijke vingers aan het stuur. Witte vingertoppen, alsof ze dood zijn. Ze maakt een vuist, strekt ze weer, nog een keer.

Het parkeerterrein voor het bejaardenhuis lijkt vol. Ze vindt nog net een plekje, niet al te ver van de ingang.

'Wat doe je nu? Hier moeten we niet zijn!'

'Jawel, we moeten hier zijn. Hier ga je wonen.'

Geen gefluister meer. Hard slingeren de woorden in haar oren. 'Nee, dat is niet waar. Hier woon ik niet. Ik rij nog auto en ik fiets nog en ik doe mijn boodschappen nog zelf en ik ben nog goed bij mijn hoofd. Ik ga niet verhuizen. Nergens voor nodig.'

'Kom nou maar.' Als een robot loopt ze om de auto heen, helpt hem eruit, neemt hem bij de arm. Het gaat vanzelf, net als de automatische deuren. Ze schuiven vlak voor hen open en glijden achter hen weer dicht.

'Wat is het hier mooi, zeg. Moeten we hier zijn?'

'Ja.'

'Ik ken het hier niet, hoor.'

'Kom maar mee.'

Een gang, weer een gang, een dubbele deur, een vierkante witte knop ernaast, grotesk groot. Heel even tikt ze hem aan. Sesam sesam open u, om je er nooit meer uit te laten. Een snik werkt zich omhoog naar haar keel. Sneeuwpoppen in de gang. Een kleuterschool? 'Kijk eens hoe mooi!' Onecht klinkt het.

Snelle voetstappen, doelgericht, er is geen ontkomen aan. Wat is ze klein, deze zuster, en vrolijk, is dat echt? 'Meneer, wat fijn dat u er bent!'

'Dag zuster. Dit is mijn dochter.'

'Ik ben Suus.'

Dan is Anton er ook, een tas aan elke arm. Haar vader zit in zijn eigen stoel, vreemd, uit zijn verband gerukt. Als een vorst die audiëntie houdt kijkt hij om zich heen. Wat een zegen dat hij zo weinig hoort. De vriendelijke verpleegster, de vage arts, hun vragen hebben niets vriendelijks, geen vaagheid. Duidelijkheid willen ze. 'Wat te doen? Levensreddende maatregelen tot het einde? Wat wilt u?'

Ze zoekt hulp, vindt Antons ogen. Had ze kunnen weten dat zo'n vraag zou komen? Dit ook nog, na alles, dat kan ze niet. Daar heeft ze niet over nagedacht. Anton geeft antwoord, zijn ogen in de hare, ben je het ermee eens? Het is goed. Zo moet je dit benaderen, verstandelijk. Het leven niet nodeloos rekken, daar heeft niemand iets aan. Dan plotseling knagende twijfel. Dit gaat over zijn lichaam. En zijn geest dan, die langzame veranderingen van zijn hersenen, hoe moet dat? Geen vragen.

Ze zoekt een logeeradres bij hem in de buurt. Hotels zijn er niet, alleen een dure B&B. In het buitengebied vindt ze ten slotte een slaapplaats. De tomtom stuurt haar een kronkelende dijk op. Gek eigenlijk, ze lijkt wel een verdwaalde toerist. Ze is hier nooit eerder geweest, en toch is het dichtbij, dicht bij vroeger. Een scherpe bocht en dan nog honderd meter. Het is een wonderlijk langgerekt huis, eigenlijk een oude verbouwde schuur. Achter een hoog hek gaat een herder tekeer.

Stevig stampende klompen, een blauwe overal, een pet, glimmende kleine ogen onder zware wenkbrauwen. 'Een moment, mevrouw!'

De herder verdwijnt achter een ander hek en dan kan ze de auto parkeren, meteen vooraan. Daar is een aparte ingang, rechts een lange donkere gang, rechtdoor haar kamer. Een witte deur met stukken eraf, een donkerbruin kozijn, grijze, met witkalk aangesmeerde betonblokken erboven, verder schoon metselwerk. Links van de deur een lijstje, bruin geborduurd: VAN HET CONCERT DES LEVENS KRIJGT NIEMAND EEN PROGRAM. Een waarheid als een koe. Rechts een spiegel met een dikke houten lijst, een schemerlampje. De lila vloerbedekking past niet, voor de douche ligt een los stuk: groen. Het lichtgrijze behang heeft grote vlekken, aangesmeerd waar het losliet. In de vensterbank staan een paar planten, dood, misschien nog net niet. In de muur ernaast zijn zes uitsparingen, vierkant matglas erin. Een logge, donkere stoel, een oude tv. Maar het bed is goed en in de eenvoudige badkamer is alles wat ze nodig heeft.

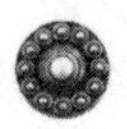

In de kleine kamer van haar vader liggen overal papiertjes: op de tafel, op het kastje, op het tafeltje naast zijn stoel. Steeds dezelfde door hem geschreven mededelingen: *Al mijn geld uit mijn portefeuille*

zoek. Boodschappentas zoek. Geen geld en geen pasjes in portefeuille. Autosleutels?? Geen brood. Geen jam. Geen boter. Erachter zijn naam, en: *Gelogeerd op kamer 35. Nota hotel naar mij, kamer 35.*

'Ben ik in een hotel?'

'Nee, je woont in het bejaardenhuis.'

'Ik dacht dat ik in een hotel woonde bij jou in de buurt.'

'Nee, in dit bejaardenhuis heeft je eigen vader lang geleden ook gewoond.'

Zijn mond valt open.

'Het is nu een nieuw gebouw. Het ziet er heel anders uit.'

'Ik dacht ook al. Het klopt helemaal niet.'

'Alles ziet er nu anders uit. Het is een nieuw gebouw.'

Een andere keer, andere briefjes: *Kenteken auto* met het nummer van een vroegere bankrekening. *Kreeg tussendeur op de gang niet open. Waar is mijn auto? Ria kamer 37. Ik kamer 35. Ria is Mathilde.*

Mathilde? Ze kent geen Mathilde. Wat zit hierachter? Onrustig legt ze het briefje neer, pakt het weer op. Hoe had ze kunnen denken dat de problemen voorbij waren? Wat is ze naïef. Ze stoot zich aan de deurpost als ze de gang op gaat, wrijft haar schouder. Dan vindt ze Suus.

'Wie is Mathilde?'

'Je vader gaat steeds naar een mevrouw aan het eind van de gang. Die mevrouw heet Mathilde. Hij wil elke keer bij haar op bezoek en 's avonds wil hij haar welterusten zeggen.'

Het briefje brandt in haar hand. 'Hij denkt dat ze Ria is, dat Ria daar woont.'

'Moeten we het dan maar gewoon goedvinden?'

Goedvinden? Wat een vraag! Natuurlijk vindt ze dat niet goed. Ze vindt het vreselijk. Haar stem weigert dienst, piept: 'Als het geen problemen oplevert voor die mevrouw of voor de andere bewoners en voor jullie, laat dan maar.'

Dan voelt ze de hand van Suus op haar arm, vlak bij het briefje.

Vreemd, het voelt vertrouwd. Haar stem is weer normaal: 'Ik vergeet steeds dat dit mijn vader niet meer is, hij weet niet meer hoe hij zich gedragen moet. En jullie hebben elke dag de zorg. Ik kan niet gaan vertellen wat er gebeuren moet en wat niet. Ik kom hier niet elke dag. Maar ik denk dat hij Ria zoekt. Misschien lijken ze een beetje op elkaar.'

Troostend is ze, deze kleine vrouw. Ze houden het in de gaten, zullen haar bellen als het nodig is.

'Ik zal het maar niet aan Ria vertellen.'

'Nee, dat is misschien wel beter.' Suus lacht erbij. Dan valt de ernst weer over haar gezicht.

'Er is toch iets waar ik het met je over wil hebben. Je vader zoekt duidelijk seksuele bevrediging. Hij helpt zichzelf. We kregen er klachten over van verpleegsters die aan de overkant van het binnenplein de mensen verzorgen. En nu laten we de vitrage maar dicht. We schuiven ze niet meer opzij zoals anders.'

Haar adem stokt.

'Ik begrijp dat je ervan schrikt, maar het gebeurt heel vaak, hoor.'

'Ik dacht, hij is zo oud. Bij oude mensen gebeurt dit niet meer. Dan is het allemaal over.'

Suus schudt haar hoofd. 'Nee, dat is niet zo.' Wat is ze nuchter. 'We zouden af en toe een vrouw kunnen laten komen.'

'Een vrouw?'

Ze wil het niet begrijpen. Het kan niet. Onmogelijk. 'Wat bedoel je?'

'Een vrouw om hem te helpen.'

Ze moet het wel begrijpen. Een vrouw, een prostituee dus. Ze rilt, een afgrijselijk brok ijs zet zich vast in haar borst. Nee, dat niet. Haar vader, de altijd zo nette man, met zo'n vrouw.

'Je hoeft daar niet van te schrikken, hoor. We kennen vrouwen die dit vaker doen en het geeft rust aan de mensen die er behoefte aan hebben.'

'Ik kan het niet Suus. Nee, niet mijn vader.'

'Er zijn ook medicijnen om het te onderdrukken. Zal ik dat met de arts bespreken?'

'Ja. Doe dat maar.'

De briefjes glijden door haar handen, een voor een. Zoveel wanhoop, zoveel eenzaamheid.

Voordat ze weer naar huis gaat bezoekt ze Ria, kust de kleine vrouw.

'Wat ben ik blij dat je even komt. Je blijft toch bij mij komen hè, ook al is je vader nu daar?'

'Natuurlijk. Je hebt zoveel voor mijn vader gedaan.'

Ze vertelt de kleine dingen, niet de dingen die ze zo verschrikkelijk vindt. Daar wil ze de oude vrouw niet mee belasten. Ria is pas nog bij hem geweest in haar elektrische wagentje. Ze gaat iedere week. Maar ze klaagt, ziet er elke keer tegenop. Hij grijpt, graait naar haar borsten. Ze wil het niet! Dan wordt hij boos en gaat ze maar weer weg.

Liesbeth draait zich om. Is het nog niet genoeg vandaag? Wat is dit voor een vader? Maar Ria kan er niets aan doen.

'Je moet niets doen wat je niet wilt, Ria.'

De schelle stem gaat door, weet van geen ophouden. 'Maar ik vind het zo vervelend. En dan vraagt hij of ik hem wil helpen. "Je moet me helpen," zegt hij dan. Je bent toch mijn vrouw? Maar dan zeg ik: "Ik ben je vrouw niet. Ik ben Ria." En dat begrijpt hij dan niet. Hij weet het niet meer.'

Ze slaat een arm om Ria's schouder. 'Als hij zo is, dan ga je weer weg. De verpleging kent het probleem en probeert er iets aan te doen. Hij krijgt medicijnen om het te onderdrukken.'

'O, ja? Kan dat ook al? Maar ik blijf hem opzoeken hoor, kind. Het is verder toch zo'n lieve man. We hebben het goed gehad samen, tot dit allemaal gebeurde. Toen werd het wel moeilijk.'

'Het is voor ons allemaal moeilijk.'

Het oude hoofd schokt tegen haar schouder. Ze streelt het geverfde haar, laat haar kin erop rusten. Haar rug trekt rond, iets zachts vloeit door haar heen, ze is van deze breekbare, dappere vrouw gaan houden. 'Kom, je hebt vast wel koffie. We drinken nog even een kopje samen voordat ik weer naar huis ga.'

Snikkend stemt ze toe. 'Ja, gezellig dat je er bent. Wil jij het even doen? Alles staat in het kastje boven het aanrecht.'

Liesbeth schenkt in, schrikt dan: een beeld dringt zich op, waar komt dat nu ineens vandaan? Ze had het weggestopt, heel ver weg. Haar moeder in haar jasschort, haar doffe ogen, opa die haastig wegloopt. Geschrokken zet Liesbeth de koffiekan neer, leunt met haar rug tegen het aanrecht. Haar grootvader, natuurlijk was dat waar... hij heeft haar moeder gegrepen, dat moet wel. Die keer, zijn hand in haar blouse. 'Waag het niet het tegen je moeder te zeggen!' En: 'Je moeder vindt het niet goed dat je bij me komt.'

Ria zit achter haar aan de tafel. 'Is er iets, Liesbeth?'

'Nee, nee.' Ze neemt de kopjes en zet ze voor Ria neer.

Eigenlijk heeft ze geen vader meer, geleidelijk heeft ze afscheid genomen van de man die altijd haar vader was. Zijn ziekte heeft hem anders gemaakt. Dat besef geeft rust, tenminste voor even. Elke keer weer maakt ze alle verwarring mee, laveert erdoorheen, hoort hem aan: 'O, wat fijn dat je er bent! Het gaat niet goed hier. Kijk maar.' En dan wijst hij naar het lege geldkistje, de papiertjes ernaast. 'Ik heb geen geld meer. Kijk maar. En kijk eens, mijn portemonnee is er ook niet meer.' Hij grijpt naar de achterzak van zijn broek, trekt de voering eruit. 'Ik heb geen geld meer. Ik zal naar de bank moeten. Ik kan toch naar de bank om geld te halen?'

'Ja, hoor.' Ze kan liegen of het gedrukt staat.

'Heb ik dan geen pasje nodig?'

'Nee, ze geloven je op je eerlijke gezicht.'

Weer een leugen. Zo gaat het nog een poosje door, steeds opnieuw. Zijn portemonnee is nergens te vinden, hoe ze ook zoekt in jaszakken, broeken, laden. Tot ze toevallig iets op de radiator ziet liggen. Het ziet er zwart en verfrommeld uit. Tussen duim en wijsvinger haalt ze het naar zich toe. Het is de portemonnee. 'Kijk eens wat ik gevonden heb!' Geld zit er niet meer in. Ze diept wat geld op uit haar eigen portemonnee, stopt het in die van hem.

'Wat doe je nou? Je moet mij geen geld geven! Ik ga morgen naar de bank.'

'Neem dit maar even, dan heb je toch iets bij je als je ergens heen gaat.' De derde leugen. Hij gaat nergens heen.

'Ik heb geen geld meer. Ik zal naar de bank moeten. Ik kan toch naar de bank om geld te halen?'

'Ja, hoor.'

'Heb ik dan geen pasje nodig?'

'Nee hoor, ze geloven je op je eerlijke gezicht.' Ze is doodmoe. Wat een leugens! De tv, misschien is er een programma dat hem kan afleiden. Net als vroeger, als de kinderen heel erg vervelend waren. Dan zette ze ook de tv aan, werden ze rustig. Vrolijke dwergen dansen over het scherm. Net als vroeger.

Ze laat zijn auto op haar naam zetten. Eigenlijk moet hij daar bij zijn. Het meisje in het kleine postkantoor kijkt haar aan. 'Ach, ik ken u al zoveel jaren. Dat zit wel goed.' En alles wordt geregeld. Ze hoort het zichzelf weer zeggen: 'Zorg dat je zelf je besluiten neemt, dat niet anderen beslissingen over jou gaan nemen.' Hij luisterde niet, nooit. Zover is het dus. Hij heeft geen auto meer, geen fiets meer, woont niet meer thuis. Dat komt allemaal door haar, zijn dochter. Haar eigen wagentje schuift ze door naar haar dochter.

Ze vindt een briefje bij hem. *Een zuster zegt dat ik geen auto meer rijd. Waar is mijn auto? Kenteken auto.* En het vroegere bankrekeningnummer. Op een ander briefje staat het kenteken van de Fiat, met opnieuw het banknummer. Vijfentwintig jaar geleden heeft hij in een Fiat gereden. En op weer een ander papiertje: *Ik ben even naar mijn auto.*

Op vier plekken in zijn kamer is een papier geplakt, twee keer op de muur en twee keer op een kastdeur: *U woont in het bejaardenhuis op kamer 35. Uw boodschappentas is kapot. Liesbeth heeft een nieuwe gekocht. Uw paspoort en pasjes zijn bij uw dochter.*

Maanden later weet hij nog steeds niet waar hij is. *Waar ben ik? Ik wil morgen naar huis maar ik weet niet hoe. Ik ben in het bejaardenhuis, daar woon ik volgens Liesbeth op kamer 35.*

Drie weken later schrikt ze van een brief van het CBR bij de post. Gewoon bij haar thuis. Hoe is het mogelijk! Ze gaven nooit antwoord op haar brieven en e-mails. Excuses krijgt ze, dat ze niet eerder reageerden. En ze gaan door: *U geeft aan dat het geplande onderzoek van 28 februari geen plaats hoeft te vinden. Evenwel kunnen wij zonder machtiging uw correspondentie richting het CBR niet in behandeling nemen. Gaarne ontvangen wij van u binnen twee weken na dagtekening een schriftelijk bewijs dat uw vader u heeft gemachtigd om zijn belangen te behartigen, door zowel u als uw vader ondertekend. Hierbij verzoeken wij u om een recente verklaring van een arts te overleggen waaruit de door u aangegeven opname en medische toestand van uw vader duidelijk blijken. Een kopie van deze brief is naar uw vader gezonden.* En dan volgt zijn oude adres. Ze vertrouwen haar niet, ze is nog steeds de misdadigster, iemand die haar vader dwars wil zitten. Ze wilde het CBR tijd, geld en moeite besparen door te melden dat haar vader niet naar de keuring kon komen. En ze geloven haar niet, laten een keuringsarts gewoon wachten op iemand die nooit zal komen. Ze belt, krijgt na veel vijven en zessen iemand aan de telefoon.

'Als uw vader niet op de keuring verschijnt is hij gewoon zijn rijbewijs kwijt. En dan krijgt hij een brief waar dat in staat.'

Hoe zal hij reageren? Misschien begrijpt hij het niet, misschien maakt hij de brief helemaal niet open.

'Hij heeft helemaal geen rijbewijs meer. Dat is al lang doorgegeven aan het CBR. En hij is verhuisd naar een bejaardenhuis. Daar zit hij achter gesloten deuren.'

Twee maanden duurt het. En uitgerekend op dat moment is ze bij hem, bezig een knoop aan een overhemd te zetten. Haar vader schuifelt door de kamer. De deur van zijn kamer staat op een kier, gaat met het kloppen verder open. Ze kijkt op van haar knoop. Haar vader staat recht tegenover de postbode. Als hij zo staat lijkt er niets met hem aan de hand.

'Dag meester, wil je even tekenen?' Het klinkt luid, joviaal. Hij geeft een formulier en een pen. Haar vader schuifelt naar de tafel, gaat zitten, tekent. De postbode kijkt over zijn schouder mee.

'Waar is dat voor?' Verstandige vraag eigenlijk.

'Je moet je rijbewijs inleveren, meester!'

Woorden als bliksemslagen, een voor een. Ze donderen door het kamertje, weerkaatsen tegen de muren, de kasten. Wit is haar vader, lijkwit. Zijn vuisten slaan allebei op tafel. 'WAAAAT! Wie zegt dat!'

De postbode geeft de brief. Het logo van het CBR, ze herkent het meteen. Haar hand zoekt zijn arm: 'Papa, rustig.'

Hij schudt haar af. Zijn hoofd zwelt. Zo was hij vroeger, zo zag ze hem lang geleden tieren tegen haar huilende moeder, helemaal overtuigd van zijn eigen gelijk. Razend tiert hij nu tegen de postbode. Dat hij niets met hem te maken heeft, dat hij zijn rijbewijs niet geeft, nu niet, nooit niet.

'Stil toch, papa, rustig nou!'

Maar hij raast door. De postbode vlucht. Hij heeft de handtekening. Suus rent binnen. Gelukkig, Suus. Samen hangen ze aan zijn armen, Suus links, zij rechts. 'Ga nou even zitten.'

'Ik ga niet zitten, ik geef mijn rijbewijs niet. Wat moet die vent daarmee?'

Ze hobbelen mee, laten zich niet afschudden. Een andere zuster rent binnen.

'Bel de dokter, gauw.'

En dan zit haar vader daar, verslagen, slap. Zijn ene hand in de hare, zijn andere in die van Suus.

Iets later sluit de dokter zijn koffertje, buigt zich dan nog eens over haar vader, tilt zijn oogleden op, een voor een.

Haar ogen branden, ze slikt, haar keel is zo dik, zo heel erg dik.

'Toe maar,' zegt Suus, 'toe maar.'

Het is het startsein, ze laat haar tranen gaan. Als alles rustig is leest ze de brief van het CBR.

Het CBR verklaart uw rijbewijs ongeldig omdat u niet heeft meegewerkt aan een onderzoek naar de geschiktheid. Betrokkene is zonder tegenbericht niet op het onderzoek verschenen. Ook nadien is niet gebleken van een geldige reden van verhindering. U moet uw rijbewijs opsturen voor 12 april. Als het niet in uw bezit is moet u het opsturen zodra u erover beschikt.

Machteloos is ze. Wat een bureaucratie. Liever honderden mensen ongelukkig dan afwijken van een vol onbegrip ingestelde regel. Ze pikt het niet, weigert het erbij te laten zitten. Zoveel onmenselijkheid kan ze niet verdragen.

Thuis zet ze zich vol drift achter de computer. De woorden komen niet, ze is te boos, staat op. Heen en weer loopt ze, een paar passen, steeds weer, van de ene kant naar de andere. Vanachter haar stoel kijkt ze naar het scherm, denkt na hoe ze het zal aanpakken. Dan gaat ze zitten, begint:

Namens mijn vader deel ik u het volgende mede. U vraagt hem zijn ongeldig verklaarde rijbewijs op te sturen. Dit rijbewijs heeft hij vele maanden geleden verloren, samen met andere documenten. Een vervangend rijbewijs is op advies van de politie niet aangevraagd. De politie heeft u over de situatie bericht. Een kopie van het door de politie opgemaakte proces-verbaal treft u hierbij aan als bijlage.

De aangetekende brief die u naar mijn vader hebt gestuurd, veroorzaakte veel verwarring en verdriet, wat een groot probleem opleverde voor de verpleging in het bejaardenhuis. Als u zich iets aangetrokken zou hebben van mijn eerdere brieven, e-mails en telefoontjes, was mijn vader, de verpleging en mij deze ellende bespaard gebleven. Het juiste adres was telefonisch aan een van uw medewerksters doorgegeven. De verzending naar het oude, verkeerde adres was dus een nodeloze actie.

Uit de gedrukte bijlagen bij uw brieven blijkt dat u alleen rekening houdt met criminele categorieën. Misschien kunt u overwegen daar de categorie alzheimerpatiënten aan toe te voegen en daar uw handelwijze op aan te passen.

Ik weet langzamerhand wel dat u zich niets aantrekt van mijn mededelingen. Het gaat mij echter te ver om via de rechter aan u te gaan bewijzen dat mijn vader de ziekte van Alzheimer heeft terwijl dat u al lang duidelijk zou moeten zijn uit de medische verklaringen van de neuroloog en door zijn opname in het bejaardenhuis, achter gesloten deuren.

Met vriendelijke groet.

Ze tikt haar naam. Vriendelijke groet, wat een farce! Haar handen woelen als grote kammen door haar haar, vouwen zich dan over haar ogen. De tranen stromen door haar vingers. Ze huilt tot ze niet meer kan. Zo vindt Anton haar, streelt haar, troost haar.

'Het heeft allemaal geen zin. Ze doen maar. Houden nergens rekening mee. Wat zijn dat voor mensen? Dat zijn geen mensen.'

Zes weken later rinkelt de telefoon, een vriendelijke vrouwenstem, het CBR. Ze zet zich schrap, heeft helemaal geen behoefte aan een gesprek. Ze heeft het naast zich neergelegd, verwachtte geen enkele reactie. Dit overvalt haar. Excuses, of ze excuses wil aanvaarden. 'Daar heb ik niks meer aan. En mijn vader ook niet, en de verpleging net zomin.'

'Dat weet ik.'

'U ziet de hele wereld als criminelen. Er zijn ook nog andere categorieën.'

Het gesprek duurt lang. Er lijkt begrip te zijn. Maar het is te laat. Ze accepteert geen excuses.

Liesbeth geeft haar vader de krant, wijst op het artikel over het lustrum van zijn school. 'Kijk eens, jij wordt er ook nog in genoemd. Ze hebben er een foto van vroeger bij geplaatst. Hier sta jij. Zie je wel? Kijk, daar. Dat ben jij toch?'

Hij begint te lezen. 'Ik weet niet wat er staat.'

'Zal ik het voorlezen?'

Ze neemt de krant weer van hem over, leest zo duidelijk mogelijk. Af en toe kijkt ze even opzij. Luistert hij nog? Zijn ogen vallen dicht. Ze zwijgt. Op tafel ligt de uitnodiging voor de receptie. Daar moet hij, als het enigszins kan, heen als oud-schoolhoofd. Zijzelf ook als commissielid.

Een oud-leerling wil haar vader bezoeken voordat hij naar de receptie gaat. Enthousiast vertelt hij over zijn schooltijd, dat hij zoveel van haar vader geleerd heeft.

Ze probeert zijn euforie te temperen. 'Stel je er niet te veel van voor. Ik weet niet of hij je zal herkennen, of hij nog zal weten wie je bent.'

'Ik wil hem zien.'

Kort voordat hij zal komen, vertelt ze het aan haar vader. 'Ken jij Piet de Jonge?'

'Piet? Piet de Jonge? Ja, die ken ik. Hij belde me een paar jaar geleden om te vertellen dat hij zoveel geleerd had bij mij in de klas. Dat vond ik toch zo leuk!'

'Hij komt straks bij jou.'

'Ken jij hem dan?'

'Nee, maar hij heeft me gebeld en toen hebben we dat afgesproken.'

Even later staat er een zware man voor hem in zijn kamer.

Nietig kijkt hij tegen hem op, verbaasd. 'Ik ken u niet...?'

'Ik ben Piet de Jonge.'

'Piet de Jonge?'

'Ja, meester dat is lang geleden.'

'Maar, maar, dat is leuk. Je was een brave jongen op school hoor en je was de beste van de klas.'

Piet lacht. 'Dat viel nogal mee hoor, meester. Zo braaf was ik niet.'

'Jawel, je was een brave jongen.'

Ze keuvelen nog een poosje. Piet noemt namen, steeds andere, namen van vroeger. Haar vader aarzelt, probeert in zijn geheugen een beeld bij die namen te vinden. Hij twijfelt, zoekt steun bij haar. Ze weet het ook niet. Ze is veel jonger.

'Dat vind ik nou geweldig, meester, dat je het lustrum van de school nog mee kunt maken.'

'Lustrum? Wat voor lustrum?'

'Het lustrum van de school!'

'We gaan er straks heen,' helpt ze hem herinneren.

'Gaan we naar school?'

'Ja. Dan zien we Piet vast ook nog wel even.'

Piet neemt afscheid.

'Wie was dat?'

'Dat was Piet de Jonge.'

Hij haalt zijn schouders op. 'Die ken ik niet, hoor.'

Dan slaapt hij. Als ze hem wakker maakt om naar de receptie te gaan moet ze hem opnieuw vertellen waar ze heen gaan. Op weg naar buiten komen ze langs het restaurant. Er is muziek, een orgeltje, zang. Ze ziet Ria, zwaait.

'Dat is mijn oude kostjuffrouw.'

Ze laat het zo. Ze parkeert de auto langs de stoeprand, zo dicht mogelijk bij de ingang van het schoolplein. Haar arm haakt in de zijne; ze klemt hem stevig tegen zich aan. Schuifelend loopt hij mee, kijkt onzeker om zich heen.

Een lange man loopt op hen toe. 'Dag meneer! Geweldig dat ik u hier zie.'

Ze herkent hem meteen. Het is een vroegere klasgenoot van haar, niets veranderd, nog dezelfde als altijd. Ook anderen komen aanlopen, geven een hand, noemen een voor een hun naam.

'Willy? Je was altijd een brave meid, hoor.'

'Maartje? Jij kon zo goed leren.'

'Meester, weet je nog dat je me de klas uit stuurde?'

'Jou de klas uit sturen? Nee toch. Je was altijd zo'n brave jongen.'

Ze drijft hem zachtjes naar de ingang. Een andere ingang dan vroeger. Toen een ruime hal, nu een smalle gang, pas daarna de ruime hal. De een na de ander spreekt hem aan. Ze veroorzaken een opstopping. Iedereen die hem aanspreekt krijgt te horen dat hij vroeger de beste van de klas was, of een brave jongen of een braaf meisje. Tegen iedereen dezelfde opmerkingen. In de nauwe gang ziet ze in de witte muur de steen waar zijn naam op staat, de eerste steen die hij zo lang geleden officieel heeft gelegd bij het begin van de bouw van de school. Niet meer centraal in de grote hal, maar in dat nauwe gangetje. Ze maakt een foto van hem bij die steen, het kan haar niets schelen dat de opstopping daardoor nog langer duurt. Iedereen moet maar even wachten. Dit is te belangrijk. Hadden ze die steen maar op de centrale plek in de hal moeten laten.

Even later staan ze in de grote hal en sluiten aan in een lange rij.

Iedereen wil de schoolleiding feliciteren met het vijftigjarig jubileum. Ze vertelt hem steeds wie ze ziet, wijst dan aan. Anderen komen naar hem toe, proberen een praatje te maken.

'Je was een brave jongen, hoor.'

Bulderend gelach. 'Dat zei u toen niet hoor, meester!'

Hij feliciteert het hoofd van de school, zijn opvolger. Naast hem staat juffrouw Marijke, het hoofd van de kleuterschool. Hij grijpt allebei haar handen stevig vast en trekt haar naar zich toe. 'Nu ga ik je eerst eens een zoen geven, hoor. Die kans laat ik me niet ontgaan.'

Een lachsalvo om hem heen. Liesbeths wangen gloeien, ze moet weg hier, wie weet wat hij nog meer doet. Iets verder ziet ze een tafel en een stoel. Daar poot ze hem neer en haalt iets te drinken. Als ze terugkomt met twee glaasjes sap is hij in gesprek.

'Ik wilde helemaal niet hierheen. Ik wilde veel liever in Serooskerke blijven. Maar de inspecteur zei dat ik hierheen moest. En ja, daar had ik niets tegen in te brengen.'

'Maar je bent toch lang hier geweest, meester.'

'Ja. Ze hadden me een nieuwe school beloofd. En die is er ook gekomen, al heeft het lang geduurd. Maar Serooskerke, daar had ik het heel erg naar mijn zin.'

Ze kijkt op hem neer. Serooskerke, weer Serooskerke, een onvervuld verlangen.

'Kom, we gaan in de lokalen kijken.'

Voetje voor voetje lopen ze de school door, steeds opgehouden door allerlei oud-leerlingen.

'Je was een brave jongen, hoor.' Het klinkt steeds opnieuw, soms twee of drie keer tegen dezelfde persoon. Dan lachen ze, krijgen iets meewarigs in hun gezicht, bij sommigen voelt ze spot. Ze wil weg, nog even, nog heel even.

Dan is daar Piet de Jonge weer. 'Dag meester. Wat is alles veranderd, hè!'

'Wie ben jij?'
'Ik ben Piet de Jonge, meester.'
De ogen van Piet zoeken hulp bij haar. 'Je was een brave jongen, hoor. Je kon heel goed leren.'
Verwarring, complete verwarring leest ze op zijn gezicht. 'Maar...' Hij zwijgt.
'Dat bedoelde ik nou,' zegt ze zacht, duwt dan haar vader voor zich uit. Weg, weg van hier. Een diepe zucht stijgt uit hem op als hij weer in de auto zit. 'Het is gelukkig niet ver. Daar rechtsaf en we zijn thuis. We hadden wel kunnen gaan lopen.' Hij wijst. Daar begint het pad naar het huis waar hij vijftig jaar heeft gewoond.
'Nee, we moeten iets verder. Het is net te ver om te lopen.'
'Iets verder?' Verbaasd samengetrokken wenkbrauwen. 'Waar gaan we dan naartoe?'
'Je woont in het bejaardenhuis.'
'Woon ik in het bejaardenhuis? Ik?'
Ze knikt, is er al bijna.
'Ik geloof dat ik hier toch wel eens geweest ben.'
Ze helpt hem zijn jas uit te doen. 'Vanavond gaan we naar het grote feest. Dan kom ik je weer halen.'
'Het grote feest?'
'Het feest van de school, van het lustrum.'
'O, hoe laat kom je dan terug?'
'Ik ben er om kwart voor acht.'
'Dat is mooi dat je me opzoekt.'
'Dag. Tot straks.'
Uitgeput is ze. In de kamer van de B&B laat ze zich op bed vallen. En ze moet nog een hele avond door. Slapen, weg van hier zijn, even helemaal niets, kon dat maar. Ze doezelt een poosje, slapen lukt niet. Volhouden nu, het is misschien ook wel gezellig. Ze heeft een uitnodiging van vroegere klasgenootjes om voor het feest samen iets te eten.

Ze trekt een vrolijke jurk aan en gaat erheen. Daar zit ze, haar handen gevouwen om een glas wijn, de schouders iets opgetrokken. Ze hoort nauwelijks waar de anderen over praten, ziet alleen de beelden van die middag, hoort het gelach, de spot. Haar vroegere klasgenootjes, vreemden zijn het geworden, allemaal vreemden, zowel degenen die ze herkend heeft als degenen die ze niet herkende. Waarom geniet ze niet? Waarom laat ze zich zo meeslepen door die middag? Af en toe wordt er bevreemd naar haar gekeken, dan vermant ze zich, probeert weer contact te leggen. Tot het tijd is om hem op te halen.

Suus heeft hem al in zijn nette pak gehesen. Zijn stropdas hangt scheef, ze draait hem weer recht. In zijn nette kleren lijkt het of er niets aan de hand is.

Het feest is vlakbij, in de schouwburg. Ze kunnen lopen. De film van die middag begint weer, een film die steeds opnieuw afgedraaid wordt, ze lopen er middenin.

'Meester, wat leuk dat je er bent. Ik had al gehoord dat je vanmiddag op school was.'

'Ik op school? Nee hoor, hoe kom je erbij?'

Een snelle blik van de een naar de ander, een schouderophalen.

'Het was fijn om bij u in de klas te zitten, meester. Ik heb het aan u te danken dat ik verder mocht leren. Mijn vader en moeder vonden dat nergens voor nodig, maar u zei dat ik verder moest. En toen mocht ik.'

'Hoe heet je ook al weer?'

'Lenie, meester.'

'Je was een braaf meisje, hoor.'

Ze halen een stoel voor hem. Daar zit hij. Links van hem zit een vrouw op haar knieën, rechts van hem ook een, met haar arm over zijn knie. Voor hem zit er eentje gehurkt. Ze halen herinneringen op aan hun schooltijd en hebben het grootste plezier. Hij lacht mee. Zijn schouders schokken van het lachen. De handen van een andere oud-leerling deinen op zijn schouders mee. Ze ziet het van een eindje aan en voelt zich overbodig.

'Jij was de beste van de klas,' hoort ze hem zeggen terwijl hij naar een van zijn aanbidsters wijst.

'Nou, zo slim was ik niet hoor, meester.'

Wat straalde hij vroeger een gezag uit. Weg is het, volkomen verdwenen. Deed ze er goed aan hem hier mee naartoe te nemen? Hij heeft plezier, beseft helemaal niet dat er om hem gelachen wordt. Ze lachen hem uit, zo voelt ze dat. Of vergist ze zich? Is dat helemaal niet waar? Misschien komt het alleen maar zo op haar over omdat ze zich zo ongelukkig voelt.

Hij moet meekomen naar de toneelzaal, wordt naast een oud dametje geplaatst. Ze was onderwijzeres bij hem op school. De ceremoniemeester vraagt om stilte. De oude dame heeft een toespraak voorbereid over de geschiedenis van de school. Dat had hij kunnen doen, als hij nog goed was geweest. Gesis, stil nou... Het helpt voor even.

Dapper begint de oude dame te praten. Haar vader verstaat er niets van, houdt zijn hand als een schelp om zijn oor. Even later verstaat niemand er nog iets van. Iedereen praat door elkaar. Dat zou in zijn tijd niet gebeurd zijn. Dan was er stilte geweest zolang dat nodig was.

Harde muziek volgt. Ze neemt hem snel mee de zaal uit, helpt hem de trappen op naar een andere zaal. Leerlingen komen langs, praten even met hem. Liesbeth leidt haar vader langs een kleine fototentoonstelling waar hij zichzelf op een paar foto's herkent. Daar geniet hij van.

En dan is hij moe. 'Zullen we maar eens gaan?'

Ze vindt een stoel, laat hem even achter, haalt zijn jas.

'Hij is eraf. Hij weet het echt niet meer.' Opgevangen woorden, woorden die pijn doen, maar de bittere waarheid vertellen. Ze helpt hem zijn jas aantrekken.

'Ga je nu al weg, meester?'

'Ja, ja. Het is mooi geweest.'

Gewillig loopt hij met haar mee. 'Waar ga je nu heen? Daar moet ik niet heen!'

'Jawel papa. Je woont hier.'

'Daar woon ik helemaal niet.' Een opstandige stem.

'Jawel. Kom nou maar mee.'

Eenmaal binnen loopt hij gedwee mee, laat zich uit zijn jas helpen. Een zuster komt aanlopen, wenkt haar: ga maar.

Ze geeft hem een kus. 'Dag papa, tot ziens.'

'Ga je al weg?'

'Ja. Het is al laat.'

'Zo laat is het toch nog niet?'

'Laat genoeg voor mij.'

De zuster leidt hem af. 'Komt u maar.'

Ze glipt de kamer uit.

Terug op het feest zoekt ze de vroegere klasgenootjes, haalt herinneringen op. Ze kan er niet van genieten. Diep vanbinnen schrijnt verdriet, maar ze is ook boos op zichzelf dat ze zo'n geweldige avond laat schieten. Vroeg zoekt ze haar kamer weer op.

Twee dagen duurt het steeds, de ene dag heen en de andere dag terug. Maar ze vertrekt niet voordat ze die tweede dag ook nog even haar vader heeft bezocht. Steeds vaker merkt ze dat hij dan helemaal niet meer weet dat ze de vorige dag ook bij hem was. Wat voor zin heeft het om zoveel moeite te doen als het niet tot hem doordringt? Volgens Suus gaat het om het moment, om dat ene moment waarop haar vader geniet, al is het nog zo kort. Daar doe je het voor.

Zij niet. Ze bezoekt hem uit plichtsbesef en ze heeft ook nog een ander leven. Eén lange dag maakt ze er voortaan van, geen twee. In dat koude bed, alleen, aan het eind van de wereld, ze wil het niet meer. Ellenlange dagen zijn dat. Elke keer schrijft ze op zijn kalender wanneer ze weer komt. Elke keer weer is het een verrassing voor hem. En als hij haar in het begin van de middag ziet, weet hij niet wat hij die ochtend heeft gedaan. Zijn geest is ontwricht en het wordt steeds erger. Daar is ze op voorbereid. Wanneer zal hij haar niet meer herkennen? Telkens weer sterft er een stukje van hem af. Zijn spoor wordt steeds zwakker.

Op een dag vindt ze de deur van zijn kamer gesloten. Ze klopt, bonst, harder nog. De deur blijft dicht. Hij hoort haar niet, slaapt misschien. En nergens is een verzorgster te vinden, niet in de gang, niet in de huiskamer. Ze zal wel iemand aan het helpen zijn, maar waar? Eerst maar even iets eten.

Ze zoekt een tafeltje in het restaurant. Er is nog een beetje aspergesoep en gebakken champignons op toast. Wat is dat zout, of ligt dat aan haar? Krijgt haar vader dit ook? Stel je voor dat ze dat elke dag zou moeten eten. Misschien is dit wel haar voorland. Wie weet hoe oud ze wordt. Dat wil ze niet. Als ze wordt zoals haar vader, dan wil ze dat niet. Strakke vingers omklemmen het mes, haar knokkels zijn wit.

'Komt u straks ook naar de bingo met uw vader?' Ze schrikt op.

'Ik denk het niet. Hij houdt er niet zo van.' Ze neemt een flesje water, drinkt het leeg. Haar vader is intussen misschien wakker.

Ze timmert opnieuw op zijn deur. Niets, weer niets. Aan het eind van de gang ziet ze nog net iemand een kamer in gaan. Driftig klopt ze een derde keer op de dichte deur. Stil, alles is stil. Langzaam loopt ze verder. Achter alle deuren is het stil, alleen haar hakken klinken hol op het linoleum, als in een zwembad. Gerommel achter een deur in het voorbijgaan. Haar hart slaat over. Stel je niet aan. Dat is haar vader, zijn stem! Deze deur is open, een klein eindje maar, ze duwt ertegen, voorzichtig. De deur geeft mee. Een stap, nog een stap, een tafel... En dan kou, ijzige kou, haar rug, onder haar haar, overal. Alles is ijs. Haar vader, een vrouw, samen, zijn armen om haar heen.

'Ik hou zoveel van je. Zullen we trouwen?'

Gehinnik. Kussen. Ze draait zich om, weg moet ze, weg, snel weg. Ze ziet niets meer, struikelt over haar eigen benen, verblind in een waas van tranen. Houdt het dan nooit op? Ze komt niet meer, het heeft geen zin, wat moet ze hier?

Bij de kamerdeur van haar vader staat ze stil, zoekt steun tegen de muur. De stem van Suus: 'Voel je je niet lekker? Wat is er?' Ze rammelt met een sleutelbos, doet de deur open. 'O, je vader is er niet, zie ik. Dan zal hij wel bij Mathilde zijn.'

Alles knelt en krampt binnen in haar, dat gaat nooit meer over, of ze uit elkaar zal barsten, zo voelt het. Dit kan toch niet! Is het zo gewoon?

'Ik was daar, ik zag hem met die vrouw!'

Suus pakt een stoel, wijst naar de andere. Haar stijve schort kraakt als ze gaat zitten. Een plof van haar tas, harder dan zou moeten. Dat is waar ook, er zitten koekjes in. Dan eet hij ze maar in stukken.

Twee vrouwen, twee totaal verschillende werelden. Ze is in een film terechtgekomen. Ze wil eruit! Ze voelt de hitte achter haar ogen, kan de tranen niet tegenhouden. Met natte vingers rommelt ze in haar tas, vist er een zakdoek uit. Dan zijn daar de handen van Suus, strelend, sussend, dat ze het begrijpt, dat ze het anders moet leren zien, dat haar vader geestelijk eigenlijk haar vader niet meer is, dat hij liefde zoekt, dat dat normaal is, ook als je al zo oud bent als hij en ook als je het allemaal niet meer zo goed weet.

Wat klinkt dat logisch, voor anderen begrijpt ze het, maar haar vader! En zij dan? De zakdoek voelt klef in haar vingers.

'Het gaat niet verder dan woorden en kusjes geven. Zolang niemand er last van heeft is het beter er niets van te zeggen. We houden het in de gaten.'

Is dit wijsheid of gemakzucht? Ze meent het, deze kleine vrouw, haar ogen zijn eerlijk, haar gebaren echt.

Liesbeth fluistert: 'Ik ga naar huis.'

'Wacht nou even, misschien komt je vader er zo aan. En je moet eerst even bijkomen. Zo kun je niet weg.'

Het geluid van stromend kraanwater, tikkende tanden, goed dat het glas zo dik is.

'Je bent geweldig, Liesbeth. Je komt, steeds opnieuw. Je moest eens weten hoeveel mensen hier zitten die nooit bezoek krijgen, helemaal nooit.'

'Ik ben ook een braaf meisje.' Wat klinkt dat schamper. Vroeger ja, toen was ze er trots op als haar vader haar een braaf meisje noemde. Nu niet, het maakt het alleen maar erger. Ze wil niet meer.

'Laat het allemaal maar bezinken.' Warme lippen, heel even, dan is Suus verdwenen.

Weg nu, wat moet ze hier nog? Die tas, die moet ze nog leegmaken. Die neemt ze niet mee terug naar huis. De koekjes zijn kapot. Dat had ze wel gedacht. Zo passen ze tenminste precies in het trommeltje. Dan gaat ze, loopt het kamertje uit.

Daar staat ze! Die vrouw, en daarachter haar vader. 'Kijk, dat is mijn dochter!' Trots klinkt het. En dan gaan al die knellende banden los. Hij weet nog wie ze is! Lafaard, je durft hem niet in de steek te laten. Je bent nog even afhankelijk van hem als vroeger. Treiterend klinkt het, ergens diep vanbinnen.

'In de oorlog woonde ik in Serooskerke. Daar zou ik nog wel eens heen willen.'

'In het voorjaar als het mooier weer is, dan gaan we ernaartoe.'

'Graag, kind. Je bent toch zo'n lieve dochter. Je bent het liefste wat ik in de hele wereld heb.'

In één middag heen en weer naar Serooskerke. Het kan net, dankzij de tunnel en de Zeelandbrug. Ze vertelt Suus wat ze van plan is.

'We bewaren zijn boterhammen als je om vijf uur nog niet terug bent.'

De schuifdeuren gaan open naar het felle zonlicht, naar een andere wereld. Het grijze dak van de Toyota schittert als een vuurbal.

'Wat een mooie auto. Is dat jouw auto?'

'Ja.'

Leugenaarster! Waar komt die stem ineens vandaan? Krampen in haar buik verraden dat ze liegt. Ze loodst hem aan zijn arm tussen de auto's door, als een dribbelend kind met zijn moeder. Zijn ene hand klemt zich vast aan het dak, de andere aan het portier, hij tilt een been op, steekt het voor zich uit de auto in. Wat is hij nog sterk, ze moet het portier goed vasthouden. Dan draait hij zich half om. Haar hand glijdt onder de dakrand over het dunne haar. Hij laat zich met zijn rug tegen de leuning geklemd voorzichtig zakken.

Ze reikt hem de autogordel aan. 'Ik kom zo, dan maak ik hem voor je vast.'

Hij hoort haar niet. Ze smijt het portier dicht, rent naar de andere kant, gaat zelf zitten en maakt zijn riem vast.

'Waar gaan we naar toe?'

'We gaan naar Serooskerke. Dat wilde je toch graag?'

'Gaan we naar Serooskerke? Dat is mooi. Daar wil ik zo graag nog een keer naar toe!'

Even later rijden ze de tunnel in.

'Wat een lange tunnel. En zo donker. Dat je dat durft.'

Hij moest eens weten. Ze huivert. Niets zeggen, hij verstaat haar toch niet. Hij kijkt strak voor zich uit. Licht in de verte, 'honderd meter', nog een keer 'honderd meter', let toch op de weg, niet op die getallen, een messcherpe lijn, steeds dichterbij, de zon! Wat later rijden ze de Zeelandbrug op, over eindeloos water als een glinsterende sterrenhemel bij dag. In de verte rollen de pijlers een loper uit. Ze wijst, haar stem klinkt hard door de auto heen: 'Kijk eens! Vroeger moest je hier met de boot.'

Hij kijkt, ziet hij eigenlijk iets? Geen antwoord. Een vierkante plompe toren, die moet hij toch herkennen. Ze wijst aan: 'Kijk, Zierikzee.' Het blijft stil. Verder, steeds verder, zwijgend door eindeloos vlak land. Rechtsaf een dijk op, dan linksaf. Een barst in de stilte, van hem: 'Serooskerke! Zie je dat! Daar staat Serooskerke!'

Langzaam rijdt ze het dorp in, rondt de cirkel om de kerk, zet de auto stil. Ze helpt hem uit de auto, neemt hem bij de arm. 'Kijk, de kerk.'

'Ja, wat een grote kerk.'

Voor zijn vroegere huis blijft ze staan, draait hem een beetje. 'Waar heb je gewoond?'

'Dat weet ik niet meer, hoor.'

De hitte drukt loodzwaar op alles: het gras, de kerk, de huizen, zijn huis. Aan elkaar vastgeklemd lopen ze door. Wankel is hij. Ze mag hem niet loslaten. Niemand is buiten. Stap voor stap ronden ze de kerk, langs het huis waar ze ooit zo vriendelijk ontvangen zijn. Aanbellen? Nee, niet met hem, zoals hij nu is.

Ze stappen weer in de auto en langzaam rijdt ze hem nog een keer rond de kerk. Daarna neemt ze de afslag aan de noordwestkant, het dorp uit. Aan de grens van het dorp staat een blauw bord: Serooskerke, een paar rode strepen brutaal schuin erdoorheen.

'Kijk eens! Daar staat Serooskerke! Daar zou ik nog wel eens naartoe willen!' De woorden slaan als verpletterende stenen tegen haar aan.

'Dan gaan we daarheen.'

Iets verderop keert ze, rijdt opnieuw het rondje, wijst hem op de kerk, op zijn vroegere huis, op de bakkerij.

'Weet je nog waar het schooltje stond?'

'Dat stond tegen de kerk. Het is weg.'

Ze verlaat het dorp opnieuw, nu aan de zuidkant. Rustig rijdt ze door, zoekt even bij een rotonde welke kant ze uit zal gaan.

'Zie je dat? Daar staat Serooskerke! Daar zou ik nog wel eens heen willen! Daar ben ik al zo lang niet geweest!'

Raar is dat, het wordt al gewoon. Voor de derde keer rijdt ze om de kerk heen en nog een keer en nog eens.

Hij kijkt goed om zich heen. 'Hier ken ik niemand meer.'

'Nee, dat is lang geleden.'

Ze kiest de route via de dammen. Zijn ogen vallen dicht. Precies op tijd stopt ze voor het bejaardenhuis.

'Dat was een mooi ritje, hoor meid. Je bent een lieve dochter.'

Ze helpt hem uitstappen.

'Maar hier woon ik niet! Dit is mijn huis toch niet?'

'Jawel. Hier woon je. Je woont hier.' Stevig vasthouden, vastbesloten zijn. Het helpt, hij loopt gedwee met haar mee door de draaideuren.

'Ik ken het hier niet, hoor.'

'Dat komt zo wel, als je weer op je kamer bent.'

Zo meteen het afscheid, hoe zal dat gaan? Hij zal mee willen naar de uitgang om haar uit te zwaaien. 'Dat doe ik toch altijd?' Vroeger ja, maar dat kan niet meer.

Gelukkig, een bekend gezicht, een wit schort, vrolijk: 'Dag meneer! Waar bent u heen geweest?'

'Dat weet ik niet, hoor. Maar mijn dochter weet overal de weg. Dat is me toch een meid. Dit is mijn dochter. Ken je mijn dochter?'

Het meisje neemt hem aan zijn andere kant bij de arm. 'Ja, natuurlijk kennen we haar. Gaat u nu mee eten? Het eten staat klaar.'

Gewillig loopt hij mee.

'Dag, papa. Dan ga ik nu weer naar huis.'

'Ga je naar huis? Bel je even als je er bent?' Wat klinkt dat normaal.

'Ja, hoor.' Ze laat hem los. Het meisje knikt haar toe. Ga maar.

'Dag.'

Weg is hij. Haar tas, die staat nog in zijn kamer! Ze rent erheen. Heel even ploft ze neer in de hoge stoel, heel even maar. Zo zat haar moeder ook altijd. Dat beeld, ook dat nog, niet aan denken. Weg hier, voordat hij weer binnenkomt. Eenmaal buiten sms't ze: *Serooskerke, drie keer.*

Het antwoord, vraagtekens en: *Rij voorzichtig!*

Zijn verjaardag komt er weer aan. De kinderen willen komen, allebei met aanhang. Dan moet ze iets organiseren, het gezellig maken. Niet meer de hele familie erbij. Die heeft ze sinds de vorige verjaardag niet meer gezien, dat is voorbij. Ergens gaan eten? Mosselen in Philippine, zoals vroeger? Lang geleden had hij een apart spaarpotje om daar te kunnen gaan eten. Dat moet toch leuk voor hem zijn, zeker als de kleinkinderen ook meegaan. Maar kan ze hem wel meenemen? Kan ze hem weghalen uit zijn omgeving? Maakt ze het niet juist nog moeilijker voor hem? Ze legt het voor aan Suus.

'Natuurlijk kan dat. Ik denk dat hij er heel erg van geniet.' Wat klinkt ze zelfverzekerd.

'Als we hem terugbrengen komen de problemen. Dan weet hij weer niet waar hij woont.'

'Maak je daar geen zorgen over. Daar zijn wij voor. Het gaat erom dat hij een leuk etentje heeft.'

Daar zijn wij voor. Zo simpel is het.

Ze zorgt voor koffie en gebak. Elk jaar heeft ze minder nodig. En dan komen de kinderen binnen. Eerst Marius met zijn Michelle.

'We zijn even langs het huis van opa gereden. Ik wilde Michelle laten zien waar hij gewoond heeft, en waar jij vandaan komt.' Uit zijn bruine ogen stroomt een rivier van warmte bij haar binnen. Hoe vaak was hij daar nou? Toen hij klein was vaker, daarna steeds minder, in beslag genomen door zijn snelle leven. En toch zoekt hij die herinnering, beseft dat dat deel uitmaakt van zijn leven, wil die herinnering delen met de vrouw met wie hij zijn leven delen wil, voor zover dat mogelijk is, een heel klein beetje.

Iets later verschijnt Mieke met haar Max. 'We zijn even langs het huis van opa gereden.'

Zij ook! Ze stroomt bijna over, ziet even niets meer, rommelt langer dan nodig is met kopjes en schaaltjes.

De luide stem van haar vader dringt de vloed terug: 'Gaan die mensen ook mee mosselen eten?'

'Ja, dat zijn de kleinkinderen.'

'O ja.'

Tijdens de maaltijd stoot hij haar aan. Ze heeft hem al bezorgd de tafel rond zien kijken. 'Ik betaal de helft, hoor.'

'Ja, dat is goed.'

Tien minuten later stoot hij haar opnieuw aan. 'Ik betaal een derde, hoor.'

'Dat is goed.'

Tevreden ziet ze hem genieten, wenkt de anderen, kijk eens, dit vindt hij fijn. Het gebaar waarmee hij de schelpen in de metalen schaal gooit, is als vroeger. Dit is heel even de vader van toen.

Dan is het voorbij. De kinderen rijden naar het hotel. Ze wilde niet dat ze 's avonds dat hele eind nog naar huis zouden rijden. Zelf rijden ze de andere kant op naar het bejaardenhuis. Anton zit achterin, haar vader naast haar. Was die weg vroeger niet breder?

Mistflarden maken de donkere wereld nog kleiner en zijn soms ineens weer verdwenen. Dan een paar huizen, auto's, mensen op de weg. Ze remt af. 'Politie,' klinkt het achterin. Toch niet voor haar? Voor de auto verschijnt een agent, wijst haar naar de kant van de weg.

'Je moet blazen.'

Wat is ze rustig. Vroeger zouden de zenuwen door haar keel gegierd hebben. Blazen, en dat met haar vader naast haar.

'Wat doe je?'

'Niets.'

Ze draait het raampje open.

'Goedenavond, mevrouw.' Hij bukt, kijkt de auto in. 'Heeft u gedronken?'

'Een glas port en een rode wijn.'

'Wilt u even blazen?'

Dat heeft ze nog nooit gedaan. Ze blaast. Nog een keer, het lukt niet, ze heeft niet genoeg adem.

'Stapt u maar even uit, dan gaat het vast beter.' En dan lukt het. 'Het kan nog, mevrouw.'

Dan stapt ze in, toch opgelucht. Het raampje staat nog open.

'Doet u wel voorzichtig mevrouw?' Het klinkt bezorgd, vaderlijk bijna.

Ze knikt, kijkt even opzij. Haar vader kijkt strak voor zich, blijft zwijgen.

En dan zijn ze bij het bejaardenhuis. Ze parkeert zo dicht mogelijk bij de ingang. 'Even wachten met uitstappen, hoor!' Zo snel ze kan stapt ze uit, klapt de rugleuning naar voren zodat Anton uit kan stappen en haast zich naar de andere kant van de auto. Zwaar hangt hij in haar armen.

'Pas op voor het portier, dat hij niet tegen die andere auto slaat.'

'Dat komt goed, papa.'

'Wat is het donker. Zo laat nog.'

'Dat is niet erg.'

Ze nemen hem tussen hen in, passen zich aan zijn tempo aan. De glazen deuren van het bejaardenhuis zijn gesloten. Ze blijven gesloten. Het is al halftien, ziet ze. Haar vinger vindt een deurbel.

'Ja?'

'We komen mijn vader terugbrengen naar zijn kamer.'

Ze noemt zijn naam.

'O, ja. Ik kom er zo aan met de medicatie.'

De glazen deuren schuiven open. Medicatie? Ze zijn in ieder geval binnen. De gangen zijn leeg, maar ook vol, vol van zwaarte, een niet te benoemen zwaarte. Het restaurant is duister, schemerig. Ze duwt op de grote, brede knop om de klapdeuren te openen naar de afdeling van haar vader. Niemand. Alle deuren zijn gesloten. Ook die van hem. Hij heeft geen sleutel, heeft die al lang zoekgemaakt. Gewoontegetrouw loopt ze naar de huiskamer om te vragen of iemand de deur van het slot wil doen, deinst dan terug. Ook die deur is op slot. Sciencefiction is dit, die leegte, die gesloten deuren op een gesloten afdeling.

'Blijf jij even bij hem? Ik ga iemand zoeken.'

Doelloos is dit, alles verlaten, en toch ook weer niet. Ligt iedereen hier op bed? Ze is al weer bij de ingang, hoort dan piepende schoenen, draait zich om. Een verpleegster. Ze moet haar gezien hebben, maar ze loopt langs haar heen, wil een kamer binnengaan, een kantoor, weet ze.

'Zuster!' In de lege gang klinkt het als een kanonschot.

'De deur van de kamer van mijn vader is op slot en er is niemand op de afdeling.'

'Ik kom eraan met de medicatie.'

Weg is ze. Weer die medicatie. De deur van zijn kamer moet open, daar gaat het alleen maar om. Terug naar Anton dan maar.

Hij zal niet weten waar ze blijft. Er rammelt een sleutelbos, eindelijk wordt de kamerdeur opengemaakt.

'Wat is dat hier? Waar ben ik nu?'

'In het bejaardenhuis.'

'Het bejaardenhuis? Nee, nee, ik wil naar huis.'

'Maar hier is je thuis.'

'Nee, ik wil naar Hoek.'

Hoek? Dat is heel lang geleden. Daar is hij geboren. Daar heeft hij zijn jeugd doorgebracht.

'Daar is niks meer, papa.'

'Ik wil naar Hoek.'

'Daar is niks meer.'

'Liesbeth, Liesbeth, waar stop je me toch in! Waar stop je me toch in!'

'Je woont hier. Hier is je stoel, je tafel, je spullen, de portretjes.'

'Nee, ik wil naar Hoek!'

Ze helpt hem uit zijn jas, kijkt om naar de verpleegster. Geen beweging.

'Kom, doe je pyjama maar aan. Je bent moe. Dan kun je gaan slapen.'

'Ik wil naar Hoek.'

'Op Hoek is niks meer. Je woont hier.'

Samen met Anton wurmt ze hem uit zijn kleren, doet hem zijn pyjama aan.

'Zijn medicatie,' hoort ze achter zich.

'Wat is het?' Anton werpt een blik op het etiket. 'Om naar de wc te kunnen? Daar heeft hij vanavond genoeg voor gegeten. Dat lijkt me nu niet zo noodzakelijk.'

De verpleegkundige zet het potje met die ene pil op het kastje, wil weggaan.

'Gaat u weg?'

'Ik kom straks nog wel even kijken.'

Liesbeth laat haar gaan, helpt de oude man te gaan liggen.
'Het klopt niet, het klopt niet.'

Haar handen schuiven onder zijn hoofd, het dunne haar glijdt zacht door haar vingers. Haar lippen beroeren zijn natte voorhoofd, nat van haar eigen tranen.

'Het klopt niet. Ik doe het voor jou. Ik doe het voor jou.'

Ze dekt hem toe, blijft nog even staan.

Anton pakt haar hand. 'Hij is moe. Hij zal wel gauw slapen.'

'Ja.'

'Morgen weet hij er niets meer van.'

'Nee.'

Zijn arm om haar heen. 'Kom.'

In de auto verbergt ze haar natte gezicht tegen de borst van Anton. Ze snikt het uit. De donkere muren van het bejaardenhuis lijken de auto te verpletteren. Wie kan ze nog vertrouwen, daarbinnen?

'Daar zijn wij voor.' Suus zei dat. Maar Suus kan er niet altijd zijn. Dan zijn er anderen. Ze kan niet meer vertrouwen op wat haar beloofd wordt. Wat gaat er allemaal nog meer niet goed waar zij geen weet van heeft? Alleen wonen was voor hem geen optie meer. Dit dan wel?

Ze richt zich op. 'Wat moet ik nou?'

Anton veegt haar wangen droog. 'Kom, we gaan naar de kinderen,' zegt hij zacht. 'Ze wachten op ons.' Dat was ze vergeten, door de obsessie van haar vader was ze dat vergeten. Dan gaat het met haar ook niet goed als ze haar kinderen vergeet.

'Ja, zij zijn er ook nog.' En dan fluisterend: 'Gelukkig wel.'

Ze zitten op hoge krukken aan een ronde tafel in de bar. Ze lijken uit een andere wereld te komen. Of komt zij uit een andere wereld? Welke wereld is reëel? Die van haar vader met al zijn onmacht of die van de kinderen? Anton en zij hangen ertussenin, horen niet bij de ene, maar ook niet bij de andere wereld. Ze vertellen wat er gebeurd is. Daar weten de kinderen geen raad mee, ze ziet het, hun ogen zien andere dingen. Ze kunnen zich niet voorstellen hoe het is om zo oud te zijn, hoe je ermee om moet gaan. Dat weet zij al nauwelijks, laat staan zij, zo jong, verliefd, alleen dat telt immers. Ze zien haar verdriet, zonder oplossing. Die kunnen zij ook niet geven. Ze zijn verward, stil, alleen Michelle niet. Duidelijk is ze.

'Liesbeth, hoelang denk je dit nog vol te houden? Zo vaak heen en weer dat hele eind en op dezelfde dag weer terug naar huis. Waarom haal je opa niet naar je eigen omgeving?'

En weer ligt de stilte op tafel. Deze jonge vrouw heeft gelijk. Maar Liesbeth wilde het nooit. Ze wil niet de verplichting van elke dag weer datzelfde bezoek. Liever een keer een hele dag en dan weer een tijdje niet, een tijdje voor zichzelf, een stukje vrijheid. Is dat egoïstisch? Het idee, haar vader vlak bij haar in de buurt, ligt op tafel als iets wat ze niet aan wil raken.

'Er zijn hier nog een paar mensen die hem af en toe bezoeken. Dat heeft hij bij ons niet. Dan zijn wij de enigen.' Schor klinkt het. Moet ze weer het brave meisje zijn?

De volgende ochtend rijden de kinderen terug naar hun eigen wereld, Anton en zij dragen in gedachten haar vader met zich mee.

We houden ons jaarlijkse kerstdiner voor alle bewoners en nodigen u uit samen met uw vader daaraan deel te nemen. Met tegenzin schrijft ze haar naam op het formulier. Het kerstdiner valt vijf dagen na zijn verjaardag. Dat betekent twee keer kort na elkaar die lange reis, twee keer kort na elkaar urenlang aardig zijn, geduldig zijn, uitleggen, steeds opnieuw.

Het diner begint pas om vier uur. Tijd genoeg, ze kan nog wel even langs Mieke, dan is ze meteen al een eindje onderweg. Een sms vlak voordat ze weggaat: *Neem je naald en draad mee? De hond heeft een gat in zijn kussen gebeten.* Tijdens de koffie maakt ze het gat dicht. Wat heerlijk, dit gekeuvel over niets en over alles.

Om halfdrie stapt ze de kamer van haar vader al binnen. Hij ziet er netter uit dan anders. Speciaal voor het kerstdiner heeft hij een stropdas om gekregen. Vroeger droeg hij altijd een stropdas. Ze haalt een net jasje uit de kast en laat het hem aantrekken.

'Waarom moet ik dat aan?'

'We gaan straks uit eten.'

'Ja, dan moet ik netjes zijn. Is dit jasje van mij?'

Ze knikt.

Een van de verzorgsters komt binnen. 'Dat is mooi! U heeft uw nette jas al aan!' roept ze hem toe. Zelf draagt ze een net zwart jurkje. Het staat haar goed. 'We hebben ons allemaal netjes gemaakt. Dat moet ook als je naar een feest gaat. Vindt u mij niet mooi?' Ze gaat voor hem staan, draait een pirouette.

'Nou, nou. Dat is mooi. Waar gaan we naartoe?'

'Naar het kerstdiner. We halen u straks op. Dan gaan we er allemaal samen heen.' En weg is ze weer.

Liesbeth hoort lawaai op de gang. Ze neemt haar vader bij de arm en doet de kamerdeur open. Daar komen ze: een paar bewoners, elk met een familielid, en een paar meisjes van de verzorging. De mevrouw van het eind van de gang is er ook bij. Dat is al de derde mevrouw van het eind van de gang sinds haar vader daar woont. Ze hangt aan de arm van een man. Dat zal haar zoon wel zijn. Liesbeth en haar vader sluiten zich aan bij de stoet. Weerzin voelt ze, logge weerzin, ze hoort daar niet. Waarom moet ze dit meemaken? Kom op, je moet wel, meespelen dit spel! Ze is hier niet voor zichzelf, maar voor haar vader.

Ze worden midden in de zaal aan een tafel gezet. Het meisje met het mooie jurkje laat de mevrouw van het eind van de gang tegenover haar vader zitten. De zoon zit tussen hen in aan het hoofdeind en Liesbeth zit naast haar vader. Links van haar zit een mevrouw in een rolstoel met een stille lach, en tegenover haar een jong meisje, een stagiaire. De mevrouw van het eind van de gang lacht voortdurend naar Liesbeths vader, gebaart zonder betekenis en hij gebaart terug: onbegrijpelijke dingen, andere overduidelijk. Ze legt haar vinger tegen haar lippen en hij doet dat ook, het gebaar van: niets zeggen, wij hebben een geheimpje.

De zoon geneert zich, net als zij, ze ziet het. Wat moeten ze hiermee? Natuurlijk kent hij het verhaal dat de oudjes elkaar aardig vinden, dat ze verliefd op elkaar zijn. Hoe zou je ertegen in moeten gaan? Dat weet hij ook niet. Deze zoon en zij, zij wonen daar niet, zij gaan na het diner weer weg en laten de verpleging achter met de zorg voor deze oude mensen. Maar het ergert haar. Houdt het dan nooit op? Elke keer is er een ander, steeds opnieuw, en het gaat niet alleen van hem uit. Die vrouwen willen het ook graag. Hoe heeft ze ooit kunnen denken dat het overgaat, dat verliefdheid en seksualiteit bij oude mensen niet voorkomen? En nu is deze mevrouw al de zoveelste. Haar vader is een charmeur en ze schaamt zich. De zoon en de dochter gaan een gesprek met elkaar aan, uit beleefdheid en om de gebarentaal maar niet te hoeven zien.

'Wat denk je ervan. Zullen we maar eens opstappen?' Zijn stem klinkt als vroeger als hij weg wilde.

'Je krijgt nog een toetje.'

'Dan wachten we nog maar even.'

De geheimtaal begint weer, ze doen of ze het niet zien. Alles wordt opgegeten, ze mogen van tafel, gelukkig, weg hier, dit is voorbij. Ze groet, brengt haar vader terug naar zijn kamer.

'Was Ria hier ook?' vraagt hij.

'Nee. Ria was hier niet.'

'Dat is goed.'

Weet hij ineens weer wie Ria is? Dan is hij helderder dan ze dacht. Als Ria dit te weten komt bezoekt ze hem niet meer. Ze verdient het niet zo bedrogen te worden. Of ziet ze nu te veel problemen? Hij herinnert zich de mevrouw van het eind van de gang helemaal niet als hij Ria ziet. Waar maakt ze zich druk om? En als Ria niet bij hem is, weet hij ook niet wie ze is.

'Wat is Ria van mij?' Een vraag van een tijdje geleden.

'Een goede vriendin van je.'

'O.'

Wat denkt hij? Wat gaat er in hem om? Hoe voelt dat als je alles om je heen meteen weer vergeet?

Terug in zijn kamer helpt ze hem uit zijn jasje en zet hem in de stoel. Ze ruimt nog even een paar dingen op.

'Papa, ik ga nu weer naar huis.'

'Ga je nu naar huis? Maar het is al donker.'

'Ja, ik ga nu naar huis.'

'Maar je kunt hier toch slapen?' Hij kijkt om zich heen. 'Kijk, jij kunt in mijn bed en ik kan hier in de stoel slapen.' Hij strekt zijn benen. 'Kijk zo, zie je wel, dat gaat heel goed.' Wat is hij nog lenig.

'Nee, dat doen we toch maar niet. Ik denk niet dat de zuster dat goedvindt.' Ze staat op, pakt haar tas.

Hij staat ook op. 'Ik ben het er niet mee eens.'

'Dat zal toch moeten, papa.'

Het afscheid wordt weer moeilijk, dat redt ze niet alleen. Samen lopen ze naar de huiskamer.

'De uitgang is de andere kant op,' zegt hij. Dat weet hij dus.

De zuster is bezig met kleine rommeldingen: een plantje op tafel zetten, wat dingen opbergen in een la. Ze begrijpt meteen wat Liesbeth wil, laat alles liggen en neemt haar vader bij de arm. Samen lopen ze naar de klapdeuren die alleen open kunnen met een speciale code. Je hoeft alleen maar te weten in welk jaar je leeft.

Zolang je dat weet, kun je wegkomen. Weet je het niet, dan zit je voor altijd gevangen. De zuster blijft haar vader stevig aan de arm houden terwijl ze de code intoetst en zwaait met hem mee als Liesbeth doorloopt.

'Dag, tot de volgende keer.'

De deuren draaien achter haar dicht. Haar ademhaling gaat ineens soepeler en eenmaal weer buiten stroomt de koude buitenlucht haar longen binnen. Het geluid van het dichtklappen van het autoportier is het mooiste geluid van de hele dag. Nee, toch niet. Dat was de vrolijke stem van Mieke die ochtend.

Ze sms't naar Anton: *Ik ben losgelaten.*

Hij antwoordt: *Rij voorzichtig. Er is mist voorspeld.*

Dit is echte mist, geen mistige geest, en het is ook nog donker. Hier kan ze iets tegen doen: opletten, niet hard rijden, afstand houden. Een poosje later sms't hij opnieuw: *Ik ben thuis. Laat geworden. Ga nu de hond uitlaten. Goeie reis. Let op! Mist!*

Halverwege leest ze weer haar berichten: *Nikka kan zelfs in het pikkedonker op de es rondrennen! (en terugkomen!)*

Een paar uur later is ze thuis. Het is alweer goed gegaan.

De deur staat open, maar hij is er niet. Mooi, dan kan ze op haar gemak de spullen opbergen die ze bij zich heeft, de koekjes, de snoepjes.

'Je moet niet zoveel meenemen,' zei Ria. Venijnig klonk het. 'Ze weten dat het er staat en halen alles weg.'

'Wie dan?'

'Anderen van de gang.'

Zou dat waar zijn? Ze moet toch gewoon iets lekkers voor hem mee kunnen nemen! Anders heeft hij niets. Ze geeft de koekjes het voordeel van de twijfel, doet ze in een trommeltje, de chocolaatjes gaan in een ander trommeltje. Haar vingers vouwen het karton van de verpakking, het cellofaan knispert als ze er een prop van maakt, springt irritant weer uit elkaar.

De vitrage is dicht. Aan de overkant, aan de andere kant van de terrassen en bloemen, woont Ria sinds enige tijd. De oudjes zouden naar elkaar kunnen zwaaien, als haar vader haar nog zou kennen. Van haar mooie appartement naar het bejaardencentrum, wat een overgang, wat heeft ze gehuild.

Ze draait zich om, ze komt voor haar vader, waar is hij in vredesnaam? De gang is verlaten, of nee, toch niet: ze hoort stemmen, iets verderop. Dat moet in de huiskamer zijn. Dan zal hij daar wel zitten.

De deur staat open, ze wil binnenlopen, verstart dan, kijkt alleen maar. Het hardblonde hoofd van Ria steekt boven de rugleuning van de rolstoel uit, het haar valt op de kruin uiteen, als een rozet van engelenhaar. Haar schelle stem schettert door de kamer, smekend bijna: 'Ik kom bij je op bezoek. Zullen we naar je kamer gaan?'

Haar vader zit in een dikke, bruine fauteuil tegenover haar. Hij kijkt haar aan, en vervolgens naar opzij, naast hem. Daar zit de vrouw van de kamer aan het eind van de gang. Hij haalt zijn schouders op, zijn handen omhoog in een gebaar van 'ik weet het ook niet'.

De vrouw houdt een paar strakke ijspegelogen op Ria gericht en buigt zich naar haar vader. 'Blijf maar hier hoor, bij mij.' Ze staat half op, buigt zich over haar vader heen, draait dan haar hoofd weer naar Ria. Van haar vader is alleen nog een arm, een oor, een been te zien. Al zou hij op willen staan, het zou niet kunnen.

Een snik, een ruk van de rolstoel, heen- en weergedoe, dan staat Liesbeth oog in oog met Ria. De tranen stromen over haar gezicht.

Ze buigt naar voren, grijpt de armleuningen, probeert de oude vrouw in de ogen te kijken.

'Ach, ben jij het.'

'Kom maar mee.'

Ze knikt, rijdt de huiskamer uit. In de kamer van haar vader schuift Liesbeth een stoel vlak bij Ria, pakt haar handen.

Ria barst los: 'Zo gaat het altijd. Ik ga er niet meer heen. Altijd is er die andere vrouw. En we hebben het zo fijn gehad.'

'Hij weet niet meer wie je bent, Ria! En wie die andere vrouw is weet hij ook niet.'

'Zou hij me echt niet meer kennen?'

Liesbeth schudt haar hoofd.

'Als hij in zijn kamer is denkt hij dat ik zijn vrouw ben, dan graait hij maar en dat is verschrikkelijk vervelend. En als hij in de huiskamer zit is er die andere vrouw. Wat moet ik nou?'

'Hem laten, Ria, het heeft geen zin. Je hebt genoeg aan jezelf. Doe geen moeite meer. Hij weet niet meer wie je bent. Ik mag blij zijn dat hij nog weet wie ik ben. Op een dag is ook dat voorbij.' Wat praat ze verstandig, ze moet wel, het is of iemand anders spreekt, door haar, tegen hen beiden. Ze lijkt Suus wel. 'Hij is ziek. Dat moet je goed onthouden. En het wordt nooit beter, alleen maar slechter. Hij zit niet voor niks hier, achter gesloten deuren.'

'Het valt voor jou ook niet mee.'

In een flits komt alles weer voorbij, al die jaren, het niet meer weten, het zoeken, het onbegrip, het stiekeme gedoe, de reizen. Alsof ze altijd onderweg is, zo voelt dat. Nee, het valt voor haar ook niet mee, maar zij heeft Anton. Ria heeft niemand.

'Blijf je wel bij mij komen?'

'Ja, ik blijf bij je komen.'

Ik heb bingo gespeeld vanmiddag. De letters rijgen zich aaneen op het schermpje van het mobieltje; een druk op de knop en weg zijn ze. Ze draait de contactsleutel om. De motor begin zacht te brommen en de gebouwen van het bejaardenhuis glijden weg in de achteruitkijkspiegel.

Naast haar een sms-signaal. *Daar ben je nog niet oud genoeg voor. Goede reis!*

Uren vol radio volgen, nieuws, files, soms een luisterboek, gedachten.

Epiloog

Ze draagt een nieuw zwart koltruitje en een kort, rood vestje, ook nieuw. Hij zit in zijn stoel, zoals altijd. Ze haalt de nieuwe kranten uit haar tas, legt ze op zijn bureau. De oude haalt ze weg. Dan gaat ze in de bureaustoel zitten, tegenover hem. 'Hoe is het allemaal?'

'Goed hoor, maar ik zou wel eens een vrouwtje willen.'

'Kom nou, je bent vijfennegentig!'

'Denk jij dat het dan ophoudt?' Het is meer een bewering dan een vraag.

'Je bent er gewoon te oud voor. Die tijd heb je gehad.'

Hij haalt zijn schouders op. 'Wat ben je toch een knap vrouwtje.' Hij buigt zich voorover, legt zijn hand op haar knie, begint te strelen, op één plek, alleen strelen.

Ze krijgt een ongemakkelijk gevoel vanbinnen, laat hem toch

begaan. Hij zal er zo wel weer mee ophouden. Dan wordt het strelen sterker.

'Hou op, je kriebelt.'

Hij houdt ermee op, kijkt haar aan, verwonderd, met kinderlijke ogen. 'Jij bent toch mijn vrouw?'

'Nee, ik ben je dochter.'

Het dringt niet tot hem door. Hij begint opnieuw. Zijn vingers bewegen als spinnen, omhoog gaan ze over haar bovenbeen, steeds hoger.

Ze grijpt zijn handen – wat zijn ze knokig –, duwt ze weg, hard. 'Dit wil ik niet.' Een schreeuw, in nood, haar hart wil haar lichaam uit.

'Het moet wel van twee kanten komen.'

'Ik ben je dochter.'

'Ben jij mijn dochter?'

'Als je zo doorgaat, ben ik weg.' Ze staat op. Een en al onbegrip, bij haar, bij de oude man. Ze neemt de andere stoel, een eind van hem vandaan.

'Wanneer gaan we naar huis?'

'Je bent thuis.'

'Ik ben toch in een hotel?'

'Nee, je woont in een bejaardenhuis, vlak bij ons.'

'Vlak bij jullie? Dan is het goed. Je moet het adres eens voor me opschrijven.'

'Dat staat in je schriftje.'

'Dan vind ik het wel.'

'Het is vijf minuten met de auto, en een kwartier met de fiets.'

'Dat is mooi. Daar ben ik blij om.'

'Woon ik hier?'

'Ja, hier woon je.'

'Woon ik hier al lang?'

'Ja, al een hele tijd.'

'Daar weet ik niks van. Ik ben ook al negenentachtig.'

'Vijfennegentig.'

'Vijfennegentig? Je telt er zomaar zes bij op.'

'Jij trekt er steeds zes af.'

'Ik voel er niks van. Kijk maar, ik beef helemaal niet.' Hij strekt zijn armen voor zich uit, dan boven zijn hoofd. 'Dat komt omdat ik nooit gerookt heb.'

'Dat zou kunnen.'

'En ik ben niet gek, hoor.'

'Nee, natuurlijk niet.'

'Ik vergeet alleen alles.'

'Ja.'